湖南师范大学文学院"影戏"研究文丛

岳凯华 赵树勤 主编

光影红楼剧
——红楼戏剧影视研究

高欢欢 著

中国电影出版社

2016·北京

谨以此书敬献导师路应昆、刘丽文教授！

序一

高欢欢博士的专著《光影红楼剧——红楼戏剧影视研究》即将出版，这是一件令人高兴的事情。这些年来，关于《红楼梦》戏剧影视改编的研究越来越多，也越来越深入，学术成果比较突出，这表明人们对古代文学经典在当代传播的关注，这是非常值得肯定的。高欢欢博士的著作就是《红楼梦》戏剧影视改编研究的最新收获。

作为中国传媒大学毕业的博士，高欢欢的学术背景使得她在《红楼梦》戏剧影视改编的研究方面具有很大的优势。读她的书我深深地感到她既对《红楼梦》及其研究状况非常熟悉，也很有见识，同时她又对影视传播很熟悉很有研究，因此她的研究视野更开阔、更专业。全书从"大戏剧"观念出发，将有关《红楼梦》的戏曲舞台剧、戏曲电影、戏曲电视剧、电视剧、电影、话剧等等统统纳入研究范畴，对当代中国大陆根据《红楼梦》改编的戏剧影视作品进行了尽可能全面的搜集及系统梳理，勾勒出各个艺术载体对《红楼梦》改编的发展脉络和总体情况，分析了不同艺术载体改编作品的特点、成就和影响。并在此基础上，进一步从《红楼梦》戏剧影视改编对小说文本的接受、《红楼梦》戏剧影视改编作品自身的艺术特色以及时代氛围对改编的影响等方面探讨了改编的一些理论性和规律性的问题。高欢欢认为："红楼剧的戏剧改编至少关乎三个层面的理论问题：一是编剧、导演对文学名著的'文学接受'；二是红楼剧自身的演员表演与意境营造；三是不同时代对文学名著的不同解读。"她认为这三个理论研究层面不是孤立存在的，而是错综复杂、相互关联的。因此这三个方面理论问题的解决，无疑对《红楼梦》的改编影响很大。

我对高欢欢博士的研究很感兴趣，我认为这样的研究对《红楼梦》的当代传播是非常有学术价值的。说到《红楼梦》的当代传播，我们就不能不谈到《红楼梦》戏剧影视改编。当然，不管是过去还是现在，我还是希望凡是有一定文化修养的人都要读读《红楼梦》，并且最好是读原著，要细读，多读几遍。著名作家白先勇先生说："《红楼梦》是可以看一辈子的'天书'。"这话说得好。当然，坚持读一辈子不容易。我认为，《红楼梦》是我们这一辈子一定要读一读的书，或者说我们一辈子如果没有读过《红楼梦》，如果不认识贾宝玉、林黛玉、薛宝钗、王熙凤等《红楼梦》中的人物，如果不走进《红楼梦》的艺术世界，那将是人生的一大遗憾！

说到这里，你或许会联想起几年前广西师范大学出版社发布的那个"死活读不下去排行榜"，在这个排行榜中，中国的四大古典名著——《红楼梦》《三国演义》《水浒传》《西游记》尽在其中，而令中华民族感到骄傲的《红楼梦》竟排在第一名。这个消息一经公布，就引起了热议。对这个排行榜的反响，有愤怒的，认为是"读书人"的耻辱；也有赞成的，认为读不下去很正常。我认为这个排行榜，我们应该客观地面对，深刻地思考。不可否认，这个排行榜的调查并不具有权威性，因为仅仅调查了3000人，还不清楚这3000人的职业和文化程度，调查的对象未必都是"读书人"，而且对许多人来讲，不光是文学经典如《红楼梦》"死活读不下去"，恐怕他是什么书都"死活读不下去"。但不可否认的事实是，在今天，在我们这个社会，读书的风气确实不行。我们的教育和宣传都存在很多问题，社会风气不好，人心浮躁，一切向钱看，功利目的太强，这些都是造成许多人不读书的重要原因。

除此之外，我们还要看到时代的变化，人们生活方式的变化，人们对待文学经典、接受文学经典的方式已不仅仅限于"读书"。在古代，文学经典的传播主要是出书。而在当代，文学经典的传播除了出书等传统的手段以外，还有广播、电视、网络等新兴媒体。而对文学经典的戏曲影视改编是其中重要的传播手段。

说到这里，我想到在《红楼梦》产生后的200多年的时间里，有过几次大的传播，对《红楼梦》的普及产生了极大的影响。第一次是清乾隆五十六年辛亥（1791）程甲本的刊刻问世，从此《红楼梦》以印刷本的面貌传世，极大地推动了《红楼梦》的传播。正如梦痴学人在《梦痴说梦》中记载："《红楼梦》一书，作自曹雪芹先生……嘉庆初年此书始盛行，嗣后遍于海内，家家喜闻，处处争购，故《京师竹枝词》有云：'开口不说红楼梦，此公缺典正糊涂。'"

自那以后，在我的印象中，从《红楼梦》传播的角度来看，有过重大影响的就是1962年越剧《红楼梦》电影的播出，王文娟、徐玉兰的表演倾倒了多少观众，一句"天上掉下个林妹妹"传遍了神州大地，不知唱醉了多少人的心。我有一位朋友不知看过多少遍越剧电影《红楼梦》，他甚至能背诵整本的戏词。而更多的人正是通过这部电影知道了《红楼梦》，走进了《红楼梦》的艺术世界。

如果说越剧《红楼梦》电影以不可抗拒的艺术感染力大大地普及了《红楼梦》的话，而超过越剧《红楼梦》电影的影响，更进一步普及传播了《红楼梦》的，毫无疑问就是1987年王扶林导演的电视连续剧《红楼梦》的播出了。这部堪称《红楼梦》改编的经典之作，一经播出，即获极大的赞誉和热烈的讨论，当时是街谈巷议争说《红楼梦》，可谓盛况空前。因为这是自《红楼梦》产生以来，第一次以电视连续剧的表现形式全方位地展示《红楼梦》，并取得了巨大的艺术成功。如今电视剧播出已经30年了，欧阳奋强、陈晓旭、邓婕等演员仍然深深地刻在人们的心中，每每谈起，总是有着说不尽的话题。由此可见，在《红楼梦》的传播史上，影视戏剧改编对《红楼梦》的普及发挥了巨大的作用。

任何一部伟大的文学经典，都是在传播的过程中确立的。文学经典不是凝固的，而是不断建构的，它既是祖先留给我们的文化遗产，也是属于当代的，而且有着强大的活力。通过文学经典的传播，可以使文学经典融入当代的文化建构中，并影响到人们的心灵，这就是伟大文学经典的永恒价值所在。

自《红楼梦》问世以来，对《红楼梦》的移植改编就不断地出现，如清代的子弟书等民间曲艺节目，到20个世纪以来的戏剧和电影的改编，可谓是层出不穷。据统计，自20世纪20年代以来，仅据《红楼梦》改编的影视作品就有一百多部，这是不容忽视的传播手段。研究总结《红楼梦》戏剧影视改编，确实关系到《红楼梦》如何走进新时代的大问题。如何更好地改编《红楼梦》，怎样正确理解"忠实于原著"的原则，如何把小说叙述"改编"为戏剧影视叙述模式，这一直是人们在苦苦思考和努力探索的问题。古典文学改编为戏剧影视，有其共性，也有其特殊性，比较起来，《红楼梦》的改编无疑要比其他古典小说的改编难度大得多。其中一个重要的原因，是因为《红楼梦》并不是一个以情节见长的小说，其故事的"琐碎""平淡无奇"是否适合戏曲舞台和影视银屏的表现，怎么改编好，因为读者看小说和观众看戏看影视，其接受的感觉和要求是不同的，这确实是一个大问题。还有《红楼梦》诗情画意般的艺术风格，细微而复杂的心理表现，这些如何把握？比如说演员对《红楼梦》人物形象的塑造，就一直是改编的大难题，而在戏剧舞台上的表演与在银屏前的表演又有很大的不同。在戏曲舞台上，演员可以通过夸张的表演和唱白衬托人物性格乃至心理状态，而电影和电视连续剧则需要和生活一样真实的表现，这就难了。今天人们谈到1987年版电视连续剧《红楼梦》时，对贾宝玉、林黛玉、王熙凤的屏幕形象大为赞赏，尤其扮演林黛玉的演员陈晓旭已经驾鹤西去了，更增加了人们对她的赞美和怀念。其实，当年在电视连续剧《红楼梦》播出后，对陈晓旭扮演的林黛玉形象批评的最多，认为她只是表演出黛玉尖酸刻薄、闹小性儿的一面，并没有表现出黛玉纯净率真、聪明灵秀、清奇高雅的一面，尤其是黛玉动不动就生气哭泣，让人感到有些小肚鸡肠，不那么可爱，等等。其实，对陈晓旭表演的批评未免有些苛刻了，陈晓旭还是相当不错的演员，她对林黛玉形象的塑造还是比较成功的，至少到目前为止还没有哪部影视作品中的林黛玉超过了陈晓旭塑造的形象。陈晓旭扮演的林黛玉之所以存在一些不足，除她本人在艺术素养上的欠缺以外，最主要的是《红楼梦》小说中的林黛玉复杂的心理和内在的东西，曹雪芹可以"写"出来，而根本无法"演"出来。陈晓旭扮演的林黛玉已经是相当了不起了。演员如何理解、把握《红楼梦》的人物形象，这始终是《红楼梦》影视改编需要面对和认真研究的问题。从小说到戏曲到影视，不是简单地移植，而是一次新的创作。既然是"改编"，不"改"是不行的，怎么"改"怎么"编"，才是根本的问题，这也是学术研究的课题。高欢欢博士的研究，对进一步探索《红楼梦》的戏剧影视改编做出了积极贡献，这是很值得肯定的。

  明年就是1987年版电视连续剧《红楼梦》播出30周年，前些时候我碰见王扶林导演，说到有朋友希望在明年举办"87版"电视连续剧《红楼梦》播出30周年纪念活动，这位为中国的电视连续剧发展做出卓越贡献的老导演非常诚恳地说，纪念"87版"电视连续剧《红楼梦》播出30周年，不要光是回忆怀旧，他更希望能开个研讨会，好好研究《红楼梦》应该怎样改编的问题。他说现在有人说"87版"电视连续剧《红楼梦》是经典，"经典"到底应该如何确认，说"87版"是经典，它"经典"在哪些方面？这位老导演谦虚地说，我只是认为"87版"音乐好，演员选得好，其他的就说不好了。他还非常遗憾地说，从叙述结构方面来说，"87版"有些平淡。而太虚幻境和神话故事由于当时的认识和技术、经费等困难没有拍，也是极大的遗憾。这位一生都为中国电视剧事业奋斗的老艺术家的肺腑之言，令我极为感动。他所关心的不是个人的荣誉和名利，而是对《红楼梦》走进新时代的深刻思考，是想为《红楼梦》的当代传播做更多的贡献。我们在向这位卓越的艺术家表示崇高的敬意之余，更期待着有更多的专家学者关注《红楼梦》戏剧影视改编的研究，使《红楼梦》在当代得以更好地传播。在中国走向现代化的时候，我们的民族、我们的社会将会有更多的传统精神和文化气息，那么我们就能深深地扎根在中华大地上，让亿万中国人伴随着伟大的文学经典充满自豪自信自尊地走进新时代。

  是为序！

张庆善
2016年6月16日于北京惠新北里

张庆善：1952年出生，上海复旦大学中文系毕业。曾任中国艺术研究院红楼梦研究所所长、中国红楼梦学会秘书长，现任中国艺术研究院党委书记、副院长，中国艺术研究院学术评议委员会副主任，中国红楼梦学会会长，《红楼梦学刊》主编，研究员、博士研究生导师，新版电视连续剧《红楼梦》文学统筹，长期从事中国古典小说研究，特别是《红楼梦》研究。

序二

读高欢欢的《光影红楼剧——红楼戏剧影视研究》书稿，在我的眼前打开了一幅学术研究的新天地，我觉得这是一部选题独特、资料翔实、论证充分的著作。

本书在选题方面开了《红楼梦》、特别是红楼戏剧影视研究的先河。据高欢欢统计，根据小说《红楼梦》改编的当代中国大陆红楼剧有54部，其中戏曲舞台剧25部，有些剧目曾被改编成电影；根据小说《红楼梦》改编的当代中国大陆电影共有8部，除了谢铁骊导演的六部八集系列电影是故事片电影，其余的7部影片都是戏曲电影；根据小说《红楼梦》改编的电视剧共有17部，其中有10部是戏曲电视剧，涉及的剧种有京剧、越剧、川剧等；当代中国大陆《红楼梦》话剧改编有两部，即陈薪伊的全景话剧《红楼梦》和张广天的先锋话剧《红楼梦》。与单篇的剧评、影评完全不同，高欢欢把上述的红楼戏剧影视作为一个整体，对其展开全面、系统、立体、深入的研究，总结其社会影响，挖掘其经验教训，寻找出其规律性的东西，从选题的角度看，完全可以说是学术研究中的开先河之举。

在资料收集方面，高欢欢下了真功夫、硬功夫。比如根据小说《红楼梦》改编的当代大陆红楼梦剧有54部，书中对这54部剧的产生时间、所属剧种、基本内容、导演和主演、社会影响等方面的情况都弄得清清楚楚。在书的第三章第一节《当代中国大陆〈红楼梦〉电影速描》中，著者写道，1951年，上海国泰影片公司拍摄了由杨小仲导演的京剧电影《红楼二尤》。1962年，上海海燕电影制片厂和香港金声影业公司联合摄制了由岑范导演的彩色戏曲艺术片越剧《红楼梦》。1963年，上海海燕电影制片厂和香港金声影业公司联合摄制了由吴永刚导演的彩色戏曲艺术片京剧《尤三姐》。1989年，北京电影制片厂摄制了由谢铁骊导演的六部八集系列电影《红楼梦》。2003年，泰国正大集团、上海越剧院、上海文广新闻传媒集团联合摄制了由胡雪杨导演的越剧电影《红楼梦》。2007年，北京华风气象影视信息集团有限责任公司、上海越剧院、中央新闻纪录电影制片厂联合摄制了两部越剧电影《红楼梦》，一部为民乐版，一部为交响乐版。2013年，北京北奥集团有限责任公司、北方昆曲剧院、星美今晟影视城管理有限公司和星美（北京）影业有限公司共同出品了由龚应恬导演的昆剧电影《红楼梦》。著者还特别指出，除了谢铁骊导演的六部八集电影《红楼梦》是故事片外，其余的影片均为戏曲电影。从上述的举例可以看出，著者几乎是穷尽了所有资料。资料全面、充分、扎实，说话才能做到有根有据。

在论证方面，高欢欢下的功夫尤其深。全书分为上、下两篇，上篇包括五章，第一章为《当代中国大陆红楼剧总面貌》是总论，接下去四章依次论述当代中国大陆《红楼梦》戏曲舞台剧、《红楼梦》电影、《红楼梦》电视剧、《红楼梦》话剧，从而构建起各类红楼剧纵向的、历时性的史线索；下篇包括第六、第七、第八这三章，依次是《红楼剧对小说〈红楼梦〉的接受》《红楼剧的人物表演与意境营造》《时代氛围对红楼剧改编的影响》，从而梳理、总结出各类红楼剧横向的、共时性的整体面貌和内在特质；将上、下两篇联系起来，我们看到，著者已经构建了关于当代大陆红楼剧的纵横交错、史论结合的研究框架、研究体系和研究结论。在对具体问题的论述上，书中处处可见精彩之处，比如在第二章论述当代中国大陆红楼戏曲舞台剧改编及演出情况时，著者写道：当代大陆《红楼梦》戏曲舞台剧改编剧目有25部，其中越剧所改编的"红楼戏"剧目繁多、影响力较大。温婉多情的越剧适合演绎才子佳人的爱情故事，因此以宝黛爱情故事为主线的越剧《红楼梦》成了经典的传世之作；慷慨激昂的京剧适合塑造泼辣、刚毅的女子，因此以尤三姐、王熙凤等人物为主角的《红楼二尤》《尤三姐》和《王熙凤大闹宁国府》成了经典之作；高贵典雅的昆剧与小说原著的气质最为吻合，二者都是作为中国古典艺术美的极致而体现出了一种独特的审美情怀，因此昆剧《红楼梦》以其优雅低回的唱腔、古朴典雅的唱词和清新优美的表演显示出了独具一格的审美格调。黄梅戏《红楼梦》以其鲜明的主题、动听的唱腔和强烈的戏剧冲突赢得了观众的认可。它以宝黛爱情故事为主线，以宝玉的境遇和思想为核心，揭露封建制度的罪恶，倡扬个性解放的必然。龙江剧作为东北黑土地上土生土长的戏曲，它对《红楼梦》的改编更是具有自己独特的风貌。龙江剧《荒唐宝玉》以宝玉的荒唐轶事为主线，结合了二人转等独具地方特色的艺术表演，体现了宝玉的叛逆性格。著者这里所做的综合性的概述，文字精简，抓住了各个剧种与《红楼梦》产生联系（即改编）的独特个性和本质特点，给我们留下了非常深刻的印象。

我和高欢欢的父亲是多年的好友，我知道高欢欢自小读书认真，成绩一直优秀，善于独立思考，读博期间更是勤奋努力，收获甚大。现在她这部著作即将出版，我感到由衷高兴，于是很乐意写下了上面的读后文字。

余三定

2016年5月14日于岳阳市南湖畔

余三定：湖南岳阳县人。国务院政府特殊津贴获得者。中文系教授，中国作家协会会员，研究方向为文艺学和当代学术史。曾任湖南理工学院校长，党委副书记。

目录

上 篇

第一章 当代中国大陆红楼剧总面貌………003
　第一节　当代中国大陆红楼剧总览………003
　第二节　当代中国大陆红楼剧发展概貌………006

第二章 当代中国大陆《红楼梦》戏曲舞台剧………009
　第一节　当代中国大陆红楼戏曲舞台剧概貌………009
　第二节　永葆魅力的经典——越剧《红楼梦》………017
　第三节　别出心裁的选材——京剧红楼戏………021
　第四节　传统与现代——昆剧《晴雯》与《红楼梦》………023
　第五节　淳朴活泼的演绎风格——黄梅戏《红楼梦》………030
　第六节　尽显通俗美，荒唐中见真理——龙江剧《荒唐宝玉》………032

第三章 当代中国大陆《红楼梦》电影………035
　第一节　当代中国大陆《红楼梦》电影速描………035
　第二节　红楼戏曲电影：红楼舞台剧中的经典………040
　第三节　谢铁骊导演的六部八集电影《红楼梦》：
　　　　　生不逢时的杰作………045

第四章 当代中国大陆《红楼梦》电视剧………051
　第一节　当代中国大陆红楼电视剧概貌………051
　第二节　堪称经典的王扶林版电视剧《红楼梦》………060
　第三节　诸多非议的李少红版电视剧《红楼梦》………066
　第四节　电视剧红楼人物群像：《黛玉传》《红楼丫头》………081
　第五节　当代大陆《红楼梦》戏曲电视剧………085

第五章　当代中国大陆《红楼梦》话剧………097
　　第一节　陈薪伊导演的景观剧《红楼梦》………097
　　第二节　张广天导演的先锋话剧《红楼梦》………100
　　小　结………105

下　篇

第六章　红楼剧对小说《红楼梦》的接受………111
　　第一节　红楼剧与小说版本的关系　………112
　　第二节　红楼剧对悲剧意蕴的诠释………121
　　第三节　红楼剧对虚幻情节的取舍………129

第七章　红楼剧的人物表演与意境营造………139
　　第一节　红楼剧人物表演论………140
　　第二节　红楼剧之意境营造………149

第八章　时代氛围对红楼剧改编的影响………155
　　第一节　学术研究与红楼剧………156
　　第二节　商业运作与红楼剧………158
　　小　结………163

结　语………165

附论一：李少红导演的水景秀《红楼梦》………169
附论二：港台红楼剧………171
　　第一节　港台红楼剧的学术研究概况………171
　　第二节　港台《红楼梦》电影………172
　　第三节　港台《红楼梦》电视剧………179
参考文献………183
附录一：清代《红楼梦》戏剧改编资料汇编………202
附录二：民国时期《红楼梦》戏剧改编资料汇编………208
附录三：当代大陆《红楼梦》戏剧改编资料汇编………220
致　谢………228

上 篇

第一章　当代中国大陆红楼剧总面貌

第二章　当代中国大陆《红楼梦》戏曲舞台剧

第三章　当代中国大陆《红楼梦》电影

第四章　当代中国大陆《红楼梦》电视剧

第五章　当代中国大陆《红楼梦》话剧

第一章　当代中国大陆红楼剧总面貌

第一节　当代中国大陆红楼剧总览

据笔者不完全统计，根据小说《红楼梦》改编的当代中国大陆红楼剧有54部，其中戏曲舞台剧25部，有些剧目曾被改编成电影，如京剧《红楼二尤》《尤三姐》，越剧《红楼梦》等。此外，为了戏曲艺术的抢救、传留和振兴，国家还启动了"音配像"[1]文化工程，其中涉及《红楼梦》戏曲改编的剧目有京剧音配像《红楼二尤》、评剧音配像《王熙凤大闹宁国府》《红楼梦》。将"音配像"归于戏曲舞台剧既有其合理性，又不完全准确，理由有三：其一，"音配像"工程的启动目的并不是为了舞台演出，而是为了保存文化遗产。其二，"音配像"在演出形式上与传统戏曲舞台剧有所不同，演员的"形""声"是分离的。一般而言，以老艺术家留下的声音为基础，年轻艺术家根据录音来配像。其三，戏曲舞台剧演出有一个最重要的因素那就是"观众"，但"音配像"的录制是无需观众的。因此，从某种意义上来说，"音配像"不是完全意义上的戏曲舞台剧。但"音配像"以舞台演出为基础，其基本形态也与戏曲舞台剧没有本质区别，为了使本书的分类不至过于繁复，因此本书将之归于戏曲舞台剧。根据小说《红楼梦》改编的当代中国大陆电影共有8部，除了谢铁骊导演的六部八集系列电影是故事片电影，其余7部影片都是戏曲电影。根据小说《红楼梦》改编的电视剧共有17部，其中有10部是戏曲电视剧，涉及的剧种有京剧、越剧、川剧等。当代中国大陆《红楼梦》话剧改编仅有两部，即陈薪伊的全景话剧《红楼梦》和张广天的先锋话剧《红楼梦》。艺术形态的多元化发展，使得艺术创作者们不断地进行新的艺术尝试和探索，李少红的水景秀《红楼梦》就充分地利用水立方这个独特的剧场环境，打造了一场声光电色的盛宴。林奕华导演、何韵诗主演的音乐舞台剧《贾宝玉》也以一个全新的视角

---

[1] "中国京剧音配像精粹"是在李瑞环创意和指导下实施的一项文化工程，为祖国的文化事业留下了一份宝贵财富。"音配像"工程所涉及的剧种还有昆剧、越剧、评剧、淮剧、沪剧等诸多剧种。

来解读这部经典名著。

表一：当代中国大陆红楼剧总览

序号	时间	剧名	剧种	编导
1	1951年	《红楼二尤》	京剧电影	编剧、导演：杨小仲
2	1962年	《红楼梦》	越剧电影	编剧：徐进，导演：岑范
3	1963年	《尤三姐》	京剧电影	编剧：陈西汀，导演：吴永刚
4	1963年	《晴雯》	昆剧舞台剧	导演：阿甲、白云生、马祥麟
5	1979年	《王熙凤大闹宁国府》	京剧舞台剧	编剧：陈西汀，导演：马科
6	1980年	《晴雯》	单集昆剧	导演：李莉、岳美缇
7	1982年	《情僧偷到潇湘馆》	粤剧舞台剧	改编：陈冠卿，导演：李观漪
8	1983年	《王熙凤》	潮剧舞台剧	导演：黄瑞英
9	1984年	《王熙凤》	单集川剧	编剧：徐棻，导演：倪绍忠
10	1984年	《红楼梦》	两集越剧	总导演：吴琛
11	1985年	《红楼十二官》	五集京剧	编剧：王祖鸿，导演：莫宣
12	1986年	《大观园》	越剧舞台剧	编剧：胡小孩，导演：程维嘉、胡其娴、杨小青
13	1987年	《红楼梦》	36集电视剧	导演：王扶林
14	1987年	《红楼梦》	越剧舞台剧	总导演：黄祖模
15	1989年	《红楼梦》	六部八集电影	总导演：谢铁骊
16	1991年	《宝玉与晴雯》	越剧舞台剧	撰稿：高义龙，导演：许诺
17	1991年	《红楼外传》之一《玉碎珠沉》（上下集）	两集川剧	原著文学顾问：萧赛，编剧：谭愫、文先荣，导演：徐正直
18	1992年	《怡红院的丫头》	越剧舞台剧	编剧：周粟，导演：吴志林
19	1992年	《荒唐宝玉》	龙江剧舞台剧	导演：孙铁石、李芳
20	1992年	《红楼梦》	黄梅戏舞台剧	编剧：陈西汀，导演：马科
21	1992年	《曹雪芹》	十集京剧	导演：周宝鑫、沙如荣
22	1993年	《红楼外传》之二《红粉飘零》（上下集）	两集川剧	原著文学顾问：萧赛，编剧：谭愫、文先荣，导演：徐正直
23	1996年	《红楼二尤》	越剧舞台剧	作词：薛允璜，编曲：陈国良
24	1996年	《锦裳新曲》	越剧舞台剧	导演：童薇薇
25	1997年	《秦可卿之谜》	20集电视剧	导演：姚守岗、于琦

续表

序号	时间	剧名	剧种	编导
26	1998年	《葫芦案》	绍剧舞台剧	导演：杨关兴、陈伟龙
27	1999年	《红楼梦》	越剧舞台剧	导演：童薇薇、孙虹江
28	2000年	《红楼梦》	30集越剧	总导演：梁永璋
29	2002年	《红楼丫头》	21集电视剧	导演：黄健中、郭靖宇
30	2002年	《红楼二尤》	京剧音配像	导演：阎德威
31	2003年	《曹雪芹》	30集电视剧	导演：王静
32	2003年	《红楼梦》	越剧电影	编剧：徐进，导演：胡雪杨
33	2004年	《红楼梦》	黄梅戏舞台剧	编剧：陈西汀，舞台导演：马科
34	2005年	《刘姥姥》	评剧舞台剧	舞台导演：赵国忠
35	2005年	《刘姥姥外传》	30集电视剧	导演：胡国华、冯大年
36	2005年	《刘姥姥》	两集评剧	导演：刘三牛
37	2007年	《红楼梦》(经典版)	越剧电影	总导演：韦翔东
38	2007年	《红楼梦》(交响乐版)	越剧电影	总导演：韦翔东
39	2007年	《红楼梦》	全景话剧	编剧、导演：陈薪伊
40	2007年	《红楼梦》	先锋话剧	编剧、导演：张广天
41	2008年	《红楼梦》	扬剧舞台剧	舞台导演：王庆昌
42	2008年	《王熙凤大闹宁国府》	京剧舞台剧	编剧：陈西汀，导演：李小平
43	2008年	《王熙凤大闹宁国府》	越剧舞台剧	导演：石玉昆、王乃兴
44	2008年	《王熙凤》	17集川剧	编剧：徐棻，导演：欧阳奋强
45	2010年	《黛玉传》	35集电视剧	导演：李平
46	2010年	《红楼梦》	50集电视剧	导演：李少红
47	2011年	《红楼梦》	昆剧舞台剧	总导演：曹其敬
48	2012年	《红楼梦》	水景秀	导演：李少红
49	2012年	《贾宝玉》	音乐舞台剧	导演：林奕华，编剧：黄咏诗
50	2013年	《红楼梦》	昆剧电影	导演：龚应恬，编剧：谢柏梁
51	不详	《王熙凤与尤二姐》	黄梅戏舞台剧	导演：罗爱祥、周考如，改编：高国华
52	不详	《宝玉哭晴雯》	粤剧舞台剧	编剧：陈冠卿，导演：李观漩

续表

序号	时间	剧名	剧种	编导
53	不详	《王熙凤大闹宁国府》	评剧音配像	电视导演：王立平
54	不详	《红楼梦》	评剧音配像	曹克英改编

第二节 当代中国大陆红楼剧发展概貌

小说《红楼梦》曾被多种艺术形态所改编，其中有戏曲、话剧、电影、电视剧、水景秀等。单是戏曲，就有京剧、粤剧、越剧、昆剧、黄梅戏、绍剧、川剧、龙江剧、评剧、扬剧、绍剧、潮剧等12个剧种对之进行艺术改编，其中越剧《红楼梦》更是成为经典保留剧目得以代代相传。舞台剧和电影对红楼故事整本全景式的改编较少，而部分改编较多。即便是整本全景改编也仅能选取小说原著中的若干故事情节和人物连缀而成，如1962年由徐玉兰、王文娟主演的越剧《红楼梦》、1992年由马兰主演的黄梅戏《红楼梦》和2011年由翁佳慧、朱冰贞主演的昆剧《红楼梦》。舞台剧对红楼故事的演绎或以主要人物为主线，或节选主要故事情节，如龙江剧《荒唐宝玉》、昆剧《晴雯》、川剧《王熙凤》等就是以主要人物为主线演绎的红楼剧。京剧《红楼二尤》《王熙凤大闹宁国府》、粤剧《情僧偷到潇湘馆》等就是由小说原著中的经典故事演绎而来。谢铁骊导演的六部八集电影《红楼梦》，无论从故事情节还是人物形象塑造上都全景式地展现了小说原著的博大精深，其内容含量是岑范导演的越剧电影《红楼梦》和龚应恬导演的昆剧电影《红楼梦》所无可比拟的。但越剧电影《红楼梦》却成为一代经典流传至今，昆剧电影《红楼梦》也在新世纪产生了极为轰动的影响。全景式地展现小说原著内涵的应该是1987年王扶林导演的电视剧《红楼梦》和2010年李少红导演的电视剧《红楼梦》。话剧对《红楼梦》的改编则更多地体现了导演的主观意识，如陈薪伊的全景话剧《红楼梦》和张广天的先锋话剧《红楼梦》。

自小说《红楼梦》问世以来，与之相关的研究、评论、续书、改编就连绵不绝。新中国成立后，各种类型的红楼剧改编更是绵延至今。从1949年中华人民共和国成立开始，到2016年2月，"当代"已经走过了67年历程。红楼剧在各个历史时期的发展与时代背景息息相关，虽然同属当代，意识形态有连续性，但各个历史时期又有明显不同。下面结合每个历史时期的政治格局和意识形态特点，简要介绍、分析各个历史阶段红楼剧的改编情况。

第一阶段，1949—1966，"文革"前"十七年"。从1949年新中国成立到1966年"文革"爆发，是当代红楼剧的第一个历史时期。这一时期的红楼剧仅有四部，即1951年京剧电影《红楼二尤》，1962年越剧电影《红楼梦》，1963年京剧电影《尤三姐》以及1963年昆剧舞台剧《晴雯》。由于年代久远而且当时的技术手段比较落后，所以或许有更多的《红楼梦》舞台剧曾经在剧场演绎过，但是却没有影像资料或相关文字记载的保存记录。《严格的要求，热情的爱护——回忆周总理对昆剧〈晴雯〉的一次讲话》[1]一文中详细地记载了1963年昆剧舞台剧《晴雯》的相关演出情况。此外，该剧在1980年被拍成了单集昆剧。因此这部剧目得以以比较完整的形态保存下来。中国的第一部电视剧诞生于1958年，作为初生的艺术形态，此时的电视剧还无法驾驭《红楼梦》这部长篇古典主义小说，因此这段时间也没有红楼电视剧的出现。这一时期的红楼剧有一个比较显著的特征，那就是反封建、反压迫的阶级意识。《红楼二尤》和《尤三姐》的故事反映了罪恶的封建制度对柔弱女子的摧残。越剧《红楼梦》也体现了封建家长专制制度最终导致宝黛爱情悲剧命运的罪恶。昆剧《晴雯》则更是塑造了两大对立的阶级，以王夫人为代表的封建地主阶级和以晴雯为代表的备受压迫的奴隶阶级。1954年，意识形态领域的一场轰轰烈烈的《红楼梦》研究批判运动，或直接或间接地影响了红楼剧的改编，从而使得这一时期的红楼剧带有鲜明的时代特点。

第二阶段，1966—1976，"文革"十年。从1966年"文革"爆发到1976年粉碎"四人帮"，史称"文革"十年。这一历史时期只有样板戏一枝独秀，艺术界百花消歇，"红楼"剧亦销声匿迹。

第三阶段，1976—2000，改革开放初期。这一时期的红楼剧呈现出百花齐放、争奇斗艳的姿态，共有红楼剧23部，其中有1部电影、9部电视剧、13部戏曲舞台剧。经历了长达十年相对禁锢的生活后，改革开放使得祖国的文艺事业又焕发出勃勃生机。此时的戏剧影视艺术尽管受到了多元文化艺术的冲击，但《红楼梦》依然以绝对的优势占据着舞台和银屏。

第四阶段，2000—2016，新世纪伊始。这一时期的红楼剧共有27部，其中有7部电视剧、8部戏曲舞台剧、5部电影、3部音配像、2部话剧、1部水景秀、1部音乐舞台剧。这一阶段的红楼剧艺术形式更为丰富多彩，不仅有传统的戏曲舞台剧、电视剧、电影，还有国家为了保护经典剧目而启动的"音配像"工

---

1 《红楼梦研究集刊》编委会：《红楼梦研究集刊》（第一辑），上海：上海古籍出版社1979年版，第1页。

程。此外，还有全景话剧、先锋话剧、水景秀、音乐剧等艺术形式的出现。

"不到园林，怎知春色如许？"红楼剧亦如小说原著中的大观园，不深入其中，竟不知其繁花似锦、花团锦簇。笔者将在以下的篇章中逐一介绍这些或唯美，或浪漫，或凄凉，或悲愤的红楼剧。

第二章　当代中国大陆《红楼梦》戏曲舞台剧

文学大师曹雪芹在"悼红轩"中披阅十载、呕心沥血而成的古典名著《红楼梦》是中华民族文化宝库中不朽的瑰宝,其思想价值与艺术价值可谓中国古典文学的最高峰。虽说"满纸荒唐言",却是"一把辛酸泪"。《红楼梦》问世至今,有多少读者手不释卷,为它而痴?又有多少舞台旖旎说"梦",演绎情怀?戏曲舞台演出受制于时间与空间的约束,一般只能对《红楼梦》中的某个故事情节或人物形象加以演绎。即便是全景式地整体改编,也仅能节选与主题相关的故事加以演绎。根据小说《红楼梦》改编的当代中国大陆戏曲舞台剧有25部,其中有3部是"音配像",涉及的剧种有越剧、粤剧、京剧、昆曲、黄梅戏、龙江剧、评剧、潮剧、绍剧、扬剧等。本章在对红楼戏曲舞台剧整体描述的基础上,选择了有代表性的剧目进行艺术分析,总结其艺术规律与特点。

第一节　当代中国大陆红楼戏曲舞台剧概貌

一、当代中国大陆红楼戏曲舞台剧一览

在诸多艺术形态中,当代大陆红楼戏曲舞台剧是最为兴盛的,请见下表:

表二：当代中国大陆《红楼梦》戏曲舞台剧一览

序号	时间	剧名	剧种	演员
1	1963年	《晴雯》	昆剧	顾凤莉（饰晴雯）
2	1979年	《王熙凤大闹宁国府》	京剧	童芷苓（饰王熙凤）
3	1982年	《情僧偷到潇湘馆》	粤剧	冯刚毅（饰贾宝玉）、郑秋怡（饰林黛玉）
4	1983年	《王熙凤》	潮剧	孙小华（饰王熙凤）、吴玲儿（饰尤二姐）
5	1986年	《大观园》	越剧	茅威涛（饰贾宝玉）、何赛飞（饰林黛玉）
6	1987年	《红楼梦》	越剧	王君安（饰贾宝玉）、李敏（饰林黛玉）

续表

序号	时间	剧名	剧种	演员
7	不详	《王熙凤与尤二姐》	黄梅戏	丁同（饰王熙凤）、满玲玲（饰尤二姐）
8	1991年	《宝玉与晴雯》	越剧	范瑞娟（饰贾宝玉）、吕瑞英（饰晴雯）
9	1992年	《怡红院的丫头》	越剧	王晓燕（饰晴雯）、金铃、余彩菊等
10	1992年	《荒唐宝玉》	龙江剧	白淑贤（饰贾宝玉）、王春环（饰林黛玉）
11	1992年	《红楼梦》	黄梅戏	马兰（饰贾宝玉）、吴亚玲（饰林黛玉）
12	1996年	《红楼二尤》	越剧	朱晓平（饰尤二姐）
13	1996年	《锦裳新曲》	越剧	单仰萍（饰贾元春）、张咏梅（饰林黛玉）
14	1998年	《葫芦案》	绍剧	赵秀治（饰贾雨村）、姚百青（饰小沙弥）
15	1999年	《红楼梦》	越剧	钱惠丽（饰贾宝玉）、单仰萍（饰林黛玉）
16	2002年	《红楼二尤》	京剧音配像	荀慧生（音）、孙毓敏（像）饰尤二姐、尤三姐
17	2004年	《红楼梦》	黄梅戏	何云（饰宝玉）、魏蓓蓓（饰林黛玉）
18	2005年	《刘姥姥》	评剧	董玉梅（饰刘姥姥）、刘福先（饰王熙凤）
19	不详	《王熙凤大闹宁国府》	评剧音配像	宫静（饰王熙凤），王玉华（音）、崔晓东（像）饰尤二姐
20	不详	《红楼梦》	评剧音配像	宋丽（音）、何英楠（像）饰林黛玉
21	2008年	《红楼梦》	扬剧	孙爱民（饰贾宝玉）、金瓯（饰林黛玉）
22	2008年	《王熙凤大闹宁国府》	京剧	魏海敏（饰王熙凤）、陈美兰（饰尤二姐）
23	2008年	《王熙凤大闹宁国府》	越剧	谢进联（饰王熙凤）、陈莉萍（饰尤二姐）
24	不详	《宝玉哭晴雯》	粤剧	郭凤女（饰晴雯）、丁凡（饰贾宝玉）
25	2011年	《红楼梦》	昆剧	翁佳慧（饰贾宝玉）、朱冰贞（饰黛玉）

二、当代中国大陆红楼戏曲舞台剧改编及演出情况

当代大陆《红楼梦》戏曲舞台剧改编剧目有25部,其中越剧所改编的红楼剧目繁多、影响力较大。缠绵悱恻、温婉多情的越剧适合演绎才子佳人的爱情故事,因此以宝黛爱情故事为主线的越剧《红楼梦》成了经典的传世之作;慷慨激昂的京剧适合塑造泼辣、刚毅的女子,因此以尤三姐、王熙凤等人物为主角的《红楼二尤》《尤三姐》和《王熙凤大闹宁国府》成为经典之作;高贵典雅的昆剧与小说原著的气质最为吻合,二者都是作为中国古典艺术美的极致而体现出了一种独特的审美情怀,因此昆剧《红楼梦》以其优雅低回的唱腔、古朴典雅的唱词和清新优美的表演显示出了独具一格的审美格调。黄梅戏《红楼梦》以其鲜明的主题、动听的唱腔和强烈的戏剧冲突赢得观众的认可。它以宝黛爱情故事为主线,以宝玉的境遇和思想为核心,揭露封建制度的罪恶,倡扬个性解放的必然。龙江剧作为东北黑土地上土生土长的戏曲,它对《红楼梦》的改编更具有自己独特的风貌。龙江剧《荒唐宝玉》以宝玉的荒唐轶事为主线,结合二人转等独具地方特色的艺术表演,体现了宝玉的叛逆性格。

(一)越剧红楼戏

表三:当代中国大陆越剧红楼戏

序号	剧名	剧种	时间	编导	演员	剧团(院)
1	《大观园》	越剧	1986年	编剧:胡小孩,导演:程维嘉、胡其娴、杨小青	茅威涛(饰贾宝玉)、何赛飞(饰林黛玉)、何英(饰薛宝钗)	浙江小百花越剧团演出
2	《红楼梦》	越剧	1987年	编剧:徐进,导演:尹桂芳	王君安(饰贾宝玉)、李敏(饰林黛玉)	福建芳华越剧团演出
3	《宝玉与晴雯》	越剧	1991年	撰稿:高义龙,导演:许诺	范瑞娟(饰贾宝玉)、吕瑞英(饰晴雯)	上海越剧院演出
4	《怡红院的丫头》	越剧	1992年	编剧:周粟,导演:吴志林	王晓燕(饰晴雯)	浙江玉环县越剧团演出
5	《红楼二尤》	越剧	1996年	作词:薛允璜,编曲:陈国良	朱晓平(饰尤二姐)	平阳越剧团演出

续表

序号	剧名	剧种	时间	编导	演员	剧团（院）
6	《锦裳新曲》	越剧	1996年	编剧：徐进，导演：童薇薇	单仰萍（饰贾元春）、张咏梅（饰林黛玉）	上海越剧院红楼剧团演出
7	《红楼梦》	越剧	1999年	编剧：徐进，导演：童薇薇、孙虹江	钱惠丽（饰贾宝玉）、单仰萍（饰林黛玉）	上海越剧院演出
8	《王熙凤大闹宁国府》	越剧	2008年	编剧：陈西汀，导演：石玉昆、王乃兴	谢进联（饰王熙凤）、陈莉萍（饰尤二姐）、金梦超（饰秋桐）	中央电视台、绍兴广播电视总台录制

越剧对《红楼梦》的改编不仅数量最多，而且影响也最大。1986年，浙江小百花越剧团打造的越剧《大观园》从"元妃省亲"开始，到"宝玉哭灵"结束，与徐进编剧的经典越剧《红楼梦》相比，改编得比较多。该剧分为九场：一、元妃省亲；二、群芳吐蕊；三、送药赠帕；四、潇湘惊梦；五、黛玉伤春；六、宝玉悲秋；七、宝钗忧心；八、寒月离魂；九、真干净。与1962年电影版《红楼梦》相比，该剧中的薛宝钗形象更为丰满、立体，编导在第七场演绎了薛宝钗对未来生活的担忧与困惑。该剧由茅威涛饰演贾宝玉、何赛飞饰演林黛玉、何英饰演薛宝钗。这些演员无论是扮相、唱功还是表演功力都非常了得，是越剧界当之无愧的大腕儿。但也许是先入为主的观念使得"徐（玉兰）派"宝玉与"王（文娟）派"黛玉成为越剧《红楼梦》中的正统与经典，因此茅威涛的"尹（桂芳）派"宝玉与何赛飞的"张（云霞）派"黛玉并没有在观众中引起轰动，该剧也未能成为二人的代表性剧目。

1987年，福建芳华越剧团演出的《红楼梦》依然以1962年电影版《红楼梦》为演出底本，主演王君安是尹桂芳的嫡传弟子，贾宝玉的唱腔与电影徐派唱腔有所区别。尹派唱腔低回婉转、朴素自然，尤其是低音小腔，是越剧唱腔中很有特色的一绝。尹派唱腔不仅擅于表现悲痛之情，"哭灵"时字字凄婉、催人泪下，表达欢快之情时亦是恰到好处、活灵活现。

1991年，上海电视台、上海越剧院摄制了越剧《宝玉与晴雯》。此次摄制的是舞台纪录片《范瑞娟表演艺术》，其中有红楼戏《宝玉与晴雯》。早在20世纪40年代后期,傅全香和范瑞娟的东山越艺社就演出过《宝玉与晴雯》。

1992年,浙江电视台录制、浙江玉环县越剧团演出了《怡红院的丫头》,该剧以晴雯为主角,揭露了底层社会丫头们悲惨的命运。该剧1992年参加浙江省第五届戏剧节演出,获得多个奖项。该剧以大观园中的众丫鬟为主角,描述了晴雯、袭人、司棋等丫鬟的人生命运。该剧中的袭人非常露骨地向王夫人谄媚,并将四儿、芳官、晴雯平日与宝玉玩耍时的戏言密告王夫人。

1996年,平阳越剧团演出了越剧《红楼二尤》。该剧演绎了尤二姐、尤三姐的悲惨人生,人物形象、故事情节与小说原著比较相符。剧中通过大量的唱段抒发了人物的内心情感,甚至创造性地让王熙凤与尤三姐有一段对话,从而更深地揭露了王熙凤阴险、毒辣的人物性格。

1996年,上海越剧院摄制、上海越剧院红楼剧团演出了《锦裳新曲》。该剧不是一部完整的红楼剧,而是由若干个"红楼"折子戏串演而成的晚会,计有《元妃省亲》《三姐折簪》《晴雯补裘》《宝玉夜祭》《白雪红梅》《妙玉净心》《黛玉葬花》《宝玉哭灵》和《皈依感悟》九个折子戏。

1999年,上海大剧院红楼艺术有限公司摄制、上海越剧院演出了越剧《红楼梦》。全剧共分为十二场:一、元妃省亲;二、读"西厢";三、不肖种种;四、答宝玉;五、闭门羹;六、葬花;七、王熙凤献策;八、傻丫头泄密;九、黛玉焚稿;十、金玉良缘;十一、宝玉哭灵;十二、太虚幻境。该剧演出共分为四组,由不同的演员组合。第一组:钱惠丽饰贾宝玉、单仰萍饰林黛玉;第二组:郑国凤饰贾宝玉、王志萍饰林黛玉;第三组:方亚芬饰贾宝玉、华怡青饰林黛玉;第四组:赵志刚饰贾宝玉、方亚芬饰林黛玉。

2008年,中央电视台、绍兴广播电视总台录制了越剧《王熙凤大闹宁国府》。该剧是宁波小百花越剧团移植陈西汀的剧本,重新创作排演的。全剧始于贾琏偷娶尤二姐事发,王熙凤故做好人,先将二姐接至家中,再派家丁唆使二姐前夫张华兴讼。王熙凤又惊动老祖宗贾母,并借机到宁国府找尤氏打闹。经尤氏、贾蓉再三劝解,许以赔银五百两,此事始得暂时了结。而后,王熙凤暗下堕胎药,挑唆秋桐辱骂二姐。二姐在惊吓、羞辱、绝望中吞金自尽。王熙凤假惺惺地为二姐痛哭,秋桐过来安慰,她把犀利的目光射向秋桐,全剧终。

(二)昆剧红楼戏

就历史渊源来说,中国古典戏曲之鼻祖——昆曲,与《红楼梦》的结缘应该是最为悠久的。自清代起便有昆曲红楼剧的改编,如仲振奎的《红楼梦传奇》、朱凤森的《十二钗传奇》等,然而此时的红楼剧改编多为"案头剧"。

1963年,王昆仑改编的昆剧《晴雯》受到当时政治运动的影响,将阶级斗

越剧电影《红楼梦》（1962年，徐玉兰、王文娟主演）

争作为该剧的主题思想，体现了那个时代的风貌。

1980年，上海电视台摄制、上海昆剧团演出的昆剧《晴雯》即由1963年版《晴雯》改编而来，该剧由昆剧表演艺术家华文漪饰演晴雯，岳美缇饰演贾宝玉。

2010年，北方昆曲剧院与怀柔区文委共同主办了央视《红楼寻梦》节目，通过这种选秀节目选拔了一些具有潜质的青年演员。北昆豪华青春版《红楼梦》舞台剧由此开始了全国巡演，该剧后来被改编成电影。

2013年2月26日，昆曲电影《红楼梦》首映仪式在北京大学百周年纪念讲堂隆重举行，此后在首都高校巡映。昆曲电影《红楼梦》由昆曲舞台剧的原班人马出演，由著名影视和舞台剧编导龚应恬执导，著名摄影师谢平任摄影指导，"金鸡奖"得主卢月林任美术设计，上海昆剧团女小生翁佳慧在片中饰演贾宝玉，北方昆曲剧院青年新秀朱冰贞、邵天帅在片中分别饰演林黛玉和薛宝钗。

（三）黄梅戏红楼戏

20世纪80年代安庆市黄梅戏一团演出了黄梅戏《王熙凤与尤二姐》，该剧由高国华改编，罗爱祥、周考如导演，程学勤作曲。丁同饰演王熙凤，满玲玲饰演尤二姐，董家琳饰演贾琏，斯淑娴饰演贾母。该剧以紧凑的剧情、优美的唱腔和演员精湛的表演赢得了观众的认可。尤其是丁同所饰演的王熙凤，泼辣、精明、口蜜腹剑，与尤二姐软弱、善良、和顺、纯真的性格形成了鲜明的对照。

1992年，由河北电视台录制、安徽省黄梅戏剧院演出的黄梅戏《红楼梦》引起了轰动。黄梅戏《红楼梦》也曾获得第二届"文华奖"的剧目大奖和"五个一工程"的优秀戏剧奖。该剧由著名剧作家陈西汀编剧、马科导演，黄梅戏表演艺术家马兰饰演贾宝玉。全剧共分"梦回""喜庆""共读""被笞""立盟""密谋""生离""死别"八场。

2004年，安徽省黄梅戏剧院又推出了该剧的"青春版"，由何云饰演贾宝玉、魏蓓蓓饰演林黛玉。剧情、唱腔、音乐设计均承袭了1992年版《红楼梦》，只是演员由新生代的青年演员担纲。

（四）粤剧红楼戏

粤剧对《红楼梦》改编的年代较早。1956年，由陈冠卿改编的粤剧《情僧偷到潇湘馆》就曾被摄制成粤剧电影。1982年，深圳市粤剧团演出了同名舞台剧《情僧偷到潇湘馆》。该剧由李观漩导演、冯刚毅饰演贾宝玉、郑秋怡饰演林黛玉。此外，广东粤剧院一团也排演了此剧，导演陈小莎，丁凡饰演贾宝玉，蒋文端饰演林黛玉。

陈冠卿先生还根据《红楼梦》改编了粤剧《宝玉哭晴雯》，该剧是粤剧名伶薛觉先的首本戏，香港名伶文千岁也演唱过。冯刚毅与苏春梅、新马师曾与钟丽蓉以及陈笑风都曾主演过《宝玉哭晴雯》。广东粤剧院青年剧团也曾演出过该剧目，由李观漩导演，郭凤女饰演晴雯，丁凡饰演贾宝玉。

（五）京剧红楼戏

1965年，陈西汀根据《红楼梦》第68回改编了京剧剧本《王熙凤大闹宁国府》，童芷苓于1979年在上海首演此剧，上海电视台曾经播出。2003年5月，台湾国光剧团选择这部戏作为年度大制作。该剧以王熙凤与尤二姐的故事为背景，生动地刻画了王熙凤泼辣、狠毒的个性。2008年，台湾国光剧团再次演出该剧，由李小平任导演，魏海敏饰演王熙凤，陈美兰饰演尤二姐，刘海苑饰演秋桐。

2002年，天津市中华民族文化促进会录制了京剧音配像《红楼二尤》。京剧音配像工程是国家为了抢救、传留和振兴京剧艺术，组织有关部门通过音配像技术手段，复原、重现前辈京剧名家的舞台形象，抢救濒临失传的优秀剧目而进行的文化传承工程。音配像京剧《红楼二尤》，根据1961年荀慧生演出录音配像，导演阎德威，荀慧生（音）、孙毓敏（像）饰演尤二姐、尤三姐。

（六）评剧红楼戏

2005年，河北省丰润评剧团和河北电影电视剧制作中心联合摄制了舞台纪录片《刘姥姥》，该剧由董玉梅饰演刘姥姥、刘福先饰演王熙凤。通过刘姥姥三进荣国府的情节，用强烈的喜剧色彩对刘姥姥等形象做了深入开掘和再创作。该舞台剧自2005年1月起多次在中央电视台戏曲频道、综艺频道播出。

1994至2002年之间，广东唱金影音公司录制、沈阳评剧院演出了评剧音配像《王熙凤大闹宁国府》和《红楼梦》。评剧音配像借鉴《中国京剧音配像精粹》的成功经验，选择评剧名家过去演唱的录音，组织他们的亲传弟子或后代优秀演员进行配像，使濒临失传的传统剧目得以抢救。

评剧音配像《王熙凤大闹宁国府》由宫静饰演王熙凤，王玉华（音）、崔晓东（像）饰演尤二姐。剧情从贾琏与尤二姐话别赴平安州写起，到尤二姐吞金自尽结束。

评剧音配像《红楼梦》由宋丽（音）、何英楠（像）饰演林黛玉，该剧一定程度上借鉴了徐进编剧的越剧《红楼梦》的故事情节以及唱词。

评剧《红楼梦》并没有发挥出该剧种特有的优势，反倒是以底层人物刘姥姥为题材的戏曲改编比较受大众的欢迎与认可，这与戏曲的本土化特色是分不开的。越剧唱腔柔美、舞台飘逸，适合搬演才子佳人的故事。与之相比，评剧则更多了些乡土气息，其代表作《刘巧儿》更是将乡村姑娘演绎得淋漓尽致。因此不难理解评剧为何要独辟蹊径地选择刘姥姥作为主角，并能一举取得成功了。

（七）潮剧红楼戏

1983年，中央电视台录制、广东潮剧院一团演出了潮剧《王熙凤》。该剧由黄瑞英导演、陈鸿岳改编、孙小华饰演王熙凤、吴玲儿饰演尤二姐。此剧移植自川剧《王熙凤》，分上中下集共八场：上集第一场《争宠》、第二场《诱婚》、第三场《弄权》；中集第四场《讧尤》、第五场《售奸》；下集第六场《闹府》、第七场《逞凶》、第八场《接驾》。潮剧《王熙凤》中的人物性格基本符合小说原著的描写。

（八）龙江剧红楼戏

1992年，黑龙江省龙江剧实践剧院摄制了舞台剧《荒唐宝玉》，该剧由杨宝林编剧、孙铁石和李芳导演、白淑贤饰演贾宝玉。全剧分为序幕"赠冠庆生辰"、第一场"逃学读西厢"、第二场"元妃省亲"、第三场"学戏风波"、第四场"梦游大荒山"、第五场"潇湘痴情"、第六场"洞房惊魂"、尾声"大地茫茫"。龙江剧《荒唐宝玉》运用独特的视角观照小说《红楼梦》，把这个被诸多戏剧、影视翻来覆去表演得烂熟的题材重新加以整合构建，不在宝、黛、钗三人关系上做文章，重点刻画贾宝玉思想脉络和心理表现，凸显他对世俗的厌恶、对皇权的蔑视和对神权的挑战。主演白淑娴可谓多才多艺，不仅扮相俊美、唱腔圆润，而且还有一手"双管同笔书法"的绝活。2004年春节戏曲晚会上，白淑贤演出了《荒唐宝玉》片断。2007年，中央电视台第11频道"地方戏之窗"栏目播出龙江剧《叛逆宝玉》，即《荒唐宝玉》。

（九）绍剧红楼戏

1998年，绍兴市文化局、浙江文艺音像出版社摄制、浙江绍剧团演出了绍剧《葫芦案》，该剧由潘文德编剧、杨关兴和陈伟龙导演、赵秀治饰演贾雨村、姚百青饰演小沙弥、施律民饰演甄士隐。绍剧《葫芦案》以小说第四回"薄命女偏逢薄命郎，葫芦僧乱判葫芦案"为故事蓝本，淋漓尽致地揭示了贾雨村几度宦海沉浮后人性的改变。该剧在浙江省第七届戏剧节荣获"优秀新剧目"奖，当年参加上海第九届"白玉兰"奖的评比，两位主演分别摘取"白玉兰"主角奖和配角奖桂冠。

（十）扬剧红楼戏

2008年，汪琴艺术团演出、江都电视台录制了扬剧《红楼梦》，该剧由汪琴任艺术总监，舞台导演王庆昌，电视导演贾德荣，孙爱民饰演贾宝玉，金瓯饰演林黛玉。该剧根据上海越剧院1999年新版越剧《红楼梦》移植，选取了"会宝钗""读西厢""葬花""焚稿""哭灵"等最尖锐、最富有戏剧性的情节，描绘了宝黛爱情悲剧。

在改编《红楼梦》的过程中，不少戏剧家与《红楼梦》结缘。由于对《红楼梦》的痴迷，他们改编了大量的红楼剧，这些剧作有些被搬演上戏曲舞台，甚至风靡全国，有些却因默默无闻而被束之高阁。陈西汀的红楼剧有《王熙凤大闹宁国府》《尤三姐》《宝蟾送酒》《晴雯撕扇》《鸳鸯断发》《妙玉与宝玉》《刘姥姥与王熙凤》。陈冠卿的红楼剧有《情僧偷到潇湘馆》《宝玉哭晴雯》《怡红公子悼金钏》。徐棻的红楼剧有《王熙凤》与《红楼惊梦》。徐进仅改编了越剧《红楼梦》，但这部作品却成为永远的经典，风靡了半个多世纪。

第二节　永葆魅力的经典——越剧《红楼梦》

如前所述，越剧红楼剧一共有八部，但最为经典、在戏曲史上最负盛名的依然是由徐玉兰、王文娟主演的1962年电影版《红楼梦》。笔者并未将1958年版越剧《红楼梦》列入越剧舞台剧之表，是因为该剧在舞台剧取得了重大成果后被拍摄成越剧电影。演员、编剧、唱词、唱腔等均没有变化，因此笔者仅以1962年电影版《红楼梦》代表越剧经典剧目《红楼梦》。此后的越剧红楼戏大多根据这个版本改编而来，演员也大多是"徐派"和"王派"弟子。因此本书将着重研究经典版越剧《红楼梦》。

一、共和国历史上几经锤炼的精品

1958年越剧《红楼梦》在上海首演，掀起了经久不衰的"红楼"热潮，此后越剧《红楼梦》作为经典剧目传演至今。该剧由原上海越剧院二团排演，编剧徐进，艺术指导吴琛，导演钟泯，作曲顾振遐、高鸣，布景设计苏石风、许惟兴，服装造型设计陈利华，灯光设计吴报章、明道宣。徐玉兰饰贾宝玉，王文娟饰林黛玉，陈兰芳饰薛宝钗，唐月瑛饰王熙凤，周宝奎饰贾母，徐慧琴饰贾政，郑忠梅饰王夫人。

1959年，该剧作为国庆十周年献礼剧目进京演出，周恩来总理莅临观剧并接见编剧及主要演员，对该剧加以肯定和鼓励。1959年春，上海越剧院携该剧赴越南民主共和国访问演出，胡志明主席观剧后接见全体演职员，并合影留念。1960年，上海越剧院首次携该剧赴香港地区演出，角色调整为金采风饰王熙凤、吕瑞英饰薛宝钗。1961年，刘少奇主席在沪观看该剧后接见了剧组演职员。1961年4月，周总理陪同金日成到杭州进行国事活动，该剧奉调赴杭招待演出，周总理、金日成观后接见了徐玉兰、王文娟。1961年9月，上海越剧院携该剧赴朝鲜民主主义人民共和国访问演出。1962年，该剧被朝鲜国立民族艺术剧院移植为唱剧。20世纪80年代以后，该剧分别以不同的演出阵容，先后赴日本、法国、新加坡、泰国等国家和港、澳、台地区演出。

1962年，海燕电影制片厂和香港金声影业公司将该剧摄制成上、下两集的彩色戏曲艺术片，由岑范导演。影片在国内外放映大受欢迎。该片自1962年11月21日起，在香港地区连续映出38天400余场，观众近40万人次。香港报纸在一个多月内发表了香港文艺界人士撰写的评论文章达100多篇。但是"文化大革命"期间，该剧被认为是封建贵族家庭才子佳人的戏而遭禁演。1978年，该片在国内重映，轰动全国，不少地方昼夜不停地放映，观众之多创历史纪录。

1999年，上海越剧院依据上海大剧院现代化的设施和条件对该剧做了全方位的调整复排，新版《红楼梦》在保留原版风格的前提下，增加了"元妃省亲"和"太虚幻境"等大场面的戏，尤其丰富了音乐、布景、服装、道具和灯光等外化手段，整个舞台流光溢彩，精美绝伦。一批新生代的演员，在老艺术家的指导下成功地完成了越剧《红楼梦》的继承和发展。新版《红楼梦》由徐进编剧，艺术指导徐玉兰、王文娟，导演童薇薇、孙虹江。演出共分为四组：

表四：越剧《红楼梦》主要演员表（1999，上海大剧院）

贾宝玉	林黛玉	薛宝钗	王熙凤	紫鹃
钱惠丽	单仰萍	陈颖	方亚芬	张咏梅
郑国凤	王志萍	陈颖	董美华	张咏梅
方亚芬	华怡青	唐晓玲	王志萍	陈湜
赵志刚	方亚芬	陈颖	王志萍	张咏梅

该剧以宝玉和黛玉的爱情悲剧为中心事件，歌颂他们的叛逆性格，揭露了封建势力对新生一代的束缚和摧残。剧本文辞优美，雅俗共赏，音乐婉转缠

绵，布景富丽堂皇，表演细腻生动，成功地塑造了贾宝玉、林黛玉、薛宝钗、王熙凤、贾母、贾政、紫鹃等一系列艺术形象，受到国内外观众的赞美。它是上海越剧院优秀保留剧目。2000年1月20日，该剧获上海市文化局颁发的"上海市国庆50周年优秀献礼剧目优秀剧目奖"。

二、荡气回肠的爱情悲剧

从越剧《红楼梦》50多年的历程能够看到它在当代戏曲发展中的地位，它是戏曲的品牌和精品，也是戏曲改编文学名著的圭臬。《红楼梦》从经典名著到越剧的成功演绎，说明改编者对越剧的观众心理有极为深刻的理解，而学术界对小说的认识积累和意义解读，这无疑极大地帮助了改编者从纷繁中找到戏曲的聚焦点和精神。《红楼梦》原著无论是故事情节还是所包孕的社会历史内容都极为丰富复杂，而越剧《红楼梦》删繁就简，突出了宝黛的爱情主线，演绎了一场荡气回肠的爱情悲剧。1962年电影版越剧《红楼梦》分为"黛玉进府""读西厢""会琪官""不肖种种""笞宝玉""闭门羹""游园""葬花""试玉""王熙凤献策""傻大姐泄密""黛玉焚稿""金玉良缘"和"宝玉哭灵"等场次，凝缩而精炼地演绎了鸿篇巨制的小说《红楼梦》。

剧本的成功是越剧《红楼梦》取得巨大成就不可或缺的要素之一。面对小说原著纷繁复杂的主题思想，越剧《红楼梦》以宝黛爱情悲剧为主线，通过黛玉进府、共读西厢、宝玉挨打、黛玉葬花等情节，描绘了宝黛从相识、相知到相恋、相爱的过程。同时，该剧还通过宝玉对戏子琪官的尊重与欣赏，体现了宝玉的民主主义思想。该剧的结尾采用蒙太奇般的艺术手法，使宝玉、宝钗新婚的喜庆气氛与黛玉焚稿时的悲凉气氛形成了鲜明的对照，从而产生了震撼人心的悲剧效果。"宝玉哭灵"更是将这一悲剧氛围推向了最高潮。半个世纪以来，有多少观众被这些唱段感动得痛哭流涕，又有多少恋人与之产生了强烈的共鸣。这便是艺术的力量！

三、缠绵婉转的唱腔，飘逸俊美的扮相

越剧《红楼梦》之所以能在众多戏曲《红楼梦》中脱颖而出是与越剧自身的剧种特色有关的。一般来说北方剧种（如梆子、秦腔、豫剧等）大多比较高亢、豪迈、大气，而南方剧种（如昆曲、越剧等）则比较温文尔雅、飘逸、灵秀。这种富有江南水乡气质的声腔曲调委婉缠绵，最擅长表现细腻、波折的情感，如越剧代表剧目《梁祝》《西厢记》等。江南水乡轻扬飘逸的越剧，使得娇媚的花旦从形象上就完全符合林妹妹的感觉，而且越剧基本上都是由女子演

绎，而《红楼梦》中唯一的男主角贾宝玉也是一个脂粉气很浓的男孩儿，这就为越剧塑造人物形象提供了极为有利的条件。此外，《红楼梦》虽然偏重家常琐事，但越剧婉转细腻的唱腔与飘逸轻柔的服饰所渲染出来的浪漫氛围，使得整个舞台笼罩在如梦如幻的诗意境界之中，这种美的享受使人感觉到的不是单调、冷场而是恬静、浪漫。越剧对才子佳人题材的驾驭可谓是轻车熟路，扮相俊美的小生、温柔多情的花旦，配合以缠绵婉转的唱腔，足以演绎一段荡气回肠的爱情。《红楼梦》尽管是一部百科全书，但最重要的一条主线仍是宝黛之间的爱情。所以越剧《红楼梦》在情节、主题的选取上既符合越剧自身的艺术特长，也暗合了原著的基本思想。此外，行当体制也是越剧在改编《红楼梦》时的优势之处。龚和德先生在《〈红楼梦〉与越剧建设》一文中也谈到了这一问题。"讲到行当体制，越剧不存在净丑不好安插、旦行不敷应用的问题。它的行当以小生、小旦（越剧多称花旦）为主，辅之以老生、老旦（还包含有丑角味的老旦），用古典戏曲行当体制来衡量，它是'残缺不全'的。在表演上特别强调'唱'的重要性，也讲究表情、身段，但一般不追求'做'和'打'的高难技巧，保证了人才成长的相对快捷，也就是保证了演员队伍的年轻化和舞台形象的青春亮丽。"[1]由此可见，婉转缠绵的越剧在演绎红楼剧目时的确具有先天优势。

四、脍炙人口的唱词

提到越剧《红楼梦》不能不提到那些脍炙人口的唱段，曾几何时"天上掉下个林妹妹"几乎是家喻户晓的流行歌曲。"黛玉焚稿""宝玉哭灵"等经典唱段更是让观众深陷其境、肝肠寸断。以"黛玉焚稿"为例，小说对黛玉临死前心理状态的描述是非常细致的，但小说毕竟是抽象的，它不能给人以真真切切的视听感受。戏曲却不然，戏曲虚拟化和程式化的特性可以让人物自由地抒发内心的情感。"我一生与诗书做了闺中伴，与笔墨结成骨肉亲。曾记得菊花赋诗夺魁首，海棠起社斗清新。怡红院中行新令，潇湘馆内论旧文。一生心血结成字，如今是记忆未死墨迹犹新。这诗稿不想玉堂金马登高第，只望它高山流水遇知音。如今是知音已绝诗稿怎存，把断肠文章付火焚。这诗帕原是他随身带，曾为我揩过多少旧泪痕。谁知道诗帕未变人心变，可叹我真心人换得个假心人。早知人情比纸薄，我懊悔留存诗帕到如今。万般恩情从此绝，只落得一弯冷月照诗魂。"黛玉这字字含泪、句句滴血的临终之言是她此刻内心最真

---

[1] 龚和德：《〈红楼梦〉与越剧建设》，《戏曲艺术》，2009年第1期。

切的写照，对才华的自信，对知己的追求，对背叛的愤慨与无奈，都只落得个一弯冷月照诗魂！凄婉的唱腔与悲切的唱词配合得天衣无缝，观众每每听到此处，无不潸然泪下、感慨万千。这便是越剧的魅力、《红楼梦》的魅力。

第三节 别出心裁的选材——京剧红楼戏

清末京剧日益繁兴，但彼时由京剧改编的红楼戏并不多，而且完整展现宝黛爱情悲剧的剧目似乎没有。梅兰芳、欧阳予倩、荀慧生等京剧大师曾经对《红楼梦》进行过京剧改编，其中最具有影响力并流传至今的作品是荀慧生主演的《红楼二尤》。1951年，杨小仲导演了京剧电影《红楼二尤》，言慧珠饰演尤三姐、林默予饰演尤二姐、金川饰演柳湘莲。1963年，荀慧生的弟子、著名女演员童芷苓饰演了京剧电影《尤三姐》中的尤三姐，其表演和唱功均深得荀派艺术精髓。荀派弟子孙毓敏亦出演过《红楼二尤》。1979年上海京剧院演出了《王熙凤大闹宁国府》，该剧由陈西汀编剧，马科导演，童芷苓主演。2003年，台湾地区的"国立国光剧团"移植了该剧，并由魏海敏主演王熙凤。

一、扣紧京剧艺术特点的选材

京剧改编《红楼梦》的剧目非常有限，且没有一出比较完整的演绎宝黛爱情故事的剧目。为什么全本红楼戏少而且成功率低呢？梅兰芳曾分析有三个原因："一是用传统穿戴规制装扮出来的林黛玉观众不认可。二是戏班组织包括生旦净丑各个行当，花脸在红楼戏里很少有机会安插，而且行要用的角色又太多，'不能为了我排一出新戏，让别的几行角色闲着不唱又要添约了许多位旦角参加演出。这是关于演员支配上的困难'。三是小说里的故事偏重家常琐事、儿女私情，编起戏来，场子过于冷静，所以几经考虑，'打消排演全本的企图，先拿一桩故事，单排一出小戏'。据梅兰芳的分析是人物造型问题、行当体制问题、戏剧性问题，三种困难阻挡了中国戏曲中最有代表性的剧种京剧，乃至昆曲，未能演火《红楼梦》。"[1]

京剧虽未能排演全本的红楼戏，也没有完整地演绎过宝黛爱情悲剧，但以《红楼梦》为题材的单出小戏却是很精彩的。编导们抓住京剧特点，从《红楼梦》中选取尤三姐和王熙凤这样性格泼辣的人物作为剧的主人公，以尤三姐怒骂轻薄郎和王熙凤大闹宁国府为故事情节，编演了《红楼二尤》《尤三姐》《王

---

[1] 龚和德：《〈红楼梦〉与越剧建设》，《戏曲艺术》，2009年第1期。

熙凤大闹宁国府》等剧目。这些剧目以鲜明的人物性格和激烈的戏剧冲突赢得了观众的认可，成为久演不衰的经典剧目。

二、凸显人物泼辣性格、再现激烈冲突场面

《红楼二尤》是荀慧生负有盛誉之作，这部作品虽诞生于民国年间，但其影响力却源远流长。时至今日，亦有不少荀派弟子演出该戏。荀先生在剧中一人分饰二角，先扮尤三姐，后扮尤二姐，分别刻画出两个不同性格的女性。这两个剧中人截然不同的性格由荀慧生一人先后在舞台上演绎，非常考验演员的功力。《红楼二尤》取材于小说《红楼梦》第64回至第69回，剧本分为九场：第一场赴寿、第二场串戏、第三场谋姨、第四场思嫁、第五场受聘、第六场明贞、第七场泄机、第八场赚府、第九场摧芳。剧中闹酒这段戏没有小说中故作淫态风情的挑逗和大段痛快淋漓的斥骂，因为荀慧生觉得小说的这段描写虽然精彩，却与实际的舞台表演不太适合，因而缩短了冗长的对白，配合唱段用泼酒、灌酒等形式表现三姐的愤怒。荀派弟子孙毓敏主演的《红楼二尤》中，戏剧的高潮部分也是尤三姐与贾珍饮酒的情节。京剧的锣鼓点让剧情张弛有度，非常具有节奏感。尤三姐先是假意奉承与兄弟俩周旋，让他们斟酒，待敬酒时一杯酒将两兄弟的轻薄之意全然浇醒，然后开始了她酣畅淋漓的痛骂！随着锣鼓点的加快，戏剧冲突也发展到高潮。尤三姐的泼辣、老练与贾家兄弟的无耻、惊惶形成了鲜明的对比，让人忍俊不禁。戏曲将小说的平面描写立体化，将读者想象中的形象具体化，不愧是一场视听盛宴！

《王熙凤大闹宁国府》在剧情上比较完整，由于剧本的主角是王熙凤，故而省略了"贾二舍偷娶尤二姨"这一章节。戏曲的开场便设在尤二姐的新婚住处——花枝巷。该剧在剧情上忠于原著，大段的唱词将人物的内心世界刻画得淋漓尽致，演员程式化的表演也使得戏曲

京剧电影《红楼二尤》（1951年，言慧珠、林默予主演）

韵味十足。王熙凤知道贾琏偷娶尤二姐后怒气冲天地要"闹他个天翻地覆",但整理衣冠后她又不得不驻足深思:"慢着,想那尤二姐乃是宁国府的亲戚,如今身怀有孕,我不能生儿子,贾琏无后。倘若老祖宗将她收作一个正式的二房,那我又能怎么样呢?"随着锣鼓点的节奏,演员在舞台上焦躁地踱步,甩动着水袖。突然间她灵机一动,眼神中流露出自信,用手指在胸前画了一个圆,一切尽在掌握之中。步伐的快慢、水袖的舞动和眼神的运用,种种程式化动作将人物的矛盾心理揭示出来,充分体现了戏曲舞台独特的魅力。

小说擅长描写人物心理,戏曲通过唱词也能让人物的内心情感得到很好的宣泄,如小说中的尤二姐临死前有这样的描述:"这里尤二姐心下自思:病已成势,日无所养,反有所伤,料定必不能好。况胎已打下,无可悬心,何必受这些零气,不如一死,倒还干净。常听见人说,生金子可以坠死,岂不比上吊自刎又干净。想毕,硬挣起来,打开箱子,找出一块生金,也不知多重,恨命含泪便吞入口中,几次狠命直脖,方咽了下去。于是赶忙将衣服首饰穿戴齐整,上炕躺下了。当下人不知,鬼不觉。"[1]在京剧《王熙凤大闹宁国府》中,尤二姐临死前有这样一段唱词:"到此时一场梦豁然全醒,王熙凤面如刀,剑舌如利刃。看准了时机到再不用虚情假意,可叹我事到头才明究竟。告官衙、闹宁府、饮药汤、坠胎儿,都是她一手造成更复何云。我自被活生生逼归绝境,却成她宽宏量贤惠美名。"悲切的唱词将人物懊悔、痛苦、悲愤的心情展示出来,更加重了悲剧的意味。

第四节 传统与现代——昆剧《晴雯》与《红楼梦》

一、带有阶级斗争色彩的昆剧《晴雯》

1963年,北京的学术界、文艺界为纪念曹雪芹逝世200周年,遵照周恩来总理的指示,举行了各种类型的纪念活动。这一年,昆剧《晴雯》在北京正式公演。由于该剧创作于20世纪60年代,是"文艺为政治服务"的年代,因此创作者在潜意识里带上了很浓厚的阶级的烙印。例如《撕扇》一场,赋予晴雯憎恶贾雨村之流官场恶吏的思想内容以及晴雯的自诉"晴雯违反家规罪有千条,无非为了一件,就是不像个奴才"。昆剧《晴雯》将主创者的思想融入戏剧创作之中,带有非常浓厚的时代烙印。

---

[1] 曹雪芹、高鹗:《红楼梦》,北京:中国文史出版社2003年版,第588页。

昆剧《晴雯》在人物性格塑造上带有非常强烈的脸谱化特征，尤其是袭人的人物性格塑造。袭人是一个外表温柔、体贴却心机很重的奴才，她的性格一点都不张扬，非常内敛、城府很深。但是剧中却将袭人的奴颜婢膝表现得淋漓尽致，甚至有些恃傲逞强的意味。原著中宝玉对袭人也是有感情，甚至于是比较依恋的，"花气袭人知昼暖"以及"贤袭人娇嗔箴宝玉"体现了这一点。他们不是心灵相通的知己，但也不完全是对立面，至少表面上不是。因此，演员在揣摩袭人的时候一定得把握一个"度"。昆剧《晴雯》中袭人的表演就明显地没有把握好分寸，当然，应该说不只是或者说并非是演员问题，而是编剧导演就是这么设置的，之所以如此设置，也是与当时的时代氛围息息相关的。关于这个问题笔者将在本书下篇讨论。

从剧本结构而言，昆剧《晴雯》比较集中地选择了小说中晴雯的几个重头戏，构成了一个比较完整的故事。昆剧《晴雯》共有《护花》《夜读》《撕扇》《补裘》《抄捡》和《死别》几场戏，较完整地体现了晴雯的个性与追求。剧中有些地方将黛玉的思想、见解甚至话语移植到晴雯身上，有些地方则将宝钗、湘云的话放在袭人的身上。尽管有些话语不适合丫鬟的身份，但这种安排有利于剧情的凝练、集中，也有利于烘托主题思想。《红楼梦》作为一部鸿篇巨制的作品，想要在众多人物、众多事件中提炼出一条主线，使之连接得天衣无缝是相当困难的。尤其是作为配角的小丫鬟晴雯，虽然性格光芒四射但在小说中的出场却不是一以贯之的。因此昆剧《晴雯》如果以小说为参照，在剧情构架上依然存在着某些裂痕。

昆剧《晴雯》曾在北京、上海、广东、内蒙古等地演出，直到1964年辍演。1980年，上海电视台摄制、上海昆剧团演出了电视戏曲片昆剧《晴雯》，该剧根据王昆仑、王金陵剧本修改。主题思想、剧情结构以及人物形象塑造均改编自1963年版昆剧《晴雯》，昆剧表演艺术家华文漪饰演晴雯、岳美缇饰演宝玉、王英姿饰演袭人。

二、大型昆曲豪华青春版《红楼梦》

2010年，北方昆曲剧院为重点大戏《红楼梦》举办了面向全国的"红楼寻梦"选拔活动，该活动在央视戏曲频道《青春戏苑》节目播出了一个半月后，"北昆"豪华青春版《红楼梦》正式建组。此版《红楼梦》由上海昆剧团女小生翁佳慧饰演贾宝玉，刚刚进入"北昆"不久的新秀朱冰贞饰演林黛玉，实力雄厚的"北昆"新秀邵天帅饰演薛宝钗。同时，考虑人物身份和角色辈分上的需要，剧组特别邀请了四位具有强大号召力的"梅花奖"艺术家加盟助阵：

"北昆"的当家花旦魏春荣饰演王熙凤,"北昆"优秀旦角史红梅饰演王夫人,北京市河北梆子剧团优秀老生王英会饰演贾政,国家京剧院著名老旦袁慧琴饰演贾母。其他角色均由北方昆曲剧院演员饰演。

正值昆曲入选联合国教科文组织的"世界口头及非物质文化遗产代表作名录"十周年之际,2011年4月7日"大型昆曲豪华青春版《红楼梦》"在国家大剧院上演。同年10月,在第十二届中国戏剧节上,该剧一举夺得"优秀剧目奖""优秀导演奖""优秀表演奖"与"优秀舞美奖"四项大奖。随后,2012年1月,昆曲《红楼梦》入选文化部"国家舞台艺术精品工程资助剧目"。

昆剧《红楼梦》(2011年,翁佳慧、朱冰贞主演)

2013年2月26日,昆曲电影《红楼梦》在北京大学百周年纪念讲堂举行了隆重的首映仪式并正式启动在首都高校的巡映。该影片由昆剧舞台剧《红楼梦》移植而来,演员也基本上是舞台剧的原班人马。

北方昆曲剧院创作演出的昆剧《红楼梦》,遵循原著中的文化精神和美学意蕴,重新结构戏剧情节,全景式地反映了原著的主体风貌。该剧以宝黛爱情为主线,巧妙地选取宝玉的视角来看待大观园的兴衰历程,一曲《好了歌》更是隐喻出乐极生悲、否极泰来、祸福相依、盈亏有数的哲理。该剧由虚入实又由实入虚,虚虚实实,虚实相生,给人以人生如梦之感。这也正如原著中所言:"假作真时真亦假,无为有处有还无。"本节将从戏剧结构、演员表演、服装设计以及音乐创作等方面分析该剧。

(一)戏剧结构尝试全景式地展现原著

昆曲《红楼梦》的改编是全方位、多角度、深层次的。其主题立意、总体精神、剧本结构、人物塑造都完全忠实于原著。导演曹其敬表示:"创作昆曲《红楼梦》是文化传承道路上的重任,我追求的是全景式地展现原著精神。"[1]相比于其他红楼戏章节性、片段式的改编,昆曲《红楼梦》的改编的确是另辟蹊

---

1 杨杨:《昆曲版〈红楼梦〉将登陆大剧院》,《京华时报》,2011年3月29日。

径、独树一帜。既有荣宁二府钟鸣鼎食、极尽奢华的贵族大家庭生活，也有金钏、晴雯、司棋等下层女性的悲苦生活写照。既有宝黛浪漫、纯真爱情生活的演绎，又有大家族内部钩心斗角、互相倾轧的阴暗现实生活的描写。

"北昆"版《红楼梦》分为上、下两本。每本前面各有一"楔子"，结尾又各有一"尾声"，中间各有七幕。上本楔子由茫茫大士和渺渺真人携带顽石宝玉投转人间开场，烟雾缭绕中闪耀的通灵之光制造了非常梦幻的舞台效果，不仅能够给观众以感官的视觉刺激，而且蕴含了曹雪芹关于"入世"与"出世"的哲学理念。中间七幕为：一、黛玉投亲进贾府；二、宝黛两小无猜；三、王熙凤弄权；四、宝黛共读《西厢记》；五、宝玉大观园题额与金钏投井；六、宝玉受笞与倾诉；七、刘姥姥进贾府；尾声是元妃省亲。下本楔子是贾宝玉游"太虚幻境"，接着七幕为：一、黛玉葬花；二、王熙凤虐杀尤二姐；三、抄检大观园；四、宝玉失玉，王熙凤设"调包计"；五、宝玉、宝钗大婚，林黛玉魂归离恨天；六、锦衣卫查抄贾府；七、游潇湘宝玉哭灵；尾声是茫茫大士与渺渺真人携宝玉归真。

从整体来看，上本极力渲染了贾府作为钟鸣鼎食之家的赫赫扬扬之势，尤其是元妃省亲，更是将这种烈火烹油之势渲染到了极致。下本则极力展现贾府"呼喇喇大厦将倾"般的衰落和颓败，尤其是抄检大观园和锦衣卫查抄贾府，恰好印证了探春的话："可知这样大族人家，若从外头杀来，一时是杀不死的，这是古人曾说的'百足之虫，死而不僵'，必须先从家里自杀自灭起来，才能一败涂地！"[1]（第74回）小说第97回"林黛玉焚稿断痴情，薛宝钗闺阁成大礼"可谓是宝黛爱情悲剧的戏眼，昆剧《红楼梦》创造性地将这两个场景设置在同台的两个表演区，通过灯光的处理达到蒙太奇般的效果，大悲大喜的强烈反差营造出一种动人心魄、荡气回肠的舞台景观。

对于这种"全景式"的舞台展示，专家学者们的意见不一。徐晓钟认为："可能为了全景展现原著，人物设置得太'求全'了些。事实上，有些人物的戏不可能展开；而且人物用得过多，有时会扰乱舞台上'人'和'戏'焦点的集中。"[2] 康式昭更是认为该剧是"'大'而'全'的负重跑"[3]。的确，这部昆曲

---

[1] 曹雪芹、高鹗：《红楼梦》，北京：中国文史出版社2003年版，第632页。
[2] 徐晓钟：《一台彰显经典文学美的舞台演出——为昆剧〈红楼梦〉颁奖致祝词》，《红楼新梦，空谷幽兰——北方昆曲剧院〈红楼梦〉获"中国戏曲学会奖"颁奖暨学术研讨会论文集》，2012年11月21日。
[3] 康式昭：《"大"而"全"的负重跑》，《红楼新梦，空谷幽兰——北方昆曲剧院〈红楼梦〉获"中国戏曲学会奖"颁奖暨学术研讨会论文集》，2012年11月21日。

《红楼梦》想要表达的内容是过于丰富,因而呈现出来的形态就显得略微有些散乱无章,尤其是对不太熟悉原著的观众而言,这个问题显得更加明显。例如妙玉的几次无声出场,也许编导是想让妙玉以一个旁观者或局外人的身份来看待贾府的兴衰荣辱。可妙玉却也实实在在是剧中之人,而且在原著中妙玉的每一次出场都会有一个特定的环境,从而表现她的性格和修养。改编后的妙玉只是身着道服,由舞台的一侧走向另一侧,不知情的观众也许真的会一头雾水、不知所云。此外,凤姐铁槛寺弄权害死张金哥和林公子,此后又害死尤二姐和她腹中的胎儿,这些故事情节都没有直接演绎而是通过人物的对话来揭示。原著通过若干个章节来描写的故事,在改编过程中出于时间的考虑被压缩成了几句对白,其中悲剧意蕴的削减是必然的,而且观众要在这众多的人物和事件中理清头绪也不是一件容易的事。面对诸多非议,编剧王旭峰的回应是:"《红楼梦》太博大了,每个人物都可以专门写一个戏,但这些别人都已经尝试过很多了。我们想做的不一样,希望尽可能全面地体现曹雪芹想表达的深刻底蕴。"她认为,红楼剧可以有不同的写法,"紧扣一个方面进行深入探究,追求'片面的深刻'是一种写法;抓住宝玉这条主脉,纲举目张,这也是一种写法"[1]。

(二)雅而脱俗、贴近角色的演员表演

该部戏剧被定位为"大型昆曲豪华青春版《红楼梦》",近年来"青春版"的戏剧演出颇受观众尤其是年轻观众的欢迎,其中青春版《牡丹亭》是最有代表性的剧目。"青春"意味着朝气和活力,也意味着古老的昆曲与时代气息接轨的蓬勃生机。青春版《红楼梦》排演前在全国范围内进行了海选,最后选拔出了一批扮相俊美、唱功扎实的青年演员。她们略带稚气的舞台风貌与剧中人物颇为接近,专业素养使她们对人物的内在体验和舞台体现都显示出不凡的功力,唱、念、做、打雅而脱俗。饰演贾母、贾政、王熙凤、王夫人的演员则是一些较为成熟甚至是已负盛名的中年演员。其中王熙凤的扮演者魏春荣更是菊坛享有盛誉的梅花奖演员,她演绎的王熙凤胸有城府却不形于色,内心狠辣却面露善颜。当着老祖宗和王夫人的面逢迎讨好、卖乖取巧,面对下人尤其是能够危害到自己地位的人,则是心狠手辣、不择手段。魏春荣凭借自己出色的演技和卓越的唱功,将王熙凤这个人物形象演绎得入木三分、淋漓尽致。翁佳慧饰演的少年宝玉扮相俊美、清秀,带着几分灵动和顽皮。朱冰贞饰演的林黛玉恰有姣花照水、弱柳扶风之态。二人将一对小儿女的两小无猜演绎得惟妙

---

[1] 曲润海:《北昆标志性的新作及新印象》,《红楼新梦,空谷幽兰——北方昆曲剧院〈红楼梦〉获"中国戏曲学会奖"颁奖暨学术研讨会论文集》,2012年11月21日。

肖,第一场《宝黛相见》,二人静静地伫立着相互凝视,舞台时空似乎暂时凝固了,观众也沉浸在一种浪漫而温情的气氛之中。第二场《儿女口角》,宝玉给黛玉讲小耗子的故事,一个淘气顽皮,一个心思烂漫,好一派天真无邪!邵天帅一人分饰二角,在上本中饰演端庄大方、温柔贤淑的薛宝钗,在下本中饰演凄婉哀怨、焚稿断痴情的林黛玉。面对反差如此之大的两个角色,想要在同一个舞台上进行完美的呈现绝非易事,但邵天帅的表演却得到了观众的一致赞许。无论是扮相还是唱功,这位年轻的昆曲演员都凭借自己的实力赢得了观众和专家的认可。下本由施夏明饰演青年宝玉,由于此时贾府已经由盛转衰,因此此时的宝玉也失去了年少时那份纯真与灵动,尤其是当他面对姐姐妹妹们的离去、面对凋敝的大观园时,他开始变得痴痴傻傻。而当林妹妹最终也离他而去时,宝玉彻底地了悟了:"散则成气!林妹妹如此,众姐妹也是如此;有情如此,无情也是如此;富贵繁华如此,凄凉败落如此!这无边的离别恨,相思泪,岂不也是如此!"宝玉在悲观绝望中感叹枉入红尘:"回头望,一片空,好一场大梦!"[1]于是在顿悟中皈依佛门。施夏明对角色的把握比较准确,将宝玉的痴傻、多情、悲苦和顿悟演绎得非常到位。

(三)豪华青春的服装设计与见仁见智的音乐创作

除了演员的演技比较高超外,化妆与服装的成功设计也为演出增色不少。"头型片子很高挑、立体,但并不满头珠翠,像京剧那样戴得太满了,她们的头饰露出许多黑发,每人各不相同,很像改良后的越剧化妆,黑色的片子将脸型根据需要缩小,且旁边不戴绢花,显得每个人都很瘦柳。因为穿了柔软的贴身丝绸,均为长袍,只有系腰箍或不系腰箍之分(丫头有腰箍,夫人均为垂直长袍)。黛玉她们只是掐腰并不系腰箍,上身略有变化,如加一薄绸小坎,或如背心式的小变化,颜色均很文静,这一群女子如同仙女一般,走来走去甚是好看。"[2]孙毓敏作为京剧表演艺术家对服装造型的关注远甚过一般的观众,其审美能力自然也不言而喻。

"北昆"《红楼梦》在曲文和唱腔创作上,相对于昆曲传统"规范"而言有很大的突破和创新。对于这种突破与创新,专家学者们意见不一。不少专家认为该剧违背了传统昆曲所应遵循的曲牌联套体的创作规范。郑传寅在《北昆

---

[1] 万素:《空茫:生命体验如梦如幻——昆曲〈红楼梦〉主体叙事臆测》,《红楼新梦,空谷幽兰——北方昆曲剧院〈红楼梦〉获"中国戏曲学会奖"颁奖暨学术研讨会论文集》,2012年11月21日。

[2] 孙毓敏:《对"北昆"新戏〈红楼梦〉的观后感》,《红楼新梦,空谷幽兰——北方昆曲剧院〈红楼梦〉获"中国戏曲学会奖"颁奖暨学术研讨会论文集》,2012年11月21日。

版〈红楼梦〉的成就与缺失》一文中举出了若干个例子，认为："剧作家写作京剧和大多数地方戏剧本，确实是不需要'凛遵曲谱'的，更不需要理会联套规则。然而，写作昆曲剧本却不能不遵守音律，否则，写出来的就不是真正的昆曲剧本。有人把不守音律的昆曲剧本创作说成是'创新'，这是对创新的误解，也是对当下昆曲文本创作大多不守音律的不良倾向的粉饰，对作为'世界非物质遗产代表作'的昆曲的保护显然是有害的。"[1]朱维英在《昆曲〈红楼梦〉唱腔音乐创作漫谈》一文中却又有不同的见解："《红楼梦》一剧的综合艺术表现力达到了较高的艺术水平。在诸多艺术手段中，作为昆曲艺术灵魂的唱腔音乐在塑造人物形象，刻画人物性格，表现人物内心情感，渲染舞台气氛，推进戏剧情节方面都有可圈可点之处。其成功的唱腔音乐创作风格特点有以下方面：1. 包容、多彩；2. 继承、创新。"[2]尽管推崇创新，朱维英依然觉得传统也需要传承，因此在文章的最后提出了几点建议："建议《红楼梦》再加工时，上本的唱词尽量能按昆曲曲牌词格编写。唱词符合昆曲曲牌格律，有利于新创剧目唱腔保持昆曲音乐风格，避免不符合曲牌词格的新腔脱离游移剧种风格。"[3]

面对新戏创作如何对待"传统"的问题，路应昆在《昆曲的"传统"与北昆〈红楼梦〉的音乐创作》一文中有这样的见解："已成为'经典'的传统老戏，承载着昆曲的很多传统精华，无疑应该尽量原汁原味地保存，不要'改'得似是而非……对于新戏创作，不必太强调'传统''规范'之类尺度，例如新戏的曲文，不必总用曲牌的格律来衡量，新戏的唱腔，不必总用昆腔的传统规矩来衡量。"[4]的确，从该剧舞台演出的实际效果看，如若单就昆曲曲牌唱腔运用的规范性而言，确实尚有不足。但全剧上下两本，由近百支单曲所构成的或荡气回肠，或哀怨凄婉，或轻松灵动的唱腔音乐中，我们可以感觉到作曲家对剧情、对人物的真实理解和良苦用心。

---

[1] 郑传寅：《北昆版〈红楼梦〉的成就与缺失》，《红楼新梦，空谷幽兰——北方昆曲剧院〈红楼梦〉获"中国戏曲学会奖"颁奖暨学术研讨会论文集》，2012年11月21日。
[2] 朱维英：《昆曲〈红楼梦〉唱腔音乐创作漫谈》，《红楼新梦，空谷幽兰——北方昆曲剧院〈红楼梦〉获"中国戏曲学会奖"颁奖暨学术研讨会论文集》，2012年11月21日。
[3] 朱维英：《昆曲〈红楼梦〉唱腔音乐创作漫谈》，《红楼新梦，空谷幽兰——北方昆曲剧院〈红楼梦〉获"中国戏曲学会奖"颁奖暨学术研讨会论文集》，2012年11月21日。
[4] 路应昆：《昆曲的"传统"与北昆〈红楼梦〉的音乐创作》，《红楼新梦，空谷幽兰——北方昆曲剧院〈红楼梦〉获"中国戏曲学会奖"颁奖暨学术研讨会论文集》，2012年11月21日。

第五节　淳朴活泼的演绎风格——黄梅戏《红楼梦》

迄今为止，黄梅戏红楼剧仅有三部：由马兰、吴亚玲主演的1992年版《红楼梦》，由何云、魏蓓蓓主演的2004年版《红楼梦》以及年份不详的黄梅戏《王熙凤与尤二姐》。2004年版《红楼梦》在剧情、唱腔、唱词以及音乐设计上完全承袭1992年版《红楼梦》，是该剧目的"青春版"。《王熙凤与尤二姐》在学界与艺术界均没有产生很大的反响。因此本节将着重研究1992年版黄梅戏《红楼梦》。

1992年，安徽省黄梅戏剧院排演了一版有广泛影响并获奖连连的全新《红楼梦》。这部《红楼梦》由陈西汀执笔编剧，马科导演，主要演员有马兰、吴亚玲、周莉、龚卫玲、王毓琴、黄新德、陈小成、黄宗毅等。该剧从已出家为僧的贾宝玉在茫茫大地上由远处走向观众，开启荣国府的重门开始，到贾宝玉身披袈裟踏着茫茫大地由近而远地走去，关闭荣国府的重门结束。通过贾宝玉的痛苦回忆展开了当年与林妹妹悲欢离合的情景。该剧以宝黛的爱情故事为主线，选取了黛玉进府、宝钗生日送花神、宝玉会琪官、黛玉葬花、读"西厢"、笞宝玉、宝黛诉心声、调包计、宝婚黛死和宝玉哭灵几个情节。这些情节连缀起来，构成了宝黛悲剧爱情的主线，而宝玉的叛逆、反封建思想也得到了充分地体现。本节从以下几个方面来探讨黄梅戏《红楼梦》的艺术魅力与成功之处。

黄梅戏《红楼梦》的主题比较明确，它以宝黛的爱情故事为主线。黛玉初进荣国府，两人青梅竹马，两小无猜。斗转星移，两颗纯真的心慢慢地萌发了一种说不清、道不明的情怀。借助《西厢记》相互敞开了爱的心扉。宝玉巧妙地借张生的话说："我就是那多愁多病身，你就是那倾国倾城貌。"黛玉心有灵犀一点通："等了那么久，一句就点透。"至此，他两人共同构筑了一口"情感的深井……"故事情节连贯而没有拖沓之感，较为完整地演绎了宝黛

黄梅戏《红楼梦》（1992年，马兰、吴亚玲主演）

的爱情。

黄梅戏的舞台风格比较淳朴、活泼，充满了生活气息。例如该剧上半场有"送花神"的情节，编剧为了突出宝钗在贾府中的优越地位，特意安排贾母在蘅芜院送花神以恭贺宝钗生辰。众姐妹们一哄而上，七嘴八舌地开始送花神，有桃花、杏花、芙蓉花、樱桃花、凌霄花等等，最后由宝玉将花王牡丹花送给了宝钗。原著中也有许多联句、猜谜、对诗等欢乐的聚会场景，但黄梅戏的通俗与淳朴并不适合演绎太过高雅的联诗活动，因此编导选择了"送花神"这样一个活泼、俏皮而又生活化的场景，尽显黄梅艺术淳朴之风。该版红楼戏中大部分人物角色都采用日常口语化的语言表达方式，就连贾母和宝玉的对话，亦朴实得如同一般家庭的祖孙对话。

贾母：早上你林妹妹未曾起床，不许你闹。
宝玉：不闹。
贾母：晚上你林妹妹要睡觉，不许你打搅。
宝玉：不打搅。
贾母：午后，你林妹妹午睡。
宝玉：我也午睡。
贾母：不许你惹林妹妹生气。
宝玉：怎么会呢！
贾母：好吃好玩的东西，要分给你林妹妹。
宝玉：好吃的妹妹先吃，好玩的妹妹先玩。
贾母：好，就这样定了。

黄梅戏淳朴的生活化气息使得这个剧种具有很强的亲和力，尽管与小说原著典雅的氛围略有些不相符，但观众也乐于接受这个充满家庭和生活氛围的改编方式。

黄梅戏《红楼梦》的舞台感较强，戏剧冲突和戏剧节奏把握得比较好。小说的戏曲改编必须有"戏"，也就是戏剧冲突。因此，编剧选择了波折的宝黛爱情为主线，一对小恋人经历了朦胧、猜忌、倾诉、相知和生离死别，这种爱情故事本身就具备了戏剧的张力。此外，宝黛爱情的整体基调是悲剧，因此戏曲舞台开场时安排有送花神、读"西厢"等欢快、温馨的场面用以调节舞台的气氛。该剧还充分地展示了戏曲舞台独特的艺术魅力，如程式化、虚拟化的表演。黛玉临死前身着一身白衣，宝玉成婚，到处是一片喜庆的红色，从色彩方面便形成了鲜明的对比。随着黛玉的一声："宝玉，你好……"宝玉顿时惊醒，两人相互寻觅。最后，宝玉、黛玉被一群红衣人托起，生生分隔在阴阳两世。这种艺术表现手法在戏曲舞台上能够形成强烈的视听效果，产生震撼人心的力量。

第六节　尽显通俗美，荒唐中见真理
——龙江剧《荒唐宝玉》

龙江剧是黑龙江土生土长的戏曲形式，它是新兴的地方剧种，从它诞生至今也只有半个多世纪的时间。龙江剧《荒唐宝玉》取材于《红楼梦》的部分章节，编剧集中笔墨塑造贾宝玉的所谓"荒唐"、实际叛逆的性格。《荒唐宝玉》演出样式新颖，有浓郁的地方特色，加之演员的精湛表演，确实令人耳目一新。《荒唐宝玉》曾获首届全国"文华大奖"与三个单项奖，领衔主演白淑贤荣获"文华奖""梅花奖"、上海"白玉兰奖"三项大奖榜首桂冠，并赴国外演出，为龙江剧赢得殊荣。龙江剧《荒唐宝玉》在红楼改编史上都是罕见的，它根据自己艺术表现的需要，进行了灵活自如、游刃有余的艺术处理，从而淋漓尽致地表现了贾宝玉痛快洒脱的人生态度和狂放不羁的叛逆精神。它摒弃了原著典雅的艺术品格，体现出了浓郁的地方特色。

龙江剧《荒唐宝玉》追求的是一种俗美，要求好懂、好看、幽默、风趣，在俚俗诙谐中寻找美学情趣。该剧中有许多夸张、变形的演绎，如宝玉客串演出猪八戒背媳妇、玩蟋蟀等等。这些情节不仅原著中没有，而且也完全不符合原著中宝玉形象的塑造。贾宝玉虽然叛逆、顽皮、桀骜不驯，是众人眼中的"混世魔王"。但他毕竟是贵族公子，与黛玉读"西厢"、访妙玉乞红梅才是他的审美品位。然而该剧中的贾宝玉不仅客串猪八戒背媳妇，甚至还演起了二人转。不少观众和学者对此是认同的，认为既然是龙江剧，那么二人转作为它的前身和

龙江剧《荒唐宝玉》（1992年，白淑贤主演）

基础当然应该出现在舞台上。况且既然是《荒唐宝玉》，那么又有什么事情是不可以荒唐处之的呢？高云雷在《〈荒唐宝玉〉改编的启示》一文中就这样写道："像猪八戒背媳妇这样的情节，就是原著没有，也不可能有的，可却得到了观众的认同，为什么呢？因为它通过夸张和变形表现了宝玉的平等思想和狂放不羁的性格。"[1]应该说这样的创新在该剧中无处不在，例如，宝玉对女娲质问："为什么，与戏子不能称兄弟？学唱戏怎么是把家门辱及？……为什么达官显贵男盗女娼无可非议？下等人因情而合却以死相逼？"又如宝玉痛骂王熙凤："你坑了多少钱，你害了多少命？你说了多少谎，你装了多少疯？你是个又阴又损又狠又辣的狐狸精！"高云雷认为："听到这些唱词，我们仿佛看到了宝玉对古往今来的阴险狡诈的坏蛋的审判。'心有灵犀一点通'，编导与观众的心是相通的、默契的，因而，才引起了当代人的共鸣。"[2]应该说，该剧充分地体现了改编者的思想，但这并不是原著的品位。《红楼梦》是一部非常含蓄、典雅的作品，许多情感的描述都是需要仔细地体会和揣摩才能够领悟的。编剧却将自己对原著的理解强加在人物形象塑造上，尤其是将现代人的语言如此直白地植入贾宝玉的独白中，这不能不说荒谬至极！但这种演绎方式对《荒唐宝玉》这部剧来说却是成功的，因为小说中深邃的思想要慢慢地品味方能体会得到，需要一定的时间去反复思考。戏剧毕竟是诉诸听觉和视觉的、转瞬即逝的，不容人细思细想就进入了下一个环节。尤其是面对一般民众的演出，把隐藏在剧情之中的深刻思想直接拎出来，有助于对剧情的理解，瞬间唤起广大观众的共鸣。编导有意识地将剧命名为《荒唐宝玉》，就是告诉观众剧情是荒唐的，不要以常态去观看，这就为剧中宝玉的一些不近情理的举动、不合贵族公子哥身份的种种做法留下了施展的空间。在嬉笑怒骂当中，对那个社会荒谬的等级思想、爱情观念以及上层显贵的伪善堕落，给予了一语破的、入木三分地揭示，进而表现了封建礼教的荒谬，提升了剧作的主题深度。

《荒唐宝玉》有一个最大的亮点，那就是贾宝玉的扮演者——白淑贤。在这部戏中，白淑贤可谓是一人撑起了整台戏，如众星捧月般熠熠生辉。她饰演的贾宝玉潇洒俊美、风流倜傥，唱念俱佳的艺术功力使她对角色的驾驭游刃有余。二人转和剑舞的表演也能够给观众带来意想不到的惊喜。最令人称绝的是元妃省亲一场中，有一段当场挥毫题诗的戏。只见她双手擎笔，左右开弓，飘飘洒洒间竟然两手同时奇迹般地写出两行内容不同的诗句来，运笔流畅自如、

---

1 高云雷：《〈荒唐宝玉〉改编的启示》，《红楼梦学刊》，1991年第1辑。
2 高云雷：《〈荒唐宝玉〉改编的启示》，《红楼梦学刊》，1991年第1辑。

潇洒大方。令人叹为观止！每每演到此，观众总是报以经久不衰的掌声，深深地被她的艺术才华所折服。这大概也是《荒唐宝玉》能够赢得观众认可的最大原因吧！

　　纵览戏曲舞台红楼剧，可以称得上是百花竞放，成就很高，出现了不少优秀之作。这种优秀体现在艺术表演上的精湛和思想内涵上的深刻。各剧种多能结合自身艺术特点选取《红楼梦》小说中的合适片段改编——如婉约柔美的越剧、昆剧多表现"红楼"故事中缠绵悱恻的爱情；高亢激昂的京剧则演绎凤姐、尤三姐那样泼辣的人物和"大闹"之类激烈的场面；更有别辟蹊径的龙江剧《荒唐宝玉》，以嬉笑怒骂的方式揭示那个社会的不合理。受舞台剧形式所限，《红楼梦》舞台剧多以宝黛爱情为主线，表现宝黛爱情悲剧、揭露封建家长制对年轻人爱情的扼杀和生命的戕害，由于《红楼梦》小说本身思想的深刻，所以，只要基本依照原著展开情节，其主题的深刻自然呈现。全方位表现"红楼"故事的也有，也取得了不菲的成绩，但终究没有获得片段改编剧那样高的认可度。

第三章 当代中国大陆《红楼梦》电影

第一节 当代中国大陆《红楼梦》电影速描

一、当代中国大陆《红楼梦》电影改编概貌

当代大陆由《红楼梦》故事改编的电影总共有8部，具体如下：

表五：当代中国大陆《红楼梦》电影

序号	剧名	类型	时间	编导	主演	拍摄单位
1	《红楼二尤》	黑白京剧	1951年	编剧、导演：杨小仲	言慧珠（饰尤三姐）、林默予（饰尤二姐）	上海国泰影片公司摄制
2	《红楼梦》	越剧彩色戏曲艺术片	1962年	编剧：徐进 导演：岑范	徐玉兰（饰贾宝玉）、王文娟（饰林黛玉）、吕瑞英（饰薛宝钗）	上海海燕电影制片厂、香港金声影业公司摄制
3	《尤三姐》	京剧彩色戏曲艺术片	1963年	编剧：陈西汀，导演：吴永刚	童芷苓（饰尤三姐）、王熙春（饰尤二姐）、童祥苓（饰贾琏）、黄正勤（饰柳湘莲）	上海海燕电影制片厂、香港金声影业公司联合摄制
4	《红楼梦》	六部八集电影	1988年至1989年	编剧：谢铁骊、谢逢松，导演：谢铁骊、赵元	夏钦（饰贾宝玉）、陶慧敏（饰林黛玉）、刘晓庆（饰王熙凤）、林默予（饰贾母）	北京电影制片厂摄制
5	《红楼梦》	越剧电影	2003年	编剧：徐进，导演：胡雪杨	钱惠丽（饰贾宝玉）、单仰萍（饰林黛玉）、陈颖（饰薛宝钗）	泰国正大集团、上海越剧院、上海文广新闻传媒集团联合摄制

序号	剧名	类型	时间	编导	主演	拍摄单位
6	《红楼梦》（经典版）	越剧电影	2007年	编剧：徐进，总导演：韦翔东，导演：陶海	郑国凤（饰贾宝玉）、王志萍（饰林黛玉）、金静（饰薛宝钗）、黄依群（饰紫鹃）、谢群英（饰王熙凤）	北京华风气象影视信息集团有限责任公司、上海越剧院、中央新闻纪录电影制片厂联合摄制
7	《红楼梦》（交响乐版）	越剧电影	2007年	编剧：徐进，导演：张慧敏、卢晓南，舞台剧导演：陈薪伊	赵志刚（饰贾宝玉）、方亚芬（饰林黛玉）、陶慧敏（饰薛宝钗）、王志萍（饰王熙凤）	北京华风气象影视信息集团有限责任公司、上海越剧院、中央新闻纪录电影制片厂联合摄制
8	《红楼梦》	昆曲电影	2013年	导演：龚应恬，编剧：谢柏梁	翁佳慧（饰贾宝玉）、朱冰贞（饰林黛玉）、邵天帅（饰薛宝钗）	北方昆曲剧院演出

自1905年《定军山》片断的拍摄开始到以后的一百年里，戏曲片在中国电影历史的长河里，虽然有起有伏，有兴有衰，但始终没有中断过，一直绵延至今。仅就红楼影片而言，1924年，商务印书馆活动影戏部和民新公司就为京剧大师梅兰芳拍摄了一些戏曲短片，其中便有《黛玉葬花》。1927年，上海复旦影片公司拍摄了时装故事片《红楼梦》。1927年，上海孔雀影片公司拍摄了古装故事片《红楼梦》。这一时期的影片均是无声黑白片。第一部"红楼"有声电影是1936年由上海大华影业公司拍摄的粤语歌唱片《黛玉葬花》。1939年，上海新华影片公司拍摄了由岳枫导演的有声黑白片《王熙凤大闹宁国府》。1944年，上海中华电影联合股份有限公司拍摄了由卜万苍编导的黑白故事片《红楼梦》。

1951年，上海国泰影片公司拍摄了由杨小仲导演的京剧电影《红楼二尤》。1962年，上海海燕电影制片厂和香港金声影业公司联合摄制了由岑范导演的彩色戏曲艺术片越剧《红楼梦》。1963年，上海海燕电影制片厂和香港金声影业公司联合摄制了由吴永刚导演的彩色戏曲艺术片京剧《尤三姐》。1989

年，北京电影制片厂摄制了由谢铁骊导演的六部八集系列电影《红楼梦》。2003年，泰国正大集团、上海越剧院、上海文广新闻传媒集团联合摄制了由胡雪杨导演的越剧电影《红楼梦》。2007年，北京华风气象影视信息集团有限责任公司、上海越剧院、中央新闻纪录电影制片厂联合摄制了两部越剧电影《红楼梦》，一部为民乐版，一部为交响乐版。2013年，北京北奥集团有限责任公司、北方昆曲剧院、星美今晟影视城管理有限公司和星美（北京）影业有限公司共同出品了由龚应恬导演的昆剧电影《红楼梦》。

本书以当代大陆的红楼剧为研究对象，因此仅将1949年之后的红楼电影纳入研究范畴。从上述资料可以看出，除了谢铁骊导演的六部八集电影《红楼梦》是故事片外，其余的影片均为戏曲电影。

二、戏曲电影概念解析

戏曲电影是中国传统戏曲与电影艺术手段相结合的产物。"戏曲电影与常规的故事片最大的不同是它们跨越了两种艺术形态，是电影与戏曲结合的产物，是一门杂交艺术。首先，它是电影，电影的物质载体是它的存在基础，影视技术决定了它的制作方式，影视艺术语言决定了它的创作方法，以镜头为叙事的基本单位，从不同的方位和角度，分不同的景别，以镜头的运动和场景的变换进行拍摄。但它又是戏曲，因为它所表现的对象不是真实的生活形态，戏曲是表现的中心对象，它所呈现的银幕形态给观众的体验方式不是像对故事片逼真性写实的认同，而是对戏曲形式化演出的假定性的认同。"[1]

戏曲电影的出现，为宣传、传播、保留、记录我国优秀的传统戏曲样式、优秀剧目、艺术大师的表演艺术成就提供了一种现代艺术手段。"从艺术上说，戏曲电影经过创作的实践，形成了自己独特的叙事美学和表现形式、特点，发展成为具有独特艺术魅力的电影类型。从功能上说，戏曲电影发挥了两种作用，即戏曲舞台艺术的记录和把戏曲作为对象进行进一步的艺术创作。前者主要表现为记录的功能，忠实地记录舞台表演的实际状况；后者则更强调两种艺术形式和各自表现手段的结合，在保持戏曲的艺术表现基础上融合电影表现技巧，进而达到美学上的交融，成为一种独特、独立的电影种类。"[2]戏曲与电影的联姻始终存在一个不容忽视的问题，那就是如何处理以虚拟性为重要特征的戏曲艺术与以逼真性为重要特征的电影艺术的关系。逼真性往往会破坏虚

---

1 张林：《戏曲与戏曲电影——兼谈戏曲电视剧》，《黄梅戏艺术》，2008年第2期。
2 高小健：《中国戏曲电影史》，北京：文化艺术出版社2005年版，第14页。

拟艺术的美感，而虚拟性又常常会限制逼真艺术特长的发挥。

不同的艺术家对戏曲电影这种艺术形式有不同的认识，其影片也呈现出不同的风格类型。从拍摄上大致呈现出三种主要方式："第一种是纯粹的记录舞台演出的表现方式。第二种是采取戏曲表现的传统风格与电影表现特点相结合的做法。第三种是处于中间状态的，虽然突破了舞台的框子，但不彻底，还基本保留原戏曲表现形式。"[1]第一种拍摄手法采用纪录片的方式，能够忠实地反映各位艺术家的表演成就，以保存和学习为主要目的。这种拍摄手法摄制电影通常被称为"舞台记录电影""戏曲记录影片""舞台艺术纪录片"等。这类影片"记录的成分大，在剧场舞台拍摄或在摄影棚内搭景拍摄。剧本基本是照搬舞台演出本，化妆造型、服装道具等也和舞台演出一样，音乐和唱腔也完全是原舞台演出的设计。如果有布景也基本上是平面的延伸"[2]。2003年钱惠丽、单仰萍主演的数字电影越剧《红楼梦》和2007年赵志刚、方亚芬主演的交响乐版《红楼梦》都属于这种类型。第二种拍摄手法不仅在布景、服装、道具上要求生活化，而且演员的表演也应该尽可能自然、生活，戏曲舞台上那些程式化的唱念做打都应该进行艺术化的处理，使之与电影的风格相匹配。这种拍摄手法所摄制的影片被称为"戏曲艺术片"，它是"用电影艺术形式对中国戏曲艺术进行创造性银幕再现，既对戏曲艺术特有的表演形态进行记录又使电影与戏曲两种美学形态达到某种有意义的融合的中国独特的电影类型"[3]。1962年由岑范导演的越剧电影《红楼梦》、1963年由吴永刚导演的京剧电影《尤三姐》都属于这种类型。第三种拍摄手法是介于二者之间的，它是戏曲片向故事片过渡的产物，它既保留了非常浓郁的戏曲特色，却又不是纯粹的舞台演出。它突出了对戏曲原有演出方式和表演特点的银幕再现，有意识地利用电影艺术手段对戏曲表演艺术成就予以丰富和强调，从而增加戏曲表演的艺术效果。2007年由郑国凤、王志萍主演的民乐版电影《红楼梦》则属于这种类型。

三、当代大陆《红楼梦》电影改编概貌

《红楼梦》与中国电影的发展关系紧密，从早期的黑白无声电影到黑白有声电影再到彩色电影，从古装剧到时装剧，从戏曲片到故事片，从中国内地影片到港台片，无处不见《红楼梦》的身影。在中国电影发展史上，电影的拍摄、制作一开始就与中国戏曲结下不解之缘。中国电影的摄制是从拍摄

1　高小健：《中国戏曲电影史》，北京：文化艺术出版社2005年版，第137—160页。
2　肖郎：《戏曲电影的一代宗师》，郦苏元编：《崔嵬与电影》，北京：奥林匹克出版社1995年版。
3　高小健：《中国戏曲电影史》，北京：文化艺术出版社2005年版，第24页。

戏曲纪录片开始的。1905年，北京丰泰照相馆老板任庆泰主持拍摄了中国第一部电影《定军山》，这是给京剧表演艺术家谭鑫培拍摄的一个戏曲短片，还只是用电影方式对戏曲艺术的简单记录。《红楼梦》电影改编始自梅兰芳的《黛玉葬花》。新中国成立以后，大陆由《红楼梦》改编的电影共有八部，其中仅有一部电影不是戏曲电影，那就是由北京电影制片厂摄制、谢铁骊导演的六部八集电影《红楼梦》。该部影片被称之为系列电影，确切说来更应该称为连续电影，因为集与集之间的故事情节是连贯且彼此关联的，而不是相互独立的。该影片以宝玉梦游太虚幻境开始，带有浓厚的浪漫主义色彩。改编基本上尊重原著，但在内容情节和人物形象上也做了些改动。该片是中国最长的电影，共六部八集，长达13个小时，称得上是对小说的全景式改编，是最忠实于原著的电影。

当代大陆影响最大、艺术成就最高的《红楼梦》电影是1962年由岑范导演、徐进编剧、徐玉兰和王文娟主演的越剧彩色戏曲电影《红楼梦》。该片根据徐进编剧的越剧《红楼梦》舞台版改编，分上下集，剧情如下：林黛玉初进荣国府；薛宝钗入贾府引来金玉良缘之说；宝黛共读《西厢记》；宝玉为助琪官而挨打；黛玉吃了"闭门羹"伤心葬花；紫鹃试探宝玉，宝玉病倒，贾府决定采纳王熙凤"调包计"冲喜；黛玉焚稿归天，宝玉离家出走。此片虽为越剧戏曲艺术片，但已比较充分地电影化，导演岑范没有受到舞台表演的限制，把它当作故事片来拍。新千年后，越剧又曾三次将《红楼梦》搬上银幕。2003年，泰国正大集团、上海越剧院、上海文广新闻传媒集团联合摄制了越剧电影《红楼梦》，钱惠丽饰演贾宝玉、单仰萍饰演林黛玉。此片采用高清（HTDV）技术拍摄，是中国首部高清电视电影戏曲艺术片，有电影版与完整舞台版两种版本。该片大致情节与1962年经典版越剧电影相似，也是从黛玉进府开始，只是结尾在宝玉哭灵后还加了个"太虚幻境"作尾声。2007年，北京华风气象影视信息集团有限责任公司、上海越剧院、中央新闻纪录电影制片厂联合摄制了民乐版越剧电影《红楼梦》，郑国凤饰演贾宝玉、王志萍饰演林黛玉。2007年版电影恢复了1962年版电影中忍痛割爱的唱段，还增加了一些对白，对白的语言主要来自小说原著。这部电影以1962年版的越剧电影《红楼梦》和1961年中国唱片社录制的越剧《红楼梦》唱片为基础摄制。2007年，北京华风气象影视信息集团有限责任公司、上海越剧院、中央新闻纪录电影制片厂联合摄制了交响乐版越剧电影《红楼梦》，赵志刚饰演贾宝玉、方亚芬饰演林黛玉。该片仍然以宝黛爱情为主线，辅线是贾府内部钩心斗角的"阶级斗争"，主要情节有：元妃省亲、读"西厢"、不肖种种、笞宝玉、闭门羹、游园葬花、献策、泄密焚稿、金玉良缘、别林以及尾声太虚幻境。经典版是以"黛玉进府"开场，而交响乐版则以"元妃省亲"开场，经典版结尾的"宝玉哭灵"则在交响乐版中成了"宝玉别林"。交响乐版中，观众熟悉的素白灵堂不见了，变成了凄冷的竹林，宝玉来到竹林，触景伤情，借景抒情。交响乐版越剧电影《红楼梦》的音乐，以庞大的交响乐队与丝竹管弦共同编织出丰厚、立体、色彩丰盈的音乐画卷，宝玉、黛玉都有各自的主题音乐，在剧中反复变奏出现。

1951年，上海国泰影片公司摄制了京剧电影《红楼二尤》，该片由杨小仲任编剧、导演，言慧珠饰演尤三姐、林默予饰演尤二姐。该剧由尤二姐、尤三姐故事改编而成。贾琏偷娶尤二姐，后来被王熙凤接入府中百般凌辱致死。贾珍威逼利诱尤三姐，三姐不从，寻找柳湘莲，二人相见，柳湘莲亲赠鸳鸯剑。柳湘莲听信贾珍散布的谣言欲与三姐绝交。贾珍诈言柳湘莲为杀人犯要加以逮捕。贾珍要以三姐允从自己作为交换柳湘莲的条件。危急之时，三姐假意答应，拔剑自刎并告之仇人是贾珍。柳湘莲亲赠鸳鸯宝剑给尤三姐、贾珍设计陷害柳湘莲、尤三姐为了救柳湘莲而自杀等，都是改编者的再创作。1963年，上海海燕电影制片厂、香港金声影业公司联合摄制了京剧彩色戏曲艺术片《尤三姐》，该片编剧陈西汀、导演吴永刚、童芷苓饰演尤三姐、王熙春饰演尤二姐。《尤三姐》以三姐为主角，突出三姐的泼辣、叛逆、痴情、清白、坚贞和决绝的品性，对尤三姐形象有一定程度的拔高。该片根据京剧《尤三姐》演出本改编，与1951年的《红楼二尤》相比，该片更忠实于原著，当然改编还是难免的。

2013年，北京北奥集团有限责任公司、北方昆曲剧院、星美今晟影视城管理有限公司和星美（北京）影业有限公司共同出品了昆剧电影《红楼梦》，导演龚应恬、翁佳慧、施夏明饰演贾宝玉，朱冰贞、邵天帅饰演林黛玉，邵天帅、王丽媛饰演薛宝钗。该影片不局限于宝黛爱情，以宝玉的视角，全景式地展现了荣国府的盛衰和他的人生感受。昆曲电影《红楼梦》在北京大学百周年纪念讲堂举行首映仪式，由此启动了在首都高校的巡映。

第二节　红楼戏曲电影：红楼舞台剧中的经典

戏曲电影一般都先经过戏曲舞台剧的阶段，因舞台演出效果甚佳、大受好评，为留住精彩而被拍成戏曲电影。因此它们一般都有辉煌的舞台演出史，在某种意义上说都近乎经典或就是经典。由于它们从舞台剧而来，前边的舞台剧中已有论述，因此这里只着重于其电影特征的部分展开论述。

一、越剧电影《红楼梦》：经典中的经典

越剧电影《红楼梦》总共有四部。1962年，徐玉兰、王文娟主演的越剧《红楼梦》被拍成电影艺术片后，流传广，影响大，使越剧走向全国，甚至飞出国门，受到世人瞩目。因此，该剧实乃中华民族戏曲艺术之瑰宝。20世纪70年代后期，影片《红楼梦》重新上映，各大影院24小时连轴放映，场场爆满，盛况空前。可见越剧《红楼梦》是何等的受到国人的喜爱和青睐。时至今日，这部电影仍深受欢迎。为了更好地保留老一辈艺术家呕心沥血创造的艺术财富，为了重铸越剧《红楼梦》的辉煌，2003年，泰国正大集团、上海越剧院、上海文广集团联合摄制了数字电影《红楼梦》，该影片由徐玉兰、王文娟的弟子钱惠丽、单仰萍主演。2007年，北京华风气象影视信息集团有限责任公司、上海越剧院、中央新闻纪录电影制片厂联合摄制了民乐版《红楼梦》和交响乐版《红楼梦》。新世纪之后的越剧电影《红楼梦》均以1962年版《红楼梦》为蓝本，其故事情节、音乐唱腔和对白唱词均没有太大的变化。

1962年版电影《红楼梦》利用电影时空表现的自由，打破了舞台演出的空间局限。导演岑范非常注意电影的写实特性，他在回忆这部影片的拍摄时说："当初让我拍戏曲片，我是不喜欢的，觉得把传统节目照样儿搬上银幕，总觉得应该有创新和建树。所以后来再让我拍戏曲片，我就把它当作故事片来导。"[1]该影片以《红楼梦》中宝黛爱情故事为主线，从黛玉进府到宝玉出走，通过他们的爱情悲剧和对宝玉叛逆性格的刻画，褒扬了宝黛对封建势力的反叛与反抗的进步意识。电影艺术具有高度集中、高度情节化的特点，它受到时间长度的严格限制，因此不可能像小说那样全景式地展现封建社会末期上层社会的生活。如果包罗万象，面面俱到，必然头绪繁多，结构松散，成不了戏。因此，编剧在叙事结构上围绕宝黛爱情故事这条主线设置情节，以黛玉进府、读"西厢"、笞宝玉、葬花、试玉、泄密、焚稿、金玉良缘等这些最能接触本质的、最能体现人物性格的关节，构建成影片的基本结构框架、演绎了宝黛爱情悲剧的全过程。影片大部分情节改编自小说原著，但为了使人物形象更加丰满，戏剧冲突更加激烈，影片对小说情节进行了一些补充。例如"宝玉哭灵"是小说中所没有的情节，越剧借鉴其他故事情节而写了这场戏，写法上受到《英台哭灵》的启发，很有越剧特色。"林妹妹，我来迟了！金玉良缘将我骗，害妹妹魂归离恨天。到如今，人面不知何处去，空留下，素烛白帷伴灵前。林

---

1 《〈红楼梦〉：艺术经典轰动内地及港澳》，《新京报》，2004年10月26日。

妹妹，林妹妹！如今千呼万唤唤不归，上天入地难寻见。可叹我，生不能临别话几句，死不能扶一扶七尺棺！林妹妹，想当初，你孤苦伶仃到我家来，只以为暖巢可栖孤零燕，宝玉是剖腹掏心真情待，妹妹你心里早有你口不言。妹妹呀，你为我是一往情深把病添，我为你是睡里梦里常想念。好容易盼到洞房花烛夜，总以为美满姻缘一线牵，想不到林妹妹变成宝姐姐，却原来，你被逼死我被骗！实指望，白头能偕恩和爱，谁知今日你黄土垅中独自眠！林妹妹，自从你居住大观园，几年来，你心头愁结解不开，落花满地伤春老，冷雨敲窗不成眠！你怕那，人世上风刀和霜剑，到如今，它果然逼你丧九泉！"悲愤、凄婉的唱词令人肝肠寸断，具有强烈的震撼力和深刻的表现力。

　　徐玉兰、王文娟饰演的贾宝玉和林黛玉的形象生动、丰满，较好地体现了小说人物的性格特征。徐玉兰开创的高亢明丽的"徐派"小生唱腔和王文娟开创的柔美流畅的"王派"唱腔开创了越剧风格流派之先河，备受观众喜爱。2003年徐派小生传人钱惠丽和王派花旦传人单仰萍在数字电影《红楼梦》中饰演贾宝玉、林黛玉。2007年徐派小生传人郑国凤和王派花旦传人王志萍在民乐版《红楼梦》中饰演贾宝玉、林黛玉。演员的精湛表演是电影赢得观众认可和喜爱的重要因素，徐玉兰、王文娟的精彩演绎成就了越剧《红楼梦》，该剧也成为二人的经典之作。

　　该影片在场景和布景的设计上比较贴近写实，在类似实景的环境中自由地调动镜头，全方位地表现人物。镜头画面比较唯美，如"黛玉葬花"中人与景达到了和谐的统一，唯美、凄清、落红阵阵的场景配上黛玉优柔、哀伤、悲切的唱腔，令观众无不扼腕叹息。宝黛共读"西厢"的场景更是意境悠远、浪漫唯美。此外，影片充分地运用镜头来表现人物，特别是人物表情和心理动作的刻画。在"焚稿"和"哭灵"两个段落中有黛玉和宝玉的两段很长的唱段，影片大量调动镜头的景别和角度，使人物肝肠寸断的内心感受展现得淋漓尽致。为了让影片的戏剧冲突更为鲜明，影片在处理"黛玉焚稿"和"金玉良缘"这两出戏时采用了交叉蒙太奇的手法，使悲喜两种完全不同气氛的场面同时进行，黛玉在病榻前伤痛欲绝地焚稿断痴情，耳畔却响起了宝玉与宝钗新婚的唢呐声与欢笑声，若隐若现的喜乐此时就像一道道催命符撞击在黛玉的心口。悲喜两重天，强烈的情绪对比与意境营造更增添了观众对宝黛爱情悲剧的惋惜与悲痛之情。这种交叉蒙太奇的艺术处理方法经常为此后的《红楼梦》戏剧改编所借鉴，昆剧《红楼梦》便在戏曲舞台上设置了两个表演区，通过舞台布景和灯光处理同时演绎"黛玉焚稿"与"金玉良缘"这两场戏。

　　2003年由钱惠丽、单仰萍主演的越剧电影《红楼梦》完全移植自1962年的越剧电影《红楼梦》。唯一的区别是该影片不是采用实景拍摄,而是以舞台剧为拍摄对象,属于戏曲舞台纪录片。2007年由郑国凤、王志萍主演的民乐版《红楼梦》在故事情节、人物对白、唱腔唱段上也与1962年版《红楼梦》基本相同。该影片采用的是摄影棚内搭景拍摄,场景和布景小巧精致、别具一格。2007年由赵志刚、方亚芬主演的交响乐版《红楼梦》在戏剧情节上略有改动。该影片以"元妃省亲"开场,气势恢宏、场面盛大。音乐伴奏采用的是交响乐伴奏,恢宏大气、气势磅礴。尹派小生赵志刚的贾宝玉和袁派花旦方亚芬的林黛玉在唱腔处理上另有一番风貌。

二、京剧电影《尤三姐》:舞台剧向电影的成功转化

1963年,上海海燕电影制片厂、香港金声影业公司联合摄制了京剧电影《尤三姐》。该剧由同名舞台剧改编而来,编剧陈西汀、导演吴永刚。童芷苓饰演尤三姐、王熙春饰演尤二姐、童祥苓饰演贾琏、黄正勤饰演柳湘莲。该剧以小说"红楼二尤"的故事为改编素材,淡化了尤二姐的故事情节,强化了尤三姐的人物形象塑造。

贾珍的妻子尤氏的两个妹妹尤二姐、尤三姐容貌出众。姐妹二人与母亲一起暂居宁国府偏院。贾珍与隔房兄弟贾琏,常常找机会调戏两位小姨。贾珍的儿子贾蓉,虽是小辈却也色迷心窍,想从中浑水摸鱼。一日,赖大做寿,尤氏姐妹随母亲前往听戏。尤三姐对人品出众、不畏权势的戏子柳湘莲大为欣赏,并产生爱慕之情,抱定非柳湘莲不嫁的决心。尤二姐不顾尤三姐的反对与劝阻,经不住贾氏兄弟的诱骗,成了贾琏的偏房,并在花枝巷安家。尤三姐无可奈何,只得随同一起搬到花枝巷居住。一夜,贾珍探知贾琏不在花枝巷,便乘机溜进尤二姐的内房,欲行调戏。尤二姐吓得逃到妹妹房中。恰巧贾琏回来,明知贾珍来意,反而吩咐摆下酒菜,要

京剧《尤三姐》(1963年,童芷苓主演)

尤氏姐妹陪他们兄弟两人饮酒作乐。尤三姐性情高傲、性格倔强，假意答应作陪，借着酒意，大骂贾珍、贾琏。从此，二人再也不敢对三姐轻薄。尤二姐为尤三姐的终身大事忧心忡忡，尤三姐表示今生非柳湘莲不嫁。贾琏因公外出，在途中遇见了柳湘莲和薛蟠。由贾琏为媒，与柳湘莲定下婚约，并以家传鸳鸯宝剑为聘礼。贾琏走后，薛蟠谈起贾府许多不干净的丑事，柳湘莲便怀疑尤三姐住在那个地方，难免不受污染。于是赶到花枝巷，向贾琏讨还"鸳鸯剑"要求退婚。尤三姐原以为终身有托，想不到会有这个变故，虽再三表白，但柳湘莲却不肯相信。尤三姐有口难辩，内心万分痛苦，为表白她是清白之身，就在交还"鸳鸯剑"时抽剑自刎。柳湘莲痛悔不已，大呼："三姐！我妻！妻啊——"为了使该剧的故事情节更为紧凑、人物形象更为丰满，编剧对小说原著进行了一些必要的删改。如小说原著中尤三姐与柳湘莲并未会面，电影中却安排二人在花园内相见，由此一见钟情。小说原著中柳湘莲得知尤三姐住在宁国府是通过宝玉之口，而电影却改编为柳湘莲与薛蟠聊天中得知。总体而言，该影片故事情节凝练、集中，人物性格塑造得生动、形象。尤其是尤三姐"闹酒"这场戏，将三姐的洁身自爱、高傲倔强与泼辣愤怒表现得淋漓尽致。

  戏曲剧本改编为电影剧本，不但应该从演出时间和长度上来考虑，而且还应该从电影表现的角度上来考虑，使原剧本的情节、人物、主题以及戏剧气氛，在银幕上得以充分地体现。将戏曲舞台剧搬上银幕必须注意以下几个方面：一是必须突出原剧的主题思想；二是要保持人物鲜明的性格；三要保证故事情节的完整；四要保留舞台上精彩的表演。京剧电影《尤三姐》较好地完成了由舞台剧向电影的转换。该剧通过尤氏姐妹的遭遇，将荣宁二府贾珍、贾琏、贾蓉之流的丑恶嘴脸揭露得淋漓尽致。同时也刻画了尤三姐出淤泥而不染、洁身自爱、高傲泼辣的性格。该影片立主脑、密针线、减头绪，将与尤三姐故事不甚相关的情节一概省略或是一语带过，对尤三姐与柳湘莲的爱情则进行了扩充和浓墨重彩的渲染。原著中并没有直接描写尤三姐与柳湘莲的相遇，而是通过三姐之口回忆了几年前的往事。影片中不仅安排了尤三姐与柳湘莲在花园内相遇，更用大段的情节描写尤三姐对柳湘莲的思念之情。三姐对镜自怜，仿佛看见柳湘莲向她走来，二人在园中翩然对舞、情意绵绵，却原来是一场春梦！童芷苓通过自己唱念俱佳的出色表演，将三姐向往美好爱情时的甜蜜、羞涩之态演绎得惟妙惟肖，与之前对待贾珍、贾琏之流时的泼辣、刚烈形成了鲜明的对照，从而将尤三姐这个人物形象演绎得立体、丰满。

第三节 谢铁骊导演的六部八集电影《红楼梦》：生不逢时的杰作

六部八集系列电影《红楼梦》由中国电影发行放映公司资助拍摄，改编者谢铁骊、谢逢松，导演赵元，总导演谢铁骊。谢铁骊在三度通读《红楼梦》原著的基础上，于1985年开始改编剧本，进行前期筹备；1987年开始拍摄，1989年全部完成。他本着忠实于原著，切忌"标新立异"的创作原则，翻阅了各种文学研究史料，历时五年，终于完成了六部八集电影巨片《红楼梦》。《红楼梦》摄制成功后，上座率并没有收到预期的效果。一方面是由于王扶林版电视剧《红楼梦》于1987年抢先放映，使观众有了一种先入为主的感觉；另一方面也由于六部八集电影的鸿篇巨制需要观众在电影院花费数天时间观看，因此也影响了该电影在观众中的影响力。尽管如此，该电影的社会价值、艺术成就和创作经验依然值得我们认真地探讨。它给观众以电影艺术美的欣赏，为电影改编古典文学名著积累了宝贵的经验，同时也为弘扬民族文化、促进国际交流提供了优秀的艺术品。本节将从该影片的主题思想、剧情结构、演员表演等多元艺术角度来分析该电影。

一、"风月宝鉴"是"历史宝鉴"和"社会宝鉴"

有关《红楼梦》的主题思想历来都是红学界争论不休的话题，但对于电影《红楼梦》的主题思想，最有发言权的当然是该部影片的编剧和导演。编剧谢逢松曾经撰文《电影〈红楼梦〉改编手记》，关于主题该文有这样的描述："清朝康、雍、乾期间，文字狱兴盛而且残酷，曹雪芹不能直诉自己心中的不平和企望，便采取迂回曲折的手段，写成这部长篇小说《红楼梦》。曹雪芹是一位大文学家，也是一位大思想家。他写的《红楼

电影《红楼梦》（1989年，夏钦、陶慧敏主演）

---

1 谢逢松：《电影〈红楼梦〉改编手记》，《红楼梦学刊》，1989年第2辑。

梦》是'风月宝鉴',也是'历史宝鉴''社会宝鉴'。我们拿着这面镜子,从纵的方面看,可以看清中国过去的几千年,还可以看清中国未来的几百年;从横的方面看,可以反映出全世界的真实面貌。他通过《红楼梦》表达了自己的理想,表达了自己的治国主张。"从有关文字可以看出,编剧对《红楼梦》揭示和批判封建社会这一点非常看重,但文章中似乎忽略了宝玉和黛玉的爱情悲剧,任何主题思想的呈现都离不开鲜明的人物形象和人物故事。编剧对此避而不谈应该是一种失误。

二、宝黛悲剧:在宿命和制度之间徘徊

六部八集电影《红楼梦》以宝黛爱情悲剧为主线,以封建大家族的衰败为副线。改编者以120回流行本《红楼梦》为主要素材,没有排斥高鹗的续书,因此有了"潇湘焚稿""黛玉气绝"等悲剧场面。电影的收尾采用的是高鹗的续本,贾府中兴、兰桂齐芳。影片的最后以绛珠仙草和神瑛侍者"还泪"的神话作为结局。该部影片以太虚幻境作为开场和结尾,或许是出于视听的考虑,至于原著中所蕴含的哲理和意蕴,不熟悉原著的观众也许会觉得不知所云,影片的主题思想也因此而变得模糊。如果说林黛玉之死是缘于"还泪"的神话故事,那么宝黛爱情的悲剧就带有了非常浓厚的"宿命论"思想,绛珠仙草(黛玉)来到凡间的唯一使命就是用自己一生的眼泪来回报神瑛侍者(宝玉)的灌溉之情。如此一来,封建社会对这对有情人的摧残就会被观众所漠视,因为一切皆是命中注定。如同"薄命司"中关于众女儿的判词一样,每个人皆有自己的命数,悲剧的造成也就不是社会或个人的原因了。这两种截然不同的主题思想是曹雪芹在特定的历史时期对生命、对社会的认识和感悟。电影《红楼梦》本着尊重原著的精神将这两种思想都进行了演绎。

三、宏伟而不乏精到的剧情结构

编剧谢逢松在《电影〈红楼梦〉改编手记》[1]一文中写道:"我们对原著篇幅的取舍,主要采用两个原则:一是以宝玉这个人物和宝黛爱情为贯穿线,二是尽量保留读者和观众熟悉的、喜爱的那些情节。"该剧以太虚幻境开场,宝玉在警幻仙姑的引领下欣赏了《红楼梦》仙曲,并来到"薄命司"翻阅了《金陵十二钗正册》。与之相呼应的是,电影仍以太虚幻境收尾,宝玉在仙境中寻觅黛玉的芳踪。但是由于太虚幻境在原著中的第五回,因此宝玉从睡梦中惊醒

---

[1] 谢逢松:《电影〈红楼梦〉改编手记》,《红楼梦学刊》,1989年第2辑。

时就直呼："可卿，救我！"这种情节设置和安排让没有读过原著的观众觉得一头雾水，人物关系模糊不清，主要人物的出场也被这先入为主的情节设置淡漠了。但是瑕不掩瑜，电影《红楼梦》的结构与选材还是非常到位的。要将《红楼梦》这本煌煌巨作改编成电影，哪怕是六部八集这样的大制作，也依然需要合理的裁剪与结构。该电影基本上叙述了全书的重要故事情节，对主要人物的刻画也非常生动、鲜明。

第一部以"贾宝玉神游太虚境，警幻仙曲演红楼梦"开场，演绎了"托内兄如海荐西宾，接外孙贾母惜孤女""薄命女偏逢薄命郎，葫芦僧乱判葫芦案""贾宝玉奇缘识金锁，薛宝钗巧合认通灵""刘姥姥一进荣国府""王熙凤毒设相思局，贾天祥正照风月鉴""秦可卿死封龙禁尉，王熙凤协理宁国府""王熙凤弄权铁槛寺""荣国府归省庆元宵"等故事。为了使电影的结构更加紧凑，主要人物的形象刻画更为鲜明，编剧删去了诸如"金寡妇贪利权受辱""秦鲸卿夭逝黄泉路"等故事。电影的第一部以主要人物的出场为主，宝黛爱情还处于两小无猜的阶段。

第二部演绎了"贤袭人娇嗔箴宝玉""西厢记妙词通戏语，牡丹亭艳曲警芳心""滴翠亭杨妃戏彩蝶，埋香冢飞燕泣残红""撕扇子作千金一笑""诉肺腑心迷活宝玉，含耻辱情烈死金钏""手足耽耽小动唇舌，不肖种种大承笞挞""情中情因情感妹妹，错里错以错劝哥哥"等故事。这一部分以宝黛的爱情故事发展为主线，两人的爱情经历了共读《西厢记》时的默契；黛玉吃了宝玉闭门羹后的伤心难过；黛玉在窗外听到宝玉将她引为知己后的高兴；宝玉对黛玉倾诉衷肠后两人的心心相印；宝玉挨打后黛玉哭红了双眼时的心痛不已；宝玉赠帕、黛玉题帕时的诸多思绪……二人的爱情经历过如此多的波折后，宝玉终于在梦中喊出了"都说是金玉良缘，我偏说是木石姻缘"的肺腑之言。

第三部演绎了"秋爽斋偶结海棠社，蘅芜苑夜拟菊花题""林潇湘魁夺菊花诗，薛蘅芜讽和螃蟹咏""变生不测凤姐泼醋，喜出望外平儿理妆""呆霸王调情遭苦打，冷郎君惧祸走他乡""贾宝玉品茶栊翠庵，刘姥姥醉卧怡红院""尴尬人难免尴尬事，鸳鸯女誓绝鸳鸯偶""慕雅女雅集苦吟诗""薛小妹新编怀古诗"等故事。该部将贾府全盛时期的辉煌演绎到了极致，如果说元妃省亲是贵族奢华生活的外在展示，那么大观园中题诗作画、喝酒品茶则是真正的贵族生活。用刘姥姥的话来说，荣国府一顿螃蟹宴的花费够庄稼人全家吃一年的了。此外，编剧按照剧情的需要对小说原著进行了裁剪，尽量使得人物故事比较集中，从而可以使观众有更为深刻的印象。例如贾赦要强取鸳鸯这集，便演绎了贾赦巧取豪夺为了石呆子的几把扇子而将其置于死地的故事。

第四部演绎了"敏探春兴利除宿弊,贤宝钗小惠全大体""茉莉粉替去蔷薇硝""慧紫鹃情辞试莽玉,慈姨妈爱语慰痴颦""寿怡红群芳开夜宴""贾二舍偷娶尤二姨,尤三姐思嫁柳二郎""情小妹耻情归地府,冷二郎心冷入空门""见士仪颦卿思故里,闻秘事凤姐讯家童""苦尤娘赚入大观园,酸凤姐大闹宁国府""弄小巧用借剑杀人,觉大限吞生金自逝"等故事。尤二姐、尤三姐的故事是游离于宝黛爱情故事之外的重要情节,舞台戏曲和电影限于时间的约束通常都将其舍弃,或者将其作为折子戏的形式独立呈现。作为大制作的六部八集电影,导演当然不愿舍弃如此具有视听效果的情节,而且尤二姐与尤三姐的故事不仅仅能够给人带来极强的视听效果,而且对整个荣宁二府的揭露都是非常露骨的。用柳湘莲的话来说:"你们东府里除了那两个石头狮子干净,只怕连猫儿狗儿都不干净。"(第66回)

第五部演绎了"薛文龙悔娶河东狮""美香菱屈受贪夫棒""薛文起复惹放流刑""痴丫头误拾绣春囊,懦小姐不问累金凤""惑奸谗抄检大观园"等故事。从标题就可以看出贾府此时已经开始渐渐衰败了,编导选取了几个最有代表性的故事进行了剪辑,把各个故事在原著中的顺序也打乱了,进行了重新组合。电影将"抄检大观园"的故事放在了最后,从而将故事情节推向了高潮,给观众营造了一个"呼喇喇大厦将倾"的悲壮气氛,尤其是探春在抄检大观园时的一番话,更是将整个封建贵族败落的根源揭示得淋漓尽致。

第六部演绎了"宴海棠贾母赏花妖,失宝玉通灵知奇祸""因讹成实元妃薨逝,以假混真宝玉疯癫""瞒消息凤姐设奇谋,泄机关颦儿迷本性""林黛玉焚稿断痴情,薛宝钗出阁成大礼""苦绛珠魂归离恨天,病神瑛泪洒相思地""悲远嫁宝玉感离情""锦衣军查抄宁国府,骢马使弹劾平安州""王熙凤致祸抱羞惭,贾太君祷天消祸患""散余资贾母明大义,复世职政老沐天恩""还孽债迎女返真元""史太君寿终归地府,王凤姐力诎失人心""忏宿冤凤姐托村妪""中乡魁宝玉却尘缘"等故事。电影的最后以神瑛侍者和绛珠仙草的神话故事作为结尾颇有意境。从该部所演绎的故事内容来看,编导显然希望用最精炼的电影语言呈现给观众最精彩的故事情节,尤其是电影接近尾声了,必须对每一个主要人物的结局做一个交代。但是面对如此庞杂的故事情节,编导必须有所取舍、有所侧重。因此有些人物的结局和命运,编导是通过他人之口转述或者给几个镜头进行交代,如史湘云的夫婿患了重病、妙玉被劫等。该部浓墨重彩地演绎了"林黛玉焚稿断痴情"和"苦绛珠魂归离恨天",虽然电影没有越剧那样悲切的唱腔,但是编导通过背景音乐和光影色调,为黛玉之死营造了一个无比悲凉、凄婉的气氛。

四、明星演员，利弊并存

该部电影选择了一些在当时就颇负盛名的演员，如饰演贾母的林默予、饰演王熙凤的刘晓庆、越剧演员陶慧敏、评剧演员赵丽蓉等。明星阵容有利于宣传造势，而且成熟的演员对于角色的把握会比较准确，演技也有可靠的保障。但是由于观众对这些明星过于熟悉，因此会对她们的形象有先入为主的印象，从而不利于特定角色的塑造。王扶林导演的电视剧版《红楼梦》没有选择观众熟悉的演员，而是在全国范围内进行海选，因此在形象上都与小说原著中所描写的人物形象颇为接近。通过一段时间的培训后，演员气质也逐渐接近小说中的人物形象，从而达到"神形兼备"。

该部影片中的贾宝玉由夏钦女扮男装饰演，女演员反串贾宝玉不仅非常普遍而且也获得了很高的艺术成就，如徐玉兰、林青霞、马兰、白淑贤、钱惠丽等。夏钦所饰演的贾宝玉俊秀、灵动、顽皮、可爱，但是脂粉气过于浓重。虽说贾宝玉在脂粉堆里混大，但他毕竟也是个调皮的"混世魔王"，也曾大闹书房，因此身上必然还带有一些男孩子的习性。陶慧敏作为年轻的越剧演员，自身的形象气质与林黛玉比较吻合，对黛玉性格情感发展的层次又把握得比较有分寸，她将刚进贾府时的小心谨慎、几经风霜后的多愁善感、爱情萌发后的情笃意切、绝粒焚稿时的寸断肝肠都演绎得淋漓尽致，柔弱中带着刚毅，绝望中表露安详。傅艺伟饰演的薛宝钗也比较到位，温良恭俭而又工于心计。她拥有与黛玉比肩的才华，却认为女孩子还是只会做针线的好。她拥有"好风凭借力，送我上青云"般的抱负，却又不显山不露水，在众人面前博得了一片好声名。林默予饰演的贾母既雍容华贵，懂得享受贵族生活，又宽厚慈爱，不仅对自己的儿孙疼爱有加，对清虚观的小道士也体恤关怀。在"散余资贾母明大义"一节中，林默予更是将这个荣国府的贵族老太太演绎得深明大义、精明强干。刘晓庆在出演王熙凤时已经颇负盛名了，她将王熙凤的精明能干、逢迎卖乖、心狠手辣都演绎得比较到位。只是在"协理宁国府"这集中的演出显得过于做作，表演的痕迹太重。影片的后半部分，刘晓庆的演绎变得更为圆熟、自然，将王熙凤在老祖宗面前的讨巧卖乖，对付尤二姐时的心狠手辣，贾府抄家后的绝望悔恨演绎得淋漓尽致。赵丽蓉饰演的刘姥姥朴实憨厚，风趣诙谐，富于乡土气息，可以说她非常成功地演绎了这个乡村老妪。刘姥姥并非完全没有见过世面的乡村老妪，她精于世故，懂得放下身段以讨好荣国府的贵族老太太和小姐夫人们。但同时她又保持着乡下人淳朴善良的本性，因此能够在贾府危难之时，报答凤姐的恩情为她照顾巧姐儿。

总体来说，1989年版电影《红楼梦》是一部制作精良、艺术成就非常高的电影。虽然它生不逢时，没有取得最大的社会效应，但是它的艺术成就却是电影界和学术界所不能忽视的。

由上可见，红楼电影的阵容，很大程度上是借助红楼戏曲电影来壮声势的，以生活化的表演演绎故事的红楼电影只有一部，但是也取得了不菲的成绩。但是它有点命途多舛，令观众大饱眼福的王扶林导演的电视剧《红楼梦》抢在它前边播出了，谁还愿意花钱接连几次折腾到电影院去看不见得精彩的电影呢？这使这部唯一的"生活态"《红楼梦》电影的上座率大大下降了，由此造成了它的影响与它的成就极不相称，这不能不说是一个遗憾。

第四章　当代中国大陆《红楼梦》电视剧

第一节　当代中国大陆红楼电视剧概貌

一、当代中国大陆红楼电视剧一览

据统计，当代中国大陆《红楼梦》电视连续剧共有17部，其中有10部是戏曲电视剧。

表六：当代中国大陆《红楼梦》电视剧

序号	时间	剧名	集数	编导
1	1980年	《晴雯》	单集昆剧	导演：李莉、岳美缇
2	1984年	《王熙凤》	单集川剧	导演：倪绍忠
3	1984年	《红楼梦》	两集越剧	导演：薛英俊、许诺
4	1985年	《红楼十二官》	五集京剧	导演：莫宣
5	1987年	《红楼梦》	36集	导演：王扶林
6	1991年	《红楼外传》之一《玉碎珠沉》	两集川剧	导演：徐正直
7	1992年	《曹雪芹》	十集京剧	导演：周宝鑫、沙如荣
8	1993年	《红楼外传》之二《红粉飘零》	两集川剧	导演：徐正直
9	1997年	《秦可卿之谜》	20集	导演：姚守岗、于琦
10	2000年	《红楼梦》	30集越剧	总导演：梁永璋
11	2002年	《红楼丫头》	21集	导演：黄健中、郭靖宇
12	2003年	《曹雪芹》	30集	导演：王静
13	2005年	《刘姥姥外传》	30集	导演：胡国华、冯大年
14	2005年	《刘姥姥》	两集评剧	导演：刘三牛
15	2008年	《王熙凤》	17集川剧	导演：欧阳奋强
16	2010年	《黛玉传》	35集	导演：李平
17	2010年	《红楼梦》	50集	导演：李少红

如上所示，当代大陆《红楼梦》电视剧按照表演形式可分为两大类：一是戏曲电视剧；二是生活化电视剧。[1]所谓生活化电视剧其实是相对戏曲电视剧而言的，也就是一般人们所俗称的"电视连续剧"或"电视剧"。戏曲电视剧大多以《红楼梦》人物群像为主角，如川剧《王熙凤》、京剧《红楼十二官》、评剧《刘姥姥》等。全景式展现《红楼梦》故事的仅有30集越剧电视剧《红楼梦》，这种改编以宝黛爱情和红楼女儿的悲惨命运为主线，体现了"千红一窟（哭）、万艳同杯（悲）"的悲剧主题。生活化电视剧中既有全景式地展示小说《红楼梦》全貌的电视连续剧作品，如1987年版王扶林导演的《红楼梦》和2010年版李少红导演的《红楼梦》，也有以红楼人物群像为主角的电视剧，如《秦可卿之谜》《红楼丫头》《黛玉传》和《刘姥姥外传》等。

二、当代中国大陆红楼电视剧内容撮要

（一）生活化电视剧

表七：当代中国大陆《红楼梦》电视剧

序号	剧名	集数	时间	编导	主演	摄制单位
1	《红楼梦》	36集电视剧	1987年	编剧：周雷、刘耕路、周岭 导演：王扶林	陈晓旭（饰林黛玉）、欧阳奋强（饰贾宝玉）、邓婕（饰王熙凤）	中央电视台、中国电视剧制作中心摄制
2	《秦可卿之谜》	20集电视剧	1997年	编剧：马军骧 导演：姚守岗、于琦	苗乙乙（饰秦可卿、秦妃），林默予（饰贾母）、姬晨牧（饰贾宝玉）	新纪元电影发展公司、北京元峰元科贸易集团联合摄制
3	《红楼丫头》	21集电视剧	2002年	编剧：陆永兴等，导演：黄健中、郭靖宇	迟佳（饰贾宝玉）、徐筠（饰袭人）、周璐（饰晴雯）	无锡市广播电视集团摄制

---

[1] "生活化电视剧"是笔者对应"戏曲电视剧"选择的称谓，学术界对这种类型的电视剧没有一个准确的名词，大家约定俗成地称之为"电视剧"或"电视连续剧"，但"电视剧"这个称谓应该包含有"戏曲电视剧"，为了使分类不至于混乱，笔者用"生活化电视剧"使之与"戏曲电视剧"相区分。但为了遵照约定俗成的观念，本书在其他部分保留了通俗意义上的"电视剧""电影"的称谓。

续表

序号	剧名	集数	时间	编导	主演	摄制单位
4	《曹雪芹》	30集电视剧	2003年	编剧：王家惠 导演：王静	宗华（饰曹雪芹）、史兰芽（饰李绮筠）	中国电视剧制作中心出品
5	《刘姥姥外传》	30集电视剧	2005年	编剧：李天鑫，导演：胡国华、冯大年	归亚蕾（饰刘姥姥）、樊少皇（饰孙绍祖）、盖丽丽（饰王熙凤）	上海电影集团公司、上海晋鑫影视发展有限公司和上海艺果影视有限公司摄制
6	《黛玉传》	35集电视剧	2010年	导演：李平	马天宇（饰贾宝玉）、闵春晓（饰林黛玉）、邓莎（饰薛宝钗）、王子瑜（饰王熙凤）	法制日报社影视中心、恒娱星空文化传播有限公司出品
7	《红楼梦》	50集电视剧	2010年	导演：李少红	于小彤（饰宝玉）、蒋梦婕（饰林黛玉）、姚笛（饰王熙凤）	中影集团、华录百纳和北京电视台联合摄制

1. 王扶林导演的《红楼梦》

王扶林导演的《红楼梦》在剧本改编方面取大众不太熟悉的脂评抄本《石头记》，后40回以脂评线索和当时的研究成果进行改编。该剧剧本主要是受当时主流学术研究观点以及电视剧顾问的影响，是20世纪80年代我国红学研究水平和电视剧艺术水平相结合的产物。

2. 李少红导演的《红楼梦》

李少红导演的《红楼梦》以中国艺术研究院红楼梦研究所校注的120回《红楼梦》通行本作为创作底本，故事情节、对白语言均严格遵照原著。该剧拍摄前期，北京电视台举办了轰轰烈烈的"红楼梦中人"选秀活动，既为电视剧的开播宣传造势，也通过选秀挖掘出了一批有潜质的年轻演员。

3. 电视连续剧《秦可卿之谜》

电视连续剧《秦可卿之谜》是根据作家刘心武撰写的小说《秦可卿之死》改编的。该剧不仅还原了小说原著中删去的"秦可卿淫丧天香楼"的情节，而且对秦可卿的身世进行了大胆的推测。

4. 电视剧《红楼丫头》

电视剧《红楼丫头》是一部古典青春偶像剧,以《红楼梦》中众丫鬟为创作原型,但是故事情节与人物性格塑造均与原著有所差异。该剧对袭人、晴雯等主要丫头的不幸身世、遭遇及悲惨命运进行了深入挖掘,充分展示了丫鬟们的心路历程和精神世界,以及她们对爱情和自由的热烈向往与追求。该剧中的丫头们摆脱了对贵族主子的依赖,走出了贵族阶级笼罩在她们身上的阴影,以独特的个性和人格力量塑造了较为典型的人物形象。

5. 电视剧《曹雪芹》

电视剧《曹雪芹》邀请了红学家周汝昌、胡文彬、蔡义江担任红学顾问和艺术策划。该剧参照了曹雪芹和《红楼梦》的相关故事进行了艺术加工。剧中女主角李绮筠被定为替《红楼梦》写脂批的脂砚斋,其性格特征为《红楼梦》原著中林黛玉、史湘云的结合体,既有聪明才智的一面也有刚烈果敢的部分。对于这样的人物设定,导演王静表示主要依据的是周汝昌的考证。

6. 电视剧《刘姥姥外传》

电视剧《刘姥姥外传》借用《红楼梦》中的人物关系,演绎全新的故事。该剧以小说《红楼梦》中的人物为原型,但是故事情节与小说原著相比有很大的改变。为使刘姥姥的形象更加丰满,虚构了许多小说中没有的故事情节。故事从荣宁二府被查抄而蒙不白之冤,刘姥姥仗义前往相助说起。重病在身的王熙凤已经不再信任贾府里的任何人,就拿出"通灵宝玉"和一本"族谱",让刘姥姥南下寻找贾宝玉,并把东西交给他,同时将她的女儿巧姐托付给刘姥姥照料。于是,这一老一少便踏上寻找贾宝玉的茫茫路。孙绍祖、贾雨村等人为夺取记载了朝廷众多官员买官卖官罪证的蓝册子,一路追杀刘姥姥,可谓险象环生,幸得众人的屡次相助,刘姥姥一行人才能频频化险为夷、逢凶化吉。结局是蓝册子交给北静王,荣宁两府沉冤得以昭雪,刘姥姥归隐山林。

7. 电视剧《黛玉传》

电视剧《黛玉传》围绕林黛玉的一生展开,演绎了宝玉、黛玉之间两小无猜、青梅竹马的爱情故事。该剧以小说原著为基础,用通俗性的叙述方式,创造性地以脂砚斋的批语为依据,将残缺的情节重新织补,演绎了较为完整的红楼故事。该剧整体风格典雅精致,人物表演细腻生动,是红楼电视剧中的佳作。

(二)戏曲电视剧

《红楼梦》与戏曲联姻,产生了十部戏曲电视剧,涉及了五个剧种。一部单集昆剧电视艺术片《晴雯》、两部越剧电视剧《红楼梦》、京剧电视剧《红楼十二官》和《曹雪芹》、川剧电视剧《红楼外传》(两部)和《王熙凤》(两部)以及评剧电视剧《刘姥姥》。

表八：当代中国大陆《红楼梦》戏曲电视剧

序号	剧名	集数	时间	编导	主演	摄制单位
1	《晴雯》	单集昆剧	1980年	导演：李莉、岳美缇	华文漪（饰晴雯）、岳美缇（饰贾宝玉）	上海电视台摄制，上海昆剧团演出
2	《刘姥姥》	两集评剧	2005年	编剧：卫中、汉云，导演：刘三牛	董玉梅（饰刘姥姥）、刘福先（饰王熙凤）	河北省丰润评剧团演出，根据同名评剧改编
3	《红楼梦》	两集越剧	1984年	编剧：徐进、薛允磺，总导演：吴琛	华怡青（饰林黛玉）、朱雪莲、张俐（饰贾宝玉）	上海电视台摄制，上海越剧院演出
4	《红楼梦》	30集越剧	2000年	总导演：梁永璋，总编剧：徐进	钱惠丽（饰贾宝玉）、余彬（饰林黛玉）、赵海英（饰薛宝钗）、何嘉仪（饰王熙凤）	绍兴电视台、杭州南广影视制作有限公司、浙江长城影视公司摄制
5	《红楼十二官》	五集京剧	1985年	编剧：王祖鸿 导演：莫宣	吴颖（饰芳官）、沈美蓉（饰豆官）、陈继兰（饰龄官）	中央电视台摄制，上海市戏曲学校教学实验剧团演出
6	《曹雪芹》	十集京剧	1992年	编剧：钟鸿、赵其昌、徐涂生，导演：周宝鑫、沙如荣	言兴朋（饰曹雪芹）、李海燕（饰婉莹）、雷英（饰竹筠）	上海电视台、北京电视戏曲艺术研究会联合录制
7	《红楼外传》之一《玉碎珠沉》(上下集)	两集川剧	1991年	原著文学顾问：萧赛，编剧：谭慷、文先荣，导演：徐正直	周开舒（饰良儿，刘燕配唱）、陈智林（饰贾宝玉）、刘晓兰（饰王熙凤）	四川电视台摄制

序号	剧名	集数	时间	编导	主演	摄制单位
8	《红楼外传》之二《红粉飘零》（上下集）	两集川剧	1993年	原著文学顾问：萧赛，编剧：谭慷、文先荣，导演：徐正直	陈琳（饰芳官，沈铁梅配唱）、胡红（饰藕官，周凡配唱）	四川电视台摄制
9	《王熙凤》	单集川剧	1984年	编剧：徐棻 导演：倪绍忠	肖开蓉（饰王熙凤）、刘芸（饰尤二姐）、罗玉中（饰贾琏）	四川电视台摄制，成都市川剧院三团演出
10	《王熙凤》	17集川剧	2008年	编剧：徐棻，执行导演：刘雪松，戏曲导演：李增林，导演：欧阳奋强	刘萍（饰王熙凤）、孙勇波（饰贾琏）、朱琴（饰尤二姐）	中国电视剧制作中心、四川电视台电视剧制作中心、四川长富文化传播有限责任公司联合摄制

1. 单集昆曲《晴雯》

昆曲《晴雯》是王昆仑、王金陵为纪念曹雪芹逝世200周年而作，北方昆曲剧院于1963年演出。上海昆剧团学习北方昆曲剧院的《晴雯》，并于1980年4月8日在上海艺术剧场首演。1980年，上海电视台摄制、上海昆剧团演出了单集昆剧电视艺术片《晴雯》，该剧改编自舞台剧《晴雯》，但是作为电视戏曲艺术片，昆曲《晴雯》是在演播室搭设内景，请演员进演播室拍摄，要求演员的表演和化妆更接近生活真实。剧中穿插外景镜头，在灯光照明、先期录音等电视手段作用下，取得比舞台演出更为逼真、清晰、连贯的效果，经过这些艺术加工，使剧情紧凑，人物的关键性表演在特写镜头的运用下更为突出，艺术表现力更为丰满。但是该部电视剧也存在舞台写意与电视剧写实之间的矛盾，演员程式化的表演在银幕中展现就显得太过夸张。

2. 评剧电视剧《刘姥姥》

2005年，河北省丰润评剧团根据同名评剧改编并拍摄了两集评剧电视剧《刘姥姥》。该剧通过刘姥姥三进荣国府的情节，用强烈的喜剧色彩对刘姥姥等形象做了深入的开掘和再创作。在此之前河北省丰润评剧团还摄制了舞台剧《刘姥姥》，自2005年1月起多次在中央电视台戏曲频道、综艺频道播出。评剧电视剧亦是由舞台剧改编而来。

3. 两集越剧电视剧《红楼梦》

1984年，两集越剧电视连续剧《红楼梦》主要描写了宝玉出生、香菱被拐、贾雨村落魄与发迹、薛蟠夺女伤人、葫芦僧"胡"判葫芦案等情节，并在片头出现"金陵十二钗"在"太虚幻境"翩翩起舞的镜头。该剧继承、移植了1962年越剧电影《红楼梦》的一些因素，并有很大的改编和创新。《红楼梦》戏曲电视剧把戏曲的虚和电视的实相结合，把舞台程式化表演融入外景中拍摄。

4. 30集越剧电视剧《红楼梦》

2000年，绍兴电视台、杭州南广影视制作有限公司、浙江长城影视公司联合摄制了30集越剧电视连续剧《红楼梦》。这是中国投资最大、集数最多、角色最多的《红楼梦》戏曲电视连续剧，荟萃越剧界十大流派，全景式展示出《红楼梦》中各色人物的爱情悲剧。该剧在尊重原著的基础上，对部分情节进行了大胆的艺术虚构与演绎，尤其是运用戏曲唱腔的优势，将人物的心理活动刻画得细致入微。

5. 五集京剧电视剧《红楼十二官》

1985年，五集京剧电视连续剧《红楼十二官》以《红楼梦》十二女伶为主要人物，概括集中反映了大观园里唱戏女奴的遭遇和命运，构思独特，人物性格鲜明。扮演芳官的吴颖和扮演药官的冯秀红较为出色地刻画了人物形象。

6. 十集京剧电视剧《曹雪芹》

1992年，上海电视台、北京电视戏曲艺术研究会联合录制了十集京剧电视连续剧《曹雪芹》。全剧以曹雪芹的人生历程为主线，介绍了曹家的家世背景以及荣辱兴衰。通过对曹雪芹人生经历的演绎，揭示了《石头记》创作过程的"十年辛苦不寻常"。该剧聘请了著名红学家周汝昌、剧作家翁偶虹为剧本顾问，人物塑造以及故事情节以周汝昌先生的考证为依据。

7. 川剧《玉碎珠沉》和《红粉飘零》

萧赛的《红楼外传》小说经改编并拍摄了《玉碎珠沉》和《红粉飘零》两部电视剧，一前一后，相互独立，而二者故事互有关联。1991年，四川电视台摄制了两集川剧电视连续剧《红楼外传》之一《玉碎珠沉》（上下集）。1993年，四川电视台摄制了两集川剧电视连续剧《红楼外传》之二《红粉飘零》（上下集）。该剧由萧赛的小说《红楼外传》改编而来，故事情节与曹雪芹原著有一定差异。

8. 单集川剧电视艺术片《王熙凤》

1984年，单集川剧电视艺术片《王熙凤》由徐棻编剧，故事取材于小说原著，但是编剧大胆地进行了艺术改编和艺术虚构。贵妃元春将归家省亲，荣国府准备大兴土木建省亲别墅。这美差既可敛财又可弄权，贾珍与王熙凤暗地展开了一场纷争，王熙凤使巧弄乖，花言巧语博得贾母宠信，美差到手。贾珍怀恨，与贾蓉策划，将尤二姐荐给王熙凤之夫贾琏做妾。王熙凤查知，妒意大发，将尤二姐诳入府中，横施折磨。尤二姐怀孕，王熙凤怕她生子夺其地位，用药使尤氏堕胎。贵妃归宁之日，尤二姐在喧天的鼓乐声中自尽。1984年该剧获得首届全国戏曲电视剧评比三等奖。

9.17集川剧电视连续剧《王熙凤》

2008年，中国电视剧制作中心、四川电视台电视剧制作中心、四川长富文化传播有限责任公司联合摄制了17集川剧电视连续剧《王熙凤》。全剧以《红楼梦》中元妃省亲这一情节为背景，以在操办省亲事宜中各种势力间的权益争夺为主要戏剧冲突，着重刻画王熙凤这一人物的典型性格与命运发展。这部电视连续剧也可以说是1984年版川剧《王熙凤》的扩充版，编剧仍为徐棻，而导演欧阳奋强则再续"红楼"情，由1987年版电视剧的主演变成此剧的导演，饰演巧姐的欧阳雯鑫也是欧阳奋强的女儿。

电视连续剧是唯一能够完整展现长篇小说风貌的艺术形态。舞台剧、电影、话剧限于时间和空间的束缚，不可能将皇皇巨制的长篇小说完整地搬上舞台或银幕，但电视剧却具有这种先天的优势。莫言在《捍卫长篇小说的尊严》一文中曾说道："长度、密度和难度，是长篇小说的标志，也是这伟大文体的尊严……所谓长度，自然是指小说的篇幅。没有二十万字以上的篇幅，长篇小说就缺少应有的威严。就像金钱豹子，虽然也勇猛，虽然也剽悍，但终因体形稍逊，难成山中之王……我认为一个作家能否写出并且能够写好长篇小说，关键的是要具有'长篇胸怀'。'长篇胸怀'者，胸中有大沟壑、大山脉、大气象之谓也。要有粗粝莽荡之气，要有容纳百川之涵。所谓大家手笔，正是胸中之大沟壑、大山脉、大气象的外在表现也。大苦闷、大悲悯、大抱负，天马行空般的大精神，落了片白茫茫大地真干净的大感悟——这些都是长篇胸怀之内涵也。"[1]曹雪芹的《红楼梦》正是这样一部拥有大沟壑、大山脉、大气象的大家之作。电视剧的改编者面对这样一部经典的长篇小说也必须具备这种"长篇胸怀"。

电视剧这种艺术形式，为古典名著的改编赢得了最广阔的自由空间。但是，从《三国演义》《水浒传》《红楼梦》的改编情况来看，《红楼梦》的原著成就最高，而改编效果反而不及前两部。个中原因，大致如下：第一，《三国演义》和《水浒传》中拥有大量显性化的戏剧冲突，这些戏剧冲突推动剧情波生

---

1 莫言：《捍卫长篇小说的尊严》，莫言：《酒国》代序言，上海：上海文艺出版社2012年版。

浪起,高潮一个接一个,而《红楼梦》中多是日常琐事、家长里短。第二,观众的审美层次,让创作者左右为难。小说发展到清代,早已由重情节、轻人物、千人一面、千部一腔过渡到淡化情节设置、注重人物形象的新阶段。曹雪芹是有这方面的艺术素养和艺术自觉的,但是许多观众没有。这样,严谨的编创人员不惜牺牲收视率来维护原著的艺术性,而强调收视率的创作队伍又不惜对原著随意增减,或横加刀斧,或纵情发挥。这样,要么把改编后的电视剧拍得冗长乏味,要么拍得荒诞不经。从改编实践来看,电视剧对《红楼梦》的改编必须注意以下几个方面的问题:一是主题思想的确立。"如果一部小说只有所谓的善与高尚,或者只有简单的、公式化的善恶对立,那这部小说的价值就值得怀疑。那些具有哲学思维的小说,大概都不是哲学家写的。好的长篇应该是'众声喧哗',应该是多义多解,很多情况下应该与作家的主观意图背道而驰。在善与恶之间,美与丑之间,爱与恨之间,应该有一个模糊地带,而这里也许正是小说家施展才华的广阔天地。"[1]《红楼梦》的主题思想纷繁复杂、众说纷纭,为此还专门开创了一门学科叫"红学",由此可见其高深莫测。二是语言风格的确立。《红楼梦》的语言艺术成就,代表了我国古典小说语言艺术的高峰。作者往往只需用三言两语就可以勾画出一个活生生的具有鲜明个性特征的形象。作者笔下每一个典型形象的语言都具有自己独特的个性,从而使读者仅仅凭借这些语言就可以判别人物。小说中的人物语言生动、形象,令观众产生无限的遐想。电视剧的人物形象塑造是具象的,演员通过台词和表演来演绎小说中的人物,因此演员的功力就显得尤为重要。三是电视剧剧情结构问题。电视剧改编自长篇小说,一般而言可以完全按照小说的叙事结构来构建,但《红楼梦》是一部未完成的作品,不仅前80回部分章节存在争议,后40回对人物的命运结局问题更是众说纷纭、莫衷一是,故事情节的取舍问题是编导不得不面对的一个问题。四是演员选择的形似与神似。小说通过文字塑造人物形象、人物性格,电视剧通过演员表演来塑造人物。因此,在演员选择上首先必须要形似。试想大观园内众多十七八岁的妙龄少女如果由六七十岁的老太太来饰演,那纵使演技再高也无法符合观众心目中的人物形象。这也就是为何梅兰芳饰演的林黛玉遭到了鲁迅先生诟病的原因吧!然而仅有形似是无法深刻地刻画人物形象的,演员必须对所饰演的人物角色进行深入地了解,精心地打磨,才能够创造出经典的人物形象。一般来说,戏曲演员更追求神似,而电影、电视剧演员更追求形似。如何做到神形兼备,这是每一个演员都必须考虑的问题。

---

[1] 莫言:《捍卫长篇小说的尊严》,莫言:《酒国》代序言,上海:上海文艺出版社2012年版。

第二节　堪称经典的王扶林版电视剧《红楼梦》

一、王扶林版电视剧《红楼梦》对原著改编时的取舍

《红楼梦》是一部鸿篇巨制的长篇小说，它的博大精深是短短几个小时的电影与舞台剧根本无法企及的。相对而言，电视连续剧对《红楼梦》的改编有自身独特的优势，因为只有电视连续剧才能有足够的时空来演绎它。但是，电视连续剧依然无法尽展原著的魅力，这是小说转换为影视作品时不可避免的遗憾与无奈！

（一）取实去虚，舍弃虚幻世界

人们都熟知在《红楼梦》中有两个世界，彼大荒世界，洪荒杳冥，无计无涯、无始无终、无悲无喜。无才补天的顽石被弃置在大荒山无稽崖青埂峰下。顽石通灵之后，幻行入世，落到了大观世界之中，大观园正是人间花柳繁华地、温柔富贵乡的精华所在，连通着经验世界的诸般情态，万千气象。大观此岸和大荒彼岸之间有着密切的交流和对话，这是一种引人深思的"间离"，作者以石头的双重身份对人生做出了一番思考。其实，每一个人都会面对这样的困惑与思考，只是作者在不留痕迹中以艺术的手法潜移默化地引导着人们去思索。如第18回元妃省亲时写宝玉的一段："——此时自己回想当初在大荒山中，青埂峰下，那等凄凉寂寞；若不亏癞僧、跛道二人携来至此，又安能得见这般世面。"[1]此刻依石头所想，当初是何等寂寞，如今又是何等繁华热闹，这时显然是迷恋大观园，而厌恶彼岸的大荒世界。然而此后灾难便来临了，宝玉、凤姐中了魔魇法，气息奄奄、命在旦夕。此时，隐隐木鱼声中，和尚来了，持着那顽石幻化的通灵宝玉叹道："青埂峰一别，展眼已过十三载矣！""今被声色货利所迷，故不灵验了。"不觉称羡石头

电视剧《红楼梦》（1987年，欧阳奋强、陈晓旭主演）

1　曹雪芹、高鹗：《红楼梦》，北京：中国文史出版社2003年版，第133页。

当时在大荒山的那段好处："天不拘兮地不羁，心头无喜亦无悲。却因锻炼通灵后，便向人间觅是非。"[1]原来人间乃是势利之场、是非之地，何若原先那等自由自在呢！这里又否定了充满声色货利的大观世界，而向往无拘无束的大荒世界了。宝玉正是在这种对话与交流中不断探索、寻求精神归宿，最终了却尘缘。

电视连续剧《红楼梦》只取了大观世界而放弃了大荒世界。原著中，癞头和尚与跛足道人曾多次出现在关键时刻。如将顽石幻化成通灵宝玉携入红尘；见到英莲道："施主，你把这有命无运、累及爹娘之物抱在怀内作甚？"[2]贾瑞正照风月鉴一命呜呼后，贾代儒欲烧镜，"只见那跛足道人从外面跑来，喊道：谁毁'风月鉴'，吾来救也！"[3]宝玉失玉后神志不清，家人为冲喜设计了调包计，黛玉在宝玉洞房花烛夜魂归离恨天。之后，宝玉仍是一直神志不清，直到癞头和尚到来，"施主们，我是送玉来的"[4]……电视剧删去了这些虚幻的情节。此外，贯穿全书始终的第五回《游幻境指迷十二钗，饮仙醪曲演红楼梦》在连续剧中也被删减。这一回中，贾宝玉在警幻仙姑的带领下游"太虚幻境"，作者借此展示了金陵十二钗的判词，并借仙姑之口讲述了何为"意淫"。这些曲子［红楼梦引子］［终身误］［枉凝眉］［恨无常］［分骨肉］［乐中悲］［世难容］［喜冤家］［虚花悟］［聪明累］［留馀庆］［晚韶华］［好事终］［收尾·飞鸟各投林］不仅文辞优美让人回味无穷，更预示了书中主要人物的命运和结局。

1987年版电视剧《红楼梦》舍弃了神瑛侍者和绛珠仙子的神话故事，舍弃了太虚幻境等虚幻的故事情节，这对小说原著的完美体现来说是一个遗憾！但从另一个角度来说，虚幻世界的演绎使宝黛爱情悲剧成为前生注定的姻缘结果，因而削弱了其批判意义和思想深度，一定程度上带有宿命论的色彩。所以，尽管遗憾，王扶林舍弃虚幻世界和和尚道士等玄虚的情节还是有他的道理的。

（二）诗词歌赋、典故的舍弃

自《红楼梦》问世以来，有关《红楼梦》诗词歌赋研究的著作和论文可谓是汗牛充栋。且不说为数众多的诗词，但看宝玉为晴雯作的《芙蓉女儿诔》就能让人研究半日了。诗词歌赋是需要细细品味的，因此影视剧不得不忍痛割爱。但它利用自身的特点，将一些代表性的诗词谱曲作为背景音乐，配合上

---

[1] 曹雪芹、高鹗：《红楼梦》，北京：中国文史出版社2003年版，第197页。
[2] 曹雪芹、高鹗：《红楼梦》，北京：中国文史出版社2003年版，第5页。
[3] 曹雪芹、高鹗：《红楼梦》，北京：中国文史出版社2003年版，第93页。
[4] 曹雪芹、高鹗：《红楼梦》，北京：中国文史出版社2003年版，第977页。

剧中的情节，可谓是声情并茂。《葬花吟》《枉凝眉》《红豆曲》《晴雯歌》《聪明累》等无不是脍炙人口的经典曲目。

再来看看《红楼梦》中的典故，还是回到第五回《游幻境指迷十二钗，饮仙醪曲演红楼梦》。影视剧中对秦可卿卧房的布置可以说是尊重原著，但是同样出于艺术特性的限制，它没法像小说那样对其进行详尽的描述。且看："宝玉觉得眼饧骨软，连说'好香！'入房向壁上看时，有唐伯虎画的《海棠春睡图》，两边有宋学士秦太虚写的一副对联，其联云：嫩寒锁梦因春冷，芳气袭人是酒香。案上设着武则天当日镜室中设的宝镜，一边摆着飞燕立着舞过的金盘，盘内盛着安禄山掷过伤了太真乳的木瓜。上面设着寿昌公主于含章殿下卧的塌，悬的是同昌公主制的联珠帐。"[1]这些描写在影视剧中根本就无法体现，一闪而过的镜头让人根本无暇细细品味着其间深厚的文化底蕴。

这些典故与情节似乎关系不大，忍痛割爱后也不会引起人们太多的注意。然而，有一些典故却与情节密切相关，需要读者有极为深厚的古典文化底蕴才能理解。如第45回中宝钗与黛玉谈心，说到黛玉没有兄弟姐妹，宝钗道："我虽有个哥哥，你也是知道的，只有个母亲比你略强些。咱们也算是同病相怜。你也是个明白人，何必作'司马牛之叹'？"[2]书中注解："司马牛是孔子的学生，名耕，字子牛，他曾感叹说：'人皆有兄弟，我独亡（无）。'（见《论语·颜渊》）后常以此代指没有兄弟。"[3]再如第49回中，宝玉笑道："那《闹简》上有一句说得最好：'是几时孟光接了梁鸿案？'这句最妙。"《闹简》是元代王实甫《西厢记》第三本第二折，这句唱词在《西厢记》里是比喻莺莺接受了张生的爱情。而宝玉在这时提到这句话是问黛玉，何时接受了宝钗的友情。影视剧出于对原著的尊重，语言风格上尽量依照原文，但却无法对之注解，因此有时典故的使用便会让观众有些难以理解。

（三）细节描写、心理刻画的舍弃

小说对人物形象的刻画是多方面的，它可以用极为细腻的笔墨描写人物的外貌、性情以及心理感受。小说对人物外貌的描写是通过文字传达的、非视觉直观感受的，每个人对宝玉和黛玉的形象都有自己的理解和想象。但影视剧却是具体的，因此演员的挑选就显得非常重要，如果演员与角色能够达到神情相似，符合观众心中的形象，观众就会认可，反之则整个剧都是失败的。就从人物的心理刻画来说，影视剧可以用画外音来展示人物心理。电视剧中湘云与宝

1　曹雪芹、高鹗：《红楼梦》，北京：中国文史出版社2003年版，第35页。
2　曹雪芹、高鹗：《红楼梦》，北京：中国文史出版社2003年版，第365页。
3　曹雪芹、高鹗：《红楼梦》，北京：中国文史出版社2003年版，第365页。

玉谈仕途经济，宝玉很不耐烦地与之争论，黛玉在门后听到宝玉说，"林姑娘说过这混账话吗？没有。林姑娘压根就不说这混账话。她要说过这混账话，我早和她生分了"。黛玉又喜又悲地匆匆离开，此时响起了画外音："果然我眼力不错，素日认他是个知己，果然是个知己。你既为我之知己，自然我也是你之知己，你我既为知己，又何必有金玉之说？又何必来一宝钗？"但是这种画外音的插入也是十分有限的，不能使用过多。李少红版《红楼梦》就过于依赖画外音来叙述故事情节，画外音的大量使用，不仅影响故事情节的流畅性，而且也干扰了观众观看时的自主性。1987年版《红楼梦》没有大量地使用画外音来描写人物的心理活动，一切都由演员的表演来完成。这种艺术处理方式可以使故事情节更为连贯，但也更考验演员的表演功力。

小说既可以以当事人的身份进行细腻的心理描写，又可以以笔者的身份进行描写。以第三回黛玉进贾府为例，"寂然饭毕，各有丫鬟用小茶盘捧上茶来。当日林如海教以惜福养身，云饭后务待饭粒咽尽，过一时再吃茶，方不伤脾胃。今黛玉见了这里许多事情不合家中之式，不得不随的，少不得一一改过来，因而接了茶。早见人又捧上漱盂来，黛玉也照样漱了口"[1]。这段动作性描写在电视剧中也有体现，但是很容易被人忽略。然而在小说中人们便能够领悟到黛玉进贾府后，小心翼翼地改变着自己原有的生活习惯，从而能够理解她寄人篱下的心理状态。第97回"林黛玉焚稿断痴情"和第98回"苦绛珠魂归离恨天"细致地描述了黛玉临终前的心理活动与精神状态。越剧《红楼梦》也通过大段的唱腔和唱词来表述黛玉临终前的心理，《黛玉焚稿》甚至还成为越剧的经典唱段。相比而言，1987年版电视剧对黛玉魂归的演绎就不如越剧那样感人至深。

二、富有哲理的结局：富贵难久，人生无常

以上所说虽然都是电视剧对小说改编过程中的舍弃，但这种舍弃多数是不可避免的。导演王扶林是非常尊重原著的，无论是人物的语言、服装、性格，还是场景的布置都以原著为依托。在剧本的改编上，《红楼梦》电视剧聘请了诸多领域的专家担任顾问，如王昆仑、王朝闻、沈从文、启功、吴世昌、周扬、周汝昌，等等，这些专家的参与使得《红楼梦》电视剧更有思想性和哲理性。

以结局为例，曹雪芹在第五回的［收尾·飞鸟各投林］中写道："为官

1　曹雪芹、高鹗：《红楼梦》，北京：中国文史出版社2003年版，第23页。

的，家业凋零；富贵的，金银散尽；有恩的，死里逃生；无情的，分明报应。欠命的，命已还；欠泪的，泪已尽。冤冤相报实非轻，分离聚合皆前定。欲知命短问前生，老来富贵也真侥幸。看破的，遁入空门；痴迷的，枉送了性命。好一似食尽鸟投林，落了片白茫茫大地真干净！"[1]高鹗续编的第119回是《中乡魁宝玉却尘缘，沐皇恩贾家延世泽》，宝玉与贾兰一起赴考，叔侄俩都榜上有名而宝玉更是中了举人。书中第119回写道："贾兰进来笑嘻嘻地回王夫人道：'太太们大喜了。甄老伯在朝内听见有旨意，说是大老爷的罪名免了，珍大爷不但免了罪，仍袭了宁国三等世职。荣国世职仍是老爷袭了，俟丁忧服满，仍升工部郎中。所抄家产，全行赏还……'"[2]巧姐也在平儿、王夫人和宝玉夫妇的巧计帮助下逃到了刘姥姥家，在父亲回来后安全地回到家中。凤姐虽然病死了，却安稳地死在家中，一应后事虽然简便但也有人照应。曾经有不少红学家对高鹗的这一续编提出了质疑，认为贾宝玉参加科举考试、贾府又受皇恩都是与曹雪芹原著精神不符合的。

  1987年版电视剧对高鹗续编的结局产生了质疑，因此做出了自己的选择，该剧对结局的处理是很有艺术感染力也符合原著精神的。在电视剧中，贾府合家被抄，有官职的男人发配的发配、处死的处死，所有家眷仆人都被关押或充当奴隶被卖。即便是尊贵至极的元妃死后也没有谥号，电视剧中贾琏对贾珍说道："事情有些蹊跷，一是都不知道娘娘怎么突然薨了，二是至今不提谥号的事。"覆巢之下，焉有完卵，大观园中其他人的命运就可见一斑了！在狱中，宝玉仅藏着黛玉的玻璃绣球灯，他的心已死，尘世对他而言已经再也没有什么值得留恋的了，他不过是一具行尸走肉游离于天地之间。与湘云的意外相逢让他麻木的心再次受到震撼，然而除了加重心内的悲苦外剩下的就只有淡漠了。他对整个世界已经心灰意冷，他不愿再违心地面对自己不爱的宝钗，茫茫大地上没有留下一片足迹，唯有淡淡的背影述说着无尽的情怀……

  电视剧中凤姐的死更是令人唏嘘不已！一床破草席卷裹着这位脂粉堆里的豪杰，白茫茫的丛林间留下了一条重重的痕迹，一丝青发在雪地里蜿蜒着，凄惨的画面里响起了［聪明累］的旋律，画面在不断地跳跃，凤姐戏贾瑞时的自傲、害尤二姐时的城府、办可卿后事时的练达与而今一床破草席了终身的悲凉形成了鲜明的对照。昔日的张狂、泼辣、干练、俊美此时已烟消云散。"枉费了，意悬悬半世心；好一似，荡悠悠三更梦。叹人生，终难定！"电视剧发挥

---

1 曹雪芹、高鹗：《红楼梦》，北京：中国文史出版社2003年版，第42页。
2 曹雪芹、高鹗：《红楼梦》，北京：中国文史出版社2003年版，第1013页。

了自身的优势——声画结合，并配合以蒙太奇的艺术手法，将凤姐一生的辉煌与死时的悲凉进行对照，怎不让人感叹"物是人非事事休，欲语泪先流"！

三、形神俱似的演员，感人肺腑的音乐

1987年版电视剧不仅在思想内涵上尊重小说原著的精神，而且演员表演也相当成功。该剧的演员选择没有起用当红明星，而是在全国范围内进行了海选。首先演员的外在形象和气质必须符合小说原著中对人物的外貌描写，"形似"是角色成功的第一步。1987年版电视剧《红楼梦》在确定角色后，所有演员都在一个封闭的环境里学习了三年时间。每个人不仅要把握自己角色的内在气质，而且要通过一些诗词歌赋的学习和训练来培养自己的古典气质与艺术才华。欧阳奋强饰演的贾宝玉灵秀、俊美，略带些脂粉气。陈晓旭饰演的林黛玉古典、清秀，如姣花照水、似弱柳扶风。邓婕饰演的王熙凤泼辣、干练，粉面含威，对上逢迎卖乖、对下心狠手辣。这些演员的表演神形俱似，还原了小说人物的精髓。

1987年版电视剧的音乐与剧情紧密联系，有效地将情感推向高潮。《葬花吟》将黛玉葬花时内心的凄楚、悲凉渲染到了极致。《聪明累》充分地调动了蒙太奇的艺术手法，让凤姐得意时的风采和失势后的悲凉形成鲜明的对照。《晴雯歌》将晴雯一生的遭遇和悲惨境地演绎得动人心肠、痛彻心扉。《红豆曲》更是将宝玉对天下女儿的深刻情感渲染到了极致。这些《红楼梦》插曲成为电视剧不可分割的一部分，更成为《红楼梦》音乐创作的经典之作流传在千万观众的心中。

当然，王扶林版电视剧《红楼梦》也不可能是尽善尽美的。电视剧对"惊噩耗黛玉魂归"这一集的艺术处理就不如越剧"黛玉焚稿"那样具有摄人心魄的艺术魅力。也许是因为电视剧去虚取实的原则，在该章节改编时编剧将"宝玉因失玉而神志不清"改为"离家办事"，因此也就没有了"调包计"之说，宝玉也没有在黛玉魂归这天成亲。这样一来，"黛玉焚稿"和"魂归离恨天"就显得欠缺一些情感依据。而且更让人不解的是，既然在剧中宝玉是清醒的，那怎么会在林妹妹死后与宝钗成亲呢？抛开这些剧本结构的分析，仅从艺术审美的角度来说，电视剧对"黛玉焚稿"的处理也是远远不如越剧的。黛玉焚稿时仅与紫鹃相伴，内心虽有满腔的愤懑、疑问、伤悲、绝望，却又无处倾诉。电视剧既没有使用画外音，也不能像戏曲那样用凄苦哀怨的唱词来表达人物内心世界。万千愁绪仅化作黛玉眼中的泪光点点，因此给观众的视听感受自然减弱。

总体而言，1987年版电视剧《红楼梦》是成功的，它充分尊重原著的精神内涵，也认识到了影视剧与小说之间的距离，因而按自己的艺术特性删去一些无法展示的枝节。尽管这些删减必然会造成许多经典文化的流失，但这也是无法避免的。电视剧只是一个窗口，人们可以通过这扇窗窥见《红楼梦》里的大观世界，但要真正领悟《红楼梦》的魅力还是必须亲到园林，才能领略无限风光。

第三节　诸多非议的李少红版电视剧《红楼梦》

一、李少红导演的2010版电视剧《红楼梦》后15集简介

电视剧《红楼梦》(2010年，于小彤、蒋梦婕主演）

李少红版电视剧《红楼梦》问世以来，引起了社会的广泛关注。这部电视剧以中国艺术研究院红楼梦研究所校注的120回《红楼梦》通行本作为创作底本。全剧共50集，其中以15集左右的篇幅来反映高鹗的后40回。

该剧在再现原著主旨、重大情节场面的展现、细节及心理描写、人物形象完整展示等方面，严格地遵循了高鹗续书的小说原著。但是导演过于体现个性风格的艺术追求，从而使得该剧在服装、造型、音乐、旁白等方面带有非常鲜明的风格化色彩，一种风格化的演绎在整部电视剧中是一以贯之的。因此，选择电视剧的后15集作为研究对象并不会以偏概全，影响对全剧的分析。

此外该剧与1987年版《红楼梦》最大的差异在于版本选择的不同，而这种差异具体体现在电视剧最后15集对小说原著后40回的改编上。因此笔者选择该剧的后15集内容做详尽的分集简析，不仅能够管中窥豹，探析该剧的整体音乐风格、画面风格、演员表演风格和语言风格，而且可以通过故事情节的差异分析不同版本的原著对电视剧改编的影响。

此表将为下文的艺术解析提供理论依据。

表九：李少红版电视剧《红楼梦》后15集艺术解析

集数	剧情简介	对应原著回目	演员表演	听觉（音乐、音响、音效）	视觉（服装、化妆、道具、镜头）	旁白
第35集	贾珍在灵堂设赌场；中秋赏月老祖宗带大家聚会。	第76回：凸碧堂品笛感凄清，凹晶馆联诗悲寂寞。	贾珍、薛蟠与邢老舅聚众赌博的氛围演绎得还不错。湘云与黛玉在中秋赏月时离席去凹晶馆联诗，但演员的古典气质不够，脱口而出的诗句并不像发自肺腑所吟唱，而像是背诵。	办丧事的哀乐与赌博的声音混杂一起，灵堂鬼魅的女声与男声混合，将尤氏等人吓得尖叫；赏月之时配合以笙箫管笛的背景音乐，觉得尚且优雅，只是亦有些哀怨。	贾珍与邢老舅、薛蟠等人喝酒，灵堂的窗幔飘飞，和着恐怖阴森的背景音乐，呈现出鬼魅的气氛；中秋佳节，贾母带众人在凸碧堂品笛赏月，整个画面构图显得精致、典雅，有《韩熙载夜宴图》的感觉。	中秋赏月，画外音介绍传来一阵笛音后，所有的人物动作似乎都静止了，此刻旁白又起，介绍宝玉、探春、迎春、惜春等人的心事，人物画面为配合解说而变化着。
第36集	王夫人亲自来宝玉房里查人，处置了晴雯、芳官、四儿等人。	第77回：俏丫鬟抱屈夭风流，美优伶斩情归水月。	宝玉探望晴雯，两人的一段对话显得情真意切，表演也较为感人。	宝玉探望晴雯时，背景音乐唱出了晴雯的判词："霁月难逢，彩云易散。心比天高，身为下贱。风流灵巧招人怨。寿夭多因毁谤生，多情公子空牵念。"	宝玉梦中见到晴雯与之别过，临走前床幔摇曳，恍惚间晴雯渐行渐远，配合着晴雯判词的配乐，营造了一种虚幻、凄清的意境。	宝玉去看晴雯，画外音介绍晴雯的处境，尤其是宝玉给晴雯倒茶时画外音的描述显得有些多余。晴雯去后袭人在宝玉房外安睡，画外音也做了详细的解释。

集数	剧情简介	对应原著回目	演员表演	听觉（音乐、音响、音效）	视觉（服装、化妆、道具、镜头）	旁白
第37集	宝玉作《芙蓉女儿诔》祭奠晴雯，薛蟠迎娶金桂，金桂阴谋陷害香菱。迎春回家哭诉。	第78回：老学士闲征诡画词，痴公子杜撰芙蓉诔；第79回：薛文龙悔娶河东狮，贾迎春误嫁中山狼；第80回：美香菱屈受贪夫棒。	夏金桂陷害香菱，在赶走香菱后再治理宝蟾。狠毒、蛮横、刁钻、无理，演员对该角色的处理和把握是比较到位的；香菱与迎春的柔弱也令观众伤怀。黛玉抚琴，但动作和琴声明显配不上。	夏金桂陷害香菱时，背景音乐出现了一阵诡异的笑声，隐喻着金桂恶毒的心思；香菱取帕之时，急促的背景音乐也烘托出了紧张的气氛；薛蟠与宝蟾淫乱的声音显得过于诡异。	金桂的枕头底下翻出了写着金桂生辰八字并扎着心窝的纸人，因此大闹薛家，直至薛姨妈欲将香菱卖掉，混乱、争吵声中将一场家庭风暴演绎得热闹非凡；香菱的逆来顺受让人觉得过于麻木，而使观众的同情心减弱。	该集中宝玉吟诵《紫菱洲歌》，画外音的解读显得有些像报幕；薛蟠迎娶夏金桂，金桂的家世背景也由画外音介绍。
第38集	黛玉梦魇；元妃染疾，贾母、王夫人、凤姐等人探望。	第81回：奉严词两番入家塾；第82回：病潇湘痴魂惊恶梦；第83回：省宫闱贾元妃染恙。	黛玉梦见林家派人来接她回去成亲，悲悲切切，酸楚不已，但语气与表情都演绎得过于孩子气。	黛玉梦魇，凤姐、老祖宗、宝玉依次出现，背景音乐极为阴森、恐怖，尤其是宝玉挖心给黛玉看那一幕，配着背景音乐飘忽、诡异的女声，无怪乎观众将这一节比作"鬼片"。	黛玉梦见父亲娶了继母，继母要将她许配给自己的亲戚续弦，百般央求贾母依然不依，又梦见宝玉，一番言语后，宝玉要将自己的心掏出来给她看，画面上出现血淋淋的手，极为恐怖。	宝钗打发人给黛玉送蜜饯，老婆子一番言语引起了黛玉的神思。画外音将黛玉的心思细细地描述一番。

续表

集数	剧情简介	对应原著回目	演员表演	听觉（音乐、音响、音效）	视觉（服装、化妆、道具、镜头）	旁白
第39集	巧姐生病，贾环打碎了药罐，招致凤姐一顿骂；薛蟠惹了人命官司，家人焦急料理。	第84回：试文字宝玉始提亲，探惊风贾环重结怨。第85回：贾存周报升郎中任，薛文起复惹放流刑。	黛玉此集出场光鲜亮丽，不似上集哀怨愁肠。黛玉对宝玉讲了一通"琴理"，意境悠远。	贾政升了官又恰逢黛玉生日，王子腾和亲戚家的送过一个戏班，舞台上演出的是原汁原味的昆曲，别有一番雅兴。	黛玉生日，身着一袭淡绿色长裙，甚是清雅、鲜亮，美艳动人。薛蟠闹出人命官司，快进镜头突出了人物焦急的心态。	舞台上演绎的是昆曲传统剧目，画外音对剧目以及众人观剧的心态进行了描述。薛蟠打死人后官司料理过程也由画外音来解说。
第40集	黛玉因误听宝玉亲事而暗自神伤、糟践身体。	第86回：寄闲情淑女解琴书；第87回：感深秋抚琴悲往事；第89回：蛇影杯弓颦卿绝粒。	黛玉误听宝玉亲事后糟践自己的身体，但演员的演绎似乎是配合着画外音做动作，使观众不能从内心受到触动，从而产生怜悯。	黛玉抚琴吟唱，音乐甚是古典、优雅，却也显悲凉、哀怨。	黛玉误听了谈话以为宝玉已说亲，夜间单衣散发在园中游走，竟如游魂一般。黛玉抄经之时，画面镜头恍惚不定，制造了一种日复一日的时间错觉。	宝蟾与薛蝌的对话由窗户纸外的夏金桂视角演绎，由此反映出金桂的放浪与心计。

续表

集数	剧情简介	对应原著回目	演员表演	听觉（音乐、音响、音效）	视觉（服装、化妆、道具、镜头）	旁白
第41集	水月庵风波，凤姐以为是铁槛寺事发，病情加重；宝玉的玉丢了，合府上下紧张找寻。	第93回：甄家仆投靠贾家门，水月庵掀翻风月案；第94回：宴海棠贾母赏花妖，失宝玉通灵知奇祸。	宝玉得知玉丢失后，呈现出幸灾乐祸和疯傻之态；黛玉得知后亦喜亦忧，既为金玉良缘之破碎而高兴，又担心宝玉有不祥之兆。演员表演还算到位。	该集音乐以舒缓的乐器伴奏为主，显得颇为自然。	怡红院海棠花开了，整个画面构图像是一幅唯美的"冬日海棠图"。宝玉的玉丢了，特效镜头呈现出众人一哄而上寻玉的镜头，显得慌乱、急迫。	"任凭弱水三千，仅取一瓢饮"，宝玉面对黛玉的排比提问如是回答，两人的心心相印在一问一答中得到体现。
第42集	宝玉丢玉后神魂颠倒，家人欲为宝玉成婚冲喜，凤姐献"调包计"，黛玉听傻大姐言后迷失心性。	第95回：因讹成实元妃薨逝，以假混真宝玉疯颠；第96回：瞒消息凤姐设奇谋，泄机关颦儿迷本性。	黛玉听闻宝玉与宝钗婚事后的一段表演还是颇为精彩的。但是表情与动作按部就班地遵照画外音的解析而执行，使观众的感情难以与演员一起达到悲剧的高潮。	黛玉听见傻大姐说宝玉与宝钗的亲事后来到沁芳亭，背景音乐是昆曲《牡丹亭》中的《游园惊梦》选段；黛玉与宝玉对话时的背景音乐，则是《牡丹亭》中《山桃红》选段。	黛玉在沁芳亭上独自沉思的画面构图非常唯美，意境空灵，仿佛仙境一般。心灰意懒回到潇湘馆后的画面则显得阴暗而又死气沉沉，与黛玉此时的心境是比较符合的。	元妃薨逝的过程由画外音交代。黛玉听闻宝玉与宝钗之婚事后来到怡红院质问宝玉，但二人神情皆如傻似呆，这竟是宝黛最后一次对话。

续表

集数	剧情简介	对应原著回目	演员表演	听觉（音乐、音响、音效）	视觉（服装、化妆、道具、镜头）	旁白
第43集	黛玉焚稿以断痴情，宝钗沉默应承婚事。	第97回：林黛玉焚稿断痴情，薛宝钗出闺成大礼。	黛玉将旧时诗句、手帕拿出细看，场景在过往的欢笑岁月和如今的凄惶景象中交替，令人伤怀。	黛玉焚稿，背景音乐是女声独吟《葬花吟》；宝玉、宝钗成婚的吉乐与黛玉临死前的哀乐形成了强烈的对照。	黛玉潇湘馆内一片沉寂、冷清、死气沉沉，宝钗与宝玉成婚的殿堂热闹、喜庆、灯火辉煌，二者形成了鲜明的对照。	宝钗对婚事没有一句言语，用沉默和眼泪顺应了自己的命运。黛玉临死前也几乎没有言语，用绝望和眼泪结束了自己的生命。
第44集	黛玉逝世；宝玉大婚；宝玉得知黛玉逝世大病一场，之后来到潇湘馆祭奠黛玉。	第98回：苦绛珠魂归离恨天，病神瑛泪洒相思地。	宝玉掀开盖头后的疑惑、安静与他知道事情真相后大吵大闹形成了强烈的戏剧冲突。黛玉在宝玉掀开盖头后的那一瞬间死去也强化了这种冲突。	黛玉逝世与宝钗成婚是同一时刻，背景音乐是二人的判词："可叹停机德，堪怜咏絮才。玉带林中挂，金簪雪里埋。"	黛玉死时裸露着一只胳膊，直垂到床下，特写镜头则从指尖延伸到脸部。这一集被网友诟病为"黛玉裸死"。宝玉在黛玉死后求紫鹃带他来到黛玉房中，但物是人非、人去楼空。	黛玉死后，宝玉在紫鹃屋外哭泣，求紫鹃告诉他黛玉临终遗言是什么，这段对白感人至深，甚至甚于宝玉大闹洞房。

第四章　当代中国大陆《红楼梦》电视剧

续表

集数	剧情简介	对应原著回目	演员表演	听觉（音乐、音响、音效）	视觉（服装、化妆、道具、镜头）	旁白
第45集	探春远嫁；金桂欲害死香菱，结果却自己殒命；贾府被抄，贾赦、贾琏、贾珍、贾蓉等人被绑拿。	第100回：破好事香菱结深恨，悲远嫁宝玉感离情。第101回：大观园月夜感幽魂，散花寺神签惊异兆。第103回：施毒计金桂自焚身。	贾政外任归家请亲朋好友聚会，不料锦衣军派兵查抄贾府，合族人心惶惶。面对如此之变故，各人的性格、能力、心境乃至人性都显现出来。	探春远嫁时背景音乐是探春的判词："才自精明志自高，生于末世运偏消。清明涕送江边望，千里东风一梦遥。"夏金桂有心害人之时，背景音乐总是一阵邪恶的笑声，有利于刻画人物性格。	凤姐梦见秦可卿嘱咐她家业之事，画面阴森、诡异。此后凤姐出场又是一袭黑衣。尤氏自大观园中回家后病倒，此后贾珍、贾蓉相继病倒。大家都道是大观园中花妖作怪，整个气氛显得阴森、恐怖，迷信色彩很浓。	贾府被查抄，焦大对贾政的一番言语却很有警醒作用，他作为一个忠心耿耿的奴仆，见证了贾府从老太爷时的兴盛到贾府纨绔子弟对祖宗基业糟蹋的历程，曾苦口婆心地劝阻却依然无济于事。此刻焦大的话发人深省。
第46集	贾母散尽家资给众儿孙们；王熙凤受惊吓，唯恐东窗事发，一病不起。	第106回：王熙凤致祸抱羞惭，贾太君祷天消祸患；第107回：散余资贾母明大义，复世职政老沐天恩。	北静王虽然年轻，但演员却显得过于稚嫩，在宣读圣旨之时言谈举止间都没有王爷的风范。贾母分派家资给众儿孙，颇有大家家长的风范。	贾府被抄，背景音乐烘托出紧张、慌乱的气氛，有效地配合了剧情发展。	贾府被查抄之时，府中一片混乱，快进镜头的运用虽然能够节省叙事时间，但也给人以不真实之感。此集中"呼喇喇大厦将倾"的悲凉之感渲染得比较到位。	家门不幸，贾母临危不乱，分派家资，显得很有大族家长的风范。语气既威严又亲和，把握得十分得当。

续表

集数	剧情简介	对应原著回目	演员表演	听觉（音乐、音响、音效）	视觉（服装、化妆、道具、镜头）	旁白
第47集	贾母为宝钗过生日，宝玉因席间听见"十二钗"，想起了黛玉，便来到潇湘馆。	第108回：强欢笑蘅芜庆生辰，死缠绵潇湘闻鬼哭。第109回：候芳魂五儿承错爱。	贾府遭变故后很少有家庭聚会，借着给宝钗过生日，贾母聚集了众人想热闹一番，但此番聚会气氛与先前已大不一样，连凤姐的调笑亦牵强附会了。	宝玉来到潇湘馆追忆黛玉，飘缈、悲戚的背景音乐一直伴随着宝玉的沉思，直到秋纹找来才打破了这种意境。	馆内蛛丝儿结满了纱窗，一片萧条、凄清，勾起了宝玉无限的伤怀往事。画面不时出现宝黛曾经的生活场景，虚幻、飘缈，意境深远。只是黛玉恍兮乎兮的影子显得过于鬼魅。	贾府的聚会向来都是众人体现才华和性格的时候，此次的聚会，连一向伶牙俐齿的凤姐说了一句玩笑话，引来的却是众人的尴尬和神思。
第48集	迎春被孙绍组折磨致死；老太太寿终正寝；凤姐料理丧事，处处掣肘；鸳鸯殉主而亡。	第109回：还孽债迎女返真元；第110回：史太君寿终归地府，王凤姐力诎失人心；第111回：鸳鸯女殉主登太虚。	该集中凤姐病中料理老太太的丧事，但却因为银钱和人员不服安排处处掣肘，与昔日在东府料理秦可卿丧事时的风光无限形成了鲜明的对比。	凤姐死时的背景音乐是她的判词："凡鸟偏从末世来，都知爱慕此生才。一从二令三人木，哭向金陵事更哀。"	该集中的鬼魅场景过多，鸳鸯自尽前见到秦可卿教她死法；凤姐病中亦梦见尤二姐如鬼魅般地飘进屋里，二人一番对话后，急速的镜头又让尤二姐的身影飘忽而去。	凤姐在料理贾母后事时，语气、声调都带有哀求之音，大不似从前的张狂、严厉。时过境迁、物是人非，在人物的语气、语调上也体现得淋漓尽致。

续表

集数	剧情简介	对应原著回目	演员表演	听觉（音乐、音响、音效）	视觉（服装、化妆、道具、镜头）	旁白
第49集	宝玉遵老爷命认真读书，内心却已经看破红尘，意欲出家。	第112回：活冤孽妙尼遭大劫，死雠仇赵妾赴冥曹；第114回：王熙凤历幻返金陵；第115回：惑偏私惜春矢素志，证同类宝玉失相知。	凤姐临死前的表演过于鬼魅，令人毛骨悚然，使得观众对这个"机关算尽太聪明，反误了卿卿性命"的凤姐没有了同情与思考。	妙玉被劫时的背景音乐阴森、诡异。凤姐临死前与尤二姐鬼魂的对话也显得鬼魅、恐怖。	凤姐临死前张牙舞爪的样子实在令人难以产生同情，反而滋生厌恶之情，这与原著的旨意不符合。	凤姐临死前与尤二姐的鬼魂有一段对话，但尤二姐的神情和说话的语气把握得并不是很到位。虽然她生前的性格很温柔恬静，但毕竟是被凤姐逼死的冤魂，应该带有怒气才合理。
第50集	刘姥姥入府搭救巧姐；宝玉中举后离家出走；袭人被嫁给蒋玉菡。	第118回：记微嫌舅兄欺弱女，惊谜语妻妾谏痴人。第119回：中乡魁宝玉却尘缘，沐皇恩贾家延世泽。	宝玉在惜春出家时就动了出家的念头，应该说是大彻大悟。演员表演却显得或痴或傻，令人有些捉摸不透。	自从宝玉失踪后，背景音乐营造出一种紧张、不安的气氛，比较贴合剧情。	贾政在船头看到宝玉与一僧一道远去时的场景非常空灵、唯美。	袭人出嫁时一系列的心理活动都由画外音来补充，演员表演似乎是为了配合解说而做的动作，显得很不协调。

二、李少红导演的2010年版电视剧《红楼梦》艺术评析

随着影视业的蓬勃发展，越来越多的名著被改编成电影和电视剧，名著和影视的联姻，多是双赢的结果。影视剧因为有了名著的基础，而变得更加光彩动人，名著同样在后人的不断阐释中焕发出新的活力。任何时代都会用自己的方式重写历史，用自己的态度与历史对话。今天多数改编，也许首先不是来自文化需要，而是经济需要。名著的跨时代影响和丰厚内容，为改编减少了经济风险；名著的重写重改，为影视项目提供了引人关注的营销概念。这一点，在好莱坞重拍、翻拍、续集、系列化蔚然成风的影视创作和生产现象中，也得到了印证。李少红导演的新版《红楼梦》又一次掀起了名著改编的热潮，然而众多评论中，毁多誉少，甚至可能是积毁骨销。这既反映了当今社会文化价值观更加多元带来的众口难调，又反映出这部改编作品在创作和生产中有所迷失。尽管导演以及主创人员的确也不同程度地体现了自己的艺术诚意，但在金钱逻辑被放大的环境中，名著改编的书香气可能常常会被弥漫着的铜臭气所淹没——这是一种文化症候，个人的努力在一种生产方式和社会氛围中往往显得渺小而无助。

名著改编领域遇到的美学难题是如何处理和"文化原型"的关系问题，多年来我们听到的话题多为是不是忠实原著，是不是尊重历史。实际上在名著改编领域，相比尊重名著原作的基本叙事框架，更为重要的是要忠实于名著中体现出来的艺术境界和人文情怀。李少红版红楼的最大问题在于忽视了传统纸媒和电视传媒之间存在的不同媒介语言特点（文字传播和视听传播的不同），忽视了小说艺术形式和电视剧艺术形式之间不同的艺术假定性，忽视了小说真实和电视剧真实营造之间的较大差异。具体来说，就是它剧情方面的忠实化传播路径与电视剧视听语言方面的浓郁个人化风格之间出现了剧烈的悖谬和矛盾，文与质不和谐，内容和形式不统一，艺术气息难以畅通，曹雪芹小说诗性品质和深邃意境于此难觅踪迹。本书将从主题思想、演员表演、音乐、服装布景、戏剧结构等各个艺术层面对新版《红楼梦》做美学分析。

（一）屈从投资方的剧作框架设计和演员选择

由于《红楼梦》成书和流传过程的复杂性，加之出现时间的早晚不同，造成各版本来源不一，各版本间残存回数有别，文字歧异众多，而思想内涵也有很大差异。王扶林版《红楼梦》抛弃了高鹗续书的后40回结局，营造了一个"呼喇喇大厦将倾，落得大地一片白茫茫，真干净"的氛围。李少红版《红楼梦》以中国艺术研究院红楼梦研究所校注的120回本《红楼梦》作为改编蓝

本，因此在剧情方面也走了高鹗续本后40回的路子。《重庆晚报》记者曾就版本问题采访过李少红："你说你不懂红学，但你在选择80回还是120回的时候，在某种意义上已经接受了红学的某一个派别。"李少红："这是非常尖锐的问题。我说我不懂红学，我其实是说版本问题不是我的问题。制片方和红学家和出品方的意思是一致的意见，你要在50集的电视剧长度里拍120回的版本。我们这个团队就等于是工匠一样，是被雇用的一个艺术创作团队。在我接手前，出品方前期推广的时候，就已经把50集的电视剧预售出去了，中间经过'红楼选秀'这么一折腾，人家也没有办法退票了。后来我们只能按照50集的结构去拍《红楼梦》。但我跟李小婉得顾全大局，把自己当职业经理人，处理所有的债权债务，把那些纠纷化干戈为玉帛，把这个电视剧拍完。"[1]红学界对《红楼梦》版本问题的争论一直都没有定论，高鹗续书在思想内涵、人物形象塑造等方面一直遭到部分红学家的非议。尽管后40回续书与曹雪芹80回原著之间存在较大差异，但该续书却作为通行本在大众间广为流传。电视剧作为大众艺术，选择120回本作为改编对象也有其合理性。

2006年，号称全民选秀的"红楼梦中人"活动，照理说应该能选出最合适的扮演者。但在当今这个快餐文化的时代里，文化艺术的纯粹性是否也被一定程度地"潜规则"了呢？导演李少红承认："我确实没有全部选角色的权力。'红楼梦中人'选秀出来的这些演员必须要用，这是出品方的原则要求。"[2]当初，胡玫导演为了遵从自己内心的艺术原则去拍摄《红楼梦》，拒绝她无法认可的选秀结果，结果与投资方分道扬镳。李少红接手《红楼梦》，意味着她在演员和角色安排上选择了与投资方的妥协。因此，该版《红楼梦》中演员形象与表演上的不足与投资方的资本强权密切相关。《红楼梦》中最重要的角色就是大观园一群青春、靓丽、豆蔻年华的女孩子和青春年少的公子哥儿贾宝玉。从人物的外形来说，该版《红楼梦》确实是美女如云，尽管有网友评论"黛肥钗瘦"等，但从视觉欣赏上来看，还是很赏心悦目的。但《红楼梦》的魅力在于人们不仅仅要体会到人物的外在美，更要求感悟到深层的贵族气质与每个角色不同的内涵。同样是贾府的千金小姐，迎春的怯懦、软弱，探春的干练、泼辣和惜春的出世情怀是截然不同的，但她们也有共性，那就是贵族气质。同样是贾府的丫鬟，袭人的奴颜婢膝、晴雯的刚毅自尊、平儿的善良稳重、小红的心智机敏、鸳鸯的宁折不屈、紫鹃的忠肝义胆，等等，也都是各有特色的。无

---

[1] 摘自《重庆晚报》2010年9月7日报道。

[2] 摘自《重庆晚报》2010年9月7日报道。

怪乎有一部电视剧《红楼丫头》，且不说这部电视剧的优劣，单是这个选材就具有相当的意义，因为《红楼梦》中的丫头确实各具特色。它既反映了当时社会底层形形色色的小丫鬟面貌，也构筑了曹雪芹心中的理想人性，体现了他独特的价值观。如晴雯的形象就是一个理想的化身，曹雪芹在晴雯身上倾注的热情甚至不亚于黛玉、宝钗，而一篇《芙蓉女儿诔》更是通过宝玉之口道出了曹雪芹对晴雯这个角色的情怀。

李少红导演花费重金，把主要演员全都安排住进六星级豪华酒店，让他们从身心上体验不食人间烟火、挥金如土的贵族生活。然而，贵族生活不仅仅是挥金如土，还要挥得有品位、有格调。比如说一碗茄子，不仅仅需要几十只鸡来配，还要配得科学、合理、有生活的情调；宝钗的"冷香丸"，不仅仅是某些原材料的价格贵，更因为要跨越时空的距离，撷取大自然最美的精华，方觉得弥足珍贵；品茶，一杯为品，二杯即为解渴，三杯就是饮牛饮骡了。妙玉泡茶的水是冬日的早晨，撷取梅花上的雪水，埋藏在地窖里尘封五年才取出饮用。这才是贵族的生活，不仅仅是金钱的挥霍，更是闲适、恬淡、悠然自得的生活状态下对生活的极致追求！在如今这个快节奏的现代社会，贵族生活不是走马观花地浏览原著所能体会的，贵族气质更不是将小说台词背下来就能够拥有的。它需要演员在字里行间仔细地揣摩、细心地品味，同时也需要参看许多红学方面的著作，从而加深对原著的了解。演员必须对角色的性格、心情、生活环境有极强的认知感，将其融入自己的生活、思想甚至血液中，才能将这个角色的"神"演绎出来。非常遗憾的是，该版《红楼梦》中的演员毕竟过于稚嫩，形似易，而神似难！

在1987年版《红楼梦》中，邓婕扮演的王熙凤一出场就给人不怒自威、八面玲珑之感。2010年版《红楼梦》中姚笛扮演的王熙凤，造型虽华丽，但举手投足间总有些牵强，表演的痕迹过重，刻意往"狠""辣"上面使劲，骨子里却依然温婉，姚笛的台词更是显得底气不足，少了凤姐特有的辣、脆和狠劲。让人感觉"她在演王熙凤"，而不是"她就是王熙凤"。蒋梦婕所饰演的林黛玉首先在外形上就不符合黛玉"弱柳扶风"的气质，她的脸略有些婴儿肥，非常可爱，很有邻家小妹妹的感觉，却没有林黛玉高贵、孤傲的气质。吟诗作赋时也缺少林妹妹的灵气和才气，很多时候像背台词一样，显得生硬、做作。"腹有诗书气自华"，蒋梦婕饰演的林妹妹少了一分书卷气，多了一分稚气。曹雪芹原著中对贾宝玉的外貌描写是："面若中秋之月，色如春晓之花。鬓若刀裁，眉如墨画，面如桃瓣，目若秋波。虽怒时而若笑，即瞋视而有情。"于小彤饰演的少年宝玉眼神纯净，举手投足之间有一种柔而不媚、纯而不骄的不凡气质。明朗的轮廓，整洁的鬓角，浓郁的眉眼，微润的脸庞，剪水的双瞳，虽然还有一丝青涩之情，但其眉目眼眸间的聪慧灵气与宝玉的形象气质还是比较接近的。只是书中描写宝玉"面若中秋之月"，那么宝玉的脸庞应该是比较饱满、圆润的。1987年版欧阳奋强饰演的贾宝玉就比较符合这个形象，但于小彤的脸型比较消瘦，这一点与宝玉的形象不甚吻合。于小彤将宝玉的淘气、灵动演绎得惟妙惟肖，对女孩儿的关心体贴也比较到位。但宝玉的贵族公子之气，以及他对人生的感悟、追求，于小彤表演得并不是很到位，这也许和演员的年龄有关。于小彤饰演贾宝玉时不过十六七岁，因此他根本无法深刻地理解《红楼梦》，理解曹雪芹伟大的哲学思想和人文关怀。导演对演员的培养也不是像1987年版《红楼梦》一样，花三年时间在一个封闭的环境里潜移默化地陶冶其情操，营造其氛围。轰轰烈烈的"红楼梦中人"选秀活动只能使物欲横流的演艺圈更加浮躁，演员在这种社会氛围下很难静下心来研习剧本，因此所饰演的人物多流于表面而难得其精髓。

（二）无处不在的画外音解说

该版电视剧如果说导演对剧本与演员选择的主动权较少的话，那么在电视剧的整体风格的把握、情节的构筑安排、场面的取舍、镜头的选择、音乐的配置、故事的讲述上，导演还是具有相当大的施展余地的。但是仓促上阵，对投资方多处迁就的李少红对这些问题处理得也不尽如人意。

不可否认的是，该版《红楼梦》对原著确实是本着尊重、忠实的原则，从剧本选择、建筑设计、家具古玩摆设甚至昆曲唱段的节选等方面，着实花费了一番功夫也做了一些考证。但是亦步亦趋的改编模式让创作者的艺术思维僵化，从而无法真正把握《红楼梦》的意蕴。从小说到电视剧，艺术形态的不同使其必然有无法逾越的鸿沟，例如细致的心理描写、烦琐的人物关系和错综复杂的剧情介绍等等。因此，该版《红楼梦》大量地采用画外音，旁白几乎无处不在，大有喧宾夺主之势，人物表演成了旁白的附属物，旁白说什么，画面演绎的就是什么。在大量旁白的背景衬托下，演员表演显得机械、僵硬、毫无生气。例如第35集中秋赏月，画外音介绍后传来一阵笛音，所有的人物动作似乎都静止了。此刻旁白又起，逐一地介绍宝玉、探春、迎春、惜春等人的心事，人物画面也就为配合解说而变化着，演员的表演也成为解说的图解。第37集中宝玉吟诵《紫菱洲歌》，画外音的解读也显得有些像报幕。第50集袭人出嫁时一系列的心理活动都由画外音来补充，演员表演似乎仅仅是为了配合解说而做的动作，因此显得很不协调。再如电视剧前半部分的《王熙凤大闹宁国府》一段，故事性特别强，戏剧冲突相当尖锐，能够充分展现演员的张力与表现力。但该版《红楼梦》在这段戏中也加入了旁白，阐释凤姐、尤氏的心理状态以及对整个场面的解说。

演员的台词功力、表现力不仅在解说的介入下被限制,也中断了观众对视听艺术持续的欣赏习惯。旁白的使用作为台词对白的补充,以画外音形式出现,以第一人称自述或第三人称的评论和解说,用于对事件的评价或人物心理描写的披露。从这个意义上来说,旁白确实能帮助观众更好地理解《红楼梦》。但旁白的过度使用大大地减弱了电视剧的艺术魅力。故事的起承转合不是戏剧冲突发展的必然结果,人物角色的心理活动也不是观众通过演员的表演来感知,那艺术的美感在哪里?

(三)典雅的昆曲配乐与鬼魅的女声配乐

该剧中有许多昆曲配乐比较符合小说原著高贵典雅的气质,这些音乐元素也很好地表现了《红楼梦》梦幻与现实交融的意境,例如表九中的第35集贾母召集家人中秋赏月,赏月之时配合以笙箫管笛的背景音乐,意境悠远,古朴优雅。再如第39集,贾政升了官又恰逢黛玉生日,王子腾和亲戚家的送过一个戏班,舞台上演出的就是原汁原味的昆曲,别有一番雅兴。第42集中,黛玉听见傻大姐说宝玉与宝钗的亲事后来到沁芳亭,背景音乐是昆曲《牡丹亭》中的《游园惊梦》选段。黛玉与宝玉对话时的背景音乐,则是《牡丹亭》中《山桃红》选段。

原汁原味的经典昆曲使电视剧蒙上了一层古雅、梦幻的色彩。然而在该版电视剧中大量出现的还有阴森、恐怖的音乐,变奏了的昆曲和"咿咿呀呀"的女声经常莫名其妙地出现在正常的剧情之中,既无法起到烘托剧情的作用,也没有较好地渲染气氛,而且严重地干扰了正常的视听感觉。"咿咿呀呀"的女声咏叹和诡异的笑声虽然与故事情节有一定的关系,但却显得过于阴森、鬼魅。例如第38集对"黛玉梦魇"的演绎,宝玉为了证明自己对黛玉的心,竟然将自己的心掏出来给黛玉看,血淋淋的双手配上阴森鬼魅的背景音乐,不仅不能让人感受到宝玉对黛玉的痴心,而且甚为恐怖和恶心。第49集凤姐临死前与尤二姐鬼魂的对话也显得异常恐怖,飘忽不定的魅影,配合着鬼魅的音乐,无怪乎网友将之戏称为"聊斋"。第45集演到夏金桂想害香菱时,背景音乐便是一阵鬼魅、阴森的女人的笑声,或许导演是想以此来暗示夏金桂的内心吧!不过这种类似的视听效果给观众带来的并不是内心的美感享受,也无法起到什么哲理性的意义,因此不能不说是电视剧的一大败笔。

(四)备受争议的造型设计

该版电视剧气势宏大、场面奢华,在道具设计及展现上独具特色,不过演员的服装和造型,尤其是"额妆"并不为大部分观众所接受。电视剧的整体色调也比较灰暗，给人以压抑、沉闷之感。

叶锦添为该版《红楼梦》设计的造型从定妆照一问世就饱受质疑，人们对于叶大师风格在《红楼梦》中的运用，表示了强烈不解和不满。一时间从恶搞照到质问贴纷纷出炉，而"造型失败"也成为该版《红楼梦》多宗罪中最先被提上日程的一项。该版《红楼梦》的造型是特色、是另类、是过分风格化还是不合时宜呢？人们对此议论纷纷也众说纷纭。"新版电视剧《红楼梦》中黛玉、宝钗等的造型启用了戏曲造型的'额妆'，引起了广泛的争论。'额妆'不仅是演员的部分妆容，还是一个视觉冲击力较强的美学符号，它集中体现了新版电视剧《红楼梦》主创团队追求写意化美学风格的强烈愿望。以'额妆'强化电视剧《红楼梦》的写意化风格，无论从理论上还是实际效果看，都较难实现这一理想。但突出电视剧的写意化美学风格，无疑是一次新颖、大胆的尝试。"[1]叶锦添和李少红在定妆照备受质疑后，只是稍作修改，在电视剧中依然坚持自己的风格，只是播出后的抗拒性反应再次说明了个人风格必须遵照原著的精神内质！

忠实于原著最重要的是领略其神韵，并以另一种艺术形式表现出来。

此外，镜头快进慢放，随意推拉摇移的段落不在少数，李少红导演采用了许多非正常的镜头来表达她的叙事美学。如果这是一部小众的后现代实验电影，如此使用镜头无可厚非。但作为古典名著的改编，这种跳跃性太强的镜头使用，与小说原著的风格相去甚远。

李少红导演喜用风格化的影像表达某种独特的情调。她的作品中更重要的是画面、环境、气氛、韵味，故事和演员反而在相对次要的位置上。《橘子红了》《大明宫词》无不深深地打上了李导的烙印，并凭借其独特的艺术魅力成为李导的代表作。2010年版《红楼梦》也继承了李导的一贯风格，然而李导独特的艺术风格在驾驭经典名著《红楼梦》时则显得有些格格不入。运动的镜头、冗繁的旁白、阴暗的画面、诡异的音乐、独特的造型，无不贴上了李导的个人标签。但名著有其自身的强大魅力，个人风格如果不能与名著的精神内涵达到很好的契合与统一，就不能得到观众的认可。

---

1 何卫国：《从"额妆"看新版电视剧〈红楼梦〉写意化的美学追求》，《红楼梦学刊》，2008年第5辑。

第四节　电视剧红楼人物群像：《黛玉传》《红楼丫头》

一、对红楼人物多新诠释的《黛玉传》

大型古装电视剧《黛玉传》由李平执导，盛和煜创作剧本，闵春晓饰演林黛玉、马天宇饰演贾宝玉、邓莎饰演薛宝钗。该剧虽名为《黛玉传》，实质是精华版《红楼梦》，该剧没有离谱戏说，而只是有选择地弱化了封建大家族衰亡这条"副线"，强化、突出了原著中宝黛爱情故事这条"主线"，尤其以林黛玉的一生为全剧索引。该剧于2009年4月6日在上海大观园开机。历经四个月，7月14日在横店影视城完成最后的拍摄，并于2010年9月29日在迅雷网上首播，由法制日报社影视中心和恒娱星空（北京）文化传播有限公司出品。

《黛玉传》用亲民的通俗性叙述方式，创造性地以脂砚斋的批语为依据，参考了某些红学家的研究成果，将残缺的故事情节重新织补，打造了一个比较完整的红楼故事，其中部分故事情节是非常有争议的。例如，"秦可卿淫丧天香楼"这场戏就演绎得非常露骨。剧中的秦可卿与贾珍不仅有"爬灰"之事，而且秦可卿并非受贾珍的淫威所逼，他们居然是真心相爱的。这种演绎不仅在原著中没有体现，就是在诸多版本的电影和电视剧中也非常鲜见。刘心武对秦可卿有过比较深入的研究，甚至创建了"秦学"。他的红学探佚小说《秦可卿之死》[1]在学术研究的基础上对秦可卿的身世和与贾珍的关系进行了合理的猜测。在该探佚小说中，秦可卿的身世显赫却命途多舛，她与公公贾珍是两相情愿、真心相爱的。此外，《黛玉传》中的另一情节似乎也与刘心武的红学探佚小说有关，那就是"妙玉之死"。高鹗续书的小说《红楼梦》第112回"活冤孽妙尼遭大劫"中，妙玉的结局是被强盗所劫。一般的电影、电视剧演绎也多采用这个结局。但《黛玉传》却独辟蹊径，剧中妙玉是罪臣之女，却拥有许多奇珍异宝。宝玉曾经将妙玉的成窑五彩小盖钟赠送给了刘姥姥，姥姥变卖后去购置了田地因而发家。但是这个成窑五彩小盖钟落入了忠顺王爷手中，从而追查出妙玉的身世，妙玉因是犯臣之女而被官府抓走。这个故事情节在刘心武的红学探佚小说《妙玉之死》中有非常完整的演绎。《黛玉传》没有墨守成规地按小说原著来演绎故事情节，而是采用了红学探佚的成果来敷衍故事，由此可以看

1　刘心武：《画梁春尽落乡尘：解读〈红楼梦〉》，北京：中国广播电视出版社2003年版。
2　刘心武：《画梁春尽落乡尘：解读〈红楼梦〉》，北京：中国广播电视出版社2003年版。

电视剧《黛玉传》(2010年，马天宇、闵春晓主演)

出，编导在情节选择上还是颇费心思的。

小说原著第98回"苦绛珠魂归离恨天"中，老祖宗知道黛玉死后虽然伤痛欲绝，却说道："是我弄坏了他了。但只是这个丫头也忒傻气！"从老祖宗的言谈中可以看出，她并不希望贾宝玉娶林黛玉，薛宝钗才是理想的孙媳人选。《黛玉传》中的老祖宗却非常疼爱黛玉，她并不赞成宝玉与宝钗的婚事。当王夫人与老祖宗商量宝玉和宝钗的婚事时，老祖宗说："如果一定要办，那就等我咽了这口气再办吧！"剧中的调包计是王夫人的主意。王夫人派人问老祖宗，宝玉成婚她是否能来受礼时，老祖宗依旧不肯。由此可以看出，老祖宗的心里并不认可宝钗这个孙媳妇，而是偏向黛玉。老祖宗临死前一一嘱托，最后才喊了声："黛玉——"剧中黛玉的灵柩由紫鹃护送回南京。

《黛玉传》将金陵十二钗各人的结局都进行了交代，尽管节奏过于紧凑，却也交代得比较清晰、明朗。凤姐因为尤二姐、张华之事暴露而被贾琏休回娘家，在回金陵的途中跳水自尽。贾珍、贾赦等被革职囚禁，贾府的丫头被变卖。贾宝玉也被囚禁，小红和贾芸入牢探望并解救宝玉。袭人被卖给了蒋玉菡，二人结为夫妇，偶然见到了风雪中的贾宝玉，就将其接到家中安顿。紫鹃打听到了史湘云的下落，宝玉拿出金麒麟作为信物以便二人相认。刘姥姥变卖田地从妓院中赎出了巧姐儿。宝钗孤身居住在郊外，宝玉准备去见宝钗时被一僧一道带走。

为了突出主要人物和主要故事情节，《黛玉传》对原著中的故事情节进行了删减，或者通过人物对话的方式进行了描述。例如尤二姐入府后，并没有演绎秋桐的故事。薛蟠迎娶夏金桂的情节也进行了删减。剧中元春之死、迎春之死以及众多姐妹的结局均没有细致的演绎，而是通过人物的对话或者一两个镜头来展示。这种叙述方式既简明扼要地交代了故事情节和人物命运，又没有喧宾夺主影响到该剧的主线。

该剧的对白多是原著中的对白，拥有比较浓郁的古典风韵，尤其是戏台上的昆曲演绎，更是为该剧平添一份典雅与古朴。"黛玉葬花"的意境也渲染得比较唯美，一缕清风拂过，阵阵落红漫天飘零，伴随着凄清、柔美的《葬花吟》曲子，更将黛玉漂泊无依的身世渲染得令观众扼腕叹息。

二、《红楼丫头》：大家族女奴的悲剧

21集古装剧《红楼丫头》由黄健中、郭靖宇担任编剧和导演，迟佳饰演贾宝玉、徐筠饰演袭人、周璐饰演晴雯、李倩饰演小红、许晓丹饰演王熙凤、王微微饰演平儿。该剧对《红楼梦》中丫鬟的故事进行了创造性地改编，依据原著精神虚构了一些故事情节。该剧对袭人、晴雯、平儿、鸳鸯等主要丫头的生活境遇进行了深入挖掘，采用影视手段对原著中丫鬟们的悲惨命运进行了充分地展示。这些丫头们，她们也有对爱情和自由的热烈向往与追求，她们凭借自己的美貌、聪慧和鲜明的性格走进了艺术典型的画廊。编导从全新的视角切入，构筑出许多在文学原著中所没有的情节和细节，使这些在小说原著中都只是"配角"的丫头，在电视剧《红楼丫头》中一跃而为"主角"。本节将从故事情节、主题思想等方面对该剧进行艺术评析。

（一）故事情节的虚构与改编

《红楼丫头》取材于小说《红楼梦》，却并没有完全依照小说原著的故事情节来改编，它进行了大量的情节虚构和剪裁。该剧以平儿怀有身孕开场，平儿不再是二奶奶王熙凤贴心的"金钥匙"，而是凤姐的心腹大患。在众丫鬟们的帮助下，平儿当上了贾琏的姨娘。凤姐担心平儿诞下男孩后会取代自己的地位，于是处心积虑想打掉平儿腹中的胎儿。她托贾芸买了堕胎药，却因为傻大姐端错了药而自己误服了这堕胎药，疼痛不止。王熙凤哑巴吃黄连——有口说不出，从此便更加嫉恨平儿。平儿为了能够生下男孩确保自己在贾府的地位，听从了丫头们的主意，采用"狸猫换太子"之计，在外面买了一个男婴。如果生下的是女孩就用这个男婴代替。但是事情败露了，王熙凤将计就计买了一个女婴，替换了平儿生下的男婴。平儿被逐出了贾府，男婴被贾芸收养在了水月庵。最后，贾芸良心发现，让芳官把男婴送还给了平儿。平儿对贾府没有了半点留恋，于是带着孩子和玉钏母女一起去乡下生活了。该剧对平儿故事的扩充比较符合人物的性格，情节虚构也算合理。

为了使故事情节更加紧凑、人物形象更加饱满，编剧将小说《红楼梦》中的若干人物形象浓缩成了一个典型形象。例如，该剧中的李嬷嬷不仅是宝玉的奶妈而且是司棋的姥姥，编导将小说中的李嬷嬷和王善保家的合为一人。她不仅几次三番地大闹怡红院，而且在王夫人面前搬弄是非，抄检大观园，最后逼死了自己的亲外孙女儿司棋。这是一个非常典型的奴才形象，以宝玉的话来说

就是"死鱼眼睛"形象。

该剧对小红和贾芸的爱情故事进行了浓墨重彩地演绎。小红贪慕虚荣富贵，一心想攀上高枝、出人头地，结果被贾琏调戏一番后弃之于不顾。凤姐知道此事后更是怀恨在心，她唆使贾芸假意迎娶小红，贾芸在婚礼大堂上当众悔婚并羞辱了小红，小红一气之下意欲轻生，幸亏兴儿及时赶上劝下了小红。小红从此看透了贵族公子哥的伪善面目，不再贪慕虚荣。贾芸是个穷困潦倒的贵族公子，他虽然迫于生计跟着王熙凤干了不少坏事，但却良心未泯。伤害了小红后，他悔恨不已，并发现自己其实真的爱上了小红。在小红的劝说下，贾芸将平儿与贾琏的孩子送还给了平儿，让他们母子得以团聚。贾芸与小红最后也终于喜结连理。

小说原著中的戏子琪官与贾宝玉是知心好友，电视剧中琪官却视宝玉为浪荡公子，甚至几次三番地出手殴打。小说原著中琪官与袭人直到洞房花烛夜时才得以相见，电视剧中琪官却为了袭人多次闯入贾府，甚至打伤了宝玉。电视剧中琪官与芳官是师兄妹，一次堂会后，芳官被宝玉看中，留在了贾府。芳官性情直率、天真、烂漫，爱替别人打抱不平，为了替金钏和小红报仇，她扮鬼吓唬了王夫人和贾芸。抄检大观园时，为了避免被王夫人卖到窑子里，她自愿去水月庵带发修行。这些情节都是小说原著中没有的故事情节，编导借用小说原著中的人物性格和身份，进行了较为合理地改编，使得故事情节生动、风趣。

小说原著对袭人和晴雯这两个人物形象刻画得比较深刻，因此电视剧中有关袭人和晴雯的故事情节大多遵照小说原著来改编。电视剧中的袭人温柔、敦厚、有始有终，她是主子们忠实的仆人，她处处逢迎、巴结王夫人，唯王夫人之马首是瞻。她善良而有城府，既忠实于主子也顾及姐妹们的情分，经常在危难之时替姐妹们说话。与袭人相对照的是晴雯，她聪慧、机敏、心灵手巧，身虽下贱却心比天高，她并不以自己卑微的身份去迎合主子，她活得坦坦荡荡、潇洒自然。她与宝玉之间的情感是纯洁而真挚的，然而却背负了勾引主子的罪名，使得她含恨而死。

《红楼丫头》以小说原著中的丫头形象为原型，进行了较为合理地艺术虚构和改编，从而使故事情节更加连贯、完整，人物形象更加饱满、清晰。

（二）主题思想：封建等级制度罪孽深重

《红楼丫头》突出地体现了封建大家庭中主仆关系的对立，通过刻画这些主子们丑恶、阴险的嘴脸，体现了丫头们在这种高压环境下生活的艰辛与无奈，同时也体现了这些丫头与主子们斗智斗勇时的智慧与胆识。

王熙凤撞破贾琏与自己的陪房丫头宁儿苟合，大发雌威，对宁儿又打又骂，并把平儿也捎带上了。王熙凤要将宁儿逐出贾府，宁儿求王熙凤饶了她，在院里跪了一夜，终于不胜风寒而病倒，最终不治身亡。

王夫人冤枉金钏调戏宝玉，竟当着众人的面羞辱金钏，金钏一气之下跳井身亡。为了使戏剧冲突更加激烈，编导不是让金钏悄悄跳井，而是在王夫人的步步紧逼下，当着众人的面愤然跳井。

小红曾经贪慕虚荣，追求荣华富贵，但她也是封建制度的受害者。贾琏玷污了她，却不肯娶她。贾芸甚至在大婚之日当众羞辱她，使她生不如死。在这种封建制度下，丫头就是被戏弄的玩物，呼之则来挥之则去。

鸳鸯虽然有老太太的保护，却也依然逃不出贾赦的手掌心。为了维护自己的尊严，鸳鸯甚至发誓终身不嫁，可哪怕是这样也依然无法摆脱大老爷的纠缠。老太太殡天后，鸳鸯不得不选择上吊来结束自己的生命。

晴雯虽然深得宝玉的宠爱却也难逃被摧残的命运。她性格直率、开朗，聪慧、机敏，在剧中被称为"女诸葛"。她为众姐妹出谋划策、渡过难关，却躲不了自己在劫难逃的命运。她因为自己直率、不逢迎的性格开罪了王夫人和李嬷嬷，更因自己的漂亮和聪慧引得王夫人担心不已，生怕她带坏了宝玉。最后终于不分青红皂白地给她定了个勾引主子的罪名，将之驱逐出府。

丫头们的命运其实也正如戏词中所唱："原来姹紫嫣红开遍，似这般都付与断井颓垣……"她们在自己的妙龄年华将青春盛开，却因为封建主子们的摧残而过早凋零。"千红一窟（哭），万艳同杯（悲）"，大观园内丫头们的命运又何尝不是如此呢！

第五节　当代大陆《红楼梦》戏曲电视剧

戏曲电视剧是戏曲与电视剧两种不同艺术联姻后的产物，是电视艺术的一个新门类。它不同于戏曲舞台艺术纪录片，不是戏曲的实况转播或舞台录像。"对戏曲与电视剧杂交后产生的戏曲电视剧，开始有的叫'戏曲电视片'，有的叫'电视戏曲片'。后来可能感到这些叫法含义太宽泛，或者因袭电影戏曲片称谓，因而又改称某某戏曲剧种的电视剧，如'越剧电视剧''沪剧电视剧''川剧电视剧'等，至1985年冬首届全国戏曲电视剧评奖，我们才统称为戏曲电视剧。"[1]根据《红楼梦》改编的戏曲电视剧总共有十部，其中30集越剧电视剧《红楼梦》、17集川剧电视剧《王熙凤》、十集京剧电视剧《曹雪芹》和

---

[1] 林辰夫：《关于戏曲电视剧规范的探讨》，《中国电视》，1994年第8期。

两集评剧电视剧《刘姥姥》比较具有代表性,因此本书将在以下章节对之做详尽的艺术分析。

一、梁永璋导演的30集越剧电视连续剧《红楼梦》

30集越剧电视连续剧《红楼梦》由梁永璋导演、钱惠丽领衔主演,荟萃了越剧十大流派,全景式的展示出古典《红楼梦》中30个爱情悲剧。越剧电视连续剧《红楼梦》有它自身独特的艺术魅力,它将戏曲与电视连续剧的优势完美地结合,让人充分地感受到了戏曲与长篇古典名著的魅力。越剧电视连续剧《红楼梦》以电影《红楼梦》为基础叙述了宝黛的爱情,除此之外还成功地对其他女子的形象进行了再塑造,如秦可卿、瑞珠、鸳鸯、晴雯、金钏、尤氏姐妹等。越剧电视连续剧《红楼梦》的独特魅力主要体现在以下两个方面:

(一)渲染内心情感,揭示事件本质,彰显深刻主题

戏曲优美的唱词能够很好地将人物的内心情感外化,从而将气氛渲染到极致。在戏剧冲突论中有一类冲突是情感冲突,戏曲最为擅长的也就是人物情感的宣泄。或悲愤,或喜悦,或伤痛,或无奈……种种情愫都能在戏曲的唱词中得到充分的体现。越剧电视连续剧《红楼梦》将触角伸向人物的内心世界,对人物行动前的心理状态做了大胆而又合理的推测,从而使得人物形象更加丰满、动人。例如秦可卿在天香楼上的一段独白:"我本绿窗寒家女,嫁与贾蓉纨绔郎。若问他有几分知心、几分体贴、几分钟爱、几分情长,他只懂女色熏心酒腐肠。宁国府带给我三分病瘦,叫可卿叹息着青春韶光。我只能不让芳恨露眉尖,搏一个温顺又贤良。对镜自怜倾城色,一派风流谁与赏。"秦可卿的内心独白揭露了贾蓉纨绔子弟的浪荡恶习,然而公公贾珍对可卿的猥亵则直接导致了可卿之死。同样在天香楼,可卿独自一人唱出了断肠之音:"天香楼上凭栏人,含泪告别众亲人。流水一去休叹息,白云无迹莫追寻。宁国府欠我多少无

越剧电视剧《红楼梦》(2000年,钱惠丽、余彬主演)

情债,担山挑海也还不清。这'乱伦'的罪名谁担承?三尺白绫将苍天问。"可卿被贾珍、贾蓉父子玩弄于掌心无奈自尽,而丫鬟瑞珠就更是血不如水、命不如草了。曹雪芹原著对瑞珠之死只有这样的描述:"此时贾珍恨不能代秦氏之死,这话如何肯听。因忽又听得秦氏之丫鬟名唤瑞珠者,见秦氏死了,她也触柱而亡。此事可罕,合族人也都称叹。贾珍遂以孙女之礼敛殡,一并停灵于会芳园中之登仙阁。"[1] 电视剧细致地描述了瑞珠之死,面对贾珍的淫威,瑞珠悲愤地吐出了心中之言:"我已是虎口羊、笼中鸟,天罗地网无处逃,我好恨啊,为什么我有舌割不断,有眼瞎不掉,贾府的丑事偏让我看到。老天逼我黄泉去!"将原著中隐而未谈的瑞珠自杀之因挑明,对人物塑造和情节的明朗化都是成功的。

  金钏之死在小说里也没有过多的描述,读罢小说后总觉得略显突兀,大观园的丫鬟被赶回家后为什么就非得自尽呢?晴雯也曾说过死也不出园子,难道世俗的观念真的能够杀人吗?虽然我们在看小说时也可以从作者细腻的笔墨中做出自己的推断,但电视剧视听语言的魅力也能给人很好的艺术享受。编剧较好地把握了原著的精神内涵,对人物形象的定位也相当准确,婉转的唱词更是充分地体现了人物的内心世界。"一缕愁肠径百转,芳心无主独凄然。老父伤心离家去,母亲愁眉泪不断。四邻八舍话难听,坏事无脚千里传。箱笼行李扔回家,再难重回大观园。金钏我坏了名声难补救,冤沉海底此生完。连累父母还不说,更害了妹子白玉钏。她在荣府头难抬,岂不要天天被人冷眼看。想到此处人难做,难道说只有黄泉可鸣冤。"这是金钏被赶出府后的境地,电视剧添加了金钏与玉钏会面的场景,展示了金钏刚烈的性格和无奈的处境,从而揭开了贵族夫人伪善的面纱。"以后的日子有得难过哩,她们岂肯放过我,今后宝玉随便出什么事都是我的罪名。这十几年我算是看透了这些太太爷们的心了。明月似水胸如冰,看穿世间巧伪人。一记巴掌不留情,两句笑谑定罪名。骤然间,翻脸将我赶出门,到今日主子奴婢才分明。道什么待金钏赛如亲生,悔未曾早识透佛口蛇心。她道我将宝玉勾引,她道我是害人妖精。昏暗里是非怎明,平白地毁了我女儿家名声。两府上头主子们,平日间吃喝嫖赌逞荒淫,口头上多少仁义话,全是在奴婢面前假正经。"小说原著对金钏之死写得比较隐晦,给读者造成的心理冲击力也比较弱。但越剧电视剧通过凄婉的唱腔和悲切的唱词,将金钏悲惨的境遇揭示出来,使观众看清了贵族主子的伪善面目以及奴才丫鬟的悲惨命运。

---

1 曹雪芹、高鹗:《红楼梦》,北京:中国文史出版社2003年版,第96页。

瑞珠和金钏在原著《红楼梦》少有直接的描述，晴雯却是作者最为钟爱的一个丫鬟。她居于"金陵十二钗又副册"之首，"霁月难逢，彩云易散。心比天高，身为下贱。风流灵巧招人怨。寿夭多因毁谤生，多情公子空牵念"。在越剧电视连续剧《红楼梦》中，编剧添加了晴雯帮助坠儿这一故事情节，她慷慨解囊，将自己两个月的工钱交给坠儿。得知坠儿偷窃后她又恨又怜，但为了坠儿着想，晴雯情愿自己被人恨也要将坠儿逐出大观园。她一番苦心却不被人理解，更体现了她善良的本质。晴雯对坠儿的训斥也是自尊、自强的天性使然。"人懒嘴馋眼皮浅，自卑自污自轻贱。身虽为奴要清白，穷也穷得志气在。"面对同样身为奴婢的小丫鬟，晴雯哀其不幸却怒其不争。"心比天高，身为下贱"是晴雯悲剧命运的根源。她不能安于奴婢的身份，不屑于袭人的奴颜婢膝，却企图与主子建立平等的友情，这些思想与宝玉达成了共鸣，所以才有晴雯撕扇。她对宝玉的感情是真挚的，编剧让晴雯在补裘时有这样一段独白："蒙他青睐恩非浅，种种垂怜情自生。纵然病怯难支撑，为他舍命不停针。金线犹如情丝绕，绕在雀裘绕在心。用我晴雯心头血，补他雀裘火烧痕。"但是在整个封建势力的压制下，晴雯的悲惨结局是迟早的事情。电视剧对晴雯之死的处理吻合了原著，也将越剧抒情的优势发挥到极致。

（二）扩充虚构故事情节，凸显原著悲剧意蕴

　　电视剧不像小说，优美的诗词无法在电视剧中得到很好的鉴赏，细致的环境描写也只能在电视剧中占有几个镜头。故事情节与矛盾冲突才是电视剧最擅长表现的。越剧电视连续剧《红楼梦》将小说中的许多故事加以扩充，甚至合理地虚构了一些情节，从而使得人物形象更加突出，戏剧性也得到增强，同时也很好地凸显了原著悲剧的意蕴。

　　原著第15回"王凤姐弄权铁槛寺"中描写了王熙凤为了钱财使一对有情人命丧黄泉的故事。这个故事中提到的张金哥与赵公子始终没有正面出场。该版电视剧中却将凤姐弄权、图财害命之事，变虚为实，揭露了某些贵族的聚敛之道和官官相护的黑暗现实。同时擅长演绎爱情故事的越剧还扩充了许多原著中一笔带过的爱情故事。例如张金哥和长安守备之子赵公子的爱情故事。越剧电视剧中导演仿佛借鉴了《梁祝》，简单地讲述了二人的爱情悲剧。张金哥与赵公子青梅竹马、两小无猜，有着非常深厚的感情基础，两人在后院互诉衷肠。

　　　　张金哥：桃红柳绿春意闹，问哥哥喜鹊为何喳喳叫？
　　　　赵公子：喜鹊登枝报喜信，哥送聘礼架鹊桥。

张金哥：鹊桥高高银河上，问哥哥何年何月佳期到？
赵公子：佳期便是七月七，哥迎妹妹上花轿。
张金哥：上花轿，心头跳，问哥哥怕不怕春去秋来花残叶凋？
赵公子：你不见松柏青青永不凋，我与妹恩爱百年真情不老。

当张金哥得知父亲退了赵家聘礼后将她另嫁李家后，悲愤、无奈地悬梁自尽。赵公子得知金哥的死讯后也唱出了悲凉之音：

一条白绫送金哥，
一腔真情动山河。
无情剑断了鹊桥，
斩不断滔滔爱河。
金哥啊，
你等等我，
等我同奔黄泉路。
人间难栽连理枝，
泉下双双筑爱窝。

活生生地断送了两条人命，笑盈盈地收进了三千白银。官官相护，有权有势之人对百姓的欺压由此就可见一斑了。

越剧电视剧细腻地描写了龄官与贾蔷、药官与琪官的爱情，真是让人唏嘘不已。伤心动情之余，我们不得不感慨戏子的悲惨命运。龄官对贾蔷的感情是真挚而矛盾的。她深知自己身份低微，因此对贾蔷既心存爱意也时时存有戒备，以此来维护自己的自尊。"三载厮伴梨香院，心底暗暗埋个'蔷'。枕儿边芳官偷偷对我讲，蔷薇多刺要提防。多刺偏又多情意，让一个'蔷'字绕愁肠。蔷下画'蔷'蔷可知，越画心中越凄惶。"这段唱词将龄官画蔷时矛盾复杂的心理描写得非常细腻婉转。然而，在当时的时代背景下，主子与仆人之间的爱情不可能得到完美的结果。正如龄官所言："昔日买来学戏人，今日买来串戏鸟。人鸟同囚在笼牢，供你们玩赏调笑。"戏子不过是供主人玩赏调笑的尤物，没有人生自由更没有平等的社会地位。即便是像琪官一样技艺超群、名满京城，也终归是"台下泪比台上多、充当玩物在豪门"。因此琪官才要千方百计地逃出忠顺王府，"纵然只做一天快快乐乐的自由人，也死而无憾"！药官与琪官从小青梅竹马，入了梨园，人分两地。两人的爱情没有社会地位的悬殊,却因为戏子身份失去了人身自由,最终也只能在统治者黑暗势力的打击下惨遭扼杀。小说揭露了封建时代婚恋制度及等级制度等种种不合理、不平等的社会现象,将社会底层人民"命贱如纸"的人生悲剧揭示出来,越剧电视剧也较好地体现了这一点。剧中添加了龄官之死这一节,"女优伶,偏遇个,薄幸贾蔷;今日里,含悲恨,喜庆演唱;空留下,这鸟笼,笼碎人亡"。龄官临死前请求宝玉将鸟儿放生,这是一种同病相怜的无奈,也是对现实的无力抗争。

越剧电视剧还详细地叙述了迎春婚后的生活。中山狼孙绍祖凶狠、荒淫的本质在剧中体现得淋漓尽致。迎春婚前在大观园无忧无虑的生活,和婚后惨遭蹂躏的悲惨现状也形成了鲜明的对比。电视剧用蒙太奇手法,使得这种对比更加鲜明,不禁让人痛彻心扉。宝玉探望二姐后回来向王夫人哭诉,于是王夫人接迎春回家暂住了几日。但几天后夫家派人来接,迎春无奈地离开娘家。"回家数日梦重温,最暖姐妹兄弟情。孙家来人接我归,哪敢多留违夫命。让我照一照菱花镜,旧时容颜已难寻;让我摸一摸笔墨研,无心再抄女儿经;让我抚一抚围棋枰,无福再觅黑白魂;让我靠一靠轩窗边,无期再回旧墙门。"孙绍祖甚至还命迎春为烧火丫鬟捶腿,这不仅仅是虐待,更是一种强加的屈辱,迎春在这种惨无人道的迫害下含冤而去。这些情节在小说中没有直接的描写,电视剧对小说的扩充是符合情理的,也在视听上起到了震撼人心的效果!

越剧电视剧结局采用的是高鹗的续本。"中乡魁宝玉却尘缘,沐皇恩贾家延世泽",贾府虽被抄家,但由于北静王的帮助,贾政依然能够保住官职,宝玉也在取得功名后才出家。虽然越剧电视剧对小说原著进行了一些虚构和扩充,但整体来说,该剧还是比较尊重小说原著的。

越剧电视剧《红楼梦》也有其不足之处。戏曲的特性是高度程式化、虚拟化的,然而电视剧的镜头语言却要求真实。因此,越剧电视剧必须在二者之间找到平衡,拍摄场地尽量真实,人物表演也要去舞台化。越剧的小生一般多由女性扮演,在舞台上,由于化妆、服装以及灯光效果的作用,使得女小生扮相非常俊美同时也不乏翩翩风度,因此得到了观众在心理上的默认与赞赏。然而,在电视剧中,演员不能浓墨重彩地化上舞台妆,也不能穿太夸张的服饰。因此,在越剧电视剧《红楼梦》中,女小生们未免显得有些单薄,形容举止也略带些脂粉气,如贾雨村、贾琏、贾蔷、赵公子等。

二、欧阳奋强导演的17集川剧《王熙凤》

川剧《王熙凤》由中国电视剧制作中心、四川电视台电视剧制作中心、四川长富文化传播有限责任公司联合摄制,欧阳奋强任总导演,戏曲导演李增林，执行导演刘雪松，编剧徐棻。刘萍饰演王熙凤，孙勇波饰演贾琏，朱琴饰演尤二姐，张燕饰演平儿。

该剧以《红楼梦》中元妃省亲一节为背景，以在操办省亲事宜中各种势力间的权益争夺为主要戏剧冲突，着重刻画王熙凤的典型性格与命运发展，深刻剖析社会假丑恶的现象，讴歌人性中真善美的一面。该剧以王熙凤作为主要人物，所有与她有关的事都有所涉及，而贾宝玉、林黛玉、薛宝钗等人物却没有出现。这个剧通过她在贾府的生活反映一个封建大家族以及他们所处的封建社会走向灭亡的内因与外因。

川剧《王熙凤》（2008年，刘萍主演）

王熙凤是贾府的当家二奶奶，大事无处不在，小事无所不管，编导不仅演绎了王熙凤的经典故事，而且将小说中一句带过的东西都挖掘出来铺展开，丰富了王熙凤这个人物形象，甚至补充了一些较为合理的故事情节。如小说原著中的丫鬟秋桐在川剧《王熙凤》中被改编成了两个丫鬟秋月和桐花。桐花是王熙凤为了讨好贾琏买来的丫鬟，她身世悲苦，性情柔弱，被贾琏蹂躏后惨遭抛弃。最后竟然被王熙凤的狗腿来旺逼迫致死。秋月的性格与命运和原著中的秋桐比较相似，她仗着自己是老爷所赐又新宠在身，甚至不把王熙凤看在眼里，一定要争个高下。但在川剧《王熙凤》中秋月被赐给贾琏时，尤二姐已死，所以王熙凤借秋桐之手害死尤二姐的故事在该剧中没有演绎。

该剧的片头曲和片尾曲生动、形象地演绎了王熙凤的一生。"金镶玉裹富贵场，灯红酒绿温柔乡。珠冠金印光灿灿，钟鸣鼎食气昂昂。休看那绣衾鸳帐，休羡那画栋雕梁。休信那温良恭让，休听那道德文章。怨恨填孽海，干戈动萧墙。尔虞我诈，雨骤风更狂，雨骤风更狂。乱哄哄，乱哄哄，这边唱罢那边唱。直唱得，直唱得，花飞梦断家败人亡，花飞梦断家败人亡。有多少悲欢离合事，留与人把前因后果细思量，细思量，思量，思量，思量——"王熙凤的荣辱得失与贾府的兴盛衰亡是紧密相连的，歌词的前四句概括了贾府钟鸣鼎食之家的气势与排场，也彰显了王熙凤作为贾府当家人的荣耀与辉煌。但歌词的后半部分则道出了家族内明争暗斗，呼喇喇大厦将倾的贾府衰亡之势。该剧的片尾曲更是为王熙凤这个角色量身定制，其中也引用了原著中王熙凤的部分判词。"荡悠悠，好梦三更醒。意悬悬，枉费半世心。呼喇喇，倾了大厦。昏惨惨，灭了油灯。悲切切，亲离众叛。痛煞煞，遗下孤星。机关算尽太聪明，反误了卿卿性命。只剩下茫茫大地，一片白。干干净净，冷冷清清。"

川剧电视剧《王熙凤》既有非常浓郁的地方剧种特色，同时又摒弃了一些程式化的舞台表演。川剧高腔曲牌丰富，唱腔美妙动人，最具地方特色。川剧帮腔为领腔、合腔、合唱、伴唱、重唱等方式，意味隽永，引人入胜。川剧语言生动活泼，幽默风趣，充满鲜明的地方色彩、浓郁的生活气息和广泛的群众基础。编导将这些戏曲因素纯熟地运用于电视剧当中，从而塑造了众多鲜明的人物形象。此外，优美的唱腔不仅能给人以艺术的享受，同时也可以反映人物的心理或是推进剧情的发展。电视剧要求写实，这与戏曲写意的风格是相悖逆的，因此戏曲电视剧作为二者的有机结合就不得不有所取舍。川剧讲究唱念做打，尤其是"变脸""喷火""水袖"独树一帜，但是这些绝技在电视剧中却无法得到体现。川剧电视剧仅能保留川剧中的唱和念，即便是对白和独白也与舞台表演有所区别，它力求真实、自然。

川剧《王熙凤》中王熙凤的扮演者刘萍是成都市川剧院演员，第十八届中国戏剧梅花奖获得者。她曾拜著名川剧表演艺术家、梅花奖"二度梅"获得者刘芸为师，工闺门旦、青衣、花旦。刘萍扮相俊美，唱腔悠扬，基本功扎实，表演细腻，善于运用川剧传统的唱念做打的程式塑造人物。她所饰演的王熙凤不仅从外形上符合观众对凤姐的期待，而且气质上更是与之相吻合。她心狠手辣、两面三刀，对上懂得迎合老祖宗、王夫人，对下却欺压奴仆、丫鬟们。她聪慧过人、八面玲珑，虽然已经掌管着整个荣国府，却依然为自己的地位忧心忡忡。这也是她处处提防尤二姐的重要原因，她担心尤二姐为贾琏生了儿子后取代她的地位。总而言之，刘萍对王熙凤这个角色的把握是非常到位的，在她的成功演绎下，四川版的"凤辣子"不仅深入人心，而且别具风采。

总体而言，川剧《王熙凤》在剧本构思上巧妙细致，主题鲜明。然而在场景拍摄上却略显粗糙，如剧中夏公公审理云贵时居然就在一间小破房内，仅在对面墙壁上写了一个"狱"字以暗示这是在衙门或监狱。姑且不论夏公公作为太监是否拥有审讯朝廷命官的权力，仅从这个小破房的陈设来看，这也实在没有官府衙门的气势。与电影的大制作相比，戏曲电视剧在制作经费上肯定显得有些捉襟见肘，这大概也是戏曲电视剧在制作上略显粗糙的重要原因。

三、借鉴红学成果的京剧电视剧《曹雪芹》

京剧电视剧《曹雪芹》由上海电视台、北京电视戏曲艺术研究会联合录制，岑范任总导演。导演周宝馨、沙如荣。剧本顾问翁偶虹、周汝昌、杨村彬、朱家溍、马少波。言兴朋饰演曹雪芹，雷英饰演竹筠，李海燕饰演婉莹。

该剧的故事情节与人物形象塑造与"曹学"研究有着密切的联系。根据胡适与周汝昌的考察，曹雪芹的家族和清朝皇室渊源很深。曹雪芹的曾祖父曹玺之妻孙氏是康熙帝的奶妈，因此受到康熙的特殊照顾与宠信。康熙二年（1663），曹玺被任命为江宁织造，负责主管采办皇室所用江南地区的丝绸，并监视南方各级官吏。曹玺过世后，祖父曹寅也历任苏州织造，后又继任江宁织造和两淮巡盐御史。曹寅是当代著名的藏书家、刻书家，精通诗词、戏曲和书法。此时，曹氏家族极为显赫，康熙六次南巡，有四次由曹寅负责接驾。但就因这个关系，曹寅晚年负债累累，亏空公家白银数余万两，但几次弹劾都不被康熙批准。曹寅于康熙五十一年（1712）病故，康熙命其儿子曹颙接替江宁织造职务，曹颙只任三年即去世，康熙特准曹寅之妻过继一个儿子曹頫继任江宁织造职务，康熙仍然对曹家亏空抱宽容态度。康熙六十一年（1722）康熙帝驾崩后，雍正帝即位，受政治斗争牵连，曹家逐渐失宠没落，几次由金陵贡入的织物检验不合格，受到雍正训斥。后来监察御史汇报朝廷，曹頫任由管家监工，自己不理政事，并且亏空银两。最终因其解送织物上京师，勒索财物，被山东巡抚弹劾。雍正六年（1728）元宵节前遭到抄家，曹頫以"行为不端""骚扰驿站"和"亏空"罪名革职，下狱治罪，"枷号"一年有余，催交亏欠，所有家产奴仆都赏给新任江宁织造隋赫德，新织造将京师顺天府房产17间和三对家仆赠予曹寅之妻以供生活，即今崇文门外蒜市口曹雪芹故居。曹雪芹随着全家迁回京师居住。曹家从此一蹶不振，日渐衰微。雍正十三年（1735）乾隆帝即位后宽免其欠银，但曹家已然没落。曹雪芹的家世渊源在该剧中没有直接演绎，而是通过老夫人的唱词将家族背景展示出来。"李氏我嫁曹门四十余载，见曹、李两家人世受皇恩宠幸不

京剧电视剧《曹雪芹》（2003年，言兴朋主演）

衰。钦命任江南织造多势派，南巡时，迎圣祖，织造署做帝王宅。花银钱似淌海水把虚荣来贪，圣祖爷殁天后，往日豪奢引祸灾。雍正爷查亏欠，家兄李熙发配在塞外，一家人已星散骨肉生生拆。曹頫儿奉圣谕龙衣运解，赴京城一月久信渺音乖。怕只怕今上要追回旧债，吉凶未卜愁满杯。我曹家百年兴旺赖圣祖，织造署四番接驾圣恩殊。想当年，婆母孙氏入宫侍君为乳母，因此上，圣祖看待先夫如手足。三巡时，迎车撵，婆母已然六十过五，叩龙颜，圣祖降阶亲手扶。借萱草，喻祥瑞，亲题匾额赐乳母，情难禁，喜泪盈眸挥笔而书。"

  被抄家以后，曹雪芹随家一起迁居北京，结识了敦敏、敦诚兄弟等人。从敦敏、敦诚等人的零星记载中得知曹雪芹多才多艺、工诗善画、嗜酒狷狂，对黑暗社会抱傲岸的态度。曹雪芹晚年移居北京西郊，生活更加潦倒，常"举家食粥酒常赊"（敦诚《赠曹芹圃》），靠着卖画和亲友的接济过日子。据一些红学家考证，曹雪芹就是在这样极端困苦的条件下进行了"字字看来皆是血，十年辛苦不寻常"的《红楼梦》创作。这部巨著耗尽了他毕生的心血，但全书尚未完稿，曹雪芹就因贫病无医而"泪尽而逝"，留下新婚不久的妻子。

  该剧把曹雪芹的实际生活与《红楼梦》的创作历程结合在一起，生活中的点滴故事都成了《红楼梦》创作的素材。如该剧中"秦可卿淫丧天香楼"中的秦可卿就是以曹雪芹的姊娘为创作原型，"天香楼"则是他姊娘所居住的地方。剧中的婉莹无疑是黛玉的原型，她寄人篱下、冰清玉洁，与曹雪芹青梅竹马、两小无猜、互为知己，却硬生生地被雪芹的父母拆开，最终落得个香消玉殒的结局。"看窗外绿满枝头柳丝润，窗儿内我意冷心灰，好似梅花随冬尽，空留下一缕幽魂。一缕幽魂一缕恨，凄凄切切痛万分。分明是叔父他以我作礼品，恋荣华，贪富贵，强系红丝攀贵亲。可叹我与曹霑多年情分，竟然被生生拆散两离分。天不仁兮，地不仁兮，天不仁兮，降我厄运，地不仁兮，不容我身。孤弱女无依靠何处投奔，叹曹霑他也难自主浮沉。欲立人间无方寸，倒不如效梨花永葆纯真。"

  《红楼梦》一书，书名几经更改，曹雪芹曾欲将该小说取名为《风月宝鉴》，该剧中这样唱道："叔祖家悖论事把我触动，联想到族中人纵欲金陵。为惩戒众男儿不肖种种，须棒喝莫妄动风月之情。我要在书中安排一面镜，正照反照两不同。正面照红粉佳人秋波送，反面照骷髅鬼物貌狰狞。愿世人勿坠迷津沉酣梦，愿世人能把那欲壑填平。"面对着身边众女儿的凄惨命运，曹雪芹决定著书"为千古红妆同声一哭"，《金陵十二钗》之名便源于此："我要为薄命女儿哀叹哭泣，我要为艳丽群芳破藩篱。血泪交凝润毫笔。写出那正与副十二金钗，诸多女子在会芳园中，日日忧，夜夜叹，朝朝啼，暮暮泣，春愁、夏怨、冬感、秋悲,命凄惨!"曹雪芹饱受了生活的困苦和人生的无常后,愤然将该书名改成了《石头记》,剧中他这样唱道:"泼墨挥毫铁腕悬,一块石头难补天。自在山头兀然立,奇姿硬骨傲林泉。拙毫不称君王意,只配村中换酒钱。但求一世无拘管,愿作鱼儿游在渊。"该剧的主题曲更是以曹雪芹的口吻凝练地概括了全剧的主旨:"我也曾金马玉堂,我也曾瓦灶绳床。你笑我名门落魄,一腔惆怅,怎知我看透了天上人间,世态炎凉、世态炎凉。褴衫藏傲骨,愤世写群芳,字字皆血泪,十年不寻常。身前身后漫评量,今世看真真切切、虚虚幻幻,啼啼笑笑的千古文章、千古文章。"

四、以揭示贾府盛衰变迁为宗旨的评剧电视剧《刘姥姥》

评剧电视剧《刘姥姥》通过刘姥姥三进荣国府的情节,以喜剧的方式对刘姥姥等形象进行了深入的开掘和再创作,该剧分上、下两集,采用实景拍摄。该剧由刘三牛执导,编剧卫中、汉云,董玉梅饰演刘姥姥。该剧的主要演员全部由舞台剧的原班人马担任,编导对剧本进行了精心打磨,同时对音乐、唱腔、服装、化妆、灯光等也都进行了精心设计。

该剧以刘姥姥三进荣国府为线索,揭示了这个封建贵族大家族由盛转衰的重要原因。影片开场刘姥姥骑着毛驴儿去看闺女,看见女儿、女婿为出门访友争抢家里唯一一条像样的裤子,知道家里过得艰难。姥姥批评王狗为什么不去荣国府找亲戚帮忙。王狗不肯,姥姥无奈只好自告奋勇去荣国府讨借。在周瑞家的帮助下,刘姥姥见到了荣国府的当家二奶奶凤姐,凤姐赏银二十两,王狗用此银发家。刘姥姥感念凤姐的恩德,带着乡村的蔬菜水果二进荣国府,恰好赶上荣国府的螃蟹宴。老祖宗听闻刘姥姥到来,请她一起赴宴,宴席上刘姥姥凭借自己的机智博得了荣府上上下下的欢心。宴会后,刘姥姥喝醉了对着一面镜子自言自语,却道出了荣国府衰亡的重要原因,荣国府的一顿螃蟹宴的花费够庄稼人整整吃一年的。这种奢侈、铺张的生活怎么可能持久呢?刘姥姥三进荣国府时,荣国府已经被抄家了,凤姐的独生女巧姐儿也被她的亲舅舅卖到烟花巷,刘姥姥变卖田地终于救出了巧姐儿,使她与凤姐能够母女团聚。

该电视剧改编自同名舞台剧,演员亦是舞台剧的原班人马。影片的故事情节简单明了,主题突出。由于这些故事情节节选自《红楼梦》中的不同章节,因此故事情节的衔接略显生硬。刘姥姥刚在贾府吃完螃蟹宴,紧接着贾府就抄家了。京剧《王熙凤大闹宁国府》和《红楼二尤》中强烈的戏剧冲突让观众大呼过瘾。越剧《红楼梦》中的"黛玉焚稿"和"宝玉哭灵"引起了观众的强烈共鸣。比较而言,评剧《刘姥姥》则显得过于平淡,几乎没有什么戏剧冲突,也没有什么感人的情节能够引起观众的共鸣。剧中的王熙凤也没有了协理宁国府时的干练和毒害尤二姐时的狠辣。当然，该剧中的凤姐是以刘姥姥大恩人的身份出现的，因此她的心狠手辣和两面三刀就不需要体现，但是她精明强干和逢迎卖乖却是演员必须要掌握的个性。该剧中的凤姐显得太温柔，缺乏这种"粉面含春威不露，丹唇未启笑先闻"的气质与风度。

评剧《刘姥姥》结合自己的剧种特色选择了刘姥姥作为电视剧的主角，这是相当明智的。评剧产生于河北省东部，由流行于滦县、迁安、三河一带农村的曲艺莲花落发展而成，因此它具有非常浓郁的乡土气息。剧中的刘姥姥说的不是普通话而是地道的唐山方言，这不仅没有给观众带来别扭的感觉，反而因为地方方言的特色强化了刘姥姥作为农村老妇的形象，因而是非常贴切的。董玉梅饰演的刘姥姥朴实、敦厚、善良、机智、有担当、有胆量、能说会道、风趣幽默。她既有庄稼人淳朴善良的一面，又不是完全没有见过世面的乡村老妪，她懂得揣摩人的心理，也懂得用自嘲来赢得荣国府上上下下的欢心。当荣国府遇难后，刘姥姥大义凛然搭救巧姐儿，充分体现了她的淳朴与善良。

综上所述，红楼电视剧是很兴旺发达的。它形式上包含两类：生活化电视剧和戏曲电视剧，二者都有一定的数量。就生活化电视剧而言，有全景式地搬演小说原著内容的长篇电视连续剧，如王扶林版和李少红版电视剧；也有以红楼人物群像为主角的电视剧，如《红楼丫头》《黛玉传》等。戏曲电视剧则有京剧、越剧、评剧、川剧等戏曲样式，能够依照各自剧种本身的特点选材构思。与戏曲电影不同的是，戏曲电视剧原创者居多，从舞台剧移植过来的少。无论是在主题的挖掘还是人物的塑造上，多数都能得《红楼梦》小说的精髓。当然在商业化大潮的冲击之下，个别剧作受到了较大制约，加之编导更多倾心于探索新的艺术表现之路，因此存在一些不尽如人意之处。

第五章　当代中国大陆《红楼梦》话剧

当代中国大陆《红楼梦》话剧演出不如《红楼梦》戏曲演出那样繁盛。有剧本发行或有影像资料留存的《红楼梦》话剧仅有两部，即陈薪伊导演的景观剧《红楼梦》和张广天导演的先锋实验话剧《红楼梦》。

第一节　陈薪伊导演的景观剧《红楼梦》

大型明星版景观剧《红楼梦》由享有盛誉的中国戏剧家、国家一级导演陈薪伊执导。该剧起用全明星阵容，斯琴高娃一人分饰两角，出演贾母和刘姥姥，许还幻饰演林黛玉，张殿菲饰演贾宝玉，闫妮饰演薛宝钗，盖丽丽饰演王熙凤，周立波饰演薛蟠，李玉刚、赵志刚饰演琪官，温碧霞饰演秦可卿，吴佩慈饰演元春，李旭丹饰演巧姐、芳官，黄豆豆饰演宝玉之心，张秋芳饰演王夫人，凯丽饰演薛姨妈，雷恪生饰演焦大，侯湘婷饰演史湘云，关栋天饰演曹雪芹。如此大规模的明星阵容在话剧演出中是非常鲜见的。导演陈薪伊亲自担任编剧，和秋微、李大鹏一起完成了剧本创作。陈薪伊的景观剧《红楼梦》展示了自己对这部伟大作品的独特解读。在对原著的改编上取其"神似"而不求"形似"。导演对原著的主题思想、人物性格以及剧情设置有自己独到的理解，在表演形式上大量地运用了话剧的独特表达语汇。全剧分为四幕：第一幕盛宴；第二幕葬花；第三幕抄家；第四幕离魂。

一、并行不悖的多重主题

陈薪伊导演对《红楼梦》的主题思想有自己独到的理解，她在接受北京电视台采访时说道："红楼被改编为越剧之后，红楼的内在精神被削弱了，就变成一场三角恋爱了。"陈薪伊认为整个红楼的实权人物应该是从贾母到王夫人这样的一条线，而《红楼梦》的故事就是在这种新生与顽固力量错综复杂的纠葛中推进的。从宝黛传统爱情的形式表达中走出，陈薪伊眼中看到的是另一个纷繁复杂却充满了东方哲思与美学品位的《红楼梦》。陈薪伊在上海图书馆作"一场散了的宴席——谈全景话剧《红楼梦》演出构想"的讲座时曾经提到:"戏剧的主题越多,戏的意义便越丰富。伟大的作品一定是主题非常丰富的,《红楼梦》的主题像夜空的星星,数不尽。"因此,在全景话剧《红楼梦》中陈导体现了若干个主题,如"盛宴必散""质本洁来还洁去""爱情婚姻""贾宝玉的反省",这几个主题并行不悖,彼此交错。《红楼梦》原著中荣宁二府的由盛转衰和大观园青春女子的红颜薄命无不揭示着盛宴必散的主题。陈导在话剧《红楼梦》中设置了四个宝玉:一个是张殿菲饰演的贾宝玉,他是小说中的宝玉,由他来演绎《红楼梦》中所发生的故事;一个是黄豆豆饰演的宝玉之心,他是

全景话剧《红楼梦》(2007年,陈薪伊导演)

一个意象化的角色,通过肢体语言表达宝玉的内心世界;一个是王庆祥饰演的老宝玉,他以老者的身份对自己青春年少时的行为进行了深刻地反省;一个是关栋天饰演的中国宝玉——曹雪芹。"最后出场的人是曹雪芹,他也已是一个平民了,一个平民文学家,一个曾经是贵族的平民文学家。关栋天你要像一个图腾一样的造型,唱出最后一首歌'满纸荒唐言……'你手握着一支笔,这支笔就是黄豆豆,他在中舞台那个小方舞着,用他的肢体书写着,随着曹雪芹的奋笔疾书,群舞演员依次倒下,用身体在舞台上变幻出'石头记'三个字,这就是我的主题,一个顽石的反省,由世势将顽石雕琢成了一位世界大文豪。那是中国宝玉——曹雪芹。"[1]导演让宝玉在戏里逐渐明白和清醒,一步步地进行着反省,宝玉反思的过程也便是贾府衰落、盛宴必散的过程。

导演对黛玉的主题取的是"质本洁来还洁去",几乎所有的改编者都会对"黛玉葬花"格外痴迷,《葬花吟》优美的文辞烘托出了黛玉苦闷、幽怨的心境和完美、高洁的气质。"质本洁来还洁去"是黛玉最后的、也是最无奈的追求。"冷月葬诗魂",导演用她最后一句诗结束了她的生命,她投湖而死。在高

---

[1] 陈薪伊:《一场散了的宴席——谈全景话剧〈红楼梦〉演出构想》,《图书馆杂志》,2008年第3期。

鹗的续作中，黛玉在病榻前焚稿，气绝而亡。越剧《红楼梦》采用的也是高鹗的续本，而《黛玉焚稿》是非常感人至深的一段唱腔，但它道出了黛玉对宝玉的怨恨，"谁知道诗帕未变人心变，可叹我真心人换得个假心人。早知人情比纸薄，我懊悔留存诗帕到如今。万般恩情从此绝，只落得一弯冷月葬诗魂"。陈导虽然也非常喜欢焚稿这一段，但对黛玉之死她却有着自己的理解。陈导认为黛玉的死并不是出于对宝玉的误会，不是因为"诗帕未变人心变"，而是黛玉认识到"这个园子不能住了"，她情愿"质本洁来还洁去"。在大观园她看到了太多的青春女孩香消玉殒，她仿佛也看到了自己悲惨的命运。宝玉与宝钗的婚礼宣告了她唯一梦想与希望的破灭。雨打浮萍、寄人篱下的生活让她对未来彻底地失去了信心。既然爱已不在，梦已难圆，那么她情愿选择质本洁来还洁去，强于污淖陷渠沟。因此，导演选择了让黛玉投湖而死。

导演用秦可卿、金钏、晴雯、黛玉、元妃五个女性的死来构成全剧的链条，秦可卿引领宝玉成熟、长大，金钏和晴雯的死为黛玉埋下了伏笔，而元妃的死则揭示了"呼喇喇大厦倾""盛宴必散"的主题。

二、独特构思和现代技法的人物形象塑造

在人物形象塑造上，导演有自己独特的构思。话剧《红楼梦》中宝玉和黛玉的性格定位是非常尊重原著的，在剧情上可能有所重构和组合，但它深入地挖掘了人物的内心世界，体现了宝黛之间真挚的感情。前文在论述主题时提到了宝黛爱情以及导演对宝玉、黛玉人物形象的处理，因此此节不复赘言。

该剧采用倒叙的方式开场，刘姥姥带着巧姐、板儿来到了荣国府，编导通过她们的对话回忆了刘姥姥进荣国府时的情景。贾雨村、甄士隐则将贾王史薛四大家族的背景给观众做了一个简单的交代。剧中设置了焦大、王夫人、王熙凤、刘姥姥、薛蟠等人物形象。在许多戏剧舞台上，焦大这个角色是无足轻重甚至是没有的。这只能说曹雪芹太伟大了，他塑造出了太多性格鲜明的人物形象，以至于编剧不得不忍痛割爱，根据自己设置的主线来选择角色。王熙凤、晴雯等人物在很多戏剧中都有出现，陈导对这些角色的处理也基本与之无二。笔者认为导演的独到之处是，话剧《红楼梦》设置了周长270米的屋顶，在这贾家屋顶上有"屋脊六兽"，就是大户人家的屋脊上一定要雕六个兽。导演在这个屋脊上安了一个人，这个人就是焦大，他就是第七只兽，他是最忠实于贾府老爷的，他容不得贾家有任何人不保护这个家庭、不保护这个红楼，他是最忠实的仆人，他的看法常常是最尖锐的，却不一定是最对的，但是他会用最尖锐的语言把最本质的东西挖出来，他会骂秦可卿"养小叔的养小叔，爬灰的爬

灰"。他是贾府由盛转衰的见证人，是"盛宴必散"的见证人。他的话犀利、深刻，常常一针见血地痛斥到贾府的弊端。

该剧中的薛蟠有点类似于戏曲中拆科打诨的丑角，他经常会冒出一些现代词汇，诸如"我姨妈怎么了，更年期了吧？""操！这不是出卖朋友吗？要说这贾宝玉，果然够假的。"但通过他的口也能将一些现代人对《红楼梦》的理解表达出来："你们瞧瞧，什么是人间悲剧？人间悲剧就是一个有情但无心机的美人输给了一个无情但又心机的美人，唉！什么是江湖？江湖就是只论远近亲疏不管是非曲直。"

王夫人也是戏中的一个重要角色，王夫人的扮演者张秋芳女士在讲座时也曾提到："王夫人这个角色已经形成在一些作品当中，在这个人身上笔墨是不多的，尤其是像陈导这样去解释王夫人，解释宝黛的爱情故事，解释《红楼梦》，我觉得是一个全新的角度，是原来所有人都没有较过真的一个角度。"在小说中，王夫人不是一个浓墨重彩的人物，但她却是一个举足轻重的人物。平日看来，王夫人给人感觉是面善心慈、吃斋念佛的菩萨，但作者仅用了几件事情就将王夫人的心狠手辣表现得淋漓尽致。她逼死金钏、驱赶晴雯、破坏宝黛爱情，她手中的三条人命也就成为话剧《红楼梦》的一道情节暗线。王夫人与薛姨妈之间关于"金玉良缘"的对话更是为宝钗黛之间的爱情悲剧埋下了伏笔。

景观剧《红楼梦》在上海虹口足球场首演，环形舞台面积达到3000平方米。也许是因为演出场地过于宏大，演员的服装造型都显得夸张艳丽，尽显雍容华贵之态。但这种服装造型风格并不似中国古典贵族风格，而似欧洲中世纪的贵族礼服。其中林黛玉的造型最令观众所诟病，小说中的林妹妹"娴静似娇花照水，行动如弱柳扶风"。该剧中的林黛玉戴着如此累赘的头饰，想必也尽失"弱柳扶风"之态了吧！薛宝钗和贾宝玉的造型也离观众的期待甚远，不少网友甚至吐槽"闫妮饰演的薛宝钗造型像'黑山老妖'……张殿菲饰演的贾宝玉造型似《源氏物语》里的光源氏、龙王三太子、二郎神、西门大官人、北静王甚至吕布或东方不败，但绝不是贾宝玉。"尽管这些非议过于偏激，但也在一定程度上反映了观众对景观剧版《红楼梦》中的人物造型是不太接受的。

第二节 张广天导演的先锋话剧《红楼梦》

2007年8月1日至14日，张广天导演的小剧场话剧《红楼梦》在北京东方先锋剧场公演。所谓"先锋"，无非指特定时空内疏离主流意识、突破经典准

先锋话剧《红楼梦》(2007年,张广天导演)

则、解构传统习惯的一种前瞻性的标新立异思想、离经叛道行为。张广天将这种戏剧美学思想推到了极致,甚至将自己的作品定义为"先疯"话剧。该剧所展现的主题、情节以及人物与小说原著有很大差异,导演用后现代手法解读红楼人物,将喜剧和悲剧交织,通过说、学、逗、唱、舞、戏仿等舞台表现方式讲述宝黛爱情故事,同时加入了对作者曹雪芹的评价。导演以一种泛喜剧的形式将小说原著宏大的主题消解,以怪诞、夸张、变形的戏谑态度取而代之。对经典的解构和恶搞使话剧《红楼梦》遭到观众与学者的质疑,笔者将从主题思想、人物形象塑造、舞台表现方式等方面分析话剧《红楼梦》的后现代主义解构与风格化特征。

一、模糊的主题思想与强烈的反讽意义

张广天版话剧《红楼梦》并没有明确的主题思想,他通过对某些社会现象的揭示与演绎,讽刺了不合理的社会现实,体现出了强烈的反讽意义。

首先他从小说创作动机和作者生平上彻底地颠覆了小说的精英主义和经典地位。穷困潦倒的曹雪芹和史湘云致富无门、发财无道,几近沮丧之际,两人在梦中突发灵感,要为市井小民的猎奇欲望量身打造一本小说。剧中台词说道:"要有大house就是高楼,要有美女就是红颜,红颜加高楼就是红楼,红楼做梦就是《红楼梦》。"导演借助《红楼梦》的字面含义,反讽了当今时代的一些社会现象,也许能够博得某些观众的会心一笑。但如此解读经典名著《红楼

梦》的含义，难免会令"红迷"们鄙夷。

该剧第三幕第一场"八心八箭"中有曹雪芹拍卖通灵宝玉的情节。导演意欲借此讽刺电视促销活动，主持人与曹雪芹近乎疯狂的推销确实让人忍俊不禁，曹雪芹甚至拿出了两把斧头。剧中有这样一句台词："卖的就是灵魂，出卖的就是中华民族的灵魂。"如果不是拿经典开涮，如果不是拿曹雪芹"字字看来皆是血，十年辛苦不寻常"的《红楼梦》开涮，也许观众愿意接受这样的反讽。但是面对中华民族的传统瑰宝，面对呕心沥血用生命来创作的文学巨匠，如此恶搞，出卖的实际上是创作者自己的灵魂。

该剧在第三幕第二场"艺术人生"中采访了《红楼梦》的作者——伟大的文学家湘云女士。在这场戏中有林黛黛小姐的作秀活动，她因为抄写了《红楼梦》8880回，以致抄瞎了双眼。该场戏还提到了北京的房价问题，甚至有一段曹雪芹与史湘云蜗居的视频。在采访过程中还涉及了《红楼梦》的版税问题、红楼选秀问题、电视台收视率问题等等，导演将诸多社会现实问题搬上了舞台，通过夸张、怪诞的表演讽刺了当今娱乐界的社会现象。

该剧第三幕第三场"被删节部分"演绎了"秦可卿淫丧天香楼"的情节。剧中秦可卿一会儿化身为"红色娘子军"，要反抗公公，反抗旧社会；一会儿化身为现代社会的小姐，说出"女人要钱，男人要淫"的独白，甚至连焦大都发出了这样的呐喊："如今说不要我了就不要我了，养老金呢，医疗保险，住房，教育，棺材板——"

张广天版话剧《红楼梦》完全解构了小说原著的主题思想，它将小说中的人物形象解构得面目全非，将小说的故事情节颠覆得支离破碎，随心所欲地将不同年代的故事拼凑在一起，从而表达导演对现实生活的讽刺。这种讽刺没有明确的主题，也没有鲜明的思想，因此造成了主题思想的模糊性。

二、面目全非的人物形象与支离破碎的故事情节

张广天版话剧《红楼梦》有两条主线：一是曹雪芹与史湘云进行《红楼梦》创作的主线；二是《红楼梦》中故事情节演绎的主线。两条主线交织进行，都充满了戏谑与恶搞的氛围。

曹雪芹身着黑色风衣、白衬衫、黑皮鞋，唯一比较符合曹雪芹形象的造型在于戴着清代小帽，留着长辫子。史湘云身着绿色古装上衣、黑色现代裤子、皮靴，居然还有一根拐棍，发型不伦不类地在前面梳着两个小辫，后面扎一小辫。两个人为了一点鸡毛蒜皮的小事争论不休，甚至还有各自的梦中情人，曹雪芹在梦中呼唤小露，史湘云在梦中呼唤大卫。小露是曹雪芹的学生，而大

卫在英国，或许是"卫若兰"吧，但剧中没有明确的说明。该剧第一幕第一场"贾宝玉其人"中，曹雪芹与史湘云两人竟然拿着胸罩钓鱼，之后更有一段庸俗不堪的论断，甚至出现了"大波霸""国奶"这种词汇，可见其庸俗与低劣。曹雪芹在电视节目上拍卖通灵宝玉时的表演更是低俗不堪。史湘云则完全是一副泼妇嘴脸，不仅思想庸俗，而且满台粗口。

该剧中的贾宝玉居然是女人扮演的。当然，女人扮演贾宝玉也是情有可原的，毕竟宝玉是个脂粉气很浓的男孩，徐玉兰、林青霞、白淑贤、马兰等演员扮演的贾宝玉都受到了广大观众的认可与赞许。但是该剧中的贾宝玉却令观众大为吃惊，她披着一身薄薄的红色外衣在巨大的鱼缸里绝望痛苦地唱歌，然后被人架出来一阵抽打，宝玉甚至跑到观众席中，众人在后追、打、抢、揍，贾宝玉绝望地呼喊："姐姐、妹妹、裙子、花鞋、耳环、玫瑰、手绢、蝴蝶、睡衣、香水——"导演用这种后现代的方式解读着自己心中的贾宝玉形象，熟悉小说原著的观众也许能够从中找到宝玉的影子，能够理解宝玉对"姐姐妹妹"的呼唤，或者能够联想起宝玉因为金钏和琪官的事情被贾政毒打的遭遇。但这种抽象的演绎对大部分观众而言是莫名其妙的，而且也不符合戏剧对人物形象的刻画。笔者观看此剧后觉得唯一可圈可点的地方是贾宝玉下场前的一段歌唱："天上掉下个林姑娘，她是仙草幻化的伤心模样，与我每天灌溉的所有情谊，她要苦干一生的泪来抵偿。老天为什么带走她，带走她为什么把我留下，谁都知道她好，只能留在心里的家。今天我要做个新郎，今天我的梦已死光，今天有人要做新娘，今天死的人岂止一双。我听着这婚礼的鼓乐，我听出了葬礼的悲怆。我走向这花烛的洞房，我走进了坟墓的绝望。"

该剧第二幕第二场"你是诗人"对林黛玉的形象进行了演绎，但演员却是一个身着长衫、手拿折扇、腰横玉箫的男人。他时而拿林黛玉的性格开涮："说你是反封建礼教的英雄，你还真比不上人家潘金莲，人为了追求快活愣就把亲老公给药死了，你敢吗？那才叫一个狠，口里骂着'You Fucking道德'，一路就朝亲大大的家伙事奔去了！你敢吗？你只会粉拳紧握，悲愤得连音乐都在为你抖，一点幽默感都没有！"时而拿小说原著中的故事情节开涮："整整一个上午了，你背把锄头，挖一坑，把些残花败絮倒进去。再填上点土，期期艾艾地在那里哭啊哭啊，真的，这太像表演了！不过，你倒不在乎观众，你也绝不可能知道我在跟踪你，你贼有自信，一次又一次地充满深情地自我肯定。从一个胜利走向又一个胜利。是的，有一种表演是演给自己看的，全身心地投入在里面，为了把自己感动得稀里哗啦，那就像在战场上。敌我双方死伤万众，但将军骑在马上，把眼睛眯成一条缝，说：'残阳似血啊！'这叫审美，而不是真干！"感动过无数观众的《黛玉葬花》被演绎成这般模样，不知观众会做何感想，是否会愤懑地为林妹妹抱一声不平呢？或许嗤之以鼻是一种更坦然的态度吧！

"秦可卿淫丧天香楼"也是该剧的一段重头戏，只是剧中的秦可卿形象更为扑朔迷离。本场戏开场前有一段京剧恶搞："手捧宝书满心暖，一轮红日照胸间，毫不利己破私念，专门利人公在先。有私念，近在咫尺人隔远。立公字，遥距天涯心相连。"这段恶搞意蕴何在，笔者不得而知。但本场戏中专门安排剧中人物解释"什么叫爬灰"却让观众忍俊不禁，剧中解释："所谓爬灰就是膝盖跪在了地上，把膝盖弄脏了，'膝盖'的'膝'与'媳妇'的'媳'同音，所以专指公公与儿媳妇乱伦。"解释完后，秦可卿居然加入了"红色娘子军"，要反抗公公、反抗旧社会、反抗压迫。灯光暗淡，秦可卿又变成了现代摩登女郎或者是坐台小姐，风情万种地向男人要钱。导演或许想通过这个颇具争议的女性形象来反讽各个时代的社会现象，但除了恶搞，不知观众是否能够看到更为深邃的思想。

三、张广天戏剧的风格化分析

"张广天戏剧从诞生之日起就是戏剧界、媒体和学界争论的焦点。支持和喜欢他的戏剧的人近似于个人崇拜，而否定他戏剧的人的言辞也近乎人身攻击。学界大多采取不理睬的冷漠态度。"[1]天津师范大学教授邱佳岭认为："张广天戏剧在艺术形式上是布莱希特戏剧思想的具体呈现。而其戏剧的思想性又与当代西方文艺思潮不谋而合，尽管他的戏剧充斥着对西方社会的排斥和敌对。"[2]首都师范大学中文系曹佳则从"后现代主义风格的颠覆解读"与"大众文化语境中的泛喜剧"[3]这两个方面解读了张广天的戏剧。无论从哪个角度来说，张广天的戏剧作品与传统的表演方式都有着很大的不同。"张广天一直把自己当成一个戏剧领域的革命者，他对于北京人艺以来的传统表演方式深恶痛绝乃至欲灭之而后快的地步，因此，他从来也不在乎在自己的戏剧中将所谓的经典打破砸碎。"[4]的确，颠覆传统、解构经典，似乎是张广天戏剧的一贯风格。此外，张广天戏剧通过歌、舞、诗、京剧、互动等各种艺术形式的演绎，让观众产生了一种"陌生化"的"间离"效果，似乎也体现了他对布莱希特戏

1　邱佳岭：《张广天戏剧理想论析》，《戏剧艺术》，2012年第1期。
2　邱佳岭：《张广天戏剧理想论析》，《戏剧艺术》，2012年第1期。
3　曹佳：《从话剧〈红楼梦〉看张广天的"先疯戏剧"》，《东南传播》，2008年第6期。
4　曹佳：《从话剧〈红楼梦〉看张广天的"先疯戏剧"》，《东南传播》，2008年第6期。

剧理想的独特理解。

张广天的主要代表作品有《切·格瓦拉》《圣人孔子》《鲁迅先生》《圆明园》《红楼梦》和《从眼皮里摘下的梅花》。他的戏剧作品充满了调侃、戏谑、搞笑，当然，在嬉笑怒骂之余，也表现了他对当今社会凝重的沉思和批判。张广天的戏剧不乏对当下具体社会现象的讥讽批判，如《红楼梦》中对各种低俗电视节目的戏仿，对电视拍卖、电视访谈、电视选秀类节目泛滥的讽刺等。然而，导演颠覆了原著的思想，解构了原著的主题，想要告诉观众的究竟是什么？他想要表达的主题思想究竟是什么？观众不得而知。也许淡化主题意识也是张广天的戏剧风格之一吧！

多元化的舞台表现形式也是张广天话剧的风格之一。张广天的话剧完全打破了传统话剧的"三一律"，即要求故事发生在同一天（24小时以内）、同一地点、同一事件。打破了空间、时间的限制，导演可以随心所欲、天马行空地按照自己的想法来架构剧情。所以秦可卿可以在瞬间加入"红色娘子军"，也可以在瞬间回到当代。此外，张广天的话剧没有舞台表现形式的限制，一切舞台元素都可以为我所用。因此，京剧、摇滚、电视访谈、单口相声等多元化的舞台表现形式可以同时出现在一部作品之中。既然颠覆传统、解构经典是其创作主旨，而戏谑和搞笑又是时代潮流，那么多元化的舞台表现形式也就并不显得突兀了。

张广天戏剧在形式和内容上都存在着诸多争议，但他的戏剧作品在当今社会具有一定的影响力。他对各种社会现象的讽刺也能够在观众中引起一定程度的共鸣。因此，对张广天戏剧的分析是有其现实意义的。

很显然，红楼话剧是不发达的，一共就两部，而且备受观众的质疑和诟病。尤其是先锋话剧《红楼梦》，支离破碎的情节，不伦不类的人物装扮，东拉西扯的议论，拿经典开涮的恶搞，时暴粗口的语言，叫一般人难能理解。姑且当作探索来看吧，但是探索也应该有个底线和边际。就算是编导想借助《红楼梦》来批判眼下某些丑恶的社会现象，也应该有一个尺度，即便是喜剧、讽刺剧也要有它的艺术感和严肃性，更何况《红楼梦》是一部彻头彻尾之大悲剧。

小　结

本书上篇从"大戏剧"观念出发，归纳、梳理了当代中国大陆由《红楼梦》改编的戏曲舞台剧、电影、电视剧[1]以及话剧，在尽可能全面搜集和系统

1　这里的电影包括戏曲电影和生活化电影，电视剧包括戏曲电视剧和生活化电视剧。

梳理的基础上勾勒了各个艺术载体红楼剧的发展脉络和总体状貌，并对各个艺术载体中有代表性的剧目进行了艺术分析。在对全部当代大陆红楼剧进行鸟瞰式的总体叙述之后，总结了艺术规律和特征如下：

一、红楼戏曲舞台剧。其一，红楼戏曲舞台剧普遍能够较为充分地结合自身的剧种特色进行艺术选材。婉约柔美的越剧、昆剧适合演绎《红楼梦》中缠绵悱恻的爱情故事，因此多以宝黛爱情悲剧为主线来架构故事情节。高亢激昂的京剧适合演绎王熙凤、尤三姐那样的泼辣人物和"大闹"之类的激烈情节，因此京剧《王熙凤大闹宁国府》《尤三姐》等剧目成了京剧舞台的经典。其二，随着时代的发展以及科技手段的进步，当代大陆红楼戏曲舞台剧越来越看重布景、灯光、化妆、服装、效果、道具等舞美对舞台意境的营造。大体说来，前期（20世纪五六十年代）的红楼戏曲舞台剧一般多采用"一桌二椅"的舞台布景，20世纪80年代之后的红楼戏曲舞台剧已经开始逐步借鉴话剧的某些舞美因素，利用灯光、音响、特效等艺术手段来营造舞台氛围。其三，同名红楼剧目在不同剧种之间的相互移植现象比较常见，如京剧《王熙凤大闹宁国府》被越剧移植，川剧《王熙凤》被潮剧移植，越剧《红楼梦》被评剧移植等。另外，同一剧目在不同历史阶段常有复演或复排的现象[1]，如1962年版越剧电影《红楼梦》、1992年黄梅戏《红楼梦》、1963年昆剧《晴雯》、1979年京剧《王熙凤大闹宁国府》等都存在这种情况。经典剧目的相互移植有利于促进剧目的传播与发展，不同剧种之间的艺术交流更是打造了红楼戏曲在舞台上的精品之作。

二、红楼戏曲影视剧。红楼戏曲电影和红楼戏曲电视剧具有很多共通的特征，因此这里统而论之"红楼戏曲影视剧"。其一，红楼戏曲影视剧的主角大多是名角，如京剧电影《红楼二尤》中尤三姐的饰演者言慧珠、1962年越剧电影《红楼梦》中宝黛的饰演者徐玉兰、王文娟以及十集京剧《曹雪芹》中曹雪芹的饰演者言兴朋等。其二，红楼戏曲影视剧多能注意处理戏曲"写意"和影视剧"写实"之间的关系，一般都是保留了"唱念做打"四功中的"唱"和"念"而删去了程式化的"做"和"打"。这种艺术处理使得戏曲影视剧较之舞台剧更为自然、真实，同时也保留了戏曲艺术的独特审美韵味。但与生活化影视剧相比，戏曲影视剧的人物表演依然略显夸张。如何处理写实与写意之间的矛盾，依然是戏曲影视剧必须要面对并解决的问题。其三，红楼戏曲影视剧普

---

1 复演指的是剧本、音乐、唱腔等均不变的情况下，仅以另一批演员演出的情况。复排指的是在原剧目基础上进行了一定程度的改编，剧本、音乐、唱腔、演员等发生了变化的演出情况。

遍存在着小额投资、在总体制作上不甚精良等问题。笔者认为该问题的存在主要受到两个方面因素的影响：一是早期受到技术手段的限制，因此无法拍摄出精良的艺术作品；二是随着时代的发展和经济水平的提高，技术手段虽然得到了长足的进步，但是戏曲艺术却逐渐式微，因此戏曲影视剧无法得到大量投资者们的青睐，从而影响了戏曲影视剧的制作。

但是由于电影和电视剧艺术载体的不同，红楼戏曲电影和红楼戏曲电视剧在一些方面仍有差异。红楼戏曲电影一般由经典的红楼舞台剧改编而来，如越剧《红楼梦》、京剧《尤三姐》《红楼二尤》、昆剧《红楼梦》等。一方面，舞台剧的演出时间及剧情结构与电影比较相似；另一方面，久经锤炼的戏曲舞台剧在一次次的演出中得到了观众的认可，甚至以其艺术魅力成了舞台上的精品。将这些舞台精品搬上银幕，不仅可以保证其艺术水准，也能有广泛的观众基础。而电视剧一般都是连续剧，剧情较长，往往多是新创剧本，缺少直接改编舞台剧的诸多先天优势。

三、红楼影视剧。当代大陆红楼影视剧中比较有影响力的是谢铁骊导演的六部八集电影《红楼梦》、王扶林导演的36集电视剧《红楼梦》和李少红导演的50集电视剧《红楼梦》。这三部红楼剧均以整本小说为改编对象，全景式地搬演了小说原著，编导对小说的不同理解和差异化的艺术追求使得三部作品呈现出完全不一样的风貌特征：其一，这三部红楼剧对小说版本的选择不同，使得其人物形象塑造、故事情节演绎、悲剧意蕴诠释均有较明显区别。李少红版《红楼梦》和谢铁骊版《红楼梦》都以高鹗续书作为改编蓝本，因此在人物命运和悲剧意蕴上比较相似，但也有差异。谢铁骊版电影对程高本小说的剧情结构进行了重新剪裁与构建，而李少红版电视剧则完全遵照程高本顺序进行演绎。毫无疑问，不管如何结构剧情，这两部红楼剧的悲剧意蕴都有所削减，这是其所依据的版本决定的。王扶林版《红楼梦》以脂批线索和红学理论研究成果作为改编依据，悲剧意蕴更加浓烈。其二，时代氛围和导演风格使得三部红楼剧在演员选择方面有较大差异。王扶林版电视剧采用海选的形式在全国各地挑选演员，并将所有演员安排在一个封闭的环境里生活学习了三年，因此演员表演多能达到"形神兼备"。谢铁骊在挑选演员时选择了在当时就较有名气的明星来担任主角，利弊共存。李少红版电视剧以"红楼梦中人"大型选秀节目为平台挑选演员，最后主演又没有由竞选出来的演员担任，浓郁的商业气息导致了演员挑选的不成功。其三，科技手段的发展与导演艺术风格的差异，使三部红楼剧在处理"太虚幻境"等场面时呈现出迥然不同的艺术风貌。王扶林版《红楼梦》直接舍弃了虚幻的故事情节；谢铁骊版电影以"太虚幻境"开场，以神话故事收尾。李少红版则完全遵照原著演绎虚幻的故事情节，高科技手段的运用营造出了更为神秘梦幻的意境，较之谢铁骊版电影可以看出时代与科技的进步。本书认为"太虚幻境"作为小说中的一个重要情节应当予以保留，王扶林版《红楼梦》直接舍弃了该情节，突出了现实主义的主题，却也因此使得该剧缺乏了灵动的浪漫主义情怀。但即便是保留该情节，也需要很好地处理好与主题的关系和那种如梦如幻的艺术境界，否则容易流入"宿命论"的泥潭或走向鬼魅神秘，确实不好把握。谢铁骊版电影以两个虚幻故事首尾呼应，客观上造成了剧中人物遭际乃前世命定的感觉。李少红版电视剧多是对原著虚幻情节的纯粹复制，于剧作的主题少有助力，尽管可以看出时代与科技的进步，但是多数地方在艺术境界上没有达到理想的效果。

　　四、红楼话剧。当代大陆红楼话剧仅有两部，一部是气势恢宏的全明星景观话剧，一部是小剧场先锋实验性话剧。然而这两部话剧均难称得上成功，原因如下：其一，主题思想比较模糊，观众常常因不知所云而理解起来困惑重重。其二，人物形象塑造完全背离了观众心目中对既定人物形象的心理期待与心理暗示，尤其是主角贾宝玉和林黛玉的人物形象塑造，遭到了观众的一致诟病和批判。其三，故事情节支离破碎，剧情构建荒诞离奇，既没有达到小说原著现实主义的高度，亦没有原著中的浪漫主义情怀。

下 篇

第六章　红楼剧对小说《红楼梦》的接受

第七章　红楼剧的人物表演与意境营造

第八章　时代氛围对红楼剧改编的影响

第六章　红楼剧对小说《红楼梦》的接受

刘心武在《刘心武揭秘红楼梦》一书的自序中曾有过这样的描述："我曾经参观过一个古物修复所，目睹了那里面专家技师们的工作。比如说，有一只古代瓷瓶，他们得到时只有三分之二大体完整，其余全是碎片，而且碎片不全，怎么办呢？他们用很长时间，非常耐心地，先做好一个胎子，把最容易恢复的较为完好的那部分先摆好，然后就拿镊子，把编了号的那些碎片，一片一片地想办法重新拼合粘连起来……最后将一个珍贵的古瓷瓶复原。"[1]面对《红楼梦》这部"断臂的维纳斯"，相信每一位红楼梦剧的编剧和导演都在自觉与不自觉中进行着修复工作。他们对艺术形象的塑造不仅仅受到了不同版本和时代思潮的影响，也在一定程度上受到了"红学"研究的影响，同时还受到各个艺术门类所独有的艺术特性的影响。

红楼剧作为艺术作品，无论以何种艺术形态出现在观众面前，都离不开对小说文本的接受过程和自身的艺术再创作过程。也就是说，红楼剧的"艺术接受"与对小说原著的"文学接受"是息息相关的。"'文学接受'一词是随着20世纪六七十年代德国接受美学（Reception Aesthetics）的兴起而广泛流传的。文学接受被认为是一种以文学文本为对象、以读者为主体、力求把握本文深层意蕴的积极能动的阅读和再创造过程，是读者在审美经验基础上对文学作品的价值、属性或信息的主动选择、接纳或抛弃。"[2]《红楼梦》小说原著成书过程的复杂性以及卷帙浩繁的"红学"研究论著使得红楼剧对小说《红楼梦》的接受呈现出多元化的特点。红楼剧对小说的接受可以说主要是或者多是对小说本身以及"红学"研究成果的认可、接纳与摒弃。当然也有编导撇开了小说与学术研究成果纯以自己的理解演绎者如张广天版话剧《红楼梦》等，但这种情况为数甚少。本章将从版本接受、悲剧意蕴诠释以及神话故事取舍等层面探讨红楼剧对小说原著的"文学接受"。

红楼剧对小说版本的接受主要是存在于可以容纳小说全部内容的长篇电

1　刘心武：《刘心武揭秘红楼梦》，江苏：江苏人民出版社2011年版，自序。
2　童庆炳：《文学理论教程》，北京：高等教育出版社2006年版，第317页。

视连续剧之中，如王扶林的1987年版《红楼梦》和李少红的2010年版《红楼梦》。王扶林版电视剧摒弃了高鹗续书，而以"脂评抄本"所提供的线索以及"红学"研究成果为改编蓝本。李少红版电视剧则完全以高鹗续书的120回《红楼梦》作为改编蓝本。红楼剧对小说版本的差异化接受主要体现在小说的后40回，因此以小说前80回故事情节为主线的红楼剧不存在版本的选择问题。但出于时空限制或艺术构思的要求，编导往往会对小说原著的故事情节而进行适当地裁剪或重组。

红楼剧对小说的接受毫无例外地将其作为一个悲剧，只是对其悲剧意蕴的演绎也略有不同。红楼剧对小说悲剧意蕴的诠释主要体现在四个方面：石头的悲剧、宝黛爱情悲剧、群芳凋零悲剧和封建贵族家庭衰亡悲剧。石头的悲剧很难作为全剧的主线构架起一部完整的剧目，因此对石头悲剧的演绎通常隐匿在宝黛爱情悲剧之中。红楼剧多以宝黛爱情悲剧为主线，如越剧《红楼梦》、昆剧《红楼梦》、黄梅戏《红楼梦》，但仅就这几部剧而言亦有不同。越剧《红楼梦》纯粹以宝黛爱情悲剧为全剧重心。昆剧《红楼梦》则辅以封建贵族家庭衰亡这条副线。黄梅戏《红楼梦》则更为侧重宝玉的心路历程，体现了宝玉反封建的叛逆性格。电视剧《红楼丫头》和梁永璋导演的30集越剧电视剧《红楼梦》以"千红一窟（哭）、万艳同杯（悲）"的人物命运为主线，体现了群芳凋零的悲剧主题。王扶林版电视剧《红楼梦》和李少红版电视剧《红楼梦》则比较完备地演绎了多重悲剧主题，其中王扶林版电视剧对曹雪芹小说悲剧意蕴的开掘更为彻底。

曹雪芹在创作《红楼梦》时不仅用现实主义的笔法为读者描绘了真实的"大观"世界，更是用浪漫主义笔法虚构了一个"太虚"世界。正所谓"假作真时真亦假，无为有处有还无"，曹公笔下的"太虚幻境"与神话故事也是小说原著不可分割的一部分。红楼剧对小说虚幻世界的接受却大不相同。王扶林版电视剧直接舍弃了小说原著中的虚幻世界。李少红版电视剧对太虚幻境及神话故事均有演绎。谢铁骊版电影《红楼梦》则以太虚幻境开场，以绛珠仙子和神瑛侍者的神话故事收尾。戏曲舞台剧由于时间、空间的束缚，大多没有演绎虚幻世界。偶尔几部戏曲舞台剧演绎了太虚幻境，也仅仅是通过舞台烟雾营造了仙境的氛围，然后是衣袂飘飘的仙姑在舞台上走一个过场，本质上并没有体现小说原著对虚幻世界描述的深层次意义。

第一节 红楼剧与小说版本的关系

红楼剧改编所要面对的首要问题便是版本选择问题。对不同版本的择取，关乎红楼剧的主题、风格、情节、人物塑造等各个方面。不同版本的小说在主题思想、章回篇目、情节繁简、美学倾向、艺术成就等方面都会有所不同。红学研究状况、改编的文化环境、大众对小说文本的接受也是红楼剧改编版本选择的制约因素。由于《红楼梦》成书和流传过程的复杂性以及出现时间早晚不同，造成各版本来源不一，各版本间残存回数有别，文字歧异众多，而思想内涵也有差异。清乾隆十九年（1754），《红楼梦》前80回已有脂砚斋重评本（甲戌本）。乾隆五十六年（1791），程伟元、高鹗刊行了120回本。《红楼梦》后40回研究是《红楼梦》研究中争论较多的问题，主要包括作者及评价两方面。对于后40回，程伟元、高鹗在程甲本、程乙本卷首一再强调是搜集整理曹雪芹原稿而成。而自胡适以来的红学家，列举了大量证据，证明程高本后40回乃高鹗所续。自胡适、俞平伯之后，高鹗续后40回说几成定论。红楼剧大多依照这两个版本进行改编，有些剧目综合了两个版本的情节内容，有些剧目则以红学家的探佚式小说为改编对象。更有甚者，编导仅仅取小说原著的人物与典型情节进行了完全颠覆式地改编，故事情节与人物形象塑造与原著相比相去甚远。

一、红楼剧对小说版本的几种选择方式

（一）以脂批抄本为基础改编的全本红楼剧

以脂批抄本为基础改编的全本红楼剧仅有一部，即王扶林版电视剧《红楼梦》。该剧在剧本改编方面没有选择高鹗续书的后40回情节内容，而是以脂评线索和当时的学术研究成果为依据进行的改编，演绎了一个彻头彻尾的大悲剧。剧中荣宁二府被彻底查封，府上的家人和奴隶被拉到市集变卖为奴；贾政、贾赦等人被流放；王熙凤被贾琏休弃，贾府被查抄后又与宝玉一起被关进了监狱，最后在狱中病逝，死后连一副像样的棺椁都没有，一张破草席卷裹着这位昔日的当家二奶奶走向了茫茫雪地；巧姐儿被舅舅王仁卖进了窑子，多亏了刘姥姥卖房子卖地才得以赎身；湘云流落风尘，与宝玉在江边偶遇，但此时的宝玉亦颓废潦倒，根本无力救助湘云逃离苦海；探春远嫁；惜春出家；元春薨逝；迎春被"中山狼"逼迫而死；该剧中宝玉的结局也甚为凄凉，宝玉多亏了小红和贾芸的帮助才逃离了狱神庙，颠沛流离之时幸遇蒋玉菡和袭人，蒋玉菡将宝钗赎出与宝玉团圆，但此时的宝玉已看破红尘，在宝钗到来前消失在了茫茫风雪中；该电视剧又将"秦可卿死封龙禁尉"的故事情节改为"秦可卿淫丧天香楼"，这完全是依据脂评线索来改编的。

但是该剧仍有不尽如人意的地方，如该剧并没有采用大家所熟知的调包

计，黛玉临死前，宝玉并不是处于疯傻痴呆状态，而是离家在外。等宝玉归来之时，黛玉已经香消玉殒，宝玉明明知道黛玉的死讯，却依然与宝钗成了亲，喜庆的氛围直到家人报"元妃娘娘薨逝"才转为悲切。笔者认为这种改编应该是该剧的一大败笔，高鹗续书虽然一直遭到专家学者的质疑，但"调包计"却得到了读者和观众的认可。尤其是越剧《红楼梦》中，"黛玉焚稿""金玉良缘""宝玉哭灵"等唱段，更是令人寸断肝肠、魂牵梦绕。相比而言，王扶林版电视剧对黛玉之死、宝玉成婚、宝玉悼黛玉等故事情节的艺术处理并不能引起观众的共鸣，其悲剧氛围也因此而大打折扣。

（二）以高鹗续120回本为蓝本的红楼剧

1. 全本红楼剧

以高鹗续书为改编蓝本的全本红楼剧共有两部：李少红版电视剧《红楼梦》和谢铁骊版电影《红楼梦》。

李少红版电视剧《红楼梦》以中国艺术研究院红楼梦研究所校注的120回《红楼梦》通行本作为创作底本，以15集左右的篇幅来反映高鹗的后40回。该版电视剧企图通过忠实于120回《红楼梦》的策略与1987年版的电视剧相区别，以实现对1987年版电视剧《红楼梦》的超越，但结果却事与愿违。其原因固然与商业运作方式、导演艺术水准、演员表演水平、奇特服装造型、另类背景音乐等息息相关，但版本选择上对高鹗续作全盘照收不误也是其遭到观众与学者批评的一个原因。谢铁骊版六部八集电影《红楼梦》也是以高鹗续书作为改编蓝本，只是在故事情节的剪裁与编排上与高鹗续本有所区别。故事情节内容、人物命运结局则完全遵照高鹗续本来改编。因此在与版本的关系问题上，可以将李少红版电视剧与谢铁骊版电影统而论之。

首先，依据高鹗续书思路，这两部剧改变了《红楼梦》乃是一部彻头彻尾的大悲剧的结局，说贾府在抄家后并未受到巨大的冲击，在北静王等人的求情下贾政又恢复了世职。在宝玉的结局上，高鹗续书第119回的回目是《中乡魁宝玉却尘缘，沐皇恩贾家延世泽》[1]，李少红版电视剧与谢铁骊版电影都如实地遵照此故事情节演绎。如此看来，除了宝玉出家以外，贾府依然可以说是"钟鸣鼎盛、富贵延年"，一派大团圆的气象。这种演绎极大地削弱了曹雪芹原著的悲剧色彩。其二，"根并荷花一茎香，平生遭际实堪伤。自从两地生孤木，致使香魂返故乡"[2]。根据红学家们的探佚这首诗是香菱（即英莲）的判词，"自

1　曹雪芹：《红楼梦》，北京：人民文学出版社1995年版。
2　曹雪芹：《红楼梦》，北京：人民文学出版社1995年版。

从两地生孤木，致使香魂返故乡"预示着自从薛蟠娶了夏金桂以后，香菱便不堪夏金桂的折磨而早逝。但电视剧以高鹗续书为蓝本，夏金桂不仅没有害死香菱，反而误服了毒药害死了自己。这也与曹雪芹原意不符。其三，李少红电视剧与谢铁骊版电影采用的是"秦可卿死封龙禁尉"的故事情节，而红学界一致认为"秦可卿淫丧天香楼"更符合曹雪芹的原意。秦可卿与公公贾珍之间的暧昧关系也通过焦大之语"爬灰的爬灰"展现在读者的面前。其四，小说中王熙凤的判词是"一从二令三人木，哭向金陵事更哀"，预示着王熙凤的结局是被休弃回金陵。王熙凤原本就不得婆婆邢夫人的待见，老祖宗死后她便失去了在贾府最大的靠山，加上她没有生育儿子，在"不孝有三，无后为大"的封建社会，她完全具备"七出之条"。此外，她害死了尤二姐，怂恿张华兴讼，放高利贷，在铁槛寺弄权，桩桩件件的事情都有可能败露导致贾琏将她休弃。高鹗续本中王熙凤不仅没有被贾琏休弃，甚至在其死后贾琏念及凤姐素日的好处，悲哭不已。李少红电视剧亦以此情节为改编蓝本，只是在凤姐临死前增添了她与尤二姐鬼魂的一段对话，鬼魅阴森的氛围削弱了观众对王熙凤这个复杂人物的思索与感叹。谢铁骊版电影则在王熙凤临死前安排了刘姥姥进府，王熙凤向刘姥姥托付了自己的女儿巧姐之后才含恨而去。尽管高鹗续书对凤姐的结局以悲剧收场，但他忽略了判词中凤姐被休弃的情节。因此也与前80回中的"伏笔"不甚吻合。

2. 非全本红楼剧

非全本红楼剧多以宝黛爱情悲剧为主线，它们基本上都改编自120回的高鹗续本，采用了"调包计"的故事情节，如越剧《红楼梦》、黄梅戏《红楼梦》、昆剧《红楼梦》。黛玉焚稿与金玉良缘，悲喜两重天，强烈的反差营造了极大的戏剧张力，因此备受编导和观众的喜爱。越剧《红楼梦》中"黛玉焚稿""宝玉哭灵"的唱段感动了无数青年男女。黄梅戏《红楼梦》中宝玉和黛玉被众人抬起，生生分别在阴阳两世更是紧紧地揪住了观众的心。昆剧《红楼梦》更是借鉴了电影蒙太奇的艺术手法，将"黛玉焚稿"与"金玉良缘"安排在同一舞台的不同表演区内，强烈的气氛对比烘托出了更为浓郁的悲剧氛围。

（三）两个版本综合为用的红楼剧

许多红楼剧并不拘泥于对某一版本的选择，而是将脂批抄本和高鹗续书综合为用，这种现象不仅体现在电视剧的全本改编上，还体现在截取小说部分情节为剧情的红楼剧上。

梁永璋导演的30集越剧电视剧《红楼梦》就综合了脂批抄本与高鹗续书，甚至个别人物的性格、命运和结局在各个版本的基础上做了一定程度的扩充和揣测式的演绎。首先该版电视剧受到脂批抄本的影响，以"秦可卿淫丧天香楼"替代了高鹗续本的"秦可卿死封龙禁尉"这个故事情节。该情节一直是红学界的一个未解之谜，秦可卿究竟是谁？她到底与公公贾珍的关系怎样？她为什么会淫丧天香楼？诸多问题在红学界并没有定论。但与"秦可卿死封龙禁尉"相比，几乎所有的专家学者都认为"秦可卿淫丧天香楼"更符合曹雪芹的原意，也更能表现这个道貌岸然的诗礼簪缨的封建大家族的龌龊和虚伪。脂批本更是明确表示曹雪芹原本的回目是"淫丧天香楼"，但是出于种种原因被删除了。越剧电视剧《红楼梦》不仅还原了"秦可卿淫丧天香楼"的故事情节，而且对秦可卿的内心世界进行了深刻地挖掘和演绎。其二，该版越剧电视剧对宝黛爱情悲剧的演绎依然采用了高鹗续本的"调包计"。一边是金玉良缘、洞房花烛，一边是焚稿断痴情、香魂返故乡；一边是锣鼓喧天、鞭炮齐鸣，一边是冷冷清清、呜咽悲啼；一悲一喜、一静一闹，强烈的反差和对比不仅拥有极强的戏剧张力，更烘托出了一种震撼人心的悲剧氛围。其三，该版电视剧在综合了各个版本的基础上进行了适度的扩充和揣测式的演绎。小说对瑞珠之死几乎是一笔带过，给观众留下了不少悬念。电视剧在探佚学的基础上将瑞珠之死的原因和详情进行了细腻生动的演绎，甚至通过大段唱词表达了瑞珠的心理活动。此外，该剧还对金钏之死、龄官之死等进行了较为详尽的演绎。

电视剧《黛玉传》也以脂批抄本和高鹗续本为改编依据。该剧依然恢复了"秦可卿淫丧天香楼"的故事情节，与其他红楼剧不太一样的地方是，该剧中的秦可卿并不是受到贾珍的淫威而屈从于他，可卿与贾珍之间是存在感情的。由此看来，该剧的编导也许受到了刘心武探佚学的影响，但是该剧并没有因此而展开演绎，编导的想法不得而知。但可以肯定的是，该剧在这个情节处理上并没有采用高鹗续本进行改编。《黛玉传》对"黛玉之死"采用的是高鹗的续本，即"调包计"。

（四）取材于前80回原著的红楼剧

小说中有争议的故事情节主要在后40回，前80回除了"秦可卿淫丧天香楼"的故事情节外，基本上没有太多异议。因此节选自前80回的红楼剧基本上没有版本选择问题，如京剧《红楼二尤》、京剧《尤三姐》、京剧《王熙凤大闹宁国府》、昆剧《晴雯》、粤剧《宝玉哭晴雯》、越剧《宝玉与晴雯》、黄梅戏《王熙凤与尤二姐》等。

（五）以探佚成果为改编依据的红楼剧

姚守刚导演的电视剧《秦可卿之谜》是根据刘心武的小说《秦可卿之死》改编而来。刘心武根据小说中的蛛丝马迹推测秦可卿的身世可能极为富贵，因为如果她是养生堂的弃婴，那么她很难与贾府攀亲，更别说得到贾府尤其是贾母的赞许。刘心武认为秦可卿的身世不仅尊贵，而且涉及权势之争，她是贾府的一种政治投资。然而，秦可卿一族最后失败了，这也直接导致了她的悲剧命运。电视剧《秦可卿之谜》淡化了朝代性，故事情节却几乎完全依照刘心武的小说改编而来。剧中老皇帝最宠爱的秦妃怀了皇子唐王的孩子。老皇帝为维护颜面决定不追查此事，他传旨"留妃不留后"。秦妃生下女儿秦可卿后自尽身亡。贾珍视秦可卿为政治赌注，将其接进北京贾府。秦可卿天生丽质、聪明过人、性格敏感、处事平和，得贾母庇护，获阖府好评。然而，皇宫大内的权势斗争最后以郑王登基、唐王失势告终。因此在百般无奈、心灰意冷之时，秦可卿选择了自缢来结束自己悲剧的一生。

（六）编导自创情节为主的红楼剧

一些红楼剧是编剧或导演按自己的想法创作出来的，如川剧《王熙凤》、龙江剧《荒唐宝玉》、越剧《大观园》、电视剧《刘姥姥外传》、京剧《红楼十二官》、川剧《红楼外传》、电视剧《红楼丫头》等。这些剧与小说之间虽有联系，但又不是直接改编自小说原著。大体上可分为三种情况，一是保持原著主题以及人物基本形象，仅仅新增了一些情节强化小说原有思想；二是人物取自小说，情节则多虚构；三是完全颠覆了小说中的人物形象、故事情节以及主题思想。

第一种情况，新创情节、强化原著主题的红楼剧。

这种情况有龙江剧《荒唐宝玉》、川剧《王熙凤》等。《荒唐宝玉》以贾宝玉作为全剧的核心构架故事情节，尽管该剧中的贾宝玉会唱二人转，甚至串戏演起了"猪八戒背媳妇"。但该剧始终突出了宝玉的叛逆性格与民主意识，因此在总体上较为符合原著的精神主旨，同时也获得了观众的认可。川剧《王熙凤》虚构了王熙凤与贾珍夺取省亲别墅的修建权等故事情节，甚至将"秋桐"一角分为两个角色——"桐花"与"秋月"，但这种故事情节的虚构丝毫不影响主题思想的呈现与人物形象的塑造，因此较为符合原著的精神内涵。

第二种情况，人物取自小说，情节则多虚构。

属于这类的红楼剧有电视剧《刘姥姥外传》、川剧《红楼外传》。这两部红楼剧除了借用小说中的人物姓名和某些故事情节外，均与小说没有必然的关联。

第三种情况，对小说进行颠覆式改编的红楼剧。

主要体现在两部话剧上，即张广天版话剧《红楼梦》和陈薪伊版话剧《红楼梦》。这两部话剧在人物形象塑造、主题思想确立以及剧情结构构架上均与小说原著有较大差异。导演用后现代的艺术手法，将自己的主观思想融入戏剧改编之中，更多地体现了对原著的颠覆与解构。具体表现在以下几个方面：其一，主题思想比较模糊，小说中最重要的宝黛爱情悲剧在话剧中亦被解构得面目全非，张广天版话剧中宝玉和黛玉甚至从未一起登台。封建家长制对宝黛爱情的摧残在陈薪伊版话剧中略有体现，但亦不是小说中原有的形态。其二，人物形象塑造完全背离了观众心目中对既定人物形象的心理期待，尤其是主角贾宝玉和林黛玉的人物造型，遭到了观众的一致诟病和批判。导演甚至将现代性的话语加诸角色表演之中，使得整个人物的形象与气质显得不伦不类。其三，故事情节支离破碎，剧情构建荒诞离奇，既没有达到小说原著现实主义的高度，也没有原著中的浪漫主义情怀。两部话剧仅仅以小说原著中的经典情节为噱头进行演绎，人物对白、故事情节发展均没有依照原著进行改编。

二、小说版本与红楼剧成败的关系

总而言之，面对《红楼梦》原著复杂的版本情况，改编者都根据自己的理解和要表达的主旨，对版本进行了自由地选择。我们不能要求改编者像版本学家那样，对《红楼梦》的版本一一做考证，但改编者却应该通过自己的作品表达出对《红楼梦》的独特理解和创作旨趣。这是一个见仁见智的问题。从忠实于原著的角度看，笔者认为真正地尊重原著，应该是尊重曹雪芹原著的思想，脂本虽不完整，但脂批内容却涉及80回以后的一些情节线索，由此大体能"探佚"出全书之结局乃"彻头彻尾之大悲剧"，较之高鹗续本更为符合曹雪芹原著精神。但并非与脂批内容不合就一定会削减其多少价值，这之中涉及很复杂的问题。因为根据脂批推演的情节具有很大的不确定性，相关的研究成果也是众说纷纭、莫衷一是，因此容易受到普通观众的质疑。

王扶林版《红楼梦》之所以取得成功，不能说与其选定的版本无关——大悲剧的结局更能震撼人心，更能揭示出封建社会大厦将倾的历史发展趋势，相对说来主题更为深刻。但对于王扶林版《红楼梦》来说，绝不是这个结局造就了他的成功，相反，恰恰是这个结局探佚出来的成分太多，才使这部剧受到不少质疑和批评。即毫无疑问大悲剧的结局是深刻的，观众也是认可的，能够接受的，但怎么个悲剧法儿，还是见仁见智的。也就是说，王扶林版《红楼梦》绝不仅仅是他所使用的版本造就了他的成功。演员形象符合大众审美期待，表演得入木三分等，都是其成功的重要因素。但是他的败笔也有，甚至就在"要害部位"——高鹗补本对黛玉之死写得多么惊心动魄，王扶林版却给改了，这使多数观众都不能接受。

李少红版《红楼梦》是对高鹗续本的照搬。但是她的版本不为大众认可，同样版本的选择也不是失败的主要原因，甚至可以说根本就不是其失败的原因。因为尽管高鹗续书与曹雪芹原意不甚吻合，但除了"贾府中兴、兰桂齐芳"遭到普遍质疑外，读者对其他故事情节还是欣然接受或者是默认的。尤其是高鹗续本对"黛玉之死"的描写感动了无数读者。舒芜说："一百七八十年来，哪一个普通的读者，读后印象最深最深的，不是'焚稿断痴情'和'魂归离恨天'这几段？人们不知道什么前80回与后40回之分以前，谁会相信这个结局不是出自原作者之手？就是现在，我仍坚决认为，如果抽掉了这个结局，一部《红楼梦》的感人力量，至少损失了一半，甚至还不止一半。"[1]舒芜的看法是绝对有道理的！李少红的失败，在于对小说和电视剧两种艺术样式表现生活的本质差别认识不够，或者说混淆，将小说中的一切都不加选择地搬上舞台，这才是其为人诟病的主要原因。比如说，为了完全地遵照120回本原著，该剧通过快进镜头来缩短电视剧的叙事时间，通过画外音来介绍环境或剧情。快进镜头的运用甚至使某些观众产生幻觉，以为电视机出现了故障；无处不在的画外音更是让网友戏谑为"广播剧"。此外，演员的形象、表演的水平等，也都一定程度为这种不成功起了推波助澜的作用。

　　相比之下，同样以高鹗续本为改编蓝本的谢铁骊版电影《红楼梦》则得到了专家学者的较大认可。但这部作品生不逢时，它紧随王扶林版电视剧之后放映，观众的注意力自然更多地被先入为主的电视剧所吸引。此外，六部八集的电影长度需要观众连续几日去电影院观看，这种耗钱耗时的观演方式与在家收看免费的电视剧相比，观众自然更愿意选择后者。这也是该部影片没有取得与之相配的社会影响力和赞许度的重大原因。

　　探佚式小说根据脂批本中的蛛丝马迹推断出人物的命运、结局，有一定的道理，虽有过度推断之嫌，但从虚构本来就是戏剧艺术的特点而言这种推测是无可非议，只要它言之有理。更何况一些探佚剧的思想并不乏深刻，如涉及秦可卿之死等剧，对贾府这个号称诗礼簪缨之族的封建大家族的虚伪、腐朽、堕落的揭露，对政治斗争复杂性的揭示，都值得称道——虽然从红学研究角度看，探佚式小说的结论还有许多值得推敲与商榷的地方。

　　编导自创红楼剧更多地体现了编导的个人思想与艺术风格，更多地体现了探索性思维，表现了我们这个百花齐放时代的艺术自由。但无论如何，笔者认

---

[1] 舒芜：《说到辛酸处，荒唐愈可悲———关于〈红楼梦〉后四十回一夕谈》，转引自宋浩庆：《红楼梦探———对后四十回的研究与赏析》附录二，北京：北京燕山出版社1992年版。

为,《红楼梦》自身所表达的主题思想、塑造的人物形象、创造的故事情节等已经是文学史上的经典,我们首先应该怀着一颗敬畏之心来改编这部作品,才能在戏剧中创造出能与之匹配的作品。

小说《红楼梦》是经典,无论是前80回本还是高鹗续本,都是如此。尽管高鹗续本批评者很多,也很尖锐,但是不能否定它在《红楼梦》成为一部完整小说方面的巨大作用。胡适就高度评价高鹗续作,他说:"还有那最重要的'木石前盟'一件公案,高鹗居然忍心害理的教黛玉病死,教宝玉出家,作一个大悲剧的结束,打破了中国小说的团圆迷信。这一点悲剧的眼光,不能不令人佩服。我们试看高鹗以后,那许多'续红楼梦'和'补红楼梦'的人,哪一人不是想把黛玉、晴雯都从棺材里扶出来,重新配给宝玉?哪一个不是想做一部'团圆'的《红楼梦》的?我们这样退一步想,就不能不佩服高鹗的补本了。我们不但佩服,还应该感谢他,因为他这部悲剧的补本,靠着那个'鼓担'的神话,居然打倒了后来无数的团圆〈红楼梦〉,居然替中国文学保留了一部有悲剧下场的小说!"(《〈红楼梦〉考证》)[1]胡适说的是对的!正如有的学者所说,高鹗续作,"人物性格基本上与前八十回衔接。主要人物宝玉、黛玉、宝钗、王熙凤等性格的主要方面基本一致,次要人物鸳鸯、司棋、袭人等刻画得也有出彩之处。此外,后四十回不乏精彩之处。如潇湘惊梦、黛玉焚诗、金桂放泼等。总的来说,〈红楼梦〉后四十回与前八十回已然成为一个艺术整体,虽然后四十回较之前八十回略有逊色,但它并没有失去作为一部世界名著的光彩。二百年来,〈红楼梦〉主要是以一百二十回本行世的,因而倍受海内外读者所热爱,这是为大多数读者所承认的事实"。[2]

当然,我们虽然肯定高鹗的功绩,但也不能不看到续本的遗憾,这遗憾最主要的就是结尾的"团圆"太俗套,削弱了原著深邃的思想。因此笔者认为,红楼剧对小说的改编,在对版本的选择上,应该二者参用。最重要的,是要演绎出曹雪芹原本的大悲剧结局(当然如何使这个大悲剧更符合人物命运之逻辑和曹雪芹之原意,如何更加震撼人心,如何更能揭示出深邃的主题,仍然需要继续"探佚");同样重要的,是高鹗续写的"黛玉之死"绝不能舍弃或改变。而其他,如秦可卿之死的问题,香菱命运的问题等,借助脂批本的探佚成果来演绎似乎应该更好。至于其他,就看编导的水平和悟性以

---

[1] 转引自何卫国:《试论电视剧〈红楼梦〉改编版本选择的制约因素》,《红楼梦学刊》,2006年第6辑。

[2] 何卫国:《试论电视剧〈红楼梦〉改编版本选择的制约因素》,《红楼梦学刊》,2006年第6辑。

及演员的演绎了。因为小说《红楼梦》本来就是经典，它思想内涵的博大精深和人物塑造的出神入化，无须编导再去挖掘什么、弥补什么、完善什么，能完美地准确地传神地把它演绎出来、诠释出来，就很不容易了。

第二节　红楼剧对悲剧意蕴的诠释

最早对《红楼梦》的悲剧做出系统研究的，是近代杰出学者王国维先生。他在1904年发表的《红楼梦评论》就是一篇专门探讨《红楼梦》悲剧精神的文章。王国维以叔本华的美学理论作为评论《红楼梦》的理论基础。叔本华与王国维的悲剧理论具有形而上的哲学色彩，《红楼梦》剧则通过人物角色的命运、故事情节的发展以及生动鲜明的角色塑造体现了四大悲剧意蕴。"无才可去补苍天，枉入红尘若许年"是"石头"的悲剧，更是以曹雪芹为代表的中国古代失意文人的悲剧。空有满腹才情与治国抱负，却英雄无用武之地，虽然历经了花柳繁华、昌明鼎盛的骄奢时光，到头来也看破了这红尘岁月，依旧随着一僧一道归于太虚。"千红一窟（哭）""万艳同杯（悲）"是大观园中众多青春女子的命运归宿，无论是光耀门楣的贤德贵妃还是千金之躯的侯门小姐，无论是嫁为人妇的贵族少奶奶还是待字闺中的青春少女，都逃脱不了悲剧命运的枷锁。至于侯门府第的丫鬟、下人们就更是生如蜉蝣、命如草芥了。"呼喇喇大厦将倾"是封建贵族家庭衰亡没落的悲剧。作者以史诗般的文笔为读者构建了一部大规模的、令人叹为观止的社会悲剧。曾经叱咤风云的钟鸣鼎食之家，历经几代腐朽、奢靡的贵族生活后，终于由内而外地开始了它摧枯拉朽般的毁灭之旅。曹雪芹为读者展示了一幅由盛而衰的"末世"图，作者带着强烈的悲剧意识表达了"作者自己'无才补天'的深重悲哀、对痴男怨女爱情悲剧的深切痛惜、对红颜薄命女子不幸遭遇的沉痛悲悼、对贵族家庭由盛而衰的深切惋惜、对整个人生空幻的无限感伤"[1]。红楼梦剧多以宝黛爱情悲剧为主线，以贾府兴衰为背景来铺叙故事。当然也不乏以大观园中众女儿的悲剧命运为主线，或者以"石头"的遭遇为主线来结构故事的剧目，但其毕竟是少数剧目。红楼梦剧从整体上把握了小说原著的悲剧意蕴，尽管这种悲剧基调的奠定不如小说原著那样深厚而富有深意，却也真切地让观众感受到了《红楼梦》是一部伟大的悲剧。

---

[1] 宋子俊：《略论曹雪芹的主观思想与〈红楼梦〉的客观意蕴》，《红楼梦学刊》，1997年第3期。

一、痴顽石头——个人的悲剧：理解欠深、分寸欠准

鲁迅在《中国小说史略》中讲到贾宝玉时说："悲凉之雾，遍被华林，然呼吸而领会者，独宝玉而已。"[1]曹雪芹生活的时代，封建制度已经走向衰落，但封建伦理道德却依然神圣不可侵犯。因此贾宝玉不满封建礼教束缚，追求个性解放的行为，被当时的正统思想视为"痴"、"呆"、"疯"、"魔"。但尽管宝玉对旧的伦理道德体系并不认同，但他也没有非常明确的社会理想和人生理想。"在现实生活中既找不到出路，更不能代表新的阶级力量向封建制度发起进攻，而只能'作为垂死阶级的代表起来反对现存制度，或者反对现存制度的新形式'，这才是他们悲剧结局的真正阶级根源。"[2]贾宝玉是封建贵族阶级的"叛逆者"，他认识到了封建礼教的腐朽，不愿与之同流，却也找不到更先进的东西来反抗旧有的制度。因此一方面宝玉会骂追求功名利禄的人为"禄蠹"，另一方面，当自己的爱情和希望都破灭之后，他最终的归宿也只能是出家为僧，离开俗世凡尘。

完全以宝玉的心路历程为主线组织故事情节的红楼梦剧有黄梅戏《红楼梦》和龙江剧《荒唐宝玉》，这两部戏曲舞台剧都表现了宝玉反抗封建礼教，追求平等自由的民主思想，一定程度上有拔高人物境界的倾向。黄梅戏《红楼梦》展露了宝玉的民主、叛逆思想。宝玉对戏子琪官不仅平等相待而且极为尊敬与欣赏；对老爷不让读《西厢记》这样的好书感到愤愤不平；挨打后宝玉看望黛玉时的一段独白，更是体现了他反抗封建缰绳束缚的一面；最后得知林妹妹已死，他终于不顾一切后果，推开围上来的人，坚定地喊出一个不向封建势力低头屈服的叛逆者的反抗呼声："我找林妹妹去！"曹雪芹、高鹗笔下的贾宝玉是出生在钟鸣鼎食之家、翰墨诗书之族的封建贵族公子，"而在同名黄梅戏中，这位经过'现代意识'改造的贾宝玉却成了一个敢于砸破旧社会的自觉斗士，一个具有资产阶级民主革命意识的思想先知先觉者。这是明显有悖原著的。为支撑这个创作意图，作者虚构了两个场景。一是让蒋玉菡出逃，宝玉对此表示极大的理解，而蒋的'做一个飘飘洒洒的自由人'的追求更坚定宝玉照本来样子生活的信心，最后促成了宝玉的出走。二是让宝黛二人对着怡红院大门又踢又砸又烧，借以展现二人对封建势力的强烈反抗和必除之而后快的斗争精神。翻开原著百二十回，我们却连一个影子也找不到。试问，曹老先生笔下

1　鲁迅：《中国小说史略》，北京：中华书局出版社2010年版，第151页。
2　应必诚：《红学何为》，上海：复旦大学出版社2006年版，第80页。

那个奴隶性十足的戏子何时成为具有资产阶级革命思想，争做'自由人'的个性解放者了呢？那一对贵族公子、小姐何时变成了'文化大革命'时期的'红卫兵'，用打砸烧的火爆行为去摧毁那个世界了呢？"[1]这段论述对黄梅戏《红楼梦》中现代意识强加于人物形象的问题提出了异议。的确，贾宝玉的悲剧是时代的悲剧，是"无才补天"的悲剧，是找不到出路的悲剧，但还上升不到以"革命"的形式反抗的程度。

龙江剧《荒唐宝玉》中同样有拔高宝玉之嫌。该剧主创人员杨宝林曾提炼出这样一个主题："我们认为红楼的立意，也就是主题是写宝玉叛逆性格的形成和发展，即宝玉读什么书、走什么路、做什么人的问题。因为贾宝玉对封建制度、官僚制度、法律制度、奴婢制度、婚姻制度，乃至宗教制度等都格格不入，都有反叛倾向。贾宝玉的性格发展中，明显地贯穿着初步的民主主义精神，而且越来越充分，越明显。"[2]《荒唐宝玉》中的贾宝玉是个充满了叛逆精神的"斗士"形象，他质问女娲："为什么与戏子不能称兄弟？学唱戏怎么是把家门辱及？为什么达官显贵男盗女娼无可非议？"他甚至痛斥王熙凤："你是个又阴又损又狠又辣的狐狸精！"姑且不论这个"黑土宝玉"所折射出来的反叛精神，单单从这些唱词就可以看出，这绝对不是曹雪芹笔下的那个贵族宝玉。

总之，这几部演绎"石头"亦即贾宝玉悲剧的红楼剧对对贾宝玉的理解较为肤浅，有些概念化，因此对石头悲剧演绎的"度"的把握尚欠准确。

二、宝黛情缘——爱情的悲剧：演绎淋漓尽致、表演动人心魄

小说原著开篇即为读者讲述了一个凄清唯美的爱情故事，说林黛玉是西方灵河岸上三生石畔的一株绛珠草，得赤瑕宫神瑛侍者日以甘露灌溉，为了报恩来到下界，以眼泪偿还神瑛侍者的化身贾宝玉。[3]如此凄清、悲凉的爱情神话为宝黛爱情故事蒙上了浓郁的悲剧色彩。宝黛爱情悲剧的始作俑者到底是什么？是王熙凤或贾母策划的"调包计"？是封建家长专制制度对自由恋爱的摧残与扼杀？是命中注定的前世姻缘？还是"通常之境遇为之而已"的爱情悲剧？不同的红楼梦剧有不同的演绎。

红楼梦剧多以宝黛爱情悲剧为主线，串联起相关的故事情节以及人物角

---

1 哈蕾：《走出"现代意识"的误区——从黄梅戏〈红楼梦〉的失误谈起》，《上海大学学报（社科版）》，1995年第3期。
2 杨宝林、徐明望：《试解其中味——"荒唐宝玉"创作谈》，《红楼梦学刊》，1991年第1辑。
3 曹雪芹、高鹗：《红楼梦》，北京：中国文史出版社2003年版，第4页。

色。岑范导演的越剧《红楼梦》便采用了王熙凤献"调包计"的情节。这种情节安排也有其合理性，毕竟王熙凤深知贾母以及王夫人的心思，为了迎合贾府最高权威，王熙凤献"调包计"也是可能的。但是从另一个方面来说，王熙凤是不希望贾宝玉迎娶薛宝钗的，因为薛宝钗的精明能干会直接影响到自己在贾府当家人的地位。黄梅戏版《红楼梦》就将"调包计"的主谋换成了贾母，因为贾母虽然深爱自己的外孙女儿，但与孙子比起来就差远了。贾母觉得黛玉虽然才华横溢、人品高洁，但性情太过孤傲，且不会料理家务，尤其是不能助宝玉考取功名。况且身体羸弱，不是个有福有寿之人。因此一狠心，为宝玉定下薛宝钗，这也是说得通的。电视剧《红楼丫头》虽然没有写到宝玉、黛玉之故事，却也通过王熙凤对待晴雯和袭人的态度，表达了王熙凤不愿宝玉迎娶薛宝钗的私心。王扶林版电视剧《红楼梦》却避开了人们所熟知的"调包计"，宝玉与宝钗成婚时黛玉已经魂归，宝玉知道自己娶的是宝钗，虽然面容呆滞、神情悲伤，却依然"奉旨成婚"，默默地接受了这个事实。喜庆热闹的氛围直到家人禀报娘娘薨逝才转为悲剧。

　　红楼剧多以"调包计"来演绎宝黛爱情悲剧，观众甚至因此而记恨王熙凤或贾母，认为她们是宝黛爱情悲剧的罪魁祸首。但是从深层次来说，大部分红学家们会认为宝黛爱情悲剧是封建婚姻制度造成的。薛宝钗的娘家是贾、王、史、薛四大家族之一，宝钗之母与宝玉之母王夫人又是姊妹。最重要的是薛宝钗身上集中地体现了那个时代封建士大夫阶级的思想特征、道德规范和审美风尚。她才情高雅、德才兼备，既能主持家务、相夫教子，又能协助丈夫进入仕途、平步青云。相比而言，林黛玉不仅寄人篱下、孤苦无依，更是性情孤傲、尖酸刻薄。尤其是黛玉与宝玉情投意合，二人对功名利禄、夫贵妻荣等封建礼教全然不放在心上。种种因由使得封建统治阶级最终选定了薛宝钗，从而落得个"黛死、钗嫁、宝玉出家"的悲剧结局。电视剧《黛玉传》不仅演绎了封建婚姻制度对宝玉、黛玉这对有情人的摧残，更是以细腻的拍摄手法体现了宝钗的内心纠结与无奈。一滴晶莹的泪珠溅落在大红的嫁妆上，点点泪光中闪烁的是满腹的忧愁与对未来的迷茫。陈薪伊导演的话剧《红楼梦》中，"金玉良缘"完全是由王夫人和薛姨妈一手策划的封建家族式联姻。总之，红楼剧对宝黛的自由恋爱在封建家族势力的干预下必然毁灭的主旨进行了较为合理的诠释。

　　有些研究者认为，"还泪"传说、"木石前盟""金玉良缘"以及《金陵十二钗》中有关黛玉和宝钗的判词为宝黛爱情悲剧蒙上了一层神秘的色彩，使得宝黛爱情悲剧成为命中注定的命运悲剧。黛玉之所以爱哭，是因为她来到尘世就是为了用眼泪来报答宝玉昔日的灌溉之恩。"金玉良缘"也是命中注定，薛姨妈就曾说宝钗的金锁是一个和尚给的，说是必须遇上有"玉"的，方成姻缘。宝钗金锁上所镌刻的字迹"不离不弃，芳龄永继"也与通灵宝玉上携带的"莫失莫忘，仙寿恒昌"是一对。尽管宝玉在梦中嚷出了"和尚道士的话如何信得，什么是金玉姻缘，我偏说是木石姻缘"[1]，但命运似乎不会因为个人意愿而改变。小说原著《终身误》的曲子中便道出了这段情缘最终的结局："都道是金玉良姻，俺只念木石前盟。空对着，山中高士晶莹雪；终不忘，世外仙姝寂寞林。叹人间，美中不足今方信。纵然是齐眉举案，到底意难平。"[2]许多读者会认为小说中各位青春女子的悲剧命运都是由判词来决定的，因此认为《红楼梦》带有浓厚的宿命色彩。其实不然，这些虚构的神话是曹雪芹对现实生活中的人物命运用幻想的、神秘的形式所做的独特的艺术表达。就曹雪芹对人生的认识和写作过程来说，并不是"太虚幻境"中的册子以及神话故事决定了人物的命运，而是由人物的命运虚构了判词和神话。读者与观众需辩证地看待这个问题。这是曹公伟大的艺术构思与美学理想，作者在现实与虚幻的世界里完成了自己对人生的思索。红楼剧在改编小说时对这一神秘情节或舍弃（如王扶林版电视剧），或保留（如谢铁骊版六部八集电影《红楼梦》和李少红版电视剧），都能较好地理解曹雪芹的本意，没有影响宝黛爱情悲剧意蕴的阐扬。

王国维认为："《红楼梦》一书，彻头彻尾的悲剧也。由叔本华之说，悲剧之中又有三种之别：第一种之悲剧，由极恶之人极其所有之能力以交构之者。第二种由于盲目的运命者。第三种之悲剧，由于剧中之人物之位置及关系而不得不然者，非必有蛇蝎之性质与意外之变故也，但由普通之人物、普通之境遇，逼之不得不如是……若《红楼梦》，则正第三种之悲剧也。"[3]在王国维看来，宝黛爱情悲剧并不是某个人或某件事的责任，而是"通常之道德、通常之人情、通常之境遇为之而已"。这种悲剧却恰恰是人世间最大的悲剧。王国维的观点淡化了阶级对立与阶级矛盾，这在"以阶级斗争为纲"的新中国时期是不被承认的。因此当代大陆红楼梦剧对这一观点的演绎也并不多见，反倒是以阶级对立和阶级矛盾为主题的红楼剧得到了普遍的发展。昆剧《晴雯》自不必说，黄梅戏《红楼梦》也反映了宝玉、黛玉追求自由恋爱、反抗封建压迫的思想。龙江剧则更是将宝玉塑造成了一个封建阶级的叛逆者形象。其实以王国维的观点看来，宝黛爱情悲剧即使不在封建社会也有其发生的可能性。现代社会

---

1 曹雪芹、高鹗：《红楼梦》，北京：中国文史出版社2003年版，第40页。
2 曹雪芹、高鹗：《红楼梦》，北京：中国文史出版社2003年版，第40页。
3 王国维：《〈红楼梦〉评论》，浙江：浙江古籍出版社2012年版。

为情所困、为情所死的爱情悲剧不是也时有发生吗？难道说他们也是被家族或家长的专制所迫害而死？肯定不是。那么造成现代情侣双双殉情之爱情悲剧的就只能是"通常之道德、通常之人情、通常之境遇为之而已"。

但是，王国维所说的最具有普遍性的悲剧动因——纯粹是从人之常情角度选择孙媳，既有其合理性又有其片面性。因为无论是诠释红楼小说还是诠释红楼剧，如果否定封建礼教和封建家长制对宝黛爱情的摧残，就大错特错了！——归根结底，宝黛之悲剧还是封建家长制起决定作用，即封建礼教和家长制才是宝黛之悲剧的根源！因为这"通常之道德、通常之人情、通常之境遇"之所以能够造成宝黛悲剧，是家长制在起作用！如果在现代社会，家长不同意，爱恋双方照样可以结婚，因为社会肯定他们，法律保护他们，世俗支持他们！如果家长过于强势，儿女无法抗衡而酿成悲剧，也与制度无关。但是，在宝黛那个时代则不然，那时社会否定他们，法律惩罚他们，世俗摧残他们；就是他们自己内心，也认为父母之命、家长认可是天经地义的，也无法逾越这一制度和观念的鸿沟。至于"调包计"只是这一观念之下的结果而已，即便没有"调包计"，封建家长也会采取其他手段来阻止宝黛之间的爱情。"金玉良缘"与"木石姻缘"是曹公伟大的艺术构思，意在说明所谓"天意""命运"是多么的悖谬和不通人情。由此看来，红楼剧将宝黛爱情悲剧的根源归结于封建贵族家庭与封建婚恋制度是合乎情理的。

三、群芳凋零——青春的悲剧：诠释多精准、应得雪芹心

小说《红楼梦》开篇则言道："今风尘碌碌，一事无成，忽念及当日所有之女子——细考较去，觉其行止见识，皆出于我之上。何我堂堂须眉，诚不若彼裙钗哉？……我之罪固不免，然闺阁中本自历历有人，万不可因我之不肖，自护己短，一并使其泯灭也。"[1]由此可见，作者曹雪芹为闺阁之女子立传也是小说的旨意之一。作者不仅用细腻的笔墨描写了这些青春女子在大观园世界的嬉笑怒骂，更是倾注了自己的热情和才情为她们构建了一个"太虚幻境"。只可惜，作者的亲历亲闻太过惨痛，因此这些红颜女子无一例外地被载入了"薄命司"。《金陵十二钗》正册、副册以又副册记录了大观园中公侯小姐、主子媳妇甚至丫鬟们的人生命运。

梁永璋导演的30集越剧电视剧《红楼梦》以大观园中众多青春女子的悲剧命运为主线，对各位女子的人生命运以及心路历程进行了细腻地演绎。电视剧

---

1 曹雪芹、高鹗：《红楼梦》，北京：中国文史出版社2003年版，第1页。

甚至对小说原著中存在疑虑的故事情节进行了探佚式的演绎，对小说人物的内心世界更是进行了细致地挖掘与分析。从而使得人物形象更加鲜活、生动。如"秦可卿淫丧天香楼"这个故事情节，小说原著以曲折的笔法改为了"秦可卿死封龙禁尉"，但是红学界大部分学者根据脂批本探佚认为"秦可卿淫丧天香楼"更加符合曹雪芹原意。王扶林版电视剧也采用了"秦可卿淫丧天香楼"这个情节，但是对人物的心理刻画不够深刻。越剧电视剧通过秦可卿临死前的一段唱腔，将可卿内心的愁闷、挣扎、痛苦、绝望演绎得淋漓尽致，从而使得秦可卿这个人物形象不再模糊，观众对秦可卿也更加怜悯和同情。编导不仅浓墨重彩地塑造了秦可卿这个人物形象，而且对秦可卿的婢女瑞珠碰壁身亡的事件也进行了充分地阐释。小说原著中对瑞珠碰壁身亡的描写却只有寥寥数语，宁国府最终以"义仆"的身份将之安葬。可卿的另一位贴身婢女宝珠则甘愿为可卿的义女，为之尽孝守灵。读者一直对小说的这个情节感到质疑，好端端的，瑞珠为什么在秦可卿死后要自尽呢？难道真的是宁国府所宣扬的忠心殉主了吗？大部分专家学者都认为瑞珠之死是因为她看见了不该看见的事情，即秦可卿与公公贾珍之间的乱伦关系。越剧电视剧不仅将瑞珠碰壁身亡的故事情节交代清楚，更是通过大段的唱腔，让瑞珠控诉了这个黑暗的宁国府，控诉了这个吃人的封建社会。小说中金钏的死是因为王夫人误认为她勾引了宝玉，因此将她赶出了贾府。金钏一气之下跳井身亡。不少现代观众也会疑惑不解，为什么金钏被赶出贾府后就一定要自尽呢？回到自己家中不必去伺候主子不是更好吗？越剧电视剧为了使观众不再疑虑，详尽地演绎了金钏回到家后受尽冷眼、生不如死的故事情节。通过这些情节的演绎，让观众体会到了吃人的旧制度对年轻生命的摧残。电视剧还虚构了龄官与贾蔷的爱情故事，扩充了张金哥与长安守备之子的爱情故事，以及迎春嫁给孙绍祖之后惨遭凌辱的悲惨命运。越剧电视剧通过对大观园中众多青春少女人生悲剧的演绎，体现了封建制度对人性的摧残与迫害。凄清、悲凉的唱段是每一位女子留给人世间的最后一缕哀叹，观众闻之不禁潸然泪下，感慨群芳凋零、红颜薄命的悲哀！

电视剧《红楼丫头》以小说原著中的众丫鬟为主要角色，体现了封建社会丫鬟与主子的对立关系。通过丫鬟们机智灵巧的性格演绎，表达了丫鬟也追求自由平等、追求人格尊严的现代人意识。这部电视剧带有非常浓厚的现代人观点，经常将现代人的意识形态和语言风格安放在人物角色中，因此具有不真实感，作品的古典主义韵味也非常淡。但是该部电视剧通过对小说原著故事情节的演绎，体现了在封建制度的压迫下，底层丫鬟们的生活状态与悲剧命运，因而也具有了反封建的深刻意义。

电视剧对群芳凋零悲剧的演绎在宝黛爱情悲剧这条主线之下进行。戏曲舞台剧对群芳凋零这个主题的表现相对较少。仅有单出的舞台剧，如昆剧《晴雯》、越剧《怡红院的丫头》、越剧《宝玉与晴雯》等等对某位红楼女性悲剧命运的演绎。这是因为与群芳凋零的悲剧相比，宝黛爱情悲剧无疑更为重要，何况群芳凋零是一个整体，需要演绎的人物形象太多，因此无法在短短几个小时内的戏曲舞台上演绎。所以电视剧是对这一主题进行演绎的最好的媒介。

四、家族式微——社会的悲剧：或显或隐、多有表现

封建贵族家庭衰亡的悲剧是笼罩在所有悲剧之上的，作者曹雪芹在小说第五回警幻仙子引领贾宝玉游太虚幻境时，就通过宁荣二公之灵对这一悲剧进行了预言："吾家自国朝定鼎以来，功名奕世，富贵传流，虽历百年，奈运终数尽，不可挽回者。"[1] 此外，小说还通过秦可卿对王熙凤托梦暗喻了贾府衰亡的悲剧："常言'月满则亏，水满则溢'，又道是'登高必跌重'。如今我们家赫赫扬扬，已将百载，一日倘或乐极悲生，若应了那句'树倒猢狲散'的俗语，岂不虚称了一世的诗书旧族了。"[2] 如果说这些还仅仅是梦幻之语的话，那么探春对抄检大观园的认识就更加鞭辟入里了："你们今日早起不曾议论甄家，自己家里好好的抄家，果然今日真抄了。咱们也渐渐的来了。可知这样大族人家，若从外头杀来，一时是杀不死的，这是古人曾说的'百足之虫，死而不僵'，必须先从家里自杀自灭起来，才能一败涂地！"[3] 尽管小说《红楼梦》前80回是一部未竟之作，但是读者依然能够在小说的字里行间看到封建大家族的衰败之势。曹雪芹用细致的笔墨对贾府衰败的原因及过程进行了描写。虽然作者经常用"太平盛世""昌明隆盛"之类的字眼来形容贾府的繁华，实际上，繁华的背后是凋零，贾府最终避免不了"落得个白茫茫大地真干净"的悲剧命运。贾府的衰亡有多重原因，其中入不敷出、出多进少是致使贾府衰亡的经济因素。凤姐料理家事时就曾多次说道，府里的开销甚大，凡百大小事仍是照着老祖宗手里的规矩，要顾着外头体面，但进的产业又不及先时。再加上元妃省亲的庞大开支以及贾府王孙公子的挥霍无度，府里早就成了一个空架子。政治上的抄家则直接导致了贾府的一败涂地，甚至是家破人亡。高鹗似乎不忍看到如此之结局，因此在贾府抄家之后，通过北静王等人的求情，皇帝竟然既往不咎了。更有甚者，贾府居然在短短几年后又"兰桂齐芳"、家族中兴了。好一

1　曹雪芹、高鹗：《红楼梦》，北京：中国文史出版社2003年版，第39页。
2　曹雪芹、高鹗：《红楼梦》，北京：中国文史出版社2003年版，第94页。
3　曹雪芹、高鹗：《红楼梦》，北京：中国文史出版社2003年版，第632页。

派大团圆的场面！深邃的悲剧思想以及悲剧意蕴荡然无存，彻头彻尾之悲剧就这样被粉饰了。

红楼梦剧大多体现了小说原著的悲剧意蕴。戏曲舞台剧对封建贵族家庭衰亡的悲剧演绎则显得较为浅显，通常情况下以贾府被查抄作为封建贵族家庭衰落的标志。许多红楼剧甚至直接以宝黛爱情悲剧为主题，忽略了封建家族衰亡这条主线。徐玉兰、王文娟主演的越剧舞台剧《红楼梦》和马兰主演的黄梅戏舞台剧《红楼梦》都没有贾府被抄家这个故事情节。北方昆曲剧院演出的昆剧《红楼梦》虽然是以宝黛爱情悲剧为全剧的主线，但同时也演绎了贾府被抄，并渲染了元妃薨逝等戏剧情节，因而具有多重主题性的特征。以单出红楼故事为素材的红楼梦剧，如京剧《红楼二尤》、昆剧《晴雯》等，不可能承载封建贵族家庭衰亡这个磅礴而沉重的悲剧主题思想。电视剧却完全可以而且应当承担起这个职责。像贾府这样一个钟鸣鼎食之家是不可能在一朝一夕间衰亡的，它的衰亡过程也是封建社会腐朽、没落的过程。王扶林版电视剧依照红学界的观点，比较彻底地贯穿了小说原著的悲剧思想。贾宝玉历经了一段牢狱之灾，出狱后依然是贫困潦倒，最终在茫茫大雪中出家为僧。王熙凤的命运更是惨不忍睹，临终时甚至都没有一副较好的棺椁，一床破草席拽着这位巾帼英雄在茫茫雪地里走完了人生最后的旅程。该版电视剧揭示了"呼喇喇大厦将倾，落得个白茫茫大地真干净"的封建贵族家庭衰亡的悲剧思想。李少红版电视剧则完全遵照高鹗的续本来改编，因此对家族衰亡这悲剧主题的揭露显得并不是那么的彻底。

整体而言，当代大陆红楼梦剧对小说原著悲剧思想以及悲剧意蕴的把握还是比较到位的，这与红学理论研究的成果密不可分。

第三节 红楼剧对虚幻情节的取舍

小说用诗歌般的丰富想象和隐喻象征的手法为读者营造了一幅幅具有诗意情怀的"尘境"。这是贾宝玉和大观园中众女儿的生活栖居之所。除此之外，作者还用浪漫主义的笔法为读者描绘了一个神秘的"太虚幻境"。"幻境"中有衣袂飘飘的警幻仙子，有天籁之音的《红楼梦》仙曲，亦有"千红一窟"茶和"万艳同悲"酒。当然，最为神秘的还是宝玉游览的"薄命司"，该司中存放着"金陵十二钗"正册、副册和又副册。这些册子隐喻着大观园中青春少女的人生命运。"幻境"中还有两个神话故事：一个是大荒山无稽崖青埂峰下"石头"的故事；一个是"绛珠仙子"与"神瑛侍者"唯美的爱情故事。面对作者的神来之笔，红楼梦剧要想将这些虚幻的故事情节搬上舞台或银屏，须得花费一番心血。"《红楼梦》小说写意性的审美取向，使这部小说充满诗意的浪漫，令读者百读不厌，故而有人将其称为'诗性小说'。……如何巧妙地将语言符号转化为视听符号，是摆在编剧面前的棘手的问题，即使确立了故事性、戏剧性主导原则，也不应该抛弃那些'非情节'的诗性因素，否则的话，必然会影响剧本的表现深度与精确度。"[1]的确，影视画面转瞬即逝，无法像小说语言那样任由观众反复阅读、久久回味。因此，红楼剧对虚幻故事情节的演绎便存在着差异化的取舍方式。笔者将从石头传说、神瑛侍者与绛珠仙子的爱情神话和太虚幻境三个方面来谈红楼剧对虚幻情节的取舍问题。

一、石头传说

《红楼梦》是一部社会历史小说，具有很强的现实批判性，但它同时又是一部充满中国传统文化古典之美的小说，也是一部诗性小说或写意小说，充满着浓重的浪漫主义色彩。《红楼梦》有着极虚无缥缈的境界与人物、事件：天地之初、开辟鸿蒙、女娲补天、顽石下凡、大荒山无稽崖、太虚幻境、空空道人、茫茫大士、渺渺真人、警幻仙姑、绛珠仙子、神瑛侍者等等。小说第一回《甄士隐梦幻识通灵，贾雨村风尘怀闺秀》中就有言："此回中凡用'梦'用'幻'等字，是提醒阅者眼目，亦是此书立意本旨。"[2]由此可以看出，梦幻之境乃关乎作者的立意本旨，是万万不可忽视的。

《红楼梦》中有两个神话故事贯穿全书始末，一个神话故事是"石头的故事"。

"却说女娲氏炼石补天之时，于大荒山无稽崖练成高经十二丈，方经二十四丈顽石三万六千五百零一块。娲皇氏只用了三万六千五百块，只单单剩了一块未用，便弃在此山青埂峰下。谁知此石自经煅炼之后，灵性已通，因见众石俱得补天，独自己无材不堪入选，遂自怨自叹，日夜悲号惭愧。有诗云：'无才可去补苍天，枉入红尘若许年。此系身前身后事，倩谁记去作奇传？'一僧一道见石头凡心已动，劝阻无用，便携石头来到那昌明隆盛之邦，诗礼簪缨之族，花柳繁华地，温柔富贵乡去安身乐业。"[3]这便是贾宝玉出娘胎时口含的"宝玉"，同时也是书名《石头记》的来历。石头的神话在小说中起着举足轻重的作用，小说第25回《魇魔法姊弟逢五鬼，红楼梦通灵遇双真》中贾宝

---

[1] 宋红霞：《〈红楼梦〉电视连续剧改编与原著文化底蕴的展现》，《艺术百家》，2007年第5期。
[2] 曹雪芹、高鹗：《红楼梦》，北京：中国文史出版社2003年版，第1页。
[3] 曹雪芹、高鹗：《红楼梦》，北京：中国文史出版社2003年版，第2页。

玉、王熙凤被赵姨娘和马道婆所诅咒而几乎丧命，这时亏得一个癞头和尚和一个跛足道人对着贾宝玉的通灵宝玉持颂一番，病才方好。第94回"宴海棠贾母赏花妖，失宝玉通灵知奇祸"中，宝玉丢了玉后一日呆似一日，也不发烧，也不疼痛，只是吃不像吃，睡不像睡，甚至说话都无头绪。因此贾母决定为宝玉成婚以冲喜，从而有了"调包计"，林妹妹魂归离恨天。由此可见，石头的神话在小说中的重要作用。

曹雪芹笔下的"石头"具有多重身份，它既是作者曹雪芹的化身，亦是主人公贾宝玉的化身。"无才可去补苍天"是他终生的遗憾，他想要补救的其实是封建社会的天。毛泽东说："《红楼梦》这部小说描写的是乾隆年间，清朝开始走下坡路，曹雪芹借贾、史、王、薛四大家族的兴衰，揭示了封建制度的腐朽。……曹雪芹写《红楼梦》还是想'补天'，想补封建制度的'天'。"[1] 毛泽东说得对。但是笔者认为，曹雪芹不仅表示了想"补天"的愿望，更写了"天"不可补，补不了。石头的开头，就是意在说明贾宝玉原本具有这种"经世治国"的"伟大志向"，以及这一志向不得实现的心路历程。其后的世俗生活——到"那昌明隆盛之邦，诗礼簪缨之族，花柳繁华地，温柔富贵乡去安身乐业"的全部描写，就是对这一心路历程的或隐或显的演绎。

面对大厦将倾的封建帝国，贾宝玉的本初是怀有某种眷恋之心的，他希望自己能够力挽狂澜，补救这千疮百孔的"天"。但是他"不堪入选"，被弃置了。这种被弃置，既是他主动的选择，也是客观的必然——他的纯真性格和"超前"的见识，根本无法融入已经烂透了的社会和蝇营狗苟的官场。那些读经书、考科举、走官场、入仕途的道貌岸然的"君子"们，一心钻营向上爬，只不过是一群帝国的"禄蠹"而已。

所以，笔者认为，开头写贾宝玉前身的石头的部分，是写贾宝玉亦即曹雪芹"补天"之愿望及这个愿望的破灭，意在说明帝国大厦——封建制度走向没落的无可救药。小说对世俗生活描写与之对应的，则是一条通过贾府以及与贾府发生关联的一系列官场龌龊的记录，通过天资极其聪颖的贾宝玉不肯好好读书，痛骂读书科考者是"禄蠹"，不愿走仕途经济之路……即开头的"石头"部分暗示读者：贾宝玉原本具有"补天"——"经世治国"的"伟大志向"的，回归世俗只是这一志向不得实现的无可奈何之举。

回归世俗，来到温柔富贵之乡中的贾宝玉，不肯走仕途之路的贾宝玉，把全部精力都放在了追求个人生活的幸福之上。人之大事，婚宦而已。既然天不

---

[1] 师南编：《毛泽东鲁迅评四部古典名著》，天津：天津古籍出版社1998年版。

可补，仕途不可入，或说不屑于入，"经国之大事"干不成，那么，在"婚"上，总可以自主一些了吧？不然！小说《红楼梦》说，婚姻这个本该当事人自己决定的事情，更不自由，甚至比"宦"还不自由！贾宝玉爱着林黛玉，家长却非要他娶不爱的薛宝钗；林黛玉爱着贾宝玉，却只能含恨而死！

因此可以说，小说用最鲜明的主线所写的贾宝玉的婚恋过程（宝黛爱情的书写以及最终与宝钗的结合），展现了这个帝国的婚姻制度和婚姻伦理乃至意识形态的悖谬——之所以用"展现"这个词，意在强调其后边的宾语（帝国的婚姻制度和婚姻伦理乃至意识形态的悖谬）是作品产生的客观效果，而并非一定是作者的主观认识。而作者本身则更多应该是对这一婚恋上的不自由的迷茫、感叹，进而传达了一种世事无常的人生感慨和哲理思索。于是石头在历经了"花柳繁华地，温柔富贵乡"的悲欢离合后，终于——也只有看破红尘归于太虚了。这正如"好了歌"中所言："好便是了，了便是好。"人生苦短，富贵无常，看破一切则进入了佛家所说的"色空"境界。其中有曹雪芹对儒释道思想的多重理解与感悟。由此看来，石头的神话故事其实蕴含了极为丰富的思想，要把石头的情节删掉，就可能丢失一些重要的东西，削弱主题深度。

红楼剧对"石头"神话的演绎总体来说不尽如人意。王扶林版电视剧开篇以旁白的形式道出了这个神话故事：

>　　据说这是一个刻在石头上的故事，由于岁月的剥蚀，朝代纪年地域邦国都已经失落无考了。石上记云当日有两位神仙，时而凭风遨游，时而高谈快论，来往于仙山飘缈之间，说着些真假有无之事。一日他们偶从大荒山无稽崖青埂峰下经过，将女娲补天弃而未用的一块顽石携入红尘，历尽了人间的离合悲欢，炎凉世态，这两位神仙幻成癞头和尚、跛足道人，疯疯癫癫，挥霍谈笑着入世了。这个令人荡气回肠、撕心裂肺的故事就从这里开始了。

导演王扶林应该意识到了石头的神话在小说中的地位和作用，因此在删去了所有的虚幻情节后，依然以石头的神话故事开场。但为了保持电视剧的一贯风格，导演并没有对该故事情节进行延展式的演绎，而是仅仅以旁白的形式引出了这段故事。但是，王扶林版《红楼梦》显然没有抓住要害！什么是要害？——"补天"！这是"石头"的要义，全书的"眼"。王扶林版剧恰恰把"补天"一段弃之不用了，说明他没有深刻理解作者的良苦用心。贾宝玉作为一个封建社会的"士子"，或者说一个社会中的男人，本应该有社会责任感，他却整天混在脂粉堆里，吃喝玩乐，"胸无大志"。他为什么会这样？去掉"石头"一段，就不好理解，或者说就降低了贾宝玉的形象，失去了宝玉形象的真髓。当然，只要真的理解了"石头""补天"那段话，不必在剧中出现那个场面也可以。但如何去演绎，需要编导的水平和功夫。

王扶林版电视剧《红楼梦》并没有想去充分解释或者揭示作为社会一分子的男人贾宝玉为什么把心思只花在女孩儿身上。因此我们似乎也就没有必要去苛求编导为什么把"石头"神话中"补天"一段弃之不用了。话虽如此，但是作为全本演绎小说的红楼梦剧中的主角，缺乏对"石头""补天"意愿的理解或说解释，毕竟会使贾宝玉的形象的完整性或多或少受到影响，这是不言而喻的——虽然该剧也在剧情中表现了宝玉对科举的痛恨和批评。

李少红版电视剧采用高科技手段，将石头的神话故事演绎得灵动、神秘。该剧不仅通过旁白将石头神话故事的原委交代得一清二楚，还利用高科技手段营造出了一种云山雾绕、万象奔腾的意境。就笔者看，作为画面来讲，编导做得不错，但未必对其内在深刻思想有什么理解，这是通过该剧的整体风格得出的结论。关于此在本书上篇第四章第三节已有分析，此不赘述。

北昆版舞台剧《红楼梦》中最先登场的便是这块大荒山无稽崖青埂峰下"石头"。帷幕拉开后，一道绿色的光亮在舞台的一侧闪耀。幕后传来石头对茫茫大士和渺渺真人的央求之声，希望两位大仙能够带他去"那昌明隆盛之邦，诗礼簪缨之族，花柳繁华地，温柔富贵乡去安身乐业"。二位仙人便将石头化为通灵宝玉，由此展开故事情节。但是也仅此而已，看不出编导有什么更深邃的阐释动机。

二、神瑛侍者与绛珠仙子的爱情神话

第二个神话故事则是神瑛侍者与绛珠仙子的爱情神话。西方灵河岸上三生石畔，有绛珠草一株，时有赤瑕宫神瑛侍者，每日以甘露灌溉，这绛珠草始得久延岁月。为了报答神瑛侍者的恩情，绛珠仙子道："他是甘露之惠，我并无此水可还。他既下世为人，我也去下世为人，但把我一生所有的眼泪还他，也偿还得过他了。"[1]神话中的神瑛侍者便是贾宝玉，而绛珠仙草便是林黛玉。这个唯美的爱情神话是否应该在电视剧中演绎可以从两个方面来分析。一方面，人们可以从这个爱情神话中追溯"木石姻缘"的前世姻缘，既有浓郁的浪漫主义色彩又有唯美、感人的意境。人们终于明白"为什么林黛玉的眼泪会如此之

1　曹雪芹、高鹗：《红楼梦》，北京：中国文史出版社2003年版，第4页。

多?"因为她的人生意义就为"还泪"而来。由此我们不禁联想到《白蛇传》中的白娘子,面对许仙一次又一次的负心与背叛她都能够包容、谅解,因为她下凡的使命和目的就为"报恩"而来。但另一个方面,该神话的演绎会让观众产生"宿命论"的误解,认为林黛玉的香消玉殒并不是封建社会的冷酷无情,而是命中注定的结果,从而削弱小说伟大的现实主义悲剧意蕴。"神瑛侍者"与"绛珠仙子"的神话传说在小说中由甄士隐的梦幻引出,这就给《红楼梦》剧的演绎带来了一些困扰。戏剧演出是动态的审美创造,它是瞬间的艺术,不可能像小说那样可以任由读者反复地品味,琢磨其中的深意。它的转瞬即逝以及强烈的视觉冲击使得戏剧演出必须以完整的故事情节和强烈的戏剧冲突来推进故事的发展。影视剧亦是如此。演绎了"石头"的神话传说后,故事就算开场了,无论编导是否会演绎甄士隐及女儿英莲的故事,都不大可能再花费时间来演绎甄士隐梦幻中所听闻的"神瑛侍者"与"绛珠仙子"的故事。但有些导演又觉得这个神话故事实在是非常浪漫、唯美,舍弃了过于可惜,因此便在其他情节中安排了这个传说。谢铁骊版电影《红楼梦》便在影片的结尾处安排了宝玉去"太虚幻境"中寻觅黛玉,因而得知自己便是"神瑛侍者",而黛玉则是"绛珠仙子"的故事情节。这种情节处理对不熟悉小说原著的观众来说显得有些突兀。此外,编导将"神瑛侍者"与"绛珠仙子"的故事放在黛死钗嫁之后来演绎,给观众造成了宝黛爱情悲剧乃是前世命定的"命运悲剧"的错觉,从而极大地削弱了封建制度对宝黛爱情进行摧残的悲剧主题。除了谢铁骊版《红楼梦》外,其他红楼剧对"神瑛侍者"与"绛珠仙子"的神话故事鲜有演绎。

笔者认为,这种选择是有道理的。但是,也不妨在剧中通过他人之口,以一种世俗之人半真半假的口吻,将黛玉之爱哭并且多为宝玉而哭、两人相恋但终究未成眷属的原因,用这个神话故事解释出来。这就既有助于这对仙肌玉骨、金童玉女的形象塑造,也为贾母之流非得拆散二人寻找了托词,借以凸显了贾府大家族家长之伪善,也不至于使人堕入宿命的遐想。

三、太虚幻境

小说《红楼梦》第5回《游幻境指迷十二钗,饮仙醪曲演红楼梦》可谓是全书的核心与关键,尤其是《金陵十二钗图册判词》和十二支《红楼梦曲》。小说说,贾宝玉梦随警幻到太虚幻境薄命司,看到贴有金陵十二钗册子封条的大橱,就开橱翻看了册子中的一些图画和题词,即这些又副册、副册、正册及其中的十四首图咏,但不懂它究竟说些什么。旧称女子为"裙钗"或"金钗"。"十二钗"就是十二个女子。在这里，"十二钗"即林黛玉、薛宝钗、贾元春、贾迎春、贾探春、贾惜春、李纨、妙玉、史湘云、王熙凤、贾巧姐、秦可卿。册有正、副、又副之分。正册都是贵族小姐、奶奶；又副册是丫头，即家务奴隶，如晴雯、袭人等；香菱生于官宦人家，沦而为妾，介于两者之间，所以入副册。大观园里女儿们的命运虽然各有不同，但在作者看来，都是可悲的，因而统归太虚幻境薄命司。虚构这种荒唐的情节，固然有其艺术构思上的需要，不能简单地看作宣扬迷信，但毕竟也是一种消极的宿命论思想的流露。它的客观效果是同揭露封建制度的黑暗与罪恶相矛盾的。正如鲁迅所说，人物命运"则早在册子里一一注定，末路不过是一个归结：是问题的结束，不是问题的开头。读者即小有不安，也终于奈何不得"（《坟·论睁了眼看》）。这是这部伟大杰作的十分明显的局限性。也有学者认为"太虚幻境"是针对封建统治阶级的，具有叛逆性的神话。"警幻仙姑在一定程度上体现了早期民主主义反对禁欲主义，主张人性合理的思想。程朱理学鼓吹'存天理，灭人欲'，而曹雪芹笔下的警幻仙姑却在宣扬'意淫'，称赞'天下古今第一淫人'。"[1]综合诸方观点，笔者愿意从另一个角度来理解曹雪芹的伟大构思，那就是并不是册子中的判词决定了人物的命运，而是由人物的命运虚构了这些判词。也就是说，《金陵十二钗图册判词》是作者曹雪芹伟大的艺术构思，他利用"草蛇灰线、伏线千里"的艺术手法暗喻了人物的命运与结局，这并不是消极的"宿命论"，而是艺术结构的需要。

图册判词和后面的《红楼梦曲》一样，使我们能从中窥察到作者对人物的态度，以及在安排她们的命运和小说全部情节发展上的完整的艺术构思，这在原稿后半部已散失的情况下，具有特别重要的研究价值。现在我们读到的后40回续书，不少情节的构想就是以此为依据的。《红楼梦曲》十二支，加上前面的引子和后面的尾声，共十四支曲子。中间十二曲，分咏金陵十二钗，暗寓各人的身世结局和对她们的评论。这些曲子同《金陵十二钗图册判词》一样，为了解人物历史、情节发展以及四大家族的彻底覆灭提供了重要线索。曲子是太虚幻境后宫十二个舞女奉警幻之命，"轻敲檀板，款按银筝"唱给宝玉听的。宝玉拿着《红楼梦曲》原稿，"一面目视其文，一面耳聆其歌"。但听了以后，仍不知道它说些什么。小说与影视最大的区别在于，小说没有时空的限制，读者可以在任意时间选择任何地方静静地阅读、赏析，当然也可以反复地阅读、思考、索引、考证。影视却是一闪而过的视听画面，观众不可能对深奥的诗词

---

[1] 段启明：《"太虚幻境"的积极意义》，《红楼梦学刊》，1980年第2辑。

歌赋楹联有充足的时间去了解它的深刻内涵，而仅能够通过视听画面来了解编导想要告诉观众的信息。因此，编导对太虚幻境的演绎无法将重点放在其深邃的内涵上。但太虚幻境中仙袂飘飘的歌舞表演、庄严梦幻的牌坊匾额、神秘古典的橱柜书籍给编导们无限的想象空间。珠帘绣幕，画栋雕檐，说不尽那光摇朱户金铺地，雪照琼窗玉作宫，更见仙花馥郁，异草芬芳。此外还有那"千红一窟"茶，"万艳同悲"酒。如此意境与思想，如果编导甘心舍弃，真是可惜呀！

李少红版《红楼梦》对"太虚幻境"进行了比较完整的演绎。一向重视影像画面唯美的导演李少红在电视画面的处理与剪辑上也颇费心思，试图通过场景和情节的安排在虚处传神，传达小说的审美内涵。导演运用高科技手段制造出了光怪陆离的人间仙境，大部分画面意境悠远、精致唯美。然而导演却过于拘泥小说字面的意思而使其失去了应有的神韵。如"玉带林中挂，金簪雪里埋"，在电视剧中出现的画面竟然就是一条玉带挂在林中，茫茫雪地里出现一支金簪。如此从字面上演绎富有深刻意味的判词，不仅让不熟悉《红楼梦》的观众觉得莫名其妙，同时也让"红楼迷"们觉得肤浅、浅薄。难怪乎该剧得到了这样的评论："2010年版《红楼梦》把太虚幻境拍成了迷离惝恍的仙鬼混杂的世界，却没能揭示它的真正意义。"[1]李少红导演对太虚幻境的处理带有了非常鲜明的风格化色彩，精致沉郁的画面、飘逸魅惑的音乐营造出了一种诗意的意境，这种意境曾在《大明宫词》与《橘子红了》两部作品中得到了淋漓尽致地展现，从而也为李导赢得了声誉。然而，这种风格化特征与古典文学名著《红楼梦》的融合似乎并不融洽，太虚幻境更是偏离了观众的想象与期待。

王扶林导演的1987年版电视连续剧没有演绎两个神话的故事和太虚幻境，因此该版《红楼梦》由于过分写实，使其丧失了空灵、瑰丽的艺术魅力，而诗意美则更是大打折扣。该版电视剧受当时主流红学家观点的影响，在当时的文化语境下，明显地延续了马克思主义《红楼梦》研究的立场，强调的是对于文学名著的现实主义改编原则，即以反映四大家族必然灭亡的历史精神为统领，以"忠于原著"再现当时的社会历史生活为基础进行改编，带有明显的"重实轻虚"的倾向。该剧完全摒弃了两个神话故事和太虚幻境以及其他浪漫主义的虚幻描写。这种改编方式遭到了一些专家、学者和观众的质疑，认为改编得过于死板，缺乏了原著的空灵。但是笔者认为编导这一选择是有他的道理的，因为这太虚幻境还不像"石头"神话和绛珠仙草与神瑛侍者的神话，它一不小心

---

[1] 王湘、刘孝严：《新版电视剧〈红楼梦〉的得与失》，《长春大学学报》，2011年第1期。

就肯定要走入宿命轨道。

　　谢铁骊导演的六部八集电影《红楼梦》以太虚幻境开场显得有些莫名其妙，在剧情结构上也不甚合理。原著中宝玉在秦可卿的卧室内午休，睡梦中由警幻仙子引领游历太虚幻境是第五回的情节。作者曹雪芹在前五回的章节里通过冷子兴与贾雨村的对话交代了荣宁二府的情况，同时也通过甄士隐的经历为贾宝玉游历太虚幻境做了良好的铺垫。电影《红楼梦》则在没有任何铺垫的情况下直接以太虚幻境开场，不仅在剧情上显得突兀，也会令人感到剧中女子命运是神灵的意旨，冥冥中早有安排，掉入了宿命的陷阱，更别提体现太虚幻境的深层次内涵了。

　　昆剧《红楼梦》上本以茫茫大士、渺渺真人将顽石带入尘世开端，以元妃省亲之时宝玉悲从中来，听闻《好了歌》作结；下本以宝玉梦游太虚幻境开端，以宝玉遁世，顽石归真作结。上下本皆是由虚入实又由实入虚，虚实相生，实虚相应。尽管昆剧《红楼梦》希望通过对虚幻情节的演绎表达出更为深邃的哲学思想，然而受到时间与空间的限制，该剧无法对其深刻内涵进行进一步的挖掘和演绎，因而也一定程度上停留在对"太虚幻境"的表面认识层面，而无法揭示其更深层次的意蕴。

　　曹雪芹的小说原著原本就是现实主义与浪漫主义并重，"假作真时真亦假，无为有处有还无"，虚实相生、相辅相成的——作者告诉我们，既不要把那些假的东西、虚幻的神话的东西看成假的，也不要把小说中那些写实的东西去找人对号入座。看起来"无"（假）的，其实就存在于"有"（真、现实）之中；看起来"有"（真、现实）的，其实其哲理就蕴含在"无"（假）之中。什么意思呢？笔者以为，作者的意思是，小说所写那些看起来是假的、虚幻的、神话的情节，实际上都是隐喻着人间真相、人世真理、人生哲理、人物命运的，是最真实的，千万不要轻视！

　　红楼梦剧亦不可轻视这些虚幻情节。如果说，"石头补天"神话，主要是暗示贾宝玉原本具有"补天"即"经世治国"的"伟大志向"，回归世俗只是这一志向不得实现的无可奈何之举的话，那么，笔者认为，绛珠仙草与神瑛侍者的神话，主要是为全书宝黛的关系、二人性格以及结局做伏笔，是对人物命运的揭示。而太虚幻境的神话，表面看是用来隐喻全书主要女子命运，实质上则是借此人物命运的伏笔揭露封建大家族以及整个社会对女性命运摧残的人间真相——"千红一窟（哭）""万艳同（杯）悲"！

　　对这三个神话，关键是能理解它们的内在深意，至于情节本身是否搬上舞台，要视具体情况而定。但是必须根据剧作侧重的主旨将这些神话所揭示的思想融入剧中——如"石头"神话，只演宝黛爱情可稍作淡化，而演绎全本小说者则必有无疑。

当然，这些具有美好意境的神话情节弃之可惜，若能把它们完美地诉之于视觉形象，又不会产生消极的副作用是再好不过的了。但似乎太难，继续探索吧。

第七章 红楼剧的人物表演与意境营造

《红楼梦》是一部诗化小说，曹雪芹不仅把典型环境中的典型人物以及其性格描写得极为灵动，而且还创造了许多令人神往的意境，如黛玉葬花、湘云醉眠等。宗白华《艺境》按照人与世界接触，因关系层次的不同划分为五种境界："为满足生理的物质的需要，而有功利境界；因人群共存互爱的关系，而有伦理境界；因人群组合互制的关系，而有政治境界；因穷研物理，追求智慧，而有学术境界；因欲返本归真，冥合天人，而有宗教境界。"[1]这些境界在小说《红楼梦》中均有体现，然而戏剧等艺术形态对小说原著的改编最为看重的还是其"艺术境界"。"功利境界主于利，伦理境界主于爱，政治境界主于权，学术境界主于真，宗教境界主于神。但介乎后二者的中间，以宇宙人生的具体为对象，赏玩它的色相、秩序、节奏、和谐，借以窥见自我的最深心灵的反映；化实景为虚境，创形象以为象征，使人类最高的心灵具体化、肉身化，这就是'艺术境界'。艺术境界主于美。"[2]这种美在小说《红楼梦》中几乎无处不在。"面若春花，目如点漆"的贾宝玉"天然一段风骚，全在眉梢，平生万种情思，悉堆眼角"[3]。林黛玉更是"两弯似蹙非蹙罥烟眉，一双似喜非喜含情目。生两靥之愁，娇袭一身之病。泪光点点，娇喘微微。娴静似娇花照水，行动如弱柳扶风。心较比干多一窍，病如西子胜三分"[4]。如此潇洒俊逸、超凡脱俗的人物形象使每一位读者的心里都会对宝黛充满了一份遐思和神往，因此要将这样的人物角色付诸舞台或银屏，就必须把握其形似与神韵方才不负观众所望。然而，红楼梦剧对小说人物形象的塑造却又显得参差不齐、鱼龙混杂，有些艺术家因成功地塑造了舞台或银幕形象而流芳百世，但有些演员对人物形象的塑造却招来了观众的质疑与诟病。

小说《红楼梦》为读者建构了一个俗世尘埃中的"尘境"，尽管所描写的景物、事件是现实生活，但作者也极尽浪漫主义笔法创造了许多令人神往的意

1　宗白华：《艺境》，北京：北京大学出版社1989年版，第151页。
2　宗白华：《艺境》，北京：北京大学出版社1989年版，第151页。
3　曹雪芹、高鹗：《红楼梦》，北京：中国文史出版社2003年版，第24页。
4　曹雪芹、高鹗：《红楼梦》，北京：中国文史出版社2003年版，第24页。

境，如槛外红梅、潇湘竹韵、寒塘鹤影、冷月花魂、菱洲残荷、凹晶月夜等。曹雪芹在意境构思上不仅取其静态的良辰美景，更是将心爱的人物角色置于情境之中，人景兼备、形神相映、情趣非凡。"宝钗扑蝶"、"龄官画蔷"、"踏雪寻梅"、"月夜联诗"，每一段故事都是一幅精彩绝伦的仕女图。苏轼在论及诗画的关系时说："味摩诘之诗，诗中有画；观摩诘之画，画中有诗。"曹雪芹之《红楼梦》又何尝不是如此呢？小说《红楼梦》中不仅有现实生活的"尘境"，更有虚幻世界的"幻境"。作者曹雪芹运用魔幻现实主义的笔法为我们描绘了扑朔迷离的"太虚幻境"，掌管太虚幻境的警幻仙姑"司人间之风情月债，掌尘世之女怨男痴"。多少故事由此而生？此境中不仅有"千红一窟（哭）"茶，更有"万艳同杯（悲）"酒。这是大观园中众女儿无法逃脱的人生宿命，纵使娇艳如花般开放，亦逃不出衰亡、颓败、凋零的命运。"神瑛侍者"和"绛珠仙草"的情缘也未能摆脱其悲剧命运，尘世中的"绛珠仙子"唯有用一生的眼泪来报答"神瑛侍者"的浇灌之恩。至于那大荒山无稽崖青埂峰下的"石头"，蒙茫茫大士、渺渺真人携入红尘历尽离合悲欢、炎凉世态的一段故事后，依旧归入"幻境"。红楼梦剧多以现实主义的笔法描绘大观园中所发生的故事，对"幻境"的演绎显得较为单薄，但也有其可取之处。

第一节　红楼剧人物表演论

人们常说："一千个读者就有一千个哈姆雷特。"但是如果将演员所饰演的哈姆雷特搬上舞台或银屏后，观众所见到的哈姆雷特就是眼前特定的"这一位"，而不是心中所期待的"某一位"，名著改编与原创艺术最大的区别就在于此。小说《红楼梦》中的人物形象可谓是深入人心，相信每一位读者心中都有贾宝玉、林黛玉、王熙凤、史湘云等人的影子。当演员所饰演的角色与观众心中的期待达到一致时，一定会引起深刻的共鸣及感悟。反之则会遭到观众的质疑、诟病，甚至是唾骂。然而，《红楼梦》成书的复杂过程以及卷帙浩繁的"红学"研究给红楼梦剧的演绎带来了极大的困扰和挑战。红楼梦剧艺术形象的塑造不仅仅需要演员神形兼备的演绎，也需要编剧和导演对艺术形象进行准确与独到的定位。

中国古典戏曲注重"写意"，一桌二椅的舞台布景可以幻化出各式各样的表演空间；演员的唱念做打需要遵循既定的程式，塑造的人物形象也不可避免地带有脸谱化的倾向。所以，无论是舞台布景，还是服装道具，抑或是演员表演，戏曲红楼所追求的主要不是"形似"，而更多的是"神韵"。影视剧的写实化风格使得红楼剧从演员的选定到表演、从服装道具到场景设置、从旁白到配乐等等，都尽量地忠实于原著的风格，力求达到"形神兼备"的完美境地。尽管不同的影视剧，其投入资本、艺术品质以及播出反响均有所不同，但其对艺术的追求与向往是相同的。话剧作为西方戏剧的舶来品，纯粹写实的舞台场景和表演风格，在艺术特质上与洋溢着意境美的中国古典小说《红楼梦》或许不是那么吻合。因此，编导在进行话剧改编时另辟蹊径，既不取其"形似"，亦不要求"神韵"。话剧红楼剧以独特的人物造型、另类的人物语言、怪癖的人物思想以及荒诞不经的表演，解构并颠覆了小说原著中的人物形象和故事情节。

一、红楼戏曲舞台剧人物表演论

中国古典戏曲在进行人物形象塑造时常常取其"神韵"，而不苛求其"形似"。梅兰芳1931年在香港拍摄无声电影《黛玉葬花》时已37岁。荀慧生在京剧《红楼二尤》中，一人分饰两角，分别饰演人物性格迥然不同的尤二姐和尤三姐。梁永璋导演的30集越剧电视剧《红楼梦》中贾珍、贾政等女小生的演绎更是难以说得上"形似"。鲁迅先生在《论照相之类》一文中对梅兰芳所饰演的林黛玉有过这样的评价："我在先只读过《红楼梦》，没有看见'黛玉葬花'的照片的时候，是万料不到黛玉的眼睛是如此之凸，嘴唇如此之厚的。我以为她该是一幅瘦削的痨病脸，现在才知道她有些福相，也像一个麻姑。"[1]艺术造诣登峰造极的梅大师尚且受到鲁迅先生的讥讽，可见古典戏曲在塑造人物形象时并不取其"形似"，而在其"神韵"。

徐玉兰、王文娟在饰演经典越剧《红楼梦》中的贾宝玉和林黛玉时已过而立之年，与小说原著中十几岁妙龄的烂漫少男少女有一定的年龄差距。但是演员通过自己娴熟的演技、唯美的唱腔将人物形象塑造得栩栩如生，从而成为一代人心中对贾宝玉和林黛玉的记忆。尤其是"黛玉葬花""黛玉焚稿"以及"宝玉哭灵"这些经典唱段，愁苦哀怨的唱腔、感人至深的唱词、悲痛欲绝的身段表演无不让观众潸然泪下、感慨万千。京剧《红楼二尤》中荀慧生一人分饰二角，将尤二姐的软弱、善良、愁苦和尤三姐的泼辣、刚毅、坚贞演得淋漓尽致，彰显了深厚的艺术功力，尽显其艺术大师的才华。龙江剧中贾宝玉的扮演者白淑贤更是有一手绝活，能够在舞台上双管齐下、挥毫泼墨。这是小说原著中贾宝玉根本不具备的本领。然而观众丝毫不会因为演员的才艺展示而质疑

---

[1] 鲁迅：《论照相之类》，《语丝》周刊第9期，1925年1月12日。

她所饰演的贾宝玉,掌声和惊叹声证明了观众对演员表演的认可。戏曲舞台对人物形象的塑造追求其神韵,因此"男旦""女小生""女老生"等反串演员只要能够把握住角色的神韵,就能够博得观众的掌声与内心的认可。

此外,舞台演出的时空限制以及戏曲舞台长期存在的"角儿制",使得主演的艺术形象光彩夺目,配角的艺术形象则变得模糊平庸,甚至存在人物形象脸谱化、人物性格扁平化等问题。例如小说原著中的薛宝钗是曹雪芹倾注心血,与林黛玉平分秋色的一个重要角色。但是历来"褒黛抑钗"的思想使薛宝钗在红楼戏曲中常常处于陪衬的地位。1962年岑范导演的经典越剧《红楼梦》亦是如此,剧中薛宝钗的人物形象塑造甚至不如紫鹃深刻。"金玉良缘"一故事中,当宝玉知道自己娶的新娘是宝钗时,他悲愤不已,大哭大闹。宝钗则默默地坐在床边,没有特写镜头,没有感人唱段,没有身段表演,她的身份似乎仅仅是一个替代的新娘。但此时的薛宝钗内心应该是极为痛苦纠结的。作为青春少女,她也怀揣着对爱情生活的追求与向往;作为大家闺秀,她更有着豪门千金的矜持与骄傲。她曾满怀抱负写下了"好风凭借力,送我上青云"的诗句,可如今在宝玉的心里,她却成了"鸠占鹊巢"的替代新娘,其中的屈辱与心酸又能向谁倾诉? 2011年北方昆曲剧院演出的昆剧《红楼梦》似乎意识到了这个问题,因此在宝玉、宝钗大婚之前设置了宝钗身着喜服的一段唱腔:"秋气深落叶飞扬,西风渐紧白玉堂。道什么金玉成双,甚良缘,目断云横前路茫茫。"寥寥数语却将宝钗的内心忧虑勾勒出来,使宝钗这个艺术形象不再是宝黛爱情悲剧的陪衬,而是这个爱情悲剧的牺牲品与受害者。

《红楼梦》的博大精深加大了戏曲改编的难度,卷帙浩繁的"红学"研究更是使编导们处于云山雾绕之地难以取舍。编导对小说原著的独特理解更是决定了其艺术形象的塑造以及故事情节的发展。欧阳奋强导演、徐棻编剧的川剧《王熙凤》就在把握原著精神的基础上进行了大胆地猜测与演绎。该剧中的王熙凤与贾珍为了得到修建省亲别墅的权利而钩心斗角,尤二姐就是贾珍为了挟制王熙凤而精心设的局。编剧甚至将原著中的"秋桐"这个角色分之为二,一个是王熙凤为了笼络贾琏而买的丫鬟"桐花",一个则是贾赦赐给贾琏的丫鬟"秋月"。尽管故事情节与小说原著有许多出入,但编导抓住了王熙凤以及其他人物形象的性格特色与内在气质,因此整体而言这种改编还是比较符合原著精神的。相比之下,由北方昆曲剧院演出的昆剧《晴雯》在人物形象塑造上则有人物过于脸谱化、主题先行等问题的存在。昆剧《晴雯》诞生于1963年,那是一个"以阶级斗争为纲"的时代。为了突出晴雯的高贵气节,编导将袭人放在了晴雯的对立面,极尽其丑化与贬损之能,使袭人成了人人唾骂之"丑角"形象。戏中的袭人工于心计、性妒势利、浑身媚骨、奸诈凶险，与曹雪芹的笔下那个外表和顺、忠心耿耿、温柔贤淑的丫鬟有较大差异。不管袭人的心机有多么深，内心有多么丑恶，她都不可能以如此露骨的"丑角"形象出现。红学界长期以来为薛宝钗、花袭人等艺术形象争论不休，戏曲与影视界在种种争论声中塑造了编导心目中的宝钗、袭人形象，只要不是过分离谱，观众都能接受编导的主观倾向。

编导在尊重小说原著精神内蕴的前提下，对人物形象与故事情节进行探佚式演绎是可以为观众接受与认可的。但是如果过于主题先行，违背了小说原著的本义与精神，那就会遭到观众的质疑。不同历史时期对《红楼梦》的主题思想有不同的认识，这部经典的著作引发了一代又一代读者的反思，无论时代如何变迁，其艺术魅力都是永恒的。

二、红楼戏曲电视剧人物表演论

十集京剧电视剧《曹雪芹》中言兴朋饰演的曹雪芹英俊潇洒、风流倜傥、气质儒雅、才华横溢。演员通过自己精湛的艺术表演将曹雪芹的愤世嫉俗、盖世才华以及悲剧命运进行了层层递进式地演绎，非常具有层次感。年少时的曹雪芹充满了对生活的热望，他淡泊功名利禄，向往自由生活。婶娘的不幸遭遇让他萌生了为闺阁女子著书的冲动，在青梅竹马恋人婉莹的鼓励下，他开始奋笔疾书。但写小说在当时社会被认为是不务正业，因此父母不仅将曹雪芹锁在书房，而且也因此不看好婉莹这个儿媳妇。随着婉莹被曹雪芹父母逼婚，最后香消玉殒，爱情的破灭使曹雪芹更加坚定了为闺阁女子昭雪的信念。一次又一次的人身打击，一个又一个亲人的悲痛离世使曹雪芹最终对这个世态炎凉的社会彻底地失去了信心。当儿子也在风雪中逝去后，他失去了唯一的精神支柱，倒在了茫茫雪地里。言兴朋将曹雪芹一生的心路历程以自己对角色深邃的理解完美地演绎出来。尽管戏曲电视剧在制作上并不是那么精良，但言兴朋却因塑造了一个光辉的曹雪芹形象而大放异彩。

在欧阳奋强导演的川剧电视剧《王熙凤》中，刘萍饰演的王熙凤泼辣阴险、两面三刀、逢迎卖乖、心狠手辣。从外形上看，刘萍就颇具王熙凤的气场，"一双丹凤三角眼，两弯柳叶吊梢眉，身量苗条，体格风骚"。除了外形符合观众心中对王熙凤的定位，川剧的剧种风格更是适合演绎王熙凤泼辣的个性。川剧高腔曲牌丰富、曲调高亢、帮腔意味隽永、引人入胜。川剧的语言生动活泼、风趣幽默，充满了鲜明的地方色彩和浓郁的生活气息，因此也比较适合电视剧的生活化演出。

梁永璋导演的30集越剧电视剧《红楼梦》中，钱惠丽饰演的贾宝玉得其师徐玉兰版宝玉的神韵，钱惠丽（饰演贾宝玉）与单仰萍（饰演林黛玉）版的舞台剧《红楼梦》堪称现代红楼戏的经典。越剧电视剧中林黛玉的饰演者余彬是上海昆剧团的青年表演艺术家。应该说余彬的气质与林黛玉是比较吻合的，但余彬是昆剧演员，因此在越剧电视剧中只能配音。配音在电视剧中原本是习以为常的事情，但戏曲电视剧与故事片电视剧还是有所不同的，大量的人物唱段通过配音来表现，总给人不真实之感，更何况戏曲演员最基本的就是唱功。因此这也使余彬所饰演的林黛玉形象在观众心目中大打折扣。电视剧追求真实的生活写照，越剧独特的剧种特色使得男小生与男老生非常稀少，剧中角色无论男女老幼几乎都是女子扮演。这些女小生与女老生在戏曲舞台上穿上宽袍大褂，蹬上厚底靴，配上浑厚的嗓音，俨然就是老爷和公子的形象。但是电视剧的求真美学使得演员根本不能像戏曲舞台上那样着浓妆，穿太过夸张的服饰。因此，许多女小生尤其是女老生在戏曲电视剧里的外在形象完全不符合角色的气质，如果演员的唱功不能出彩，那就简直没法形容其角色形象。以苏素云饰演的贾珍为例，该剧中的贾珍荒淫无耻、卑鄙可憎，他调戏尤三姐，结果被尤三姐一顿嬉笑怒骂，出尽了丑态与洋相。演员虽然竭尽全力地想演绎出贾珍的卑鄙无耻，可终究因为身材娇小、面容俊秀而使观众觉得这是场闹剧，根本不是人生悲剧。

三、红楼影视剧人物表演论

影视剧的写实化风格要求演员自身的形象与角色相符合，这是导演挑选演员时的基本条件。演员通过自己精湛的表演使角色深入人心，这才是表演的至高境界。因此，形神兼备是红楼影视剧最完美的艺术追求。

为了拍摄1987年版电视剧《红楼梦》，中国电视剧制作中心和北京宣武区人民政府联合在北京宣武区南菜园公园内，仿照小说中的大观园，兴建了一座"北京大观园"，同时在河北定县建造了宁国府、荣国府一条街。这两处用于拍摄的实景再现了《红楼梦》的典型环境，增强了电视剧的真实性与艺术感染力，同时也为演员的情境表演提供了真实的演出环境。其场景摆设都依照原著，几乎还原了人物的生活环境。演员的服装与造型体现了浓郁的古典气质，比较符合原著典雅、高贵的人物形象。欧阳奋强饰演的贾宝玉面庞圆润，目光炯炯有神，既有贵族公子哥的骄纵、任性，又有贾宝玉独有的痴情，尤其是宝玉对大观园中众女儿的欣赏与怜惜，演员把握得非常到位。陈晓旭有着黛玉般诗人的气质和敏感的内心，她才华横溢、多愁善感。"一朝春尽红颜老，花落人亡两不知"，似乎也是她的人生写照。2007年，陈晓旭的早逝无意之中契合了原著中林黛玉的悲剧命运，在使人感悟到人生戏剧化的同时，惊叹导演选择演员的精准。她所饰演的林妹妹也成为一代人心中永恒的记忆。提到1987年版《红楼梦》，人们一定不会忘记一个光辉的艺术形象，那就是邓婕所饰演的王熙凤。邓婕是四川省川剧院演员，有非常扎实的艺术功力和表演经验。"粉面含春威不露，丹唇未启笑先闻"，邓婕的一出场就完全吻合了王熙凤的外在形象与内在气质，此后她更是将凤姐蕴藏于高贵美丽之中的泼辣、逢迎、能干、狠毒表现得淋漓尽致。1987年版《红楼梦》没有起用明星，甚至有些演员完全没有接触过表演。导演首先从外在形象上挑选了符合角色需要的若干演员，通过一段时间的集训后，各自再确定自己的角色。这种演员海选的好处在于演员外在气质比较符合剧中角色，但也存在个别演员因表演经验不足而无法驾驭角色等问题。

李少红版电视剧《红楼梦》为了追求更为虚幻的艺术效果，选择了大量搭建摄影棚拍摄。为了达到艺术真实，该版电视剧甚至调用了许多历史真品以及珍贵文物作为布景。剧中的重要道具更是用珍贵的材料量身定做，极尽其精细与华丽。导演以写意般的创作手法表现了小说原著"亦真亦幻"的美学追求。精致的场景、逼真的道具、华美的服饰、俊美的演员，无不构成一幅精美的图画。然而，这部电视剧一经播出就引来了阵阵非议，甚至是"一边倒"的批判之声，导演李少红的艺术美学追求没有得到观众的认可，该剧的演员表演更是离"形神兼备"甚远。首先从演员外形来看，小宝玉的饰演者于小彤虽然机灵可爱、俊秀灵动，但是面颊过于消瘦，与宝玉"面如中秋之月"的外在形象有些出入。黛玉的饰演者蒋梦婕却面庞圆润，甚至略有些婴儿肥，虽然娇憨可爱、漂亮可人，却也离黛玉弱柳扶风的病态体质相去甚远。薛宝钗的饰演者李沁，眉清目秀，五官精美，单薄的体态略显纤弱之气，与小说原著中宝钗略显丰盈的体态也不甚吻合。李沁出生在江苏省昆山市，她的家庭称得上一个昆曲名门之家。整个家族的人几乎都从事昆剧艺术表演或者是昆曲爱好者。李沁也成了上海戏剧学校昆曲班的学生，在昆曲这种高贵优雅艺术的熏陶下，李沁举手投足间都自然散发着优雅的古典风范。这与小说原著中薛宝钗的气质是比较吻合的。相比之下，蒋梦婕饰演的林黛玉则要逊色很多。"腹有诗书气自华"，黛玉的才华与灵性是自身气质由内而外地溢出来的，而不是背几句台词和古诗就能够体现出来的。更何况蒋梦婕所饰演的黛玉不仅没有古典的内在气质，甚至连古诗词的吟诵都显得生硬、别扭。演员对角色的理解和喜爱决定了其演出的艺术成效，很显然，蒋梦婕对林黛玉这个人物角色并不了解，而且也不尊重。在该版《红楼梦》播出不久，蒋梦婕就接拍了一个"士力架"巧克力的代言广告。以林黛玉的形象出现，形容人饿得像林黛玉般有气无力，吃了块巧克力后立即变成了一个健壮的男人，极尽其恶搞之态。一般说来，演员接拍广告是自己的权利原本无可厚非，但是以剧中的人物形象恶搞，尤其是以人尽皆知的林妹妹的形象恶搞，确实让观众无法接受。由此可见蒋梦婕对自己所饰演的角色也是极为不珍视的。1987年版《红楼梦》中林黛玉的饰演者陈晓旭，自幼年阅读《红楼梦》小说后便与这个多愁善感的林妹妹结缘，终其一生也没有离开林妹妹的影子。她的古典气质与诗人情怀使观众觉得她并不是在演林黛玉，而是她就是林黛玉，这是观众对演员的极大认可。角色是演员的羽毛，演员必须珍视自己的羽毛，这样才能在广袤的蓝天绚丽地翱翔！

　　红楼影视剧创造出了许许多多形神兼备的人物形象，谢铁骊版六部八集电影中林默予饰演的贾母雍容华贵无人能及，赵丽蓉饰演的刘姥姥憨厚淳朴更是成为该剧亮点。陶慧敏饰演的林黛玉外形古典气质颇浓，婉约、忧郁的神情较好地演绎了林黛玉的多愁善感。夏钦反串的贾宝玉引起了观众的争论，有观众认为她所饰演的贾宝玉脂粉气过浓，女孩味儿太重，尽管贾宝玉是混在女人堆里长大的孩子，但他毕竟是个"混世魔王"，骨子里还是应该具有阳刚之气。尽管有反对的声音，但夏钦所饰演的贾宝玉还是得到了大部分观众的认可，她所饰演的贾宝玉潇洒俊秀、聪慧机敏、透着灵气。由于影片紧随着电视剧之后播放，因此该片的影响力不是很大，的确有些生不逢时之憾！

　　李平导演的电视剧《黛玉传》中最符合人物形象与气质的是邓莎所饰演的薛宝钗。该版薛宝钗德才兼备、端庄贤淑、聪慧大气、藏愚守拙。"眉不画而翠，唇不点而红""脸若银盆，目似双杏""任是无情也动人"，这些小说原著中对薛宝钗的外貌描写在邓莎身上似乎都能找到影子。闵春晓饰演的林黛玉外形清丽脱俗，身段优雅纤柔，举手投足间尽显林妹妹多愁善感的气质。她曾在"红楼梦中人"选秀活动中从众多参选林黛玉的佳丽中脱颖而出，两度入围总决赛三甲，最终获得黛玉组的亚军。闵春晓的古典气质饰演了一个灵动的"潇湘妃子"，因而也得到了观众的一致认可。马天宇饰演的贾宝玉难说完美，却也为观众所认可。宝玉的聪慧灵气在剧中没有得到很好地体现，但他对大观园中众姐妹的细腻情感，尤其是对黛玉的真挚痴情却演绎得比较到位。该剧中比较出彩的角色还有宋雨霏饰演的袭人，温柔贤惠、体贴入微。陶昕然饰演的探春，聪慧机敏、精明能干。整体而言，这还是一部比较符合小说原著气质的电视剧。

　　黄健中、郭靖宇导演的电视剧《红楼丫头》从整体风格上来说就完全没有了小说原著中的古典主义气质。它以《红楼梦》中的丫头们作为该剧的主角，体现的都是下层丫鬟的喜怒哀乐以及悲剧命运。该剧以生活化的场景、生活化的语言体现了人物命运。该剧对小说原著进行了一些探佚与补充，尽管有些故事情节与人物形象并不太符合小说原著的精神。但总体而言，这部电视剧是以严肃的创作态度来虚构的故事情节。电视剧以晴雯、袭人、平儿、鸳鸯这四个大丫头为主线，体现了丫鬟也有人格尊严，也期待幸福生活的主题思想。迟佳饰演的贾宝玉充满了民主思想，关爱丫鬟，善待身边的每一个人。徐筠饰演的袭人温柔贤惠却处处管制宝玉，心地善良却不敢为姐妹争取权利。周璐饰演的晴雯聪慧机敏，在电视剧中以"女诸葛"的人物形象为众姐妹出谋划策。王微微饰演的平儿一出场便怀有身孕，开始了她与王熙凤的艰难斗争。张佳楠饰演的鸳鸯忠肝义胆、热血心肠，常常救姐妹于水火之中。李烁饰演的芳官机灵调皮、懵懂无知，常常在大观园制造"闹鬼"的事件吓唬王夫人等封建主子。这种故事情节在一般的电视剧中时常出现，但大师如曹雪芹者是绝不会有如此低劣的笔法，容许芳官在大观园里胡作非为却逍遥法外。曹雪芹的艺术虚构建立在现实主义的基础之上，有违常理的、幼稚的故事情节是不可能出现在小说原著之中的。

"形神兼备"是影视剧演员的艺术追求，尽管每部作品都有这样或那样的遗憾，但影视剧原本就是一门遗憾的艺术，只要创作者以严肃的创作态度、刻苦的创作精神以及饱满的创作热情投入到这份工作中，就一定能够为观众带来一份饕餮盛宴！

四、红楼话剧人物表演论

话剧艺术既不像戏曲艺术那样长于抒情写意，也不像影视剧那样长于叙事写实。短短两个多小时的舞台演绎要想浓缩鸿篇巨制的长篇小说《红楼梦》，似乎有些"蛇吞象"般不可思议。因此，话剧编导独辟蹊径，颠覆了读者心目中的人物形象，解构了小说原著中的故事情节，以全新的艺术姿态展现编导心中对《红楼梦》的独特理解。

陈薪伊导演的全景话剧《红楼梦》以宏大的戏剧场景和舞美布置体现了小说原著史诗般的恢宏气势。工人体育场的观演环境类似于古希腊的圆形剧场，观众由上而下俯视人生百态。该话剧起用全明星阵容，但演员的造型服饰却实在不敢恭维。且不说它的造价如何之昂贵、制作如何之精良，单从角色形象塑造方面而言，该版话剧主要角色的定妆照就是失败的。也许是为了制造夺人眼球的视觉效果，也许是为了适应工人体育馆这个庞大的剧场，总之，该版话剧中人物的造型都极为夸张，它张扬了一种独特的审美品位与艺术追求。贾宝玉的造型让人联想到"西门庆"，薛宝钗更是被戏谑为"黑山老妖"，林黛玉烦琐而累赘的头饰使她丝毫没有了"弱柳扶风"之态。全景话剧对小说原著人物形象的颠覆不仅体现在人物造型上，更体现在人物的语言、神态以及思想上。话剧将宝玉的形象一分为四，一个小说中的宝玉、一个老宝玉、一个曹雪芹、一个宝玉灵魂。陈导的思想的确是深邃，令一般人望尘莫及，尽管导演对自己所设定的每一个人物角色都有自己独到的理解和解释，但相信观众在观赏演出时面对众多的宝玉形象，依然会一头雾水、不知所云吧！该剧不仅颠覆了传统的人物形象，更是解构了人们熟知的故事情节。此外，导演并没有按传统的叙事方法来讲述宝黛之间的爱情故事，也没有用具体的故事情节来展现出一个完整的故事。整个话剧充满了哲思，有焦大对贾府的哲思，老宝玉对自己人生的哲思，宝玉灵魂对现实生活的哲思，最重要的是导演对《红楼梦》的哲思。尽管陈薪伊导演的这部《红楼梦》难以称得上是经典之作，但其大手笔、大制作、大规模的磅礴气势依然使得这部话剧产生了重大的反响以及深远的意义。

如果说陈薪伊导演是怀着一颗虔诚和敬畏的心态试图还原古典主义《红楼梦》深邃的思想的话，那么张广天导演则是以一种"借古人之酒杯，浇自己之块垒"的心态来改编这部经典名著。先锋实验话剧以荒诞不经的笔触、夸张离奇的表演和无厘头的搞笑来取悦观众原本是无可厚非的事情，但导演拿经典名著《红楼梦》开涮则实在需要一定的勇气。因为此举不仅会招来"红学家"的非议，更会引发众多"红迷"的公愤。该话剧中的人物形象塑造，如果以传统观点来看的话，没有一个角色是符合小说原著人物形象的。且不用说"形神兼备"了，话剧中的任何一个人物角色，如果导演不人为地为之贴上标签的话，没有一个人能够猜到他（她）所饰演的是什么。而且即便是明白地告诉你演员所饰演的角色，你也完全不能够与自己心目中的人物形象相匹配。宝玉由一个妖娆的女人饰演，而且在鱼缸里声嘶力竭地扭动着、呐喊着。黛玉由一个男人饰演，口若悬河、滔滔不绝地发表了一大段言论，然后不知所终。史湘云由一位身着不伦不类装束的女人扮演，该版史湘云会时不时地爆粗口，其思想和行为更是俗不可耐到无以复加的地步。曹雪芹也在话剧中被恶搞，创作小说《红楼梦》竟然是因为生活所迫。尽管该版话剧通过剧中人物的语言反映了一些社会现实，也讥讽了现实社会的某些丑恶现象，但是拿经典开涮，拿名著开刀，拿所谓的"后现代"来为自己的浅薄开脱，实在不是当代话剧人对待经典名著应有的态度。

话剧从文明戏时代便开始了对《红楼梦》的改编，但是改编成功者却甚少。一方面是由于话剧作为西方舶来艺术,与中国古典主义小说之间依然存在着无法逾越的鸿沟。二来编导对原著的理解也影响着话剧舞台艺术的呈现。三者,观众对小说《红楼梦》太过熟悉,每个人心中都有一个贾宝玉和林黛玉的形象,每个人心中也都有一份独特的"红楼情怀"。只有演员所塑造的人物形象符合了观众的内心期待,故事情节满足了观众的心理需求,这部作品才能够得到观众的认可。

第二节 红楼剧之意境营造

中国古典小说存在着意境,而《红楼梦》这部诗化小说更是充满了或灵动、或惆怅、或悲哀、或唯美的艺术意境与审美意蕴。神采飞扬的笔墨不仅塑造了一个个具有灵性的女子,作者更是用饱满的激情为每一位女子描绘了一幅水墨丹青。整部小说如同一幅长卷,舒展开来则是一幅幅美妙绝伦的仕女图抑或是山水画。影视艺术的意境与小说的意境是"同构"的,只是营造意境的手段略有不同。理论上说,影视艺术能够调动的艺术手段更多。它不仅可以通过镜头与画面的调度创造出浓郁的诗化风格,而且可以通过音乐、音响等艺术手段营造或空灵、或梦幻的氛围。

一、诗情画意、意蕴隽永的尘境

意境是由一个个体现着作者品性、情感、意趣的意象有机构成的,传达出意蕴、情调和境界的形象体系。小说《红楼梦》的艺术意境主要来自于作品中充满诗情画意的情境。这种情境或温馨,或浪漫,或凄清,或悲凉,既有宝黛共读"西厢"时的烂漫与纯真,亦有黛玉葬花时的凄清与哀怨;既有湘云醉卧芍药花时的天真与洒脱,亦有龄官画蔷时的痴心与无奈;既有宝钗扑蝶时的童心未泯,亦有宝琴踏雪寻梅时的高雅情趣。作者用他的妙笔为读者精心描绘了一幅幅情趣盎然的水墨丹青。

"宝玉读曲"为读者描绘了这样一幅画面:"那一日正当三月中浣,早饭后,宝玉携了一套《会真记》,走到沁芳闸桥边桃花底下一块石上坐着,展开《会真记》,从头细玩。正看到'落红成阵',只见一阵风过,把树头上桃花吹下一大半来,落的满身满书满地皆是。宝玉要抖将下来,恐怕脚步践踏了,只得兜了那花瓣,来至池边,抖在池内。那花瓣浮在水面,飘飘荡荡,竟流出沁芳闸去了。"(第23回)好一个"落红成阵",不仅细腻地写出了宝玉惜花爱花的高洁品质,也与此后的"黛玉葬花"遥相呼应。一个不忍践踏,兜了花瓣抖落池中。一个肩荷花锄、手执花帚,将花儿埋入花冢。作者更是在这"落红成阵"的唯美意境中安排宝黛二人共读"西厢",此情此景,此心此境,爱情的萌芽在这种浪漫、唯美的氛围里悄悄地滋生着。《红楼梦》剧自然不会放过这么经典的情境,无论是越剧《红楼梦》、王扶林版电视剧《红楼梦》、李少红版电视剧《红楼梦》,还是谢铁骊版电影《红楼梦》等等,都将宝黛共读"西厢"视为宝黛爱情的萌芽,其剧照也作为经典照片得以流传。

  曹雪芹用他的生花妙笔为读者营造了或旖旎、或婉转、或凄美、或幽深的意境,令读者产生了无限的遐思。红楼剧试图通过音乐、舞美等艺术手段营造其意境,但艺术效果却并不完全一样。红楼戏曲舞台剧主要通过灯光、意象化的布景以及演员的唱腔和表演来营造意境。以《黛玉葬花》为例,一个柔弱单薄的女子扛着细长的花锄出现在舞台上,手里拿着小巧的花帚,穿行在春愁似海的花林里,那哀怨的神情、轻盈的脚步、曼妙的身姿、高雅的举止……本身就是一幅意蕴隽永的绝美图画。再加上演员婉转凄清的唱腔与幽怨悲愤的唱词,更是将黛玉深恐花落人间遭俗尘玷污的灵心慧质演绎得淋漓尽致。红楼影视剧也通过镜头语言和影视配音来营造意境,尤为值得一提的是李少红版电视剧《红楼梦》,该版电视剧中"黛玉葬花"时的画面构图可谓意境悠远、灵动唯美,明艳的花瓣在阵阵微风后纷纷飘零,铺撒了一地的芬芳。黛玉置身于花海中思绪万千,既有对"花落人亡两不知"的悲凉感慨,亦有对"他年葬侬知是谁"的忧心忡忡。情到伤心处,不觉泪光点点,此时背景音乐响起,更是烘托了一种悲凉的氛围。王扶林版电视剧《红楼梦》中由王立平作曲的《葬花吟》更是赢得了无数观众的共鸣。"黛玉葬花"是对黛玉人生的诗化表达,表现了黛玉矢志不渝的高贵品质。该曲不仅营造了悲凉的氛围,更是将观众的情绪推到了最高潮。

  "宝钗扑蝶"是薛宝钗作为青春少女最纯真的一次自然本性的流露。蝶舞翩翩,引逗得青春少女在花丛中追逐。但作者的生花妙笔却随之一改,让宝钗偷听到了小红和坠儿的一段对话,并嫁祸给了黛玉。宝钗的形象由此而一落千丈,甚至遭到读者对其人品的质疑。然而不管此后的情节如何变化发展,如果一定要为宝钗画一幅仕女图的话,"宝钗扑蝶"无疑是一幅最有意境的图画。红楼梦剧对此情节通常会以一个镜头带过,但也有些剧目不仅给"宝钗扑蝶"一个特写镜头,甚至浓墨重彩地为之渲染。黄梅戏版《红楼梦》将这个情节改为了"庆生辰,送花神",恰逢宝钗生日,贾母让大观园中的众姐妹为宝钗送花神以庆祝生日,宝钗夺得牡丹花魁之美誉。黛玉却孤苦一人含泪葬花。黄梅戏淳朴、通俗的剧种风格使得该剧生动活泼有余,高贵典雅不足。对舞台意境的营造则更显薄弱。李少红导演的水景秀《红楼梦》中也以一段优美的舞蹈大肆渲染了"宝钗扑蝶"的情境。该剧以精致的舞台布景、梦幻的视频特技以及飘逸的背景音乐来营造舞台氛围，确实能够给人以视听的美感和享受。然而该剧弱化了剧情构架与人物形象塑造，因此对小说不熟悉的观众也许会完全不知所云，从而也削弱了该情节深层次的意义。对意境的营造也就流于表面，从而无法达到感人至深的艺术效果。

"湘云醉眠芍药花"是一幅绝妙的"美人春睡图"。小说第五回宝玉去秦可卿房中小憩时，提到可卿卧房的墙壁上有唐伯虎画的《海棠春睡图》。如果唐伯虎有幸读过《红楼梦》的话，相信他画的一定是《芍药春睡图》。如果说"黛玉葬花以其哀婉、凄怨的悲凉之感给人以心灵的震感从而显现出其独特的文化价值和审美价值，宝钗扑蝶以其青春少女天真烂漫的青春活力给人赏心悦目的审美愉悦的话，那么湘云醉眠则以其浓烈的浪漫气息和喜剧效果给人以纯真率直、娇憨脱俗的独特风姿和神韵，如炎炎夏日中一汪清凉的泉水，令读者的心怀为之一畅"[1]。红楼梦剧对"湘云醉眠"的演绎并不是很常见，因为在戏曲演出中史湘云甚至没有出场，即便有这个角色安排，也仅仅是作为宝黛爱情陪衬的配角出现。王扶林版电视剧中"湘云醉眠"这场戏活泼有余、意境不足，太多写实，缺乏写意。湘云醉卧的特写镜头没有一丝梦幻、空灵之感，众人围着湘云打趣时的话语更是让这幅春睡美景变得诙谐、有趣。

小说第76回《凸碧堂品笛感凄清，凹晶馆联诗悲寂寞》是全书中最有艺术意境的回目之一。"桂花树下，呜呜咽咽，悠悠扬扬的笛声随风飘来，趁着明月清风，天空地净，真令人烦心顿解，万虑齐除。"[2]如此良宵美景与家人一同赏月，自是享受天伦之乐的好时光。然而寄人篱下的黛玉却对景伤情，因而离开宴席遇到了与自己有着相似命运的湘云。湘云觉得山上赏月虽好，却不及近水赏月更妙。因此二人来到了"凹晶馆"。"只见天上一轮皓月，池中一轮水月，上下争辉，如置身于晶宫鲛室之内。微风一过，粼粼然池面皱碧铺纹，真令人神清气净。"[3]也只有在这样的环境之下才激发了黛玉与湘云的诗情，二人联出了"寒塘渡鹤影，冷月葬花魂"的诗句。这是何等的意境啊！李少红版电视剧《红楼梦》对这一情节的意境渲染还是比较空灵、梦幻的，其视觉形象如缓缓舒展的画卷，随着镜头的推移展现出一幅中秋赏月的家族全景，其画面甚至给人以《韩熙载夜宴图》的感觉。黛玉与湘云联诗时的画面亦凄清冷艳，富

---

1 焦贻之：《浅析"史湘云醉眠芍药"的多重意蕴》，《中华女子学院学报》，2008年第2期。
2 曹雪芹、高鹗：《红楼梦》，北京：中国文史出版社2003年版，第649页。
3 曹雪芹、高鹗：《红楼梦》，北京：中国文史出版社2003年版，第652页。

有诗意。美中不足的是演员的自身气质与台词功底太差，完全没有把握住诗词的韵味与深意。

小说第50回《芦雪庵争联即景诗，暖香坞雅制春灯谜》中也有两处极佳的景致，那就是"宝玉乞梅"和"宝琴立雪"。"雪后寻梅，霜前访菊，雨际护兰，风外听竹"（陆绍珩《醉古堂剑扫》）是最具代表性的中国古代文人怡情山水的审美情趣。冬梅那斗雪凌霜、淡雅圣洁、幽雅超逸的高贵品质，历来受到文人墨客的追捧与钦慕，更何况是妙玉栊翠庵中的红梅，自然更有一番圣洁的神韵。因此宝玉赋诗一首《访妙玉乞红梅》："酒未开樽句未裁，寻春问腊到蓬莱。不求大士瓶中露，为乞嫦娥槛外梅。入世冷挑红雪去，离尘香割紫云来。槎枒谁惜诗肩瘦，衣上犹沾佛院苔。"[1]比起踏雪寻梅，宝玉的"访妙玉乞红梅"似乎别有一番意趣与风情。再说"宝琴立雪"，"一看四面粉妆银砌，忽见宝琴披着凫靥裘站在山坡上遥等，身后一个丫鬟抱着一瓶红梅。众人都笑道：'少了两个人，他却在这里等着，也弄梅花去了。'贾母喜的忙笑道：'你们瞧，这山坡上配上他的这个人品，又是这件衣裳，后头又是这梅花，象个什么？'众人都笑道：'就象老太太屋里挂的仇十洲画的《双艳图》。'贾母摇头笑道：'那画的那里有这件衣裳？人也不能这样好！'"[2]银装素裹的皑皑白雪里，立着一位身着凫靥裘的妙龄少女，身后还有一位丫头怀抱着一瓶盛开的红梅，白雪红梅交相辉映，难怪乎见多识广的老祖宗也会惊艳这种美景，并夸赞其胜过仇十洲的《双艳图》。由于这两处意境与全书主线的关联不大，因此红楼舞台剧常常会忽视其故事情节，全本红楼电视剧也常常通过几个镜头一带而过。王扶林版电视剧对"宝玉乞红梅"的故事有演绎，但给观众的感觉是写实有余而空灵不足，皑皑白雪中突兀地显现出几株红梅，宝玉在槛外向妙玉乞梅，一问一答间竟没有了小说中空灵的意境与禅意，仿佛所乞的就是一件普通俗物，而丝毫没有了"踏雪寻梅、踏雪乞梅"的高雅意趣。"宝琴立雪"的意境在该剧中亦是以几个简约的镜头一笔带过。舞台剧或电影出于精炼故事情节的考虑没有演绎这两处意境是无可厚非的，作为全本电视剧却应该对这两个意境进行演绎，而且还需花费编导一番心思。

《红楼梦》无与伦比的美学意蕴和审美高度是中国古典哲学、美学达到巅峰时期的产物。影视剧必须把握住作者虚实相生的意境，以唯美、灵动的艺术手法来处理真与幻、虚与实之间的微妙艺术关系，从而达到趋于完美的境地。

1　曹雪芹、高鹗：《红楼梦》，北京：中国文史出版社2003年版，第406页。
2　曹雪芹、高鹗：《红楼梦》，北京：中国文史出版社2003年版，第409页。

二、神秘梦幻、幻象万千的幻境

小说开篇便为读者展开了一个魔幻的世界，大荒山、无稽崖、青埂峰，寥寥数字便勾勒出了一幅世外仙山的场景。李少红版《红楼梦》以电影的艺术手法来渲染石头的神话故事，高科技手段的运用使得画面充满了梦幻、神秘、灵动的色彩，其美学效果甚至堪与《阿凡达》媲美。王扶林版电视剧对大荒山、无稽崖、青埂峰下石头的故事以旁白的形式道出，但也许是由于当时的技术手段抑或是意识形态原因，王导对这段文字的画面处理是非常写实的，甚至可以说是亦步亦趋，连和尚、道士也配合着解说出现在荧屏上，匆匆而来，匆匆离去。画面的真实感与神话的梦幻、空灵之感显得极为不和谐。北方昆曲剧院演出的昆剧《红楼梦》拉开帷幕，舞台上便升腾起阵阵迷雾，一道绿色的光亮在舞台的一侧闪烁，它便是"顽石"所闪耀的光芒。茫茫大士与渺渺真人在舞台的另一侧出现，一番对话后二人携带"顽石"步入红尘，开始这段红楼故事。"石头"的神话经常作为"楔子"出现在戏曲舞台或影视剧中，故事由此拉开帷幕。红楼剧对虚幻世界的意境营造可以为该剧蒙上一层神秘、梦幻的浪漫主义色彩，而这也是曹雪芹的伟大之处。但在营造虚幻意境时，编导也必须把握好一个"度"，否则容易流入宿命论，或封建迷信的漩涡。李少红版电视剧对"石头"神话故事的演绎拿捏还比较到位，但在"太虚幻境"中就显得过于阴森、鬼魅，本书在谈及"太虚幻境"时会进一步详细地论述。

小说第五回《游幻境指迷十二钗，饮仙醪曲演红楼梦》是一个令红学界与影视界都津津乐道的回目。不少红学家认为该回目是全书的主旨与提纲，大观园中众多青春女子的人生命运都在《金陵十二钗》正册、副册、又副册的判词中得到了体现。这些判词是读者理解《红楼梦》的关键。然而对《红楼梦》剧而言，"太虚幻境"最重要的意义并不是为观众一一展示那些预示人物命运的判词，而是对"太虚幻境"那种神秘梦幻、幻想万千的意境的渲染。前文中笔者提到戏剧艺术是转瞬即逝的艺术，即便是影视剧能够以碟片的形式保存，观众也不可能反反复复地观看影片，琢磨其判词的深刻含义。因此，具有视觉冲击力的环境与人物的塑造才是戏剧艺术最应着重表现的方面。谢铁骊版电影《红楼梦》以"太虚幻境"开场，贾宝玉在警幻仙姑的引领下，倾听了"红楼梦十二支曲"以及众仙子们衣袂飘飘的表演，随后又来到了"薄命司"，翻看了《金陵十二钗》。影片制造了梦幻般的艺术效果，较好地渲染了其意境，美中不足的是影片的整体色调比较昏暗，因此影响了其视觉效果。王扶林版《红楼梦》没有"太虚幻境"的演绎。李少红版却浓墨重彩地渲染了一番。宝玉在梦境中来到了"太虚幻境",由警幻仙姑引领来到了"薄命司",只见大门一开启,一阵阴森森的冷风迎面扑来把宝玉吓了一个趔趄,其意境的渲染让人感觉不是在"仙境"而是在"冥境"。宝玉在警幻仙姑的引导下翻看了《金陵十二钗》的又副册、副册以及正册。册子中的画面随着解说的内容变幻着,倒也精致、唯美。说到"金簪雪里埋"时,册子上竟有一层薄薄的白雪,宝玉轻轻地拂去白雪,一支簪子掉在了地上。宝玉俯身拾簪时,整本册子都翻开了,正册中王熙凤等人的判词陆续翻开,其画面非常富有诗意。随后宝玉离开了"薄命司"在警幻仙姑的安排下品尝了"千红一窟"茶、"万艳同悲"酒,并欣赏了"红楼梦十二支新曲"。其色彩绚丽、明亮,意境梦幻、空灵。但是导演为了烘托出仙境的氛围,让仙女们在宝玉周围飘来荡去,尽管淡化了其形象,却依然让观众有不适之感。幻境中警幻仙子将其妹可卿许配给宝玉,但是可卿身着一袭黑衣,极尽妩媚妖娆之态,与仙境的整体意境似乎并不那么吻合。该版电视剧在处理"太虚幻境"时视觉效果还是颇具吸引力的,只是怪异、阴森的背景音乐有些让观众难以接受。戏曲舞台对"太虚幻境"的演绎相对而言则比较简单一些,大部分是制造舞台烟雾以营造神秘氛围,然后是一些衣袂飘飘的仙子簇拥着宝玉来到舞台。警幻仙姑则是一身道姑的装扮,手持拂尘,为宝玉指点迷津。

"假作真时真亦假,无为有处有还无",《红楼梦》中虚虚幻幻、真真假假的故事情节隐喻了太多的人生哲理。作者用现实主义的笔法为读者构筑了尘世间的荣宁二府和大观园,同时还用浪漫主义的笔法虚构了一个"太虚幻境"。要想将《红楼梦》搬上舞台或银屏,编导也须得拥有现实主义和浪漫主义的情怀,这样才能够得《红楼梦》之精髓。

第八章 时代氛围对红楼剧改编的影响

时代氛围对《红楼梦》戏剧改编的影响主要体现在两个方面：学术研究和商业运作。改革开放后，有关《红楼梦》的研究与戏剧改编体现出浓郁的学术氛围。王扶林导演的电视连续剧《红楼梦》在全国上下掀起了"红学"热潮，街谈巷议争说红楼。该剧以脂评线索和红学研究成果为改编蓝本，电视剧在人物命运与归宿上更是完全摒弃了程高本《红楼梦》，而采用红学研究成果作为改编依据。红学界、影视界和评论界在1987年6月又联手举办了《红楼梦》剧学术研讨会，共同探讨名著改编艺术尤其是电视连续剧《红楼梦》对80回之后的改编问题。《红楼梦》的戏曲改编也经常伴随着学术性思考，黄梅戏《红楼梦》中的贾宝玉就非常富有叛逆性。龙江剧《荒唐宝玉》中的贾宝玉甚至对皇权与神权都产生了质疑。贾宝玉的思想明显地带有了民主主义色彩，这与红学研究是密不可分的。

随着商品经济的发展，21世纪的《红楼梦》戏剧改编又呈现出了新的风貌。2006年，声势浩大的"红楼梦中人"选秀活动拉开了李少红版《红楼梦》电视剧改编的序幕。北京电视台携手中影集团，投巨资，请名导，在世界范围内海选演员，历时整整十个月。在电视市场化、商业化的过程中，红楼选秀已经具备了初步的产业化形态。中国的文化艺术市场在经历了商业大潮的涤荡后，拍摄一部电视剧的终极目的不仅是还原经典，对于经济利益的追求也是所有参与者关心与关注的。"红楼梦中人"活动的定位是"全球华人文化娱乐圈的顶级盛宴"。由此可以看出娱乐与商业在该剧产生过程中的比重。商业化、娱乐化的趋势不仅仅体现在电视剧改编这一个方面，而是渗透到《红楼梦》的戏曲改编、话剧改编等多个方面。新世纪伊始，上海越剧院依据上海大剧院现代化的设施和条件对该剧做了全方位的调整复排，该版越剧《红楼梦》在保留原版风格的前提下，增加了"元妃省亲"和"太虚幻境"等大场面的戏，尤其丰富了音乐、布景、服装、道具和灯光等外化手段，整个舞台流光溢彩，精美绝伦。一批新生代的演员，在老艺术家的指导下成功地完成了越剧《红楼梦》的继承和发展。青春靓丽的舞台形象，美轮美奂的舞美布景，优美动听的曼妙旋律为观众打造了一场视听的盛宴。2012年李少红导演的水景秀《红楼梦》

在北京水立方演出，该剧已经无法用传统的话剧、音乐剧或者歌剧、舞剧为之定义，因为导演想要打造的就是一场"声光电色"的水景秀演出。学术研究被束之高阁，甚至文学剧本亦显得可有可无，故事情节支离破碎，演员表演朦胧抽象。但是它所营造出的虚无缥缈的意境，浪漫唯美的氛围无不给人以视听的享受。

第一节 学术研究与红楼剧

《红楼梦》是中国长篇小说创作的巅峰之作，也是最具影响的古典文学作品。自其问世以来，不仅深受历代读者的喜爱，更以一部小说而成就一门学说——"红学"。这在文学史上是罕见的，《红楼梦》成书过程及版本的复杂性，尤其是该书没有最后定稿完成，且一部分书稿"被借阅者迷失"，给人们留下了永远无法弥补的缺憾。恰如有人试图修补维纳斯的断臂一样，这种缺憾，将永远激荡着人们追求完美的心理。红学领域中的所谓"探佚"，便是这种心理的产物之一。"红学"专著数以百计，"红学"论文汗牛充栋。版本学、脂学、曹学、探佚学百花齐放，索隐派、考证派、批评派百家争鸣。学术成果、观点层出不穷，学术争鸣一波未平一波又起，这是其他任何一部文学经典所不能与之相比拟的。曹雪芹的文学巨著《红楼梦》被称为中国古代政治、文化、民俗的百科全书。后人能够读懂其真谛的，可谓少之又少。因此，《红楼梦》的戏剧改编不得不参考红学家们的研究成果或者聘请红学家们担当文学顾问或编剧。

纵观二百年红学研究历史，大体上可分为旧红学（"五四"以前的红学研究阶段）、新红学（"五四"到20世纪50年代以考证为特征的红学研究阶段）、现代红学（20世纪50年代后的红学研究阶段）三阶段。红学研究对电视剧改编版本选择产生了重要影响，其中对电视剧产生直接影响的是新红学与现代红学研究成果。新红学以胡适和俞平伯为代表。新红学通过对《红楼梦》版本的考证，明确了前80回与后40回的区别、脂本与程本的区别。他们进而认定后40回的作者为高鹗，并指出后40回的一些不足之处。他们还依据脂批的提示与前80回的线索，推测了后40回的大概情节。王扶林导演的1987年版电视剧舍弃了通行的120回本，而按照探佚学的研究结果，新编了后40回的情节，拍摄了一部自认为是忠实于曹雪芹原意的《红楼梦》。该剧之所以会有这样的选择，主要是因为受当时主流学术研究观点及电视剧顾问的影响。1987年版电视剧《红楼梦》的编剧组和顾问团有王昆仑、阮若琳、沈从文、启功、吴世昌、周汝昌、杨乃济、蒋和森、曹禺、戴临风等老前辈，正是这些红学家的参与为该剧奠定了深厚的文化基础。1987年版电视剧一经播出便在全国上下掀起了"红学"热潮，大量的评论文章从各个角度做出了迅速及时的反应，全国报刊发表的评论文章可谓盛况空前。红学界、影视界和评论界在1987年6月下旬又联手举办了《红楼梦》剧学术研讨会，共同探讨名著改编艺术尤其是电视连续剧《红楼梦》对80回之后的改编问题。胡开敏在《〈红楼梦〉电视连续剧评论综述》[1]一文中将各位红学家对这部连续剧的评价进行了综述，充分地体现了红学界对《红楼梦》剧影视改编的关注。

"红学"有许多分支，如果说"脂学"与"探佚学"的研究成果能够使改编者更加明晰主要人物的命运和最终归宿。那么，"曹学"的研究成果则直接影响着两部电视连续剧——言兴朋主演的十集京剧电视连续剧《曹雪芹》和中国电视剧制作中心出品的30集电视连续剧《曹雪芹》。"旧红学"时期的"索隐派"专门考证《红楼梦》中"隐事"。但是由于这些索隐过于扑朔迷离而且没有确定的故事情节和人物形象，所以对《红楼梦》剧的改编影响不大。胡适对《红楼梦》着重考证作者的身世、经历，创立"自传说"，被称为"新红学"。通过他的考证，读者了解了曹雪芹的家世、经历以及时代背景，这些信息为《红楼梦》的影视改编提供了深厚的文化基础。学术界对"自传说"的认同也深深地影响着《红楼梦》剧改编。京剧电视剧《曹雪芹》中随处可见"自传说"对其产生的深远影响。剧中曹雪芹与寄居家中的婉莹是青梅竹马、两小无猜的恋人，婉莹寄人篱下、身世飘零，似乎是林黛玉的化身。表妹竹筠正好是史湘云的原型，剧中与曹雪芹亦有麒麟之缘。"秦可卿淫丧天香楼"的情节是由于曹雪芹在王爷家，看到王爷与儿媳妇乱伦从而义愤而作，甚至连"天香楼"这个名称都没有改变。剧中曹雪芹晚年落寞凄凉，举家食粥，唯一的儿子因为"痘疹"而夭折，这也给曹雪芹带来了致命的打击，不久之后他也在风雪中凄凉死去。京剧《曹雪芹》与电视剧《曹雪芹》在剧情与细节上不可能完全一致，但它们都无一例外地借鉴了"曹学"的研究成果，人物命运与悲剧风格是基本一致的。如果编导也像高鹗一样，将曹雪芹的结局改为"中乡魁"，将曹府的命运改为"沐皇恩"，那观众是断断不会答应的。

除了"曹学"之外，刘心武先生所探佚的"秦学"也曾经吸引了一大批红学家和热心观众、读者的眼球。无论是专业的《红楼梦学刊》还是各类"红学"网站都有大量的争鸣文章出现，不管刘心武的研究方法是否科学、观点是否能经得起推敲，无疑都为已经很热的"红学"添了一把大火，其火焰迅速燃

---

[1] 胡开敏：《〈红楼梦〉电视连续剧评论综述》，《红楼梦学刊》，1987年第4辑。

烧、红遍全国，甚至出现了由此而改编的20集电视连续剧《秦可卿之谜》。

学界的研究成果尤其是那些已经达成共识的成果，不是一人一时一地的理解，而是凝结了自《红楼梦》诞生以来无数读者和研究者的智慧，已经成为《红楼梦》不可分割的一部分。但是作为电视剧改编的依据，《红楼梦》的小说文本应该是决定性的，压倒其他红学理论文本的。戏剧改编应以曹雪芹已写出的为主，谨慎对待未完成的空间缺失。红学研究的学术成果，尤其是关于主题思想、情节结构、人物形象以至历史文化背景、生活习俗、制度名物等方面的研究成果，融入电视剧的艺术构思与创造诠释之中，是完全应该而且必要的。但是不能以学术代替艺术，以"红学"代替"红楼"，其中的分寸拿捏可谓至关重要。

第二节　商业运作与红楼剧

一、商业化的运作方式

随着商品经济的发展，文化也日益出现了产业化的趋势。在我国，影视产业是伴随着我国市场经济建设出现的新事物，在此之前，我国影视都属于"事业"。"事业与产业，虽然只是一字之差，但却有着迥然不同的内涵。在事业体制下，我国影视创作基本上是计划生产，国家下拨创作任务、创作资金，创作者照单创作，基本没有投入和产出方面的压力；而在产业体制下，影视创作则被纳入了市场经济的轨道，创作者不仅需要到市场去找项目、找资金，而且还要尽可能地开源节流，为投资方赚取利润，赢得回报。"[1]王扶林导演的1987年版电视连续剧就是由中央电视台和中国电视剧制作中心联合摄制的，经费上主要也是政府拨款，而且无需市场化的营销方式。时过境迁，随着市场经济的不断发展和完善，影视产业不得不与商业利益挂钩，李少红导演的2010年版《红楼梦》则是这个时代的产物。2010年版《红楼梦》从2002年最初立项到2010年9月2日在北京卫视面向全国播出，将近8年的等待考验着千万观众的耐心，同时也将投资方、导演、制片甚至演员的每一件琐事都推到了各类媒体的"风口浪尖"。2006年那场遍及全国、声势浩大的"红楼梦中人"选秀活动，更是将商业化炒作发挥到了登峰造极的地步。此外，演员更换风波、导演更换风波以及剧组时而传出的资金短缺等问题，无不与商业化时代有着千丝万缕的联

---

[1] 李三强：《影视产业视角下的〈红楼梦〉重拍》，《红楼梦学刊》，2008年第6辑。

系。2010年版《红楼梦》有三家投资方：中影集团、华录百纳和北京电视台，投资为100万/集，共50集，共投资5000万。制片人李小婉在接受《中国经济周刊》采访时说："这部戏最初的投资是100万/集的成本，这在当时已经算是一个很高的预算了，但在我们2007年接过来之前三家投资方还做了很多工作，所以真正给到我们的是4500万，即90万/集的预算。"[1]但是当李小婉看到李少红满意的拍摄效果预算清单时，她发现：包括搭90多堂场景、360多位演员、相配套的服装、道具、器材设备和前期演员培训等的成本估算高达1.18亿。李小婉告诉《中国经济周刊》："按照电视剧的市场规律，投资方不能再追加投资了。最困难的时候，剧组经历了5个月没有发工资的窘境。"[2]"作为制片人，要想尽一切方法，开发寻找社会上能够帮助新版《红楼梦》的资源"，李小婉说，"我至今感谢中影集团、华录百纳、北京电视台给我们的创作空间和制作空间。"具体说来，"破例允许我们在拍摄过程中，可以提前把剧中的服装、道具、设计、纸版读物，场景（包括窗扇、雕刻、景片）等资源像期货一样置换、提前运作，换回资源"[3]。正是因为有了这部分提前置换的权利，李小婉终于带回了援手——博宥集团。据李小婉介绍，博宥集团买断了新版《红楼梦》所有的服装、道具、头饰、纸版读物、游戏开发等权利，带来了5000万元的援助款。而这之后山西大运汽车集团又为剧组带来1000万元的现金投资。作为回报，剧中的六个演员成了其代言人。高昂的投资自然要求巨额的回报，华录百纳总经理刘德宏告诉《中国经济周刊》："新版《红楼梦》不是一个赚钱的项目，这是对比一些利润达到50%，甚至100%的项目来说。乐观估计该剧应该能够达到30%的回报率。但这个剧周期很长，相对于一般十个月或一年就能够有收益的项目来说，新版《红楼梦》三年的制作周期，年收益率是很低的。"[4]

二、媒体造势——"红楼梦中人"选秀

北京电视台作为投资方之一为重拍电视剧《红楼梦》举办了"红楼梦中人"全球华人选秀活动，把中国经典名著与火爆的选秀形式嫁接起来，制造了2006年度规模不小的一次文化事件。"红楼梦中人"大型选秀活动自2006年8月21日启动后，海内外华人报名人数已突破45万人，这个数字远远高出当年中国内地其他所有选秀节目的总和。随着"红楼梦中人"选秀活动的启动，由北京

1　张璐晶：《历时8年，耗资1.18亿元，新〈红楼梦〉赔了？》，《中国经济周刊》，2010年第35期。
2　张璐晶：《历时8年，耗资1.18亿元，新〈红楼梦〉赔了？》，《中国经济周刊》，2010年第35期。
3　张璐晶：《历时8年，耗资1.18亿元，新〈红楼梦〉赔了？》，《中国经济周刊》，2010年第35期。
4　张璐晶：《历时8年，耗资1.18亿元，新〈红楼梦〉赔了？》，《中国经济周刊》，2010年第35期。

电视台网站承办的"红楼梦中人"官方网站同步开通，观众可以通过电视、网络、手机等多种渠道参与活动，观众的关注度和参与热情迅速升温。自报名开始，"红楼梦中人"官方网站累计访问量已超过两亿。北京电视台网站也因此在世界网站的排名提前了18000多位，最高时进入前5000名，这是北京电视台网站建站以来的最高排名。[1]轰轰烈烈的选秀节目之后，北京电视台又进行了一系列的娱乐性电视造势活动。2009年6月，北京电视台就第一次对一部电视剧的拍摄过程进行一个现场直播的活动"探红楼·飞梦传奇"。在进入2010年版《红楼梦》卫视开播100天倒计时以后，北京电视台更是以几乎每十天一个大动作的节奏为新剧开播造势：倒计时100天，北京电视台公布了"黛玉葬花""元妃省亲"等华彩章节；倒计时90天，拿出两集，邀请观众、部分红学家、1987年版老演员等举行了第一次试看会；倒计时80天，配合端午节传统节日，做了一期宣传节目；倒计时60天，北京电视台携手人民文学出版社特别加印一万套校注本《红楼梦》原著，至此，该版本的《红楼梦》已经发行超过400万套；倒计时50天，北京电视台《一人一个红楼梦》从民间视角解读"红楼"的60集专题片开播，由60位来自社会各个领域、阶层的主人公来讲述自己和《红楼梦》的故事情缘；倒计时30天，北京电视台携手中国银行北京市分行推出50集系列专题片《解梦红楼》独家解密该剧的幕后拍摄花絮……强势的宣传策略为北京电视台带来了丰厚的广告收益，北京电视台对2010年版《红楼梦》的营销和推广可谓名利双收。

　　针对"红楼梦中人"选秀活动，有不少人提出了批评，认为把经典名著给娱乐化了，尤其是沸沸扬扬的选秀结果，扑朔迷离，让人匪夷所思。"导演胡玫因坚决不启用投资方选秀出来的演员，认为不符合电视剧艺术需要，最终被迫'下课'。继而走马上任的李少红也表示自己并没有完全的选角权利。"[2]"黛玉组"冠军李旭丹在剧中并未出演任何角色，"宝钗组"冠军姚笛最后出演的是王熙凤这个角色，"宝玉组"冠军徐垚也并未出演任何角色，小宝玉最终的人选是于小彤，大宝玉的扮演者是杨洋。既然不能尊重选秀的结果，那么选秀节目对选手以及观众的承诺就不得不引起质疑，这场沸沸扬扬的选秀赛事是否是商家的一次商业炒作？其实，在文化产业已经成为一种新的经济业态的今天，我们不能也没有必要排斥这种现代化的操作机制，但必须要把握好功利意识与审美追求之间的有效平衡。在一些不可避免的产业化操作中，经典与产业

1　王烨：《"红楼梦中人"选秀活动透视》，《中国广播电视学刊》，2007年第4期。
2　张鸶：《李少红版〈红楼梦〉改编的当代性》，《安徽文学》（下半月），2012年第6期。

操作之间的平衡点应该是审美文化,文化产业化的大环境不能以损耗经典的审美属性为代价。

面对备受争议的选秀活动及其商业化运作方式,笔者也有自己的思考。首先,"红楼梦中人"选秀活动是顺应时代发展潮流的,而且从主办方主观意愿上来看,也是具有文化内涵和人文关怀的。中国红楼梦学会会长张庆善先生在接受《艺术评论》记者访谈时说:"我认为这个活动('红楼梦中人'选秀活动)总的来说还是不错的,影响很大。通过'选秀'活动达到了几个方面的效果:第一,扩大了《红楼梦》的影响力;第二,'选秀'再次在普通百姓之中普及了《红楼梦》;第三,活动可以为电视剧选择不少条件很好的演员,涌现出不少新面孔。当然还有一个收获,那就是这样选出的演员更能被广大的电视观众认可和接受。现在'海选'来PK去,'选秀'确实过多,从'超级女声',到'加油好男儿',此起彼伏,简直选'乱'了、选'疯'了。'红楼梦中人'选秀活动应该说还是具有文化层次的。在活动之初,我就向组织者建议,要把'选秀'搞成一次有意义的文化活动,要让每个参与活动的人都有收获,都能增加对《红楼梦》的了解和认识,增加对中华民族优秀传统文化的了解和认识,提高人们的文化素质。"[1]20世纪90年代初,选秀节目作为舶来品出现在中国的电视荧屏,大都拷贝自根植于美国文化、深刻反映美国人精神追求的《美国偶像》节目,初期大都落点于一夜成名的诱惑,显得浮躁、功利、缺乏本土文化内涵。2005年湖南卫视主办的"超级女声"盛极一时,根据索福瑞公司统计数据,"2005年决赛阶段平均收视率达到6.27%,2006年(同比)却下降到2.68%,风光不再"[2]。这无疑反映了受众在真人秀节目狂轰滥炸之下疲劳与逆反心态的一个侧面。由此,业界逐步认识到选秀节目的成败与否,首先看其是否能够本土化,是否具有中华民族自己的文化内涵,是否具有原创精神而非克隆别人的皮毛。用"红楼梦中人"海选活动来继承和传播中华民族优秀文化,在民众和青少年中掀起了阅读《红楼梦》、议论《红楼梦》、研究《红楼梦》、思考《红楼梦》的新热潮,显然是具有非凡意义的。为了让选秀活动更具有文化气息,同时也为了选拔出真正具有文化内涵的演员,红学家们事先做了大量深入细致的工作,将原著中数百个红楼经典故事改编成适合在电视上表现的小品形式,供选手现场表演。在点评中,评委们的个人魅力和《红楼梦》文化已构成了电视节目中不可或缺的重要元素。他们用专业的知识提升了节目的品质,

---

[1] 贾舒颖:《爱深情切话红楼——访中国红学会会长张庆善》,《艺术评论》,2007年第4期。
[2] 李孝娟:《真人秀节目的歧路?出路?——析"红楼梦中人"大型选秀活动》,《声屏世界》,2007年第11期。

用尊重的态度体现出节目的人文关怀，用感性的心态拉近了与选手和观众的距离。在电视荧屏整体文化含量大面积滑坡的今天，能够通过《红楼梦》这样的巨著来吸引观众的眼球，用"红楼梦中人"这样的活动来弘扬中华传统文化，这对电视文化整体品位的提升是有积极意义的。其次，"红楼梦中人"选秀活动应该在商业性和文化性中找到平衡。在影视产业化环境下，无论是代表投资方做决策的制片人，还是执行投资方决策的导演，商业利润的最大化都是其追求的核心，具体说来体现在三个方面：一是以观众为本，尽可能地迎合观众，赢得观众。具体目标就是千方百计地提高电视的收视率。因此，北京电视台不仅打造了风靡全国的"红楼梦中人"选秀活动，而且在2010年版《红楼梦》播出之前也录制了系列节目为电视剧开播宣传造势。从电视产业化角度来说，北京电视台的系列宣传造势活动是非常成功，值得借鉴的。但是在成功的商业化运作背后也潜藏着危机，当今时代的选秀活动依然是大众娱乐产品，它无力承担太多关于文化、关于经典、关于民族精神的责任。当经典文学名著被无知者浅薄地演绎，当原著悲天悯人的情怀被无畏者无情地戏谑，当剧中深邃的主题思想被后现代意识所解构，当翘首以盼、期盼已久、吊足了观众胃口的新版电视剧无法满足观众的审美期待时，一切炒作与宣传都会物极必反，招来一片质疑与谩骂。2010年版电视剧所遭遇的便是这种尴尬。由此看来，在商业化炒作的背后，文化含金量的提升才是文化产业立于不败之地的关键与核心。

  2010年版《红楼梦》播出之后招致了"一边倒"的新闻恶评，其中的现象也是发人深省、值得思考的。李少红在上海录制"文化主题之夜"节目现场曾一度情绪失控，她说："自《红楼梦》播出以来，有的媒体一直以挑剔的眼光来看待我们，从不写我们好的地方，只写负面报道，这是什么心态？反复黑《红楼梦》，这太武断了吧！"[1] 2010年版《红楼梦》遭遇"一边倒"式批判甚至成为轰动一时的媒介事件，这与媒体的推波助澜是分不开的。批判声中呼声最高的是网络媒体，尤其是缺乏监督审查和监管体系的微博与博客，断章取义、以偏概全、披露隐私、谩骂侮辱，虽然也有中肯的意见和建议，但是人人可以发布信息，而且无需对信息负责的体制，使得更多人以"泄愤"的心态来对待这部电视剧。如果说网络媒体的意见不值一提，那么传统媒体记者不加甄别地炒作网络"热点"就应该发人深省了。"一些媒体为什么失去了辨别力？首先在于媒体记者放弃了追根溯源的努力，以真实为生命的新闻报道，变成了捕

---

[1] 谭晓峰、蒋连根：《新闻恶评为何"一边倒"？——对新版电视剧〈红楼梦〉一些报道现象的思考》，《中国记者》，2010年第10期。

风捉影的产物。……另一方面,大量媒体从业人员凭稿费吃饭的'工分制'等考核办法,也决定其行为的短期性和简单化。这样的分配制度催生出'求质不如跑量'的怪胎,使'十年磨一剑'成为稀有现象,尤其在长稿、特稿写作中出现'耗不起'的情况,即便有长稿、特稿,也大多是掺水增肥、复制粘贴,成为急功近利的敷衍之作。"[1]出于商业利益的追求和媒体竞争的逼迫,各媒体对于抢发新闻的强调已经到了无以复加的地步,"短平快"成为新闻报道的关键,媒体的筛选越来越简化,并因此缺乏相应的深度和厚度。由此可见,新闻报道也被一种浓浓的商业氛围所侵袭。正所谓"成也萧何,败也萧何",2010年版《红楼梦》依靠媒体宣传造势,成为一时炙手可热的电视剧甚至一种文化现象。一经播出后竟在媒体的一片谩骂声中销声匿迹。在整个事件的发展过程中,商业利益的追逐究竟占了多重的比例?面临着文化产业化的大趋势,从业人员该如何把握商业性与艺术性的平衡点,从而将"经典"打造成"精品"?这些问题值得思考并探索。

小　结

本书下篇探讨了红楼剧改编中相关的理论问题:红楼剧对小说原著的文本接受、红楼剧自身的演员表演与意境营造、时代氛围对红楼剧改编的影响等问题。

一、在红楼剧与小说原著的关系上,本篇从红楼剧对小说版本的选择、红楼剧对小说主旨阐发、红楼剧对小说人物命运的演绎、红楼剧对小说神话故事的取舍,红楼剧对小说悲剧意蕴的诠释等几方面展开了论述。

就版本而言,有些红楼梦剧以程高本为改编蓝本,如李少红版电视剧《红楼梦》;有些则以脂批本和红学探佚成果为改编蓝本,如王扶林版电视剧《红楼梦》;有些则以某位红学家的探佚式小说作为戏剧改编的依据,如20集电视剧《秦可卿之谜》即改编自刘心武的"秦学"研究。通过红楼梦剧对不同版本的选择研究,笔者认为真正地尊重原著,应该是尊重曹雪芹原著的思想,脂本虽不完整,但脂评内容却涉及了80回以后的一些情节线索,由此大体能"探佚"出全书之结局乃"彻头彻尾之大悲剧",较之高鹗续本更为符合曹雪芹原著精神。

---

[1] 谭晓峰、蒋连根:《新闻恶评为何"一边倒"?——对新版电视剧〈红楼梦〉一些报道现象的思考》,《中国记者》,2010年第10期。

笔者认为红楼剧从四个层次诠释了小说的悲剧意蕴：石头的悲剧、宝黛爱情悲剧、群芳凋零的悲剧、封建家族覆亡的悲剧。其中对宝黛爱情悲剧演绎最为出色，有些已成为舞台经典；封建家族衰亡的悲剧在红楼剧中也以或显或隐的形式出现；对群芳凋零的悲剧诠释比较精准、到位；对"石头的悲剧"亦即贾宝玉的悲剧的把握有失分寸、理解欠深。笔者认为这与编导对《红楼梦》本身的思想深度理解欠深有关。

《红楼梦》中有两个神话故事，即"石头的神话"和"绛珠仙草与神瑛侍者的爱情神话"。红楼剧对石头神话故事的演绎较为常见，因为石头"无才补天"的悲剧既是作者曹雪芹的悲剧，亦是主人公贾宝玉的悲剧。绛珠仙草与神瑛侍者的爱情神话故事在红楼剧中鲜有演绎，编导也许是出于"宿命论"的考虑，担心其神话故事削弱小说原著的现实主义悲剧意蕴。关于小说中"太虚幻境"等虚幻故事情节的改编问题，有些剧目出于写实主义的艺术追求舍弃了这些情节，有些则进行了浓墨重彩地渲染。笔者认为神话故事与"太虚幻境"在红楼剧改编时应予以选择性地保留，删去消极的、带有宿命论色彩的部分，保留浪漫的、能够体现作者哲思的部分。

二、小说《红楼梦》中的人物形象早已深入人心，因此当演员所饰演的角色与观众心中的期待达到一致时就会引起深刻的共鸣，反之则会遭到观众的质疑。红梦剧艺术形象的塑造不仅仅需要演员神形兼备的演绎，也需要编剧和导演对艺术形象进行准确、独到的定位。总体而言，红楼戏曲人物表演更为追求"神似"，红楼影视剧则要求演员不仅与小说中的人物角色"形似"，更要求演员以精湛的演技与出色的表演达到"神似"。当代大陆红楼话剧中的人物表演则多既没有达到"形似"，也没有达到"神似"。

小说原著为读者营造了许多诗情画意、意蕴隽永的意境，这些意境需要通过舞台布景或光影形象出现在观众面前。小说作者不仅用现实主义笔法为读者营造了真实、唯美的"尘境"，更用浪漫主义的笔法营造了虚幻、神秘的"幻境"。本书选取了小说原著中较为典型的意境，探讨了不同载体的红楼剧对之进行的意境营造。

三、时代氛围对《红楼梦》的戏剧改编有直接影响。红学研究成果影响巨大，王扶林导演的电视连续剧《红楼梦》是借鉴红学研究成果的代表。随着市场经济的发展，影视产业渐与商业利益挂钩，李少红导演的电视连续剧《红楼梦》是商业运作介入红楼剧制作的典型。笔者将红楼剧的改编过程置身于它所产生的时代，力图找到该作品在特殊时期与其他作品的特性与共性，从而对其艺术价值做出较为公允的评判。

结 语

综上所述，本书从"大戏剧"观念出发，将演绎《红楼梦》的戏曲舞台剧、戏曲电影、戏曲电视剧、生活化电视剧、电影、话剧等统统纳入研究范围，对当代中国大陆红楼剧进行了尽可能全面的搜集及系统的梳理，勾勒了各个艺术载体红楼剧的发展脉络和总体状貌，分析了不同戏剧载体红楼剧的特点、成就和地位。在此基础上，进一步从红楼剧对小说文本的接受、红楼剧自身的艺术特色以及外部时代氛围对红楼剧的影响这三方面探讨了一些理论性和规律性的问题。

通过上篇对红楼剧"史"的描述，笔者总结出了其发展的如下特点。

红楼戏曲舞台剧特点：一是红楼戏曲舞台剧普遍能够结合自身的剧种特色对小说进行艺术选材。人物形象、戏剧结构以及音乐唱腔等均体现了独特的剧种风格，如京剧《红楼二尤》、评剧《刘姥姥》、龙江剧《荒唐宝玉》、越剧《红楼梦》等。二是随着时代的发展，戏曲舞台剧越来越看重布景、灯光、化妆、服装、效果、道具等舞美对舞台意境的营造，传统"一桌二椅"式的舞台表演虽然仍在戏曲舞台剧中占据一席之地，但显然已经不能够满足观众的艺术需求。红楼戏曲舞台剧也随着时代的发展和科技的进步而呈现出更为精致的舞台风貌。三是同名剧目在不同剧种之间的相互移植现象比较常见，如京剧《王熙凤大闹宁国府》被越剧移植，川剧《王熙凤》被潮剧移植，越剧《红楼梦》被评剧移植等。这种移植现象不仅体现在剧种与剧种之间，而且还体现在同一剧种、同一剧目在不同时期的复演或移植，如越剧《红楼梦》、黄梅戏《红楼梦》、京剧《王熙凤大闹宁国府》等。经典剧目的相互移植有利于促进剧目的传播与发展，不同剧种之间的艺术交流打造了红楼戏曲舞台上的精品之作。同一剧种之间的传承和发展使得该剧目在一代代艺术家的打造下得以成为该剧种的经典保留剧目。

戏曲电影和戏曲电视剧分别是传统戏曲与电影和电视剧艺术手段相结合的产物。大体上说，红楼戏曲影视剧有以下几个共通的特征：首先，红楼戏曲影视剧的主角大多是名角，其深厚的表演功力与艺术水准为戏曲影视剧的成功奠定了基础。其次，红楼戏曲影视剧必须处理好戏曲写意与影视剧写实之间的矛盾。为了调和这种矛盾，戏曲影视剧多数保留了"唱念做打"四功中的"唱"和"念"而删去了程式化的"做"和"打"。这种艺术处理使得戏曲影视剧较之舞台剧更为自然、真实，同时也保留了戏曲艺术独特的审美韵味，但与生活化影视剧相比，戏曲影视剧的人物表演依然略显夸张。如何处理写实与写意之间的矛盾，依然是戏曲影视剧必须要面对并解决的问题。再次，戏曲影视剧与巨额投资、制作精良的大手笔影视剧相比，尽管有戏曲名角等有利条件，但制作上往往显得不太完美。这是因为一方面在电影、电视剧发展初期，戏曲影视剧的拍摄受到技术手段的限制，从而无法拍摄出非常精良的作品；另一方面，随着时代的发展，经济水平虽然得到了极大的提高，技术手段也得到了长足的改进，但戏曲艺术逐渐式微，因此戏曲影视剧依然无法得到大量投资者们的青睐，从而也影响到了戏曲影视剧的制作。

当代大陆红楼故事片电影仅有谢铁骊导演的六部八集系列电影《红楼梦》，这部电影的叙事内容和时间长度不仅在整个红楼剧的电影史上绝无仅有，在中国电影史上应该也比较罕见。然而该剧紧随1987年王扶林版电视剧《红楼梦》之后上映，因此取得的影响和赞誉与该剧的艺术成就不甚符合，确有生不逢时之叹！

当代大陆红楼电视剧（生活化电视剧）是比较兴盛的，全景式搬演小说内容的长篇电视连续剧最为完整地展现了小说原著的风貌，观众对之的关注度也最高，如王扶林版《红楼梦》和李少红版《红楼梦》。以红楼人物群像为主角的电视剧也取得了不菲的成就，但其影响力远远不如以上两部红楼剧。

当代大陆红楼话剧仅有两部，然而这两部话剧均不太成功。其原因是：主题思想模糊，观众不知所云；塑造的人物形象与观众的心理期待相距较远；故事情节支离破碎，剧情荒诞离奇，既没有达到小说原著现实主义的高度，也没有原著中的浪漫主义情怀。因此两部话剧均没有达到意在探索的编导的预期目的。

下篇探讨了有关红楼剧改编艺术的理论问题。

笔者认为，红楼剧的戏剧改编至少关乎三个层面的理论问题：一是编剧、导演对文学名著的"文学接受"；二是红楼剧自身的演员表演与意境营造；三是不同时代对文学名著的不同解读。这三个理论研究层面并不是孤立存在的，而是错综复杂、相互关联的。

编剧、导演对小说《红楼梦》的文学接受具体体现在小说版本选择、悲剧意蕴诠释及神话故事取舍等方面。这几个方面相互影响、相互关联，笔者在总观当代大陆红楼剧的基础上，研究了不同红楼剧对小说文本的差异化接受。不同的版本选择会影响红楼剧的主题思想、人物命运以及悲剧意蕴等诸多方面，红楼剧多以脂批本和程高本为改编蓝本。总体而言，以脂批本为改编蓝本的红楼剧悲剧意蕴比较深，但以程高本为改编蓝本的红楼剧悲剧意蕴有所削弱。红楼剧的悲剧意蕴主要体现在四个方面：石头的悲剧、宝黛爱情悲剧、群芳凋零的悲剧、封建家族衰亡的悲剧。红楼剧对宝黛爱情悲剧演绎最为出色；对石头悲剧把握有失分寸、理解欠深；对群芳凋零悲剧诠释得比较精准、到位；对封建家族衰亡的悲剧也以或隐或显的形式出现。红楼剧对小说原著中的神话故事以及"太虚幻境"等情节进行了取舍，有些剧目出于现实主义的艺术追求舍弃了这些情节，如王扶林版电视剧《红楼梦》，但也有影视剧对之进行了浓墨重彩的渲染，如谢铁骊版电影《红楼梦》、李少红版电视剧《红楼梦》。随着科技的发展，红楼剧对"太虚幻境"等虚拟世界的演绎越来越驾轻就熟，高科技、多媒体手段的运用不仅体现在电影、电视剧上，还体现在舞台剧上如李少红导演的水景秀《红楼梦》。

  本书从红楼剧的艺术接受角度分析了红楼剧的人物表演和意境营造。本书认为红楼戏曲舞台剧表演更为追求"神似"。红楼戏曲影视剧则要调和戏曲"写意"与影视剧"写实"之间的关系，在人物形象塑造上较之戏曲舞台剧对"形似"的要求更高。红楼影视剧则要求演员不仅与小说中的人物角色"形似"，更要求演员以精湛的演技与出色的表演达到"神似"。当代大陆红楼话剧中的人物表演则多既没有达到"形似"，也没有达到"神似"。当然这与编导对后现代的艺术追求有关，演员对红楼人物的演绎既与演员的自身素质和才情有关，也与导演对红楼人物的理解和把握息息相关。本书选取了有代表性的红楼剧进行艺术分析，归纳、总结了不同艺术载体对红楼人物演绎的不同特征，为今后的红楼人物塑造提供了参考及借鉴的标准。红楼剧的编导对小说意境的把握各不相同。小说《红楼梦》为读者营造了"黛玉葬花""宝钗扑蝶""湘云醉眠""龄官画蔷""宝玉乞梅"等意境，笔者归之为"尘境"。同时作者曹雪芹还用他的丹青妙笔为读者描绘了一幅神秘梦幻的"太虚幻境"。部分红楼剧出于写实主义的艺术追求，忽略了"太虚幻境"，如王扶林版电视剧《红楼梦》。编导对小说原著的理解与科技手段的限制影响着红楼剧对意境的营造。随着科技手段的发展，红楼剧对意境的营造显得驾轻就熟，新世纪之后的红楼剧更是如此。本书选取了小说原著中较为典型的意境，探讨了不同类型的红楼剧对之进行的意境营造。

  不同时代对《红楼梦》有不同的解读，本书从外部关系着手，探讨了当代意识形态（政治运动、学术思潮、商业利益）对红楼剧产生的影响。政治运动不仅影响了红学理论研究，也直接影响了红楼剧主题思想的确立，具体表现在这段时期的红楼剧多数以"阶级斗争"作为全剧的主题思想。改革开放后，红楼剧戏剧改编很大程度上借鉴了红学理论研究成果，其中"自传说"的影响力非常大。学术研究影响了红楼剧的主题思想确立、人物形象塑造以及悲剧意蕴诠释等各个方面。随着市场经济的发展，影视剧也逐渐开始了产业化历程，商业利益成为当今红楼剧不得不考虑的重要因素。本书结合时代特征分析了红楼剧发展的外部环境对之造成的不同影响。

小说《红楼梦》是中国文学史上的巅峰之作，但以它为基础改编的红楼剧几乎没有一部能够完全体现其精神内涵或达到其艺术高度。红楼戏曲舞台剧、红楼电影、红楼话剧受到时间的限制，多截取小说的某一方面进行演绎，自然不能准确概括小说宏大的主题、丰富的故事情节以及博大的精神内涵。能够全面演绎红楼故事、展现小说原著风貌的艺术载体只有电视剧，而目前以小说全本为改编对象的当代大陆红楼电视剧又仅有王扶林版《红楼梦》和李少红版《红楼梦》，两剧比较而言，王扶林版电视剧艺术成就更高。但与小说原著相比，依然没有达到其艺术高度。究其原因大致如下：首先，小说的艺术载体是以文字为基础的"书面语言"，而电视剧的艺术载体是以声音、图像为基础的"视听语言"。小说转化为电视剧的过程中必然会出现某种程度的流失，如小说中的诗词、典故、判词等。其二，《红楼梦》是一部未竟之作，红学理论研究百家争鸣却没有定论，因此无论改编者采用哪种版本来演绎小说都会引起争论。其三，小说《红楼梦》是作者曹雪芹披阅十载、增删五次的呕心沥血之作，它是整个封建社会的"百科全书"。当今时代的编导、演员甚至是红学家很难全面地了解并感触那个时代的社会风貌，因此无法达到曹雪芹的思想高度。最后，编导的思想深度、艺术水准很大程度上影响了电视剧的整体水平。笔者希望，本书的研究能对后来的改编者提供一些有益的借鉴。

附论一：李少红导演的水景秀《红楼梦》

水景秀《红楼梦》由著名影视导演李少红执导，利用声、光、电、水景、雾效等高科技手段，演绎经典文学作品《红楼梦》，虚实相间，如梦如幻。据称，能让人体会到"身在画中游、水在脚下流、花在身旁舞、景在眼前走"的裸眼3D奇景。如果仅为追求一种视觉的冲击力，那么"水景秀"确实名副其实，能够让观众不虚此行，享受一场视觉的盛宴。然而，从《红楼梦》的角度来说，该剧却有许多让人诟病之处。

任何一部戏剧都应该有一以贯之的故事情节，并且通过演员的演绎来表达主创者想要传达的主题思想。水景秀《红楼梦》以"红楼梦起""女娲补天·宝玉降世""群芳争艳·游园惊梦""梦游太虚·初试云雨""共读西厢·落红成阵""元妃省亲·宝玉大婚""黛玉之死·贾府之倾"这几个故事情节串联而成。虽然这些情节都是《红楼梦》小说原著中的情节，但是编导的选材却未免太过断章取义，仅仅以视觉冲击力为选材依据，而完全忽视了主题思想的表达和人物性格的表现。

"群芳争艳"一节浓墨重彩地演绎了"宝钗扑蝶"，该节出自《红楼梦》第27回。回目是：《滴翠亭杨妃戏彩蝶，埋香冢飞燕泣残红》。薛宝钗在扑蝶时来到滴翠亭，隔窗听见了小红和坠儿的私房话，听出了她的声音。宝钗知道小红素习眼空心大，是个头等刁钻古怪的东西，于是使用了"金蝉脱壳"法，嫁祸黛玉。水景秀《红楼梦》当然无法在短短一个小时内演绎如此深层次的内涵，那么编导选择此节的意义何在呢？难道是为显示薛宝钗的清纯、可爱吗？

此外，"游园惊梦"一节也甚为荒唐，对中国戏曲略微有所了解的人都知道，该节是《牡丹亭》中柳梦梅与杜丽娘初次相遇时的对白。"姐姐，小生那一处，不曾寻得你？却在这里。""姐姐，咱一片幽情，爱杀你哩！"该剧嫁接到宝玉与黛玉初会时的情境，当时宝黛二人的年龄不过十二三岁，而且即便是日后长大了，二人青梅竹马、两情相悦，这也不可能是宝黛二人的对话方式，如此生搬硬套岂不荒谬至极！

再说"梦游太虚、初试云雨"，该节取自《红楼梦》小说第5回《游幻境指迷十二钗，饮仙醪曲演红楼梦》。可以说太虚幻境是全书提纲挈领的一个章节，在全书中起着至关重要的作用，十二钗的命运与结局在各自的判词中得到了预示。这个回目是值得人久久回味与研究的，原不适宜搬至舞台，编导弃之不取，原有其道理。然而，编导对宝玉"初试云雨"一回的搬演却显得牵强附会，没有体现原著的思想精华。原著第五回，警幻道："如世之好淫者，不过悦容貌，喜歌舞，调笑无厌，云雨无时，恨不能尽天下之美女供我片时之兴趣，此皆皮肤淫滥之蠢物耳。如尔则天分中生成一段痴情，吾辈推之为'意淫'。"关于"意淫"的解释，警幻仙子又说："'意淫'二字，惟心会而不可口传，可神通而不可语达……"可见是一种境界，除了贾宝玉，再没有第二人可以当之无愧。警幻仙子早就说了："吾之爱汝者，乃古今天下第一淫人也！"可见，"意淫"是曹雪芹对宝玉的一种褒赞，而后的小说回目中也通过贾宝玉对晴雯、平儿、金钏等人的关怀来体现宝玉天性是个"情种"。水景秀《红楼梦》以直白的舞蹈演出及幕后旁白来演绎宝玉"初试云雨"，虽说确实取材于原著，却难免让人产生断章取义之臆想。尤其是最后宝玉在牛鬼蛇神中挣扎，不仅不能给人一丝美感，反而让不了解原著的观众对宝玉形象产生误解，以为宝玉也是淫乱情迷之徒，这真真玷污了宝玉的形象，也玷污了宝玉与黛玉之间纯净、真挚、发自肺腑的爱情。

"元妃省亲"与"宝玉大婚"安排在同一个场次，从舞台调度的角度来说确实比较省事，也可以有机地衔接。同样都是场面恢宏、端庄、喜庆、盛大，热闹非凡的一幕。同一班人马，只需要换一套服饰，大幕上打出大红的"囍"字，场景就可以非常自然地由"元妃省亲"过渡到"宝玉大婚"，而且其中还暗含了"宝玉大婚"是贵妃授意之意。然而，"元妃省亲"在原著中是第18回《大观园试才题对额，荣国府归省庆元宵》。"宝玉大婚"曹雪芹原著80回中没有写到，高鹗续书中写于第97回《林黛玉焚稿断痴情，薛宝钗出阁成大礼》。回目相隔如此之远，编导竟然能将其融为一体，可见其创意啊！

似乎无法对水景秀《红楼梦》的艺术形态做一个传统意义上的准确定义，因为这原本就是主创人员一次全新的艺术尝试。全剧没有对白、没有唱段，不是戏曲，也不是话剧，舞剧的元素比较多，但也不是传统意义上的舞剧。该剧融入了越剧的唱腔"天上掉下个林妹妹"、昆曲《牡丹亭》中"游园惊梦"选段以及李少红电视剧《红楼梦》的插曲。该剧值得称道的地方，当然还是在于导演对声、光、电、雾等高科技手段的应用，以及对水立方剧场匠心独具的舞美设计。全剧选择具有视觉冲击力的故事情节，拼凑了一场视觉的盛宴，真可谓是"声光电雾'水景秀'，支离破碎《红楼梦》"。

附论二：港台红楼剧

第一节　港台红楼剧的学术研究概况

胡文彬编写的《香港刊行红楼梦研究资料索引初编》[1]中收录了有关香港红楼剧的评论文章，该编所录资料时限：迄自1950年，止于1979年底。现列表归纳如下：

序号	评论文章标题	作者	报刊或杂志	刊登时间
1	我怎样处理《红楼梦》，我与《红楼梦》	胡春冰	《星岛日报》	1955年3月31日
2	红楼梦剧本广播的前言	梅恩思	《星岛日报》	1955年4月28日
3	从《红楼梦》谈到文艺作品的改编	姚克撰	《坐忘集》正文出版社	1967年11月版
4	红楼梦中的戏剧史料	俞大纲	《红楼梦研究专刊》第12辑，广华书局总发行	1976年7月初版
5	新刻正字红楼梦南音全套	佚名	四卷一册，香港五桂堂书局机板印行	不详
6	由迎接艺术节的演出说到戏剧上的红楼梦	徐正	《星岛日报》	1955年2月17日、24日
7	红楼梦：小说与中国歌剧	梅兰芳口述许姬传记	《星岛日报》	1955年3月3日
8	剧艺随笔，迎《红楼梦》的上演	徐正	《星岛日报》	1955年3月31日、4月14日

1　胡文彬编：《香港刊行红楼梦研究资料索引初编》，《红楼梦学刊》，1980年第3辑。

续表

序号	评论文章标题	作者	报刊或杂志	刊登时间
9	红楼梦剧本	徐蒙、谭岭军	见南天书业公司重要书籍目录	1972年编
10	红楼梦改编电影的问题	雪燕	《明报月刊》	1977年9月号
11	浅谈四出《红楼梦》	璧华	《七十年代》	1977年12月号
12	红楼梦（越剧）（见璧华《浅谈四出〈红楼梦〉》）	璧华	《七十年代》	1977年12月号
13	金玉良缘红楼梦（见璧华《浅谈四出〈红楼梦〉》）	璧华	《七十年代》	1977年12月号
14	长篇电视剧红楼梦（见璧华《浅谈四出〈红楼梦〉》）	璧华	《七十年代》	1977年12月号
15	红楼春梦（见璧华《浅谈四出〈红楼梦〉》）	璧华	《七十年代》	1977年12月号
16	新潮红楼梦（见璧华《浅谈四出〈红楼梦〉》）	吴思远	《七十年代》	1977年12月号
17	黄梅调红楼梦（见璧华《浅谈四出〈红楼梦〉》）	金汉	《七十年代》	1977年12月号

第二节　港台《红楼梦》电影

剧名	类型	时间	编导	主演	拍摄单位	剧情简介	备注
《红楼梦》[1]	古装黑白粤语片	1949年	编剧：尹海清，导演：周诗禄	张活游（饰贾宝玉）、小燕飞（饰林黛玉）、曾蓝施（饰薛宝钗）	香港青华影片公司	该片将林黛玉与贾宝玉的爱恨及豪门悲剧搬上银幕，内容包括黛玉葬花、黛玉悲秋、宝玉哭祭潇湘馆，及薛宝钗、凤姐等之间的明争暗斗。	该片电影歌曲有《哭祭潇湘馆》《宝玉怨婚》《黛玉悲秋》《黛玉葬花》等。

---

[1] 参见傅慧仪编：《香港影片大全第二卷：1942—1949》，香港：香港电影资料馆1998年版。

续表

剧名	类型	时间	编导	主演	拍摄单位	剧情简介	备注
《宝玉忆晴雯》[1]	粤剧歌唱片	1949年	导演：洪叔云	新马师曾（饰贾宝）	香港三星影片公司	该片描写贾宝玉和丫鬟晴雯间的爱情故事，包括扶病补裘、千金逗笑等著名情节。	大观园中的"小人物"开始成为影片中的主角。
《红楼新梦》[2]	黑白粤语时装片	1951年	编剧：李晨风，导演：吴回	张瑛（饰贾宝玉）、白燕（饰林黛玉）、梅绮（饰薛宝钗）、红线女（饰史湘云）	香港金城影片公司	父母双亡的林黛玉被接到贾府外祖母家居住，与青梅竹马的表哥宝玉相恋。但贾政答应薛蟠以宝玉迎娶宝钗作为合资的交换条件，直至婚礼当日宝、黛仍不知情。黛玉抱病闻鼓乐之声始悉真相，病情恶化。宝玉急忙往见奄奄一息的黛玉，她终在宝玉怀中溘然长逝。	这部电影套用《红楼梦》中的情节框架，但把故事发生的背景搬到现代，以浓烈的现代气息替代原著的古典韵味。这是一种现代改编版。

---

1 参见傅慧仪编：《香港影片大全第二卷：1942—1949》，香港：香港电影资料馆1998年版。
2 参见傅慧仪编：《香港影片大全第三卷：1950—1952》，香港：香港电影资料馆2000年版，第342页。

续表

剧名	类型	时间	编导	主演	拍摄单位	剧情简介	备注
《新红楼梦》[1]	国语黑白时装片	1952年	编剧、导演：岳枫	李丽华（饰林黛玉）、严俊（饰贾宝玉）、欧阳莎菲（饰薛宝钗）	香港长城电影制片有限公司	1949年春，黛玉丧父，投靠外婆贾母，与表兄贾宝玉互相倾慕。贾家外表荣华富贵，实则外强中干。因此宝玉被家人强行安排与宝钗订婚。大婚之日，时局突起变化，贾家及薛家各自逃难，旧家庭里的一群佣人欣然获得解放，独遗下黛玉在房中凄然欲绝。	该片与《红楼新梦》一样为现代改编版，离原著已远。创作者把《红楼梦》改拍成时装片，其意图是要强调原著中潜在的反封建意识，把"大观园"在银幕上"摩登"化，借现代技术与表现方法突出这个主题思想。
《大观园》[2]	粤语时装片	1954年	编剧：卢雨岐，导演：莫康时	新马师曾（饰贾宝玉）、芳艳芬（饰林黛玉）、凤凰女（饰王熙凤）	香港永茂电影企业公司	该片主要描写林黛玉父母双亡，投靠外婆贾太君。黛玉与表兄贾宝玉青梅竹马，彼此相爱。宝玉生性风流，另一表亲薛宝钗和婢女晴雯都钟情于他。贾父不满宝玉怜雯病，逐雯出贾家。晴雯一病不起，宝玉悲伤不已。	此片别名为《大观园》上集，下集即《林黛玉魂归离恨天》。

---

1 参见傅慧仪编：《香港影片大全第三卷：1950—1952》，香港：香港电影资料馆2000年版，第360页。
2 参见郭静宁编：《香港影片大全第四卷：1953—1959》，香港：香港电影资料馆2003年版，第62页。

续表

剧名	类型	时间	编导	主演	拍摄单位	剧情简介	备注
《林黛玉魂归离恨天》	粤语时装片	1954年	编剧：卢雨岐，导演：莫康时	新马师曾（饰贾宝玉）、芳艳芬（饰林黛玉）	香港永茂电影企业公司	贾政为得薛家财力支持，骗儿子宝玉与薛宝钗结婚。宝玉恋人林黛玉闻悉此事，一病归天。	上集为《大观园》，下集即《林黛玉魂归离恨天》。
《黛玉归天》[1]	古装厦语片	1956年	编剧、导演：毕虎	鹭红（饰林黛玉）、鹭芬（饰贾宝玉）	香港联有限公司	该片描写贾宝玉钟情林黛玉，王熙凤却从中作梗，献计贾太君以薛宝钗代黛玉与宝玉成亲。宝玉大婚之日，黛玉知悉真相，吐血而死。宝玉哭祭黛玉，于梦中与黛玉相会，醒来后万念俱灰，皈依佛门。	此片在新加坡首映。
《情僧偷到潇湘馆》[2]	粤语歌唱片	1956年	编剧：李愿闻、潘悼，导演：秦剑	何非凡（饰贾宝玉）、郑碧影（饰林黛玉）、英丽梨（饰薛宝钗）	香港宇宙影业公司出品、华达片场摄制	该片主要根据葬花、焚稿、怨婚、归天和逃禅等情节改编。导演秦剑在创作中致力于舞台艺术的电影化，镜头灵活、视角多变、节奏紧凑，使此片成为粤剧戏曲片的上乘之作。	《情僧偷到潇湘馆》是粤剧中的著名剧目。何非凡唱了一曲"情僧"成了大名，《情僧偷到潇湘馆》成了他的首本名剧。

---

1 参见郭静宁编：《香港影片大全第四卷：1953—1959》，香港：香港电影资料馆2003年版，第324页。

2 参见赵卫防《香港电影史：1897—2006》，北京：中国广播电视出版社2007年版，第178页。

续表

剧名	类型	时间	编导	主演	拍摄单位	剧情简介	备注
《红楼梦》[1]	彩色国语片,黄梅调	1962年	编剧:易凡,导演:袁秋枫	乐蒂(饰林黛玉)、任洁(饰贾宝玉)、丁红(饰薛宝钗)	邵氏兄弟(香港)有限公司	黛玉丧母,投靠贾母,宝钗亦来作客。黛玉性本忧郁,见宝钗甚得人心,心事更重。宝玉以为黛玉将离开贾府,一急成疾,太夫人决定为他娶宝钗冲喜,但恐宝玉反对,讹称迎娶黛玉。黛玉得知二人婚讯,误会宝玉变心,焚稿而逝。宝玉发觉新娘是宝钗,又接黛玉死讯,悲坳之余,遁入空门。	该片深受越剧《红楼梦》的影响。上海越剧团曾于1960年12月至1961年1月赴香港演出,在港上演时引起很大轰动。剧本参照越剧剧本改编,不但剧情基本相同,很多对白、唱词也类似。
《黛玉葬花》	彩色戏曲艺术片,粤剧	1962年	编撰:潘悼,导演:黄鹤声	林家声(饰贾宝玉)、冼剑丽(饰林黛玉)、区凤鸣(饰薛宝钗)	香港凤鸣电影企业公司、玉联影业公司摄制	该剧内容包括比通灵、识金锁、黛玉葬花、紫鹃试玉、答宝玉、议婚、献策、黛玉探伤、赠帕题诗、金玉良缘、焚稿、黛玉归天、宝玉逃禅等。该片分上下集,实景拍摄。	剧情写得很直露,宝钗非常主动地追求宝玉,黛玉则充满妒恨之情,失去了小说蕴藉的风格和高雅的气派。

---

[1] 参见郭静宁编:《香港影片大全第五卷:1960—1964》,香港:香港电影资料馆2005年版,第189—190页。

续表

剧名	类型	时间	编导	主演	拍摄单位	剧情简介	备注
《红楼宝黛》	粤剧	1976年	编剧：李少芸	林家声（饰贾宝玉）、吴君丽（饰林黛玉）	香港丽的电视摄制	1974年5月，粤剧《红楼宝黛》首演，颂新声剧团演出，林家声在舞台上演活了出尘脱俗的贾宝玉，此剧被誉为当年的梨园大制作。	1976年，香港丽的电视摄制26辑《林家声粤剧特辑》，其中有粤剧《红楼宝黛》。
《红楼春梦》	彩色粤剧片（三级片）	1977年	邵氏编导组	余莎莉（饰王熙凤）、刘慧茹（饰秦可卿）	邵氏兄弟（香港）有限公司	此片把《红楼梦》小说中涉及（或暗示）的有关性爱（情色）描写集中起来加以敷演，如第73回"痴丫头误拾绣春囊"、第71回"鸳鸯女无意遇鸳鸯"、第66回"情小妹耻情归地府，冷二郎一冷入空门"，第11回"庆寿辰宁府排家宴，见熙凤贾瑞起淫心"，第12回"王熙凤毒设相思局，贾天祥正照风月鉴"。	该片是"邵氏"完全出于商业目的而让牟敦莆、孙仲、何梦华与华山四人联合导演，把整个制片厂空出来让他们拍戏，只用了七天时间就完成了。

附论二：港台红楼剧

续表

剧名	类型	时间	编导	主演	拍摄单位	剧情简介	备注
《金玉良缘红楼梦》	彩色音乐歌舞片，黄梅调	1977年	编剧、导演：李翰祥	林青霞（饰贾宝玉，容蓉代唱）、张艾嘉（饰林黛玉，刘韵代唱）	邵氏兄弟（香港）有限公司、邵氏制片厂摄制	这部黄梅调电影模仿1962年越剧电影《红楼梦》改编摄制，剧情与之相似，在编剧方面缺少创新。因此，虽然导演手法细腻，布景服饰豪华，演员也极为卖力，却未能制造出感人的力量。	主演贾宝玉的林青霞以及影片营造的"古典中国"幻象还是给观众留下了较为深刻的印象。
《新潮红楼梦》	时装片	1977年	导演：邱刚健	艾丽丝、夏红英、王家杰	香港高鹏摄制	该片抛开小说原著，将故事重新随心所欲地乱编，颠覆小说人物。电影中的林黛玉性格果敢，她没有屈服于贾母的权威，从薛宝钗的手中夺下贾宝玉，变成一个大团圆结局。	此片在新加坡公映，但只演了两天就没人愿看，自然无缘在香港上映。
《红楼春上春》	彩色粤语片（三级片）	1978年	编剧：金鑫、奚华安 导演：金鑫	张国荣（饰贾宝玉）、黄杏秀（饰林黛玉）	香港思远影业公司摄制	该剧中贾宝玉生性风流，怜香惜玉，不但与小姐们偷玩，与一众丫鬟更是玩得不亦乐乎。但是贾宝玉虽然到处有情，却弱水三千，只取一瓢饮，在内心深处只与林黛玉心有灵犀。	影片把情色和滑稽结合在一起，但在艺术上并不成功，流于低级趣味，陷入情色泥潭。

续表

剧名	类型	时间	编导	主演	拍摄单位	剧情简介	备注
《新红楼梦》	古装歌唱片，黄梅调	1978年	编剧：陈蝶衣，导演：金汉	李菁（饰薛宝钗）、凌波（饰贾宝玉）、周芝明（饰林黛玉）、李丽华（饰贾母）	台湾今日影业公司摄制	该片以"黛玉进府"开始，剧情、场景描写与1962年版越剧电影基本相同，以宝玉哭灵、出走结束，在唱词、场景布置等方面多有借鉴1962年版越剧《红楼梦》之处。	这部电影的特色是凌波主唱的黄梅调歌曲，还有所谓的三代影后（李丽华、凌波、李菁）共同出演，引发观众的怀旧情绪。
《鸳鸯劫》	古装片		编剧：陈蝶衣，导演：屠光启	罗维（饰贾琏）、李媚（饰尤三姐）、利青云（饰尤二姐）	香港良友影业公司摄制	该剧以尤二姐、尤三姐的故事为蓝本，揭示了红楼二尤的命运悲剧。	古装片，别名《红楼二尤》。

第三节 港台《红楼梦》电视剧

剧名	集数剧种	拍摄时间	编导	主要演员	拍摄单位	剧情简介
《红楼梦》	五集粤语电视剧	1975年	编剧：余立纲、何康乔，编导：梁天、林德禄	汪明荃（饰林黛玉）、伍卫国（饰贾宝玉）、吕有慧（饰薛宝钗）	香港无线电视广播有限公司	黛玉进贾府、王熙凤排挤黛玉并安排薛宝钗进府、宝玉因琪官挨打、紫鹃试探宝玉、宝玉急出呆病、贾府采用"调包计"为宝玉冲喜、黛玉焚稿归天、宝玉哭馆。

附论二：港台红楼剧

续表

剧名	集数剧种	拍摄时间	编导	主要演员	拍摄单位	剧情简介
《红楼梦》	100集粤语电视剧	1977年	该剧由十多位编导集体改编与制作	伍卫国（饰贾宝玉）、毛舜筠（饰林黛玉）、米雪（饰薛宝钗）	香港佳艺电视台	过去《红楼梦》的影视改编一般都采取局部式、片断式或折子戏的方式，即使是整体性的改编也只是选取大家熟悉的几段连缀成戏。而佳视此次制作，一反惯例，将整部《红楼梦》搬上荧屏，全剧共长100集，规模宏大，直至今天仍然是集数最多的《红楼梦》电视剧。
《红楼梦》	不详	1978年	不详	程秀瑛（饰林黛玉）、龙隆（饰贾宝玉）	台湾中华电视台	这是华视首次拍摄《红楼梦》电视剧。
《红楼梦》	不详	1983年	不详	李陆龄（饰贾宝玉）、赵永馨（饰林黛玉）	台湾中华电视台	这是华视第二次拍摄《红楼梦》电视剧。
《金陵十二钗》	十集台湾歌仔戏	1989年	制作人：杨丽花，戏剧指导：小凤仙	杨丽花（饰贾宝玉）、许秀年（饰林黛玉）、小凤仙（饰贾母）	台湾电视事业股份有限公司	不详

续表

剧名	集数剧种	拍摄时间	编导	主要演员	拍摄单位	剧情简介
《红楼梦》	73集电视连续剧	1996年	编剧：丁亚民，导演：李英	张玉嫌（饰林黛玉）、钟本伟（饰贾宝玉）、邹琳琳（饰薛宝钗）、徐贵樱（饰王熙凤）	台湾中华电视股份有限公司	这是华视第三次拍摄《红楼梦》电视剧。这部电视剧也没用高鹗续补的后40回，而是根据"脂批"以及所谓"旧时真本"等材料加以改编。该剧开头和结尾都采用了神话结构，开头由一个情僧和一个癞头和尚讲述神瑛侍者、绛珠草和通灵宝玉的故事，接下来就是黛玉进府；结尾则是宝玉历幻已尽，了悟情缘，抛弃红尘，跟随癞头和尚去太虚幻境"销案"。在太虚幻境中，警幻仙子向他展示了一份"情榜"，随后告诉他天上人间都是幻，只有心中的悟才是真。宝玉回到人间，在贾政流放地的茫茫白雪中跪下向父亲磕头，了却情缘后，随和尚出家了。全剧于上海淀山湖大观园拍摄。新编的后半部中，王熙凤和薛宝钗的形象都变得"高大"起来，尤其是宝钗更为完美。

附论二：港台红楼剧

续表

剧名	集数剧种	拍摄时间	编导	主要演员	拍摄单位	剧情简介
《石头记》	十集电视连续剧	不详	导演：赖家枫，执行制作：张小可、李亚芸	田家达（饰贾宝玉）、[韩]徐艺真（饰林黛玉）、李惠瑾（饰王熙凤）、[韩]申昭敏（饰花袭人）	台湾奥力克传播公司	贾宝玉原为天界的神瑛侍者，但因终日与绛珠仙子在赤霞宫缠绵，惹怒赤霞仙子，而被赶出赤霞宫落入轮回，与绛珠仙子相约来世再见。后诞生于荣国府中，从小备受贾母等人宠爱，又周旋在女人堆中，年少轻狂，让人又爱又恨。与黛玉的前世情缘搅乱了他原本的生活，黛玉的一颦一笑牵动着他的心，但博爱的个性使得他周旋在黛玉、宝钗与袭人之间，彼此间的爱欲色怨不断地纠葛。这部电视剧是艳情版《红楼梦》，由中国大陆、中国台湾、韩国演员参加拍摄。
《新红楼梦》	五集电视剧	不详	编导：罗琪，导演：杨遇	徐锦江（饰贾琏）、谷峰（饰贾政）	吉星（香港）影片公司	该剧剧情改编很多，尤其是增加了许多情色成分。

参考文献

专　著

1. 梅兰芳、许姬传：《舞台生活四十年》(第二集)，上海：平明出版社，1954年
2. 刘大杰：《〈红楼梦〉的思想与人生》，北京：中华书局，1959年
3. 欧阳予倩：《自我演戏以来》，北京：中国戏剧出版社，1959年
4. 程季华：《中国电影发展史》(第一卷)，北京：中国电影出版社，1963年
5. 李希凡：《〈红楼梦〉评论集》，北京：人民文学出版社，1973年
6. 张爱玲：《红楼梦魇》，台北：台湾皇冠出版社，1976年
7. 施达青：《〈红楼梦〉与清代封建社会》，北京：人民出版社，1976年
8. 阿英：《〈红楼梦〉戏曲集》，北京：中华书局，1978年
9. 徐进：《红楼梦越剧》，上海：上海文艺出版社，1979年
10. 徐迟：《〈红楼梦〉艺术论》，上海：上海文艺出版社，1980年
11. 欧阳予倩：《欧阳予倩文集》，北京：中国戏剧出版社，1980年
12. 胡文彬：《〈红楼梦〉叙录》，吉林：吉林人民出版社，1980年
13. 傅惜华：《清代杂剧全目》，北京：人民文学出版社，1981年
14. 一粟：《〈红楼梦〉书录》(修订本)，上海：上海古籍出版社，1981年
15. 严敦易：《元明清戏曲论集》，郑州：中州书画社，1982年
16. 荀慧生：《荀慧生演出剧本选》，上海：上海文艺出版社，1982年
17. 唐景崧：《看棋亭杂剧十六种》，广西：广西戏剧研究所，1982年
18. 顾平旦：《红楼梦研究论文资料索引》，北京：书目文献出版社，1983年
19. 徐扶明：《〈红楼梦〉与戏曲比较研究》，上海：上海古籍出版社，1984年
20. 梅兰芳：《我的电影生活》(第2版)，北京：中国电影出版社，1984年

21. 天津市曲艺：《〈红楼梦〉曲艺集》，天津：春风文艺出版社，1985年
22. 胡文彬：《〈红楼梦〉说唱集》，天津：春风文艺出版社，1985年
23. 赵清阁：《〈红楼梦〉话剧集》，四川：四川文艺出版社，1985年
24. 周雷、刘耕路、周岭：《红楼梦：根据曹雪芹原意新续》，北京：中国电影出版社，1987年
25. 张撤：《回顾香港电影三十年》，香港：三联书店(香港)有限公司，1989年
26. 蔡毅：《中国古典戏曲序跋汇编》，济南：齐鲁书社，1989年
27. 徐棻：《徐棻戏曲选》，北京：中国戏剧出版社，1990 年
28. 端木蕻良：《说不完的〈红楼梦〉》，上海：上海书店出版社，1993年
29. 陆萼庭：《清代戏曲家丛考》，上海：学林出版社，1995 年
30. 中国电影艺术研究中心、中国电影资料馆：《中国影片大典：故事片·戏曲片1905—1930》，北京：中国电影出版社，1996年
31. 中国电影艺术研究中心、中国电影资料馆：《中国影片大典：故事片·戏曲片1977—1994》，北京：中国电影出版社，1996年
32. 中国电影资料馆：《中国无声电影》，北京：中国电影出版社，1996年
33. 郭英德：《明清传奇综录》，石家庄：河北教育出版社，1997年
34. 李修生：《古本戏曲剧目提要》，北京：文化艺术出版社，1997年
35. 卢时俊、高义龙：《上海越剧志》，北京：中国戏剧出版社，1997年
36. 李翰祥：《银海千秋》，香港：天地图书有限公司，1997年
37. 傅慧仪：《香港影片大全第二卷：1942—1949》，香港：香港电影资料馆，1998年
38. 赵凤翔、房莉：《名著的影视改编》，北京：北京广播学院出版社，1999年
39. 傅慧仪：《香港影片大全第三卷：1950—1952》，香港：香港电影资料馆，2000年
40. 中国电影艺术研究中心、中国电影资料馆：《中国影片大典：故事片·舞台艺术片1949.10—1977》，北京：中国电影出版社，2001年
41. 徐棻：《徐棻戏剧作品选》，四川：四川人民出版社，2001 年
42. 朱一玄：《〈红楼梦〉资料汇编》，天津：南开大学出版社，2001年
43. 杨宝林：《荒唐宝玉》，北京：中国戏剧出版社，2001 年
44. 张宗伟：《中外文学名著的影视改编》，北京：中国广播电视出版社，2002年

45. 黄爱玲：《邵氏电影初探》，香港：香港电影资料馆，2003年

46. 刘操南：《红楼梦弹词开篇集》，北京：学苑出版社，2003年

47. 丁亚平：《百年中国电影理论文选》（下册），北京：文化艺术出版社，2003年

48. 董健：《中国现代戏剧总目提要》，南京：南京大学出版社，2003年

49. 郭静宁：《香港影片大全第四卷：1953—1959》，香港：香港电影资料馆，2003年

50. 张伟：《前尘影事：中国早期电影的另类扫描》，上海：上海辞书出版社，2004年

51. 郭静宁：《香港影片大全第五卷：1960—1964》，香港：香港电影资料馆，2005年

52. 俞平伯：《红楼梦研究》，上海：复旦大学出版社，2005年

53. 高小健：《中国戏曲电影史》，北京：文化艺术出版社，2005年

54. 陈炜智：《我爱黄梅调：丝竹中国古典印象：港台黄梅调电影初探》，台北：牧村图书有限公司，2005年

55. 李多钮：《中国电影百年·1905—1976》，北京：中国广播电视出版社，2005年

56. 陈西汀：《大音希声——陈西汀剧作选》，上海：上海社会科学院出版社，2005年

57. 中国电影艺术研究中心、中国电影资料馆：《中国影片大典：故事片·戏曲片1931—1949》，北京：中国电影出版社，2005年

58. 吕启祥：《〈红楼梦〉研究稀见资料汇编（上、下）》，北京：人民文学出版社，2006年

59. 姚小鸥：《古典名著的电视剧改编》，北京：中国传媒大学出版社，2006年

60. 李根亮：《〈红楼梦〉的传播与接受》，黑龙江：黑龙江人民出版社，2007年

61. 黄伟、沈有珠：《上海粤剧演出史稿》，北京：中国戏剧出版社，2007年

62. 赵卫防：《香港电影史：1597—2006》，北京：中国广播电视出版社，2007年

63. 陶君起：《京剧剧目初探》，北京：中华书局，2008年

64. 曹雪芹：《红楼梦》，北京：人民文学出版社，2008年

65. 欧阳奋强：《记忆红楼》，上海：上海锦绣文章出版社，2008年

66. 李根亮：《红楼梦与宗教》，湖南：岳麓书社，2009年

67. 邓长风：《明清戏曲家考略全编》，上海：上海古籍出版社，2009 年

68. 青木正儿：《中国近世戏曲史》，北京：中华书局，2010 年

论 文

关于清代《红楼梦》戏曲改编的论文

1. 吴泰昌：《关于〈红楼梦戏曲集〉》，《红楼梦学刊》，1980年第2辑

2. 徐扶明：《〈红楼梦〉与〈红楼〉戏》，《红楼梦研究集刊》，1982 年第9 期

3. 杨荫亭：《唐景崧与桂剧》，《学术论坛》，1984 年第 1 期

4. 吕兆康：《漫话清代红楼戏》，《江苏戏剧》，1984 年第6期

5. 顾乐真：《唐景崧和他的〈看棋亭杂剧〉》，《戏曲艺术》，1989 年 第7期

6. 周思源：《清代文字狱对〈红楼梦〉的影响》，《中国文化研究》，1993年第1期

7. 吴家荣：《论阿英的红楼梦研究》，《红楼梦学刊》，1994年第4辑

8. 武仲平：《漫话"红楼戏"》，《当代戏剧》，1995 年第1期

9. 王琳：《清代〈红楼梦〉戏的特征》，《戏曲艺术》，2002年第4辑

10. 马铁汉：《梅兰芳与〈黛玉葬花〉》，《红楼梦学刊》，2002年第4辑

11. 姚颖：《论〈红楼梦〉子弟书对俗语的运用》，《满族研究》，2004年第2期

12. 刘凤玲：《论清代红楼戏的改编模式》，《中央戏剧学院学报》，2004年第3辑

13. 李根亮：《清代红楼戏曲：文本意义的接受与误读》，《武汉大学学报（人文科学版）》，2005 年第 1 期

14. 杨飞：《仲振奎及其〈红楼梦传奇〉》，《四川戏剧》，2006 年第 2 期

15. 赵青：《论清代"红楼戏"对原著情节内容的取舍》，《甘肃联合大学学报》，2006年第 9 期

16. 戴霞：《阿英曾拟撰〈红楼梦传奇十种述评〉》，《红楼梦学刊》，2007年第 5 辑

30. 关纪新：《清代满族文学与"京腔京韵"》，《黑龙江民族丛刊》，2007年

第6期

31. 钱成：《清代红楼第一戏〈红楼梦传奇〉简论》，《长春教育学院学报》，2009年第2期

32. 钱成：《首部"红楼"曲艺作品〈红楼梦滩簧〉考略》，《扬州教育学院学报》，2009年第2期

33. 钱成：《清代首部"红楼戏剧与曲艺"作品五考》，《辽东学院学报（社会科学版）》，2009年第5期

34. 钱成：《清代首部"红楼"戏创作与流传考》，《铜仁学院学报》，2009年第6期

35. 赵青：《关于清代〈红楼梦〉戏曲中刘姥姥问题的探讨》，《齐鲁学刊》，2009年第2期

36. 赵青：《〈葬花吟〉在清代"红楼戏"中的化用》，《四川戏剧》，2009年第5期

37. 廖泽香：《论清代〈红楼梦〉戏曲改编特点》，《文教资料》，2009年第32期

38. 钱成：《清代"红楼戏曲"四考》，《河西学院学报》，2010年第1期

39. 钱成：《论〈红楼梦传奇〉对后世"红楼戏"的影响》，《洛阳理工学院学报（社会科学版）》，2010年第2期

40. 钱成：《论〈红楼梦〉戏曲首编者仲振奎的戏曲创作》，《哈尔滨学院学报》，2010年 第2期

41. 钱成：《清"红楼戏"首编者仲振奎家族文人群略考》，《贵阳学院学报（社会科学版）》，2010年第3期

42. 赵青：《清代"红楼戏"在戏曲体制上的因循与新变》，《齐鲁学刊》，2012年第5期

关于民国《红楼梦》戏曲、话剧改编的论文

43. 曲六乙：《欧阳予倩和红楼戏》，《上海戏剧》，1963 年第 1 期

44. 吴小如：《根据〈红楼梦〉故事编写的京剧》，《红楼梦学刊》，1980第2辑

45. 吴白匋：《此时无声胜有声——记幼年观梅兰芳〈黛玉葬花〉一点难忘的印象》，《上海戏剧》，1985年第5期

46. 杜春耕、吕启祥：《二三十年代红楼戏一瞥》，《红楼梦学刊》，1996年第4辑。

47. 何梓焜：《何非凡及其唱腔的艺术特色》，《南国红豆》，1999年第2期

48. 吕启祥：《彤云密布下的〈郁雷〉——一部由〈红楼梦〉改编的话剧》，《红楼梦学刊》，2001年第2辑

49. 陈丁沙：《欧阳予倩与红楼梦——纪念戏剧大师欧阳予倩115年诞辰》，《中国戏剧》，2004年第6期

50. 刘欣：《"红楼"话剧考》，《艺术百家》，2005年第3期

51. 王琳：《论荀慧生〈红楼梦〉戏》，《艺术百家》，2006年第2期

52. 张晶、梅玮：《浅析梅兰芳先生的三出"红楼戏"》，《戏曲艺术》，2006年第4期

53. 陈元胜：《鲁迅全集·〈绛洞花主〉小引注释补正》，《鲁迅研究月刊》，2006年第10期

54. 胡淳艳：《民国〈红楼梦〉话剧改编研究》，《红楼梦学刊》，2008年第3辑

55. 陈元胜：《梦境谁能住〈绛洞花主〉涅槃琐语》，《鲁迅研究月刊》，2008年第7期

56. 胡胜、赵毓龙：《"梅影梦痕"——谈梅兰芳先生的三出"红楼戏"》，《红楼梦学刊》，2010年第1辑

57. 胡胜、赵毓龙：《试论荀慧生先生的"红楼"戏——以〈红楼二尤〉为中心》，《红楼梦学刊》，2012第3辑

关于当代《红楼梦》戏曲改编的论文

58. 戴不凡：《谈〈红楼梦〉的改编》，《剧本》，1957年第5期

59. 卫明：《观京剧晴雯散记》，《上海戏剧》，1960年第2期

60. 刘厚生：《从演员的气质谈起——越剧〈红楼梦〉观后》，《上海戏剧》，1961年第3期

61. 苏石风：《简谈〈红楼梦〉的布景》，《上海戏剧》，1961年第3期

62. 胡文彬：《香港刊行红楼梦研究资料索引初编》，《红楼梦学刊》，1980年第3辑

63. 郑公盾：《漫谈〈红楼梦〉的戏曲改编》，《红楼梦学刊》，1980年第4辑

64. 徐棻：《改编名著话苦衷》，《剧作》，1981年第3期

65. 章诒和：《粉面含春威不露——评川剧〈王熙凤〉》，《中国戏剧》，1981年第3期

66. 杜鹤羽：《谈"红楼戏"》，《艺谭》，1981年第4期

67. 徐扶明：《古典戏曲对〈红楼梦〉情节处理的影响》，《红楼梦学刊》，1982年第2辑

68. 韩进廉：《红楼演戏探幽》，《河北师大学报（哲社版）》，1982年第3期

69. 荣子：《红楼戏琐谈》，《南国戏剧》，1982年第8期

70. 徐玉兰：《贾宝玉与越剧改革》，《上海戏剧》，1983年第3期

71. 陆树仑：《从〈红楼梦〉戏曲谈红楼梦》的改编问题》，《扬州大学学报》，1984年第2期

72. 顾平旦：《作为戏曲家的曹寅——兼谈曹雪芹的家学渊源》，《红楼梦学刊》，1984年第4辑

73. 肖赛：《论〈晴雯〉从小说到戏曲的改编》，《红楼梦学刊》，1985年第2期

74. 阵勇：《"秦腔梅兰芳"——刘箴俗》，《戏曲艺术》，1985年第3期

75. 金昆、王红、蔡闯、潘讷：《戏曲当代意识的新探索——首都戏剧界座谈川剧〈红楼惊梦〉》，《中国戏剧》，1988年第1期

76. 李爱冬：《从〈红楼梦〉子弟书看〈红楼梦〉对中国说唱文学的影响》，《红楼梦学刊》，1988年第4辑

77. 杨宝林、徐明望：《试解其中味——"荒唐宝玉"创作谈》，《红楼梦学刊》，1991年第4辑

78. 陈西汀、陈恭敏：《酒不醉人人自醉——关于黄梅戏〈红楼梦〉版权纠纷的对话》，《上海戏剧》，1993年第2期

79. 汪道伦：《〈红楼梦〉对曲艺的融会贯通》，《红楼梦学刊》，1994年第2辑

90. 王湜华：《论小说〈红楼梦〉与昆曲》，《红楼梦学刊》，1994年第2辑

91. 哈蕾：《走出"现代意识"的误区——从黄梅戏〈红楼梦〉的失误谈起》，《上海大学学报(社会科学版)》，1995年第6期

92. 张兴渠：《陈西汀与三位表演艺术家》，《上海艺术家》，1996年第4期

93. 严迟：《一出感人肺腑的好戏——平阳小百花与越剧〈红楼二尤〉》，《戏文》，1996年第6期

94. 胡文彬：《历史的剪影——〈红楼梦〉与中国民俗文化》，《红楼梦学刊》，1998年第1辑

95. 朱国庆：《〈葫芦庙〉中的红楼梦精神——评戏曲新作〈葫芦庙〉》，《广东艺术》，1998年第1期

96. 刘永良：《中国古典戏曲与〈红楼梦〉人物刻画》，《红楼梦学刊》，1998年第4辑

97. 光祖：《红楼戏曲概述》，《四川戏剧》，1998年第5期

98. 童望粤：《联袂献艺、相得益彰——试评冯刚毅、苏春梅在〈宝玉与晴雯〉一剧中的表演》，《南国红豆》，1998年第5期

99. 傅骏：《赏尽天下红楼戏、有利博闻知戏理——读光祖〈红楼戏曲概述〉》，《四川戏剧》，1999年第6期

100. 高义龙：《上海需要标志性艺术成果——评新版越剧〈红楼梦〉》，《上海艺术家》，1999年第6期

101. 孙虹江：《关于新版越剧〈红楼梦〉的一些思考》，《上海艺术家》，1999年第6期

102. 童薇薇：《对精品戏剧的再创造——新版越剧〈红楼梦〉导演阐述》，《上海艺术》，1999年第6期

103. 尤伯鑫：《越剧〈红楼梦〉初探》，《上海戏剧》，1999年第12期

104. 周瑶华：《大制作的尴尬——新版越剧〈红楼梦〉得失谈》，《戏文》，2000年第2期

105. 桑梓：《从新版越剧〈红楼梦〉谈戏剧大制作》，《上海戏剧》，2000年第3期

106. 王小鹰：《"当代最佳林黛玉"——单仰萍在新版越剧〈红楼梦〉中的创造》，《中国戏剧》，2000年第3期

107. 金凡平：《〈红楼梦〉小说和戏曲文本的叙事方式比较》，《红楼梦学刊》，2000年第4辑

108. 傅骏：《演不尽的越剧〈红楼梦〉》，《上海戏剧》，2000年第10期

109. 徐玉兰：《一曲经典"红楼梦"代代相传在人间》，《上海戏剧》2000年第10期

110. 毛时安：《我对青春版〈红楼梦〉的一点感想》，《上海戏剧》，2000年第10期

111. 许并生：《〈红楼梦〉与戏曲结构》，《红楼梦学刊》，2001年第1期

112. 姚柱林：《并不豪华、更非好戏——我看越剧〈红楼梦〉》，《南国红豆》，2001年第6期

113. 孙玉明：《毛泽东与〈红楼梦〉研究批判运动》，《红楼梦学刊》，2001年第1辑

114. 门岿：《论关于〈红楼梦〉的散曲》，《红楼梦学刊》，2002年第1辑

115. 李小龙：《十二金钗归何处——红楼十二伶隐寓试诠》，《红楼梦学刊》，2002年第1辑

116. 郑丹苗：《戏唱"红楼"底蕴 曲翻警世新声——潮剧〈葫芦庙〉评析》，《广东艺术》，2002年第4期

117. 吕启祥：《〈红楼梦研究稀见资料汇编〉未收篇目索引》，《红楼梦学刊》，2002年第3辑

118. 吴新雷：《昆曲剧目发微》，《东南大学学报（哲社版）》，2003年第1期

119. 李希凡：《梨香院的"离魂"——十二小优伶的悲剧命运与龄官、劳官、藕官的悲剧性格》，《红楼梦学刊》，2003年第2辑

120. 张筱园：《〈红楼梦〉戏曲与小说美学特征之比较》，《广东广播电视大学学报》，2004年第3期

121. 王伟：《关于越剧〈红楼梦〉的话》，《戏文》，2004年第6期

122. 王杨：《梦与情的交响——舞剧〈红楼梦〉音乐作者苏聪访谈录》，《人民音乐》，2004年第8期

123. 包巍岳：《我的红楼情结——管窥浙百红楼戏》，《上海戏剧》，2005年第1期

124. 耿光华、赵献春：《〈红楼梦〉对传统戏曲艺术的吸收与借鉴》，《河北北方学院学报》，2005年第6期

125. 华生：《舞剧〈红楼梦〉：90分钟舞蹈演绎百万字巨著》，《上海戏剧》，2005年第11期

126. 徐文凯：《论〈红楼梦〉的戏曲改编》，《红楼梦学刊》，2006年第2期

127. 兰珊：《声音笑貌露温柔——从两段生旦对唱看越剧〈红楼梦〉的艺术特征》，《四川戏剧》，2006年第2期

128. 陈国钦、郗新蕊：《古典名著的戏曲改编与电视剧改编》，《中央戏剧学院学报》，2006年第3期

129. 文晔：《红楼戏的阴阳之辩》，《中国新闻周刊》，2006年第16期

130. 董文桃：《越剧〈红楼梦〉三个版本的主题差异探源》，《红楼梦学刊》，2007年第1期

131. 聂付生：《论旧版越剧〈红楼梦〉艺术神韵的生成》，《红楼梦学刊》，2007年第5期

132. 潘邦榛：《再评陈冠卿的戏曲创作》，《南国红豆》，2007年第6期

133. 宋光祖：《"红楼"戏曲刍议》，《戏剧艺术》，2007年第6期

134. 童玲：《银幕再续红楼梦——记2007民乐版越剧电影〈红楼梦〉》，《上海戏剧》，2007年第7期

135. 徐棻：《岁月无情人有情》，《剧本》，2007年第8期

136. 张兴葉：《童芷苓爱演陈西汀的红楼戏》，《世纪》，2008年第1期

137. 郑洵侯：《记一代艺人"情僧"何非凡》，《广东档案》，2008年第2期

138. 陈薪伊：《一场散了的宴席——谈全景话剧〈红楼梦〉演出构想》，《图书馆杂志》，2008年第3期

139. 刘祯：《越剧〈红楼梦〉：文学名著到戏曲经典》，《红楼梦学刊》，2008年第6期

140. 曹佳：《从话剧〈红楼梦〉看张广天的"先疯戏剧"》，《东南传播》，2008年第6期

141. 夏写时：《〈红楼梦〉戏剧的难题》，《戏剧艺术》，2008年第10期

142. 龚和德：《〈红楼梦〉与越剧建设》，《戏曲艺术》，2009年第1期

143. 王人恩：《杨掌生与〈红楼梦〉》，《红楼梦学刊》，2009年第4期

144. 赵艺青：《〈红楼梦〉——从小说到戏曲》，《湖北函授大学学报》，2010年第1期

145. 陈伟娜：《论〈红楼梦〉戏剧对小说〈红楼梦〉的重写》，《红楼梦学刊》，2010年第1辑

146. 周之然：《朝鲜版歌剧〈红楼梦〉别具一格》，《新一代》，2010年第2期

147. 赵阳：《从文学形象到舞蹈形象的转化——对两个版本的舞剧〈红楼梦〉的分析》，《山东艺术学院学报》，2011年第3期

148. 乔宗玉：《北昆〈红楼梦〉：好一场繁华旧梦》，《上海戏剧》，2011年第5期

149. 王蕴明：《红楼新梦甄氍佳篇——新编昆剧〈红楼梦〉观后漫笔》，《艺术评论》，2011年第5期

150. 邹青：《20世纪70年代以来"〈红楼梦〉与戏曲"研究的回顾与思考》，《文化艺术研究》，2012年第1期

关于当代《红楼梦》电影改编的论文

151. 夏衍：《杂谈改编》，《电影艺术》，1958年第1期

152. 赵荟：《你知道〈红楼梦〉上过多少次银幕？》，《电影评介》，1980年第3期

153. 张卫：《以电影的方式忠实原作》，《电影艺术》，1983年第9期

154. 王云缦：《影史自有价值在——电影〈红楼梦〉之我见》，《红楼梦学刊》，1984年第4辑

155. 谢逢松：《电影〈红楼梦〉改编手记》，《红楼梦学刊》，1989年第2辑

156. 沈天佑：《电影〈红楼梦〉之我见》，《红楼梦学刊》，1990年第4辑。

157. 国还：《形似与神似——试论电影〈红楼梦〉的改编》，《红楼梦学刊》，1990年第4辑

158. 周汝昌：《外行谈影视》，《群言》，1992年第8期

161. 范钦濂：《影视〈红楼梦〉的得与失》，《中南民族学院学报（哲学社会科学版）》，1993年第5期

162. 刘婷：《皈依与超载——试析〈红楼梦〉中的电影表现方法》，《红楼梦学刊》，1994年第2辑

163. 李德：《〈红楼梦〉影视谭概》，《满族研究》，1994年第3期

164. 仲平：《红楼电影与红楼戏》，《中国电视戏曲》，1995年第5期

165. 傅骏：《身残志不残艺高德更高：祭尹桂芳大姐》，《戏文》，2000年第2期

166. 刘凝芳：《影、视〈红楼梦〉之比较》，《理论月刊》，2002年第12期

167. 黄书泉：《论小说的影视改编》，《安徽大学学报（哲学社会科学版）》，2003年第2期

168. 杜志军：《早期〈红楼梦〉电影研究的津梁——〈红楼梦特刊〉的发现及其意义》，《红楼梦学刊》，2003年第4辑

169. 秦俊香：《从改编的四要素看文学名著影视改编的当代性》，《北京电影学院学报》，2003年第6期

170. 杨钟基：《香港所存〈红楼梦〉粤曲录音资料初探》，《红楼梦学刊》，2004年第1辑

171. 辛逸帆：《说明书中的电影世界：〈红楼梦〉创作堪称认真，结局令人唏嘘》，《大众电影》，2005年第4期

172. 张伟：《20世纪前期好莱坞影片的汉译传播》，《上海大学学报（社会科学版）》，2006年第5期

173. 胡香：《旧时繁华梦里红楼》，《电影画刊》，2006年第10期

174. 蓝凡：《邵氏黄梅调电影艺术论》，《上海大学学报（社会科学版）》，2007年第2期

175. 管恩森：《诗意美：〈红楼梦〉影视改编的核心问题》，《红楼梦学

刊》，2007年第3辑

176. 沈治钧：《不泼冷水，不灌烧酒——平心关注〈红楼梦〉重上荧屏》，《红楼梦学刊》，2007年第3辑

177. 高淮生、李春强：《关于〈红楼梦〉影视改编的思考》，《红楼梦学刊》，2007年第4辑

178. 饶道庆：《论〈红楼梦〉电影中的戏曲因素》，《红楼梦学刊》，2007年第6辑

179. 红学动态：《电影〈红楼梦〉经典故事系列暨〈二姐吞金〉剧本研讨会在京举行》，《红楼梦学刊》，2008年第4辑

180. 杨峰：《〈红楼梦〉影视中的刘姥姥形象及其艺术功能》，《红楼梦学刊》，2008年第4辑

181. 张本一：《荣枯盛衰20年——略论〈红楼梦〉影视剧改编的叙事时间与人物年龄》，《电影文学》，2008年第10期

182. 姚文华：《红楼梦从文学到影视再创作问题研究》，《电影文学》，2008年第11期

183. 康晓宇：《〈金玉良缘红楼梦〉写意与写实矛盾的特色处理》，《现代语文（文学研究）》，2008年第12期

184. 孟亚玲、魏继宗：《电影〈红楼梦〉中的非语言符号运用探析》，《电影评介》，2008年第14期

185. 米高峰、张振海：《动画短片〈红楼梦中人〉：电视选秀的动画思考》，《电视字幕·特技与动画》，2009年第4期

186. 尚红燕：《析电影〈红楼梦〉景与物的美感特征》，《电影文学》，2010年第12期

187. 王鲁军：《〈红楼梦〉影视改编的四大难题》，《电影评介》，2011年第20期

188. 孟凡玲、宋恒：《典籍英译中文化意象传递的异化——电影〈红楼梦〉文化意象翻译对比研究》，《电影文学》，2011年第10期

189. 李海琪：《于无声处传红楼——复旦版〈红楼梦〉改编研究》，《红楼梦学刊》，2011年第2辑

190. 李海琪：《孔雀版电影〈红楼梦〉改编小考》，《红楼梦学刊》，2012年第6辑

191. 王武：《比喻与人物的心理、情感——谈戏曲电影〈红楼梦〉中的唱词》，《新校园（学习）》，2012年第6期

192. 何卫国：《"中国梦"与"红楼情"——香港〈红楼梦〉电影刍议》，《红楼梦学刊》，2012年第6辑

当代《红楼梦》电视剧改编论文

193. 周金华：《论电视连续剧〈红楼梦〉改编的得失》，《中国广播电视学刊》，1987年第3期

194. 言非：《被遗忘与被损害的——电视连续剧〈红楼梦〉随想》，《当代电视》，1987年第4期

195. 胡开敏：《〈红楼梦〉电视连续剧评论综述》，《红楼梦学刊》，1987年第4辑

196. 李希凡：《宝黛爱情悲剧与黛玉之死——看电视连续剧〈红楼梦〉所想到的》，《红楼梦学刊》，1987年第4辑

197. 胡文彬：《胆识·探索·启示——电视剧〈红楼梦〉映后感言》，《红楼梦学刊》，1987年第4辑

198. 蔡骥：《"雅、俗、虚、实"论"红楼"——电视剧〈红楼梦〉观后》，《红楼梦学刊》，1987年第4辑

199. 牧惠：《红楼絮谈》，《文艺理论与批评》，1987年第5期

200. 沈天佑：《从连续剧〈红楼梦〉所想到的》，《文艺理论与批评》，1987年第6期

201. 徐宏：《毁灭灵魂的悲剧艺术——对电视连续剧〈红楼梦〉的思考》，《文艺理论与批评》，1987年第6期

202. 鲁德才：《虚实深浅之间——评电视剧〈红楼梦〉》，《现代传播》(北京广播学院学报)，1988年第1期

203. 周思源：《〈红楼梦〉的悲剧底蕴》，《红楼梦学刊》，1991年第2辑

204. 王扶林：《我与戏曲》，《中国电视戏曲》，1996年第3期

205. 张国光：《重拍〈红楼梦〉片应采用新的红学观点》，《湖北教育学院学报》，2002年第1期

206. 丁维忠：《再次改编电视剧〈红楼梦〉刍见》，《红楼梦学刊》，2002年第2辑

207. 周思源：《重拍电视连续剧〈红楼梦〉刍议》，《红楼梦学刊》，2002年第2辑

208. 胡文彬：《打造影视精品，抵制戏说名著——对重拍电视连续剧〈红楼梦〉的几点意见》，《红楼梦学刊》，2002年第2辑

209. 长风：《重拍电视剧〈红楼梦〉的讨论》，《红楼梦学刊》，2002年第3辑

210. 胡绍棠：《重拍电视剧〈红楼梦〉的几点思考》，《红楼梦学刊》，2002年第3辑

211. 刘凝芳：《影、视〈红楼梦〉之比较》，《理论月刊》，2002年第12期

212. 杨卫军：《关于重拍电视剧〈红楼梦〉的断想——兼谈薛宝钗艺术形象的塑造》，《艺术百家》，2003年第1期

213. 纪健生：《但愿真红不枯稿——写在〈红楼梦〉电视连续剧重拍之前》，《红楼梦学刊》，2006年第6辑

214. 阮柳红：《电视"选秀"节目社会资本的运作策略》，《中国电视》，2006年第12期

215. 沈治钧：《不泼冷水，不灌烧酒——平心关注〈红楼梦〉重上荧屏》，《红楼梦学刊》，2007年第3辑

216. 管恩森：《诗意美：〈红楼梦〉影视改编的核心问题》，《红楼梦学刊》，2007年第3辑

217. 王烨：《"红楼梦中人"选秀活动透视》，《中国广播电视学刊》，2007年第4期

218. 王烨：《"红楼梦中人"选秀与电视选秀节目的创意突破》，《今传媒（学术版）》，2007年第4期

219. 龙音希：《独家披露电视剧〈红楼梦〉音乐创作幕后的故事王立平将〈葬花吟〉谱成"天问"》，《北方音乐》，2007年第4期

220. 宋红霞：《〈红楼梦〉电视连续剧改编与原著文化底蕴的展现》，《艺术百家》，2007年第5期

221. 蔡骐、欧阳菁：《框架与话语——近期媒体陈晓旭报道思考三题》，《新闻记者》，2007年第7期

222. 关德洪：《浅议红楼选秀节目》，《新闻知识》，2007年第10期

223. 李孝娴：《真人秀节目的歧路？出路？——析"红楼梦中人"大型选秀活动》，《声屏世界》，2007年第11期

224. 蒋艳新、刘钢：《浅谈重拍〈红楼梦〉》，《中国集体经济》，2007年第21期

225. 刘相雨：《关于新版电视剧〈红楼梦〉的思考》，《河南教育学院学报（哲学社会科学版）》，2008年第1期

226. 周菁：《"读者时代"古装电视剧的美学转型——从新版电视剧〈红楼

梦〉大众选秀说开去》,《湖北社会科学》,2008年第2期

227. 杨罗生:《求真——新版电视剧〈红楼梦〉改编的最高原则》,《云梦学刊》,2008年第2期

228. 饶道庆:《〈红楼梦〉电视戏曲叙录》,《红楼梦学刊》,2008年第3期

229. 杨峰:《〈红楼梦〉影视中的刘姥姥形象及其艺术功能》,《红楼梦学刊》,2008年第4辑

230. 李三强:《影视产业视角下的〈红楼梦〉重拍》,《红楼梦学刊》,2008年第6辑

231. 张本一:《荣枯盛衰20年——略论〈红楼梦〉影视剧改编的叙事时间与人物年龄》,《电影文学》,2008年第10期

232. 姚文华:《〈红楼梦〉从文学到影视再创作问题研究》,《电影文学》,2008年第11期

233. 康晓宇:《〈金玉良缘红楼梦〉写意与写实矛盾的特色处理》,《现代语文·文学研究》,2008年第12期

234. 陈艳涛:《王扶林:尊重原著,谨慎发挥》,《新世纪周刊》,2008年第20期

235. 任少东:《新版〈红楼梦〉电视剧八十回后改编难点试析(上、中、下)》,《中国科技财富》,2009年第1期

236. 饶道庆:《〈红楼梦〉影视改编中的阻碍和流失》,《红楼梦学刊》,2009年第3辑

237. 刘之源:《红楼盼生五彩梦——"红楼梦"戏剧改编刍议》,《中国演员》,2009年第6期

238. 隗辉、王睿:《经典的传承与再造——由电视剧〈红楼梦〉看多媒体互补互动转换生成规律》,《剑南文学》,2009年第6期

239. 曾明、罗晓云:《电视剧音乐的审美特征初探——以电视连续剧〈红楼梦〉为例》,《大众文艺》,2009年第23期

240. 苗苏莉:《关于新版〈红楼梦〉电视剧底本问题的思考》,《文教资料》,2009年第26期

241. 欧蕾:《写在重拍〈红楼梦〉之际——以36集电视剧〈红楼梦〉为参照》,《大家》,2010年第6期

242. 赵佳佳:《音乐与文学的契合——87版电视剧〈红楼梦〉音乐探析》,《艺海》,2010年第6期

243. 徐丽莎:《新版〈红楼梦〉:传统经典解读的噩梦》,《社会观察》,

2010年第8期

244. 金燕：《独家专访新版电视剧〈红楼梦〉主创团队》，《艺术评论》，2010年第10期

245. 张琼文：《新〈红楼梦〉幕布下的商业大戏》，《经济》，2010年第10期

246. 谭晓锋、蒋连根：《新闻恶评为何"一边倒"？——对新版电视剧〈红楼梦〉一些报道现象的思考》，《中国记者》，2010年第10期

247. 关四平：《尊重原著，传达精髓——新版电视剧〈红楼梦〉管窥》，《艺术评论》，2010年第10期

248. 杨希顺：《都是"忠实原著"惹的祸——给新版电视剧〈红楼梦〉把把脉》，《电影评介》，2010第11期

249. 丁伟：《新版〈红楼梦〉就是富二代的故事——"园主"冯仑对话导演李少红》，《中国企业家》，2010年第14期

250. 张晓丽：《宛若忠实竟为演说——论电视剧〈红楼梦〉对原著的"忠实"》，《电影评介》，2010年第16期

251. 孔令彬：《也谈新编电视剧〈红楼梦〉中的失误与穿帮镜头》，《电影评介》，2010年第19期

252. 孙千越、赵琳琳、罗文超：《尊重原著还是颠覆旧版——争议中看新版〈红楼梦〉》，《电影评介》，2010年第19期

253. 李庆：《写意与写实——浅谈新版电视剧〈红楼梦〉中人物贴片子发型设计的得与失》，《电影评介》，2010年第21期

254. 张璐晶：《历时8年，耗资1.18亿元新〈红楼梦〉赔了？》，《中国经济周刊》，2010年第35期

255. 袁学敏：《新版〈红楼梦〉电视剧观感：学养缺失》，《攀枝花学院学报》，2011年第1期

256. 王宏民：《关于新版电视连续剧〈红楼梦〉音乐的得与失》，《文学与艺术》，2011年第1期

257. 王昕：《小说真实与电视剧真实——从曹雪芹美学观念看新版电视剧〈红楼梦〉的"忠实化"传播路径》，《中国电视》，2011年第1期

258. 王湘、刘孝严：《新版电视剧〈红楼梦〉的得与失》，《长春大学学报》，2011年第1期

259. 戴清：《难描红楼梦中人——新版电视剧〈红楼梦〉改编得失谈》，《中国电视》，2011年第1期

260. 陈慧娟：《李少红电视剧台词语言艺术浅析——从〈大明宫词〉到新

版〈红楼梦〉》,《东方艺术》,2011年第2期

261. 於曼:《新版电视剧〈红楼梦〉改编、重拍的几个问题》,《红楼梦学刊》,2011年第2辑

262. 谢晓霞:《新版〈红楼梦〉:媒介事件与集体记忆》,《四川戏剧》,2011年第2期

263. 王云琴、解欣:《从电视剧叙事策略浅析新红楼旁白》,《大众文艺》,2011年第3期

264. 王晓燕:《〈红楼梦〉与新版连续剧》,《教育文化论坛》,2011年第3期

265. 张琼:《新版电视剧〈红楼梦〉的硬伤及其对名著改编的启示》,《北方民族大学学报(哲学社会科学版)》,2011年第3期

266. 刘坚:《新宝玉认"载"新红楼认"栽"》,《景德镇高专学报》,2011年第3期

267. 韩小龙:《新旧两版电视剧〈红楼梦〉美学风格之比较》,《兰州学刊》,2011年第4期

268. 冯英涛:《论新版〈红楼梦〉电视剧的审美艺术》,《宁夏师范学院学报》,2011年第5期

269. 费虹:《试析新版电视剧〈红楼梦〉总体构思的失误》,《六盘水师范高等专科学校学报》,2011年第5期

270. 袁学敏:《新版〈红楼梦〉电视剧观感之角色与服饰》,《攀枝花学院学报》,2011年第5期

271. 张云峰:《风流灵巧惹人怜——浅析电视剧〈红楼梦〉音乐中的原著精髓之插曲〈晴雯歌〉》,《东京文学》,2011年第7期

272. 曾念平:《我拍〈红楼梦〉》,《影视制作》,2011年第8期

273. 李晶晶:《电视剧悲剧性研究——从新旧两版〈红楼梦〉谈起》,《才智》,2011年第8期

274. 常虹:《新版〈红楼梦〉服装色彩设计的误区》,《新闻爱好者(下半月)》,2011年第8期

275. 张云峰:《阆苑仙乐曲无暇——浅析电视剧〈红楼梦〉主题曲〈枉凝眉〉》,《大舞台》,2011年第8期

276. 赵洪涛:《商业化时代的经典之殇与出路——以新版电视剧〈红楼梦〉为个案》,《湖南科技学院学报》,2011年第10期

277. 李莉:《从新旧版〈红楼梦〉看电视剧的导演艺术》,《电影评介》,2011年第16期

278. 郭征帆、李梅：《试论李少红版电视剧〈红楼梦〉"太虚幻境"的意境美》，《乌鲁木齐职业大学学报》，2012年第1期

279. 陈华键：《从音乐的感性特征分析电视剧〈红楼梦〉的插曲"分骨肉"》，《清远职业技术学院学报》，2012年第1期

280. 蒋俊杰：《论新版电视剧〈红楼梦〉的改编特色》，《温州大学学报（社会科学版）》，2012年第2期。

281. 王聪贤：《电视剧新〈红楼梦〉的文化元素分析》，《新闻爱好者》，2012年第3期

282. 关伟华：《从副语言看新版电视剧〈红楼梦〉的瑕疵》，《湖北社会科学》，2012年第3期

283. 王欢：《中国古典名著影视改编"适度性原则"的探讨——以〈红楼梦〉原著及其影改编作品为例》，《重庆工商大学学报（社会科学版）》，2012年第4期

284. 张鸳：《李少红版〈红楼梦〉改编的当代性》，《安徽文学（下半月）》，2012年第6期

285. 程英子：《从编剧层面比较新旧版〈红楼梦〉》，《西南大学文学院》，2012年第10期

286. 程英子：《新旧版电视剧〈红楼梦〉之对比简析》，《群文天地》，2012年第10期

287. 彭金金：《拨动灵魂之音——浅析〈红楼梦〉音乐内涵》，《大众文艺》，2012年第10期

288. 项仲平、张鸳：《〈红楼梦〉电视剧改编的互文性研究》，《电影文学》，2012年第12期

硕博士学位论文

1. 李根亮：《〈红楼梦〉的传播与接受》，武汉大学博士学位论文，2005年

2. 周蜜：《文字与图像：以〈红楼梦〉为个案的传播与接受研究》，华东师范大学硕士学位论文，2006年

3. 赵青：《清代"《红楼梦》戏曲"探析》，华东师范大学硕士学位论文，2006年

4. 陈婕：《"红楼"话剧论》，《中国优秀硕士学位论文全文数据库》，2007年

5. 许萍萍：《红楼戏的改编艺术》，福建师范大学硕士学位论文，2007年

6. 卜喜逢：《从"红楼二尤"故事看〈红楼梦〉成书过程》，《中国优秀硕士学位论文全文数据库》，2007年

7. 赵红妹：《论〈红楼梦〉的影视改编》，山东大学硕士学位论文，2008年

8. 邓丹：《明清女剧作家研究》，首都师范大学博士学位论文，2008年

9. 梁晶：《以〈红楼梦〉为例：从互文的角度看改编问题——兼谈〈红楼梦〉改编的必然性》，吉林大学硕士学位论文，2008年

10. 陈真：《〈红楼梦〉影视作品中钗、黛形象的定位溯源及其流变研究》，上海大学硕士学位论文，2009年

11. 饶道庆：《〈红楼梦〉影视改编与传播》，中国艺术研究院博士学位论文，2009年

12. 陶今：《〈红楼梦〉的影视剧改编》，上海师范大学硕士学位论文，2009年

13. 施慧敏：《视觉文化语境中小说的电视剧改编研究》，苏州大学硕士学位论文，2010年

14. 禹雅慧：《试析〈红楼梦〉的影视戏剧改编得失》，山西大学硕士学位论文，2010年

15. 蒲振东：《表征、语境与解码：文化研究视角下的名著改编电视剧》，南京大学硕士学位论文，2012年

16. 姚伟伟：《名著影视改编中人物性格的阐释空间》，广西民族大学硕士学位论文，2012年

17. 刘洁：《论李少红2010版电视剧〈红楼梦〉的诗意品格》，山西大学硕士学位论文，2012年

18. 吴向银：《王立平与〈红楼梦〉声乐作品研究》，河南师范大学硕士学位论文，2012年

19. 张妮：《李少红版〈红楼梦〉艺术审视与探析》，河北大学硕士学位论文，2012年

附录一：清代《红楼梦》戏剧改编资料汇编

序号	剧名	改编者	剧种	年代	今存版本或资料出处	剧情简介或备注
1	《葬花》	孔昭虔（1775—1834）	一折杂剧	嘉庆丙辰年（1796）原稿	载《镜虹吟室剩稿》，抄本。阿英《红楼梦戏曲集》[1]收录此剧。	李修生主编的《古本戏曲剧目提要》收录有该剧，剧情不详。
2	《红楼梦传奇》	仲振奎（1749—1811）	五十六出传奇	该剧作于嘉庆二年（1797）	嘉庆四年己未（1799）绿云红雨山房刊本，道光芜香阁本、同治友于堂重刊本，光绪三年上海印书局铅印本。阿英《红楼梦戏曲集》收录此剧。李修生主编的《古本戏曲剧目提要》第582页收录有该剧，称《今乐考证》著录。	上卷衍《红楼梦》，下卷衍《后红楼梦》。这是第一部把《红楼梦》小说搬上舞台的剧作，但"平心而论，仲氏的词彩委实不高明，极少佳词俊曲"（严敦易《元明清戏曲作集·仲云涧的〈红楼梦〉与〈怜香阁〉》）。
3	《潇湘怨传奇》	万荣恩（嘉庆前后在世）	三十七出传奇	嘉庆癸亥年（1803）出版	嘉庆癸亥年（1803）青心书屋刊本。阿英《红楼梦戏曲集》收录此剧。	剧情不详
4	《绛衡秋》	吴兰徵（1776—1806）	二十八出传奇	创作于1805年	嘉庆十一年（1806）抚秋楼《零香集》收录。阿英《红楼梦戏曲集》收录此剧。	剧情不详

---

1 阿英编：《红楼梦戏曲集》，北京：中华书局1978年版。

续表

序号	剧名	改编者	剧种	年代	今存版本或资料出处	剧情简介或备注
5	《三钗梦北曲》	许鸿磐（1757—1837）	四出北曲	道光二十六年（1846）刊本	道光二十六年（1846）刊《六观楼北曲六种》本，同治甲戌年重刻本。阿英《红楼梦戏曲集》收录此剧。李修生主编的《古本戏曲剧目提要》收录有该剧。	许鸿磐撰《六观楼北曲六种》之六。晴雯之逐、黛玉之死、宝钗之寡，乃别出机杼。
6	《十二钗传奇》	朱凤森	二十出传奇	创作时间约为嘉庆十一年	嘉庆十八年癸酉年（1813）晴雪山房《韫山六种曲》本。阿英《红楼梦戏曲集》收录此剧。	合十二位女子的命运为一传之中。
7	《红楼梦散套》	吴镐（1796—1820）	十六出北曲	嘉庆二十年乙亥（1815）刊印	此剧今存嘉庆间（1815）蟾波阁刊本。阿英《红楼梦戏曲集》收录此剧。	李修生主编的《古本戏曲剧目提要》第603页收录有该剧，称《今乐考证》著录该剧。
8	《红楼梦传奇》	石韫玉（1756—1837）	十出传奇	嘉庆二十四年己卯（1819）年刊印	嘉庆二十四年己卯（1819）石氏花韵庵家刊本。阿英《红楼梦戏曲集》收录此剧。	李修生主编的《古本戏曲剧目提要》第583页收录有该剧。
9	《红楼梦传奇》	陈仲麟	八十出传奇	作者乃1799年进士	道光十五年乙未（1835）粤东省城西湖街汗青斋刊本。此剧今存有原刊本和光绪重刊本。阿英《红楼梦戏曲集》收录此剧。	此剧凡8卷，每卷10出，篇幅极长。《词余丛话》称其"工制艺试贴，为十名家之一，度曲乃其馀事"。李修生主编《古本戏曲剧目提要》第603页收录有该剧名，称《曲录》著录该剧。

附录一：清代《红楼梦》戏剧改编资料汇编

续表

序号	剧名	改编者	剧种	年代	今存版本或资料出处	剧情简介或备注
10	《红楼佳话》	周宜	六出杂剧	约嘉庆道光年间人	此剧有武进赵氏影抄稿本。阿英《红楼梦戏曲集》收录此剧。李修生主编的《古本戏曲剧目提要》第769页收录有该剧。	该作有作者《自题红楼梦散套》、听涛居士《红楼梦散套序》各一篇，以及璞山老人《红楼梦散套题词》8首。
11	《鸳鸯剑》	徐延瑞（徐绣山）	十六出传奇		道光年间稿本	
12	《鸳鸯剑》	张琦（1764—1833）	二卷传奇		任钠《曲海扬波》卷三引吴德旋《初月楼集》提及。	
13	《红楼梦曲》	谭光祜（1772—1831）			一粟《红楼梦书录》收录此剧，昆曲类。	
14	《画蔷》	林奕构	一出杂剧		《今乐考证》著录一粟《红楼梦书录》收录此剧，昆曲类。	
15	《扫红》	佚名			一粟《红楼梦书录》收录此剧，昆曲类。	据《昆曲剧目索引汇编考证》，《集成声集》第八册收录的《葬花》《扇笑》《听雨》《补裘》和《六也元集》第六册收录的《扫红》《乞梅》均出自陈仲麟的《红楼梦》传奇。

续表

序号	剧名	改编者	剧种	年代	今存版本或资料出处	剧情简介或备注
16	《乞梅》	佚名			一粟《红楼梦书录》收录此剧，昆曲类。	据《昆曲剧目索引汇编考证》，《集成声集》第八册收录的《葬花》《扇笑》《听雨》《补裘》和《六也元集》第六册收录的《扫红》《乞梅》均出自陈仲麟的《红楼梦》传奇。
17	《红楼梦新曲》	严保庸（1796—1854）	八折（杂剧）		蒋宝龄《墨林今语》提及。一粟《红楼梦书录》收录此剧，昆曲类。	
18	《红楼梦南曲》	封吉士	传奇		清末民初人柴萼所著《梵天庐丛录》卷二十六著录。一粟《红楼梦书录》收录此剧，昆曲类。	
19	《林黛玉自叹》	无名氏	京剧		载《风月梦》道光二十八年，1848年，第七回。一粟《红楼梦书录》收录此剧。皮簧京剧类。	
20	《黛玉葬花》	陈子芳等	京剧		《梅兰芳舞台生活四十年》载录。剧本已佚。	
21	《摔玉》	陈子芳等	京剧		《梅兰芳舞台生活四十年》载录。剧本已佚。	
22	《芙蓉诔》	唐景崧（1841—1903）	桂剧		一粟《红楼梦书录》、倪子乔手抄本《五十年前台湾抗日英雄唐景崧手编戏本》均有著录。	1982年广西戏剧研究所编印的《看棋亭杂剧十六种》中收录。

续表

序号	剧名	改编者	剧种	年代	今存版本或资料出处	剧情简介或备注
23	《晴雯补裘》	唐景崧（1841—1903）	桂剧		倪子乔手抄本《五十年前台湾抗日英雄唐景崧手编戏本》。	1982年广西戏剧研究所编印的《看棋亭杂剧十六种》中收录。
24	《中乡魁》	唐景崧（1841—1903）	桂剧		倪子乔手抄本《五十年前台湾抗日英雄唐景崧手编戏本》。	1982年广西戏剧研究所编印的《看棋亭杂剧十六种》中收录。
25	《绛珠归天》	唐景崧（1841—1903）	桂剧		倪子乔手抄本《五十年前台湾抗日英雄唐景崧手编戏本》。	1982年广西戏剧研究所编印的《看棋亭杂剧十六种》中收录。
26	《黛玉葬花》	唐景崧（1841—1903）	桂剧			
27	《宝玉哭灵》	唐景崧（1841—1903）	桂剧			
28	《风月宝鉴》	谭光祜			胡文彬《红楼梦叙录》中提及此剧。	
29	《红楼梦传奇》	褚龙祥	二十四出传奇		天津图书馆有藏。胡文彬《红楼梦叙录》中提及此剧。	
30	《游仙梦》	刘熙堂（乾嘉时人）	十二出杂剧		嘉庆三年（1798）敦美堂刻本。	该剧讲述警幻仙游故事。笔者备注：李修生主编的《古本戏曲剧目提要》收录有该剧名。
31	《晴雯补裘》		粤剧		《粤剧剧目纲要》中载录此剧。	
32	《黛玉葬花》		粤剧		《粤剧剧目纲要》中载录此剧。	
33	《宝蟾进酒》		粤剧		《粤剧剧目纲要》中载录此剧。	

续表

序号	剧名	改编者	剧种	年代	今存版本或资料出处	剧情简介或备注
34	《黛玉焚稿归天》		粤剧		《粤剧剧目纲要》中载录此剧。	
35	《再续红楼》		粤剧		《上海粤剧演出史稿》中载录此剧。	
36	《宝玉逃禅》		粤剧		《上海粤剧演出史稿》中载录此剧。	
37	《梦游太虚》		粤剧		《上海粤剧演出史稿》中载录此剧。	

附录二：民国时期《红楼梦》戏剧改编资料汇编

曹雪芹的《红楼梦》以其巨大的文学和艺术魅力吸引了学术界以及戏剧界的目光。自《红楼梦》问世以来，有关的戏剧改编就层出不穷，红楼剧的发展可谓是朝气蓬勃、百花齐放，其中戏曲与《红楼梦》更是有着千丝万缕的联系。中国传统戏曲对曹雪芹的艺术造诣产生了深远的影响，昆曲《续琵琶》就是曹雪芹的祖父曹寅所创，由此可见其家学渊源。小说《红楼梦》中也多次提到了戏曲演出，而且作者对这些戏曲演出赋予了深刻的内涵。它们抑或预示着主要人物的命运或归宿，抑或揭示了看戏者的性格与思想，抑或隐喻着整个贾府的兴衰荣辱，其中《牡丹亭》与《西厢记》更是作者所钟爱的剧目。本书对"红楼剧"的定义并非《红楼梦》中的"剧"，而是戏剧演绎的《红楼梦》。自清代以来，就有传奇、杂剧对红楼故事进行敷衍。民国以后，文明戏也对红楼剧产生了浓厚的兴趣，甚至演绎了与当时时代风潮相符合的时装剧。梅兰芳、欧阳予倩、荀慧生等京剧大师更是将《红楼梦》搬上了京剧舞台。梅兰芳改编了《俊袭人》《黛玉葬花》《千金一笑》三部红楼剧，其中《黛玉葬花》被拍摄成了电影。从1913年首次改编《鸳鸯剑》开始，欧阳予倩自编自演了九出"红楼"戏，即《黛玉葬花》《晴雯补裘》《鸳鸯剪发》《鸳鸯剑》《王熙凤大闹宁国府》《宝蟾送酒》《馒头庵》《黛玉焚稿》《摔玉请罪》。其中除了《黛玉葬花》是与杨尘因、张冥飞合编，《晴雯补裘》是与张冥飞合编，其他作品均为欧阳予倩自编自演。20世纪二三十年代，荀慧生与陈墨香合作，编写、整改了《红楼二尤》（原名《鸳鸯剑》）《晴雯》《平儿》《香菱》《鸳鸯》五出"红楼戏"，其中尤以《红楼二尤》和《晴雯》最为著名，是荀派的代表作，《红楼二尤》至今仍活跃在京剧的舞台。《红楼梦》的电影改编始于1924年上海民新影片公司为梅兰芳摄制的京剧无声黑白片《黛玉葬花》。1927年，上海复旦影片公司摄制了时装故事片《红楼梦》，此片也开了以后拍摄《红楼梦》时装片的先河。1927年，上海孔雀影片公司拍摄了古装故事片《红楼梦》，该片在营业上吃了大亏，最终以赔本而告结束，并直接导致了"孔雀"的关门倒闭。这两部影片均是无声黑白片。1936年，上海大华影业公司出品了粤语歌唱片《黛玉葬花》，该片是有声黑白故事片，也是第一部《红楼梦》有声电影。1939年，上海新华影片公司摄制了有声黑白片《王熙凤大闹宁国府》，开了以后改编摄制"红楼二尤"电影的先河。1944年，上海中华电影联合股份有限公司摄制了黑白故事片《红楼梦》，这部影片由卜万苍导演、周璇饰演林黛玉、袁美云饰演贾宝玉，曾在中国大陆引起过一时的轰动，也是第一部被介绍到日本去的中国电影。民国时期红楼剧的戏曲改编与电影改编对后世的红楼剧改编有着非常大的影响，当时的改编作品甚至仍然活跃在当今舞台上，如《红楼二尤》《王熙凤大闹宁国府》《黛玉葬花》等。出于文章篇幅以及研究重点的考虑，笔者无法对清代、民国的红楼剧做深入的研究分析，仅以附件的形式将清代、民国红楼剧目进行归纳、整理，以便为当代大陆红楼剧研究提供翔实的历史资料。

表一：民国时期《红楼梦》戏曲改编

序号	剧名	改编者	资料出处	改编时间	版本	剧情简介或备注
1	《俊袭人》	梅兰芳编演	陶君起编著《京剧剧目初探》	不详	《五十年来北平戏剧史料》	演袭人箴宝玉事，一名《解语花》，见第21回。
2	《黛玉葬花》	齐如山、梅兰芳等	董健主编《中国现代戏剧总目提要》第86页	1915年	有《戏考》《戏学汇考》《戏本》《京剧汇编》等刊本	六场京剧[1]
3	《千金一笑》	梅兰芳编演	陶君起编著《京剧剧目初探》	不详	《前北平国剧学会书目》	演晴雯撕扇的故事，一名《晴雯撕扇》，见第30回至31回。
4	《宝蟾送酒》	欧阳予倩编演	陶君起编著《京剧剧目初探》	不详	《中国京剧院一九五六年艺人捐献或提出的剧本目录》	演夏金桂遣宝蟾送酒引诱薛蝌事。见第90至91回。

---

1 第一、二场：宝玉让茗烟给他买了《西厢记》《飞燕外传》等书，宝玉在大观园无人处细看。第三场：时值暮春，处处飞花。黛玉葬花。第四场：二人共读《西厢记》，袭人奉贾母之命唤走宝玉。黛玉来到梨香院听唱曲文。本提要据张庚、黄菊盛主编的《中国近代文学大系·戏剧集一》，上海书店1996年版。

序号	剧名	改编者	资料出处	改编时间	版本	剧情简介或备注
5	《馒头庵》	欧阳予倩	董健主编《中国现代戏剧总目提要》第101页	1917年	载《春雨梨花馆丛刊二集》，民权出版部1917年5月20日初版	五场京剧[1]
6	《黛玉葬花》	欧阳予倩、张冥飞、杨尘因	董健主编《中国现代戏剧总目提要》第86页	1915年	本提要据《京剧汇编》第57集，北京出版社1959年版	四场京剧。第一场：黛玉去见宝玉，吃了闭门羹。第二场：黛玉想昨晚的事情，伤感春光无言，去葬花。第三场：宝玉扫落花，看见黛玉葬花。闪在一旁想看她做什么。第四场：黛玉、宝玉互诉衷肠。
7	《摔玉请罪》	不详	陶君起编著《京剧剧目初探》	不详	《京剧故事来源的初步统计》	演宝玉与黛玉负气而欲摔通灵玉，后又向黛玉赔礼之事。见第29回，朱琴心曾演出。
8	《鸳鸯剑》	欧阳予倩、马绛士	董健主编《中国现代戏剧总目提要》第25页	1913年	本提要录自郑正秋编《新剧考证百出》，中华图书集成公司1919年4月10日版	五幕新剧。演尤二姐、尤三姐故事。
9	《贾政训子》	不详	陶君起编著《京剧剧目初探》	不详	《京剧故事来源的初步统计》	演贾政怒答宝玉事，见第32至34回。

---

1 第一场：宝玉和秦钟来到馒头庵，智能应宝玉之请讲了两个小孩扑蝴蝶的故事。第二场：秦钟四处寻找智能，两人做长夜谈。第三场：秦钟自从庵中回来后得了伤寒重症，智能央求书童去见秦钟。第四场：秦邦业得知智能见秦钟害怕败坏门风，将智能押送官衙。秦钟恳求父亲放智能与他结成良缘，秦邦业气死，秦钟哭昏，吐血。第五场：秦钟派人打探智能下落，起更，秦钟梦见智能，她告诉自己已经万念俱灰，愿与他学蝴蝶在花前比翼双飞。秦钟大呼："智能妻！辜负你了。"遂死去。

续表

序号	剧名	改编者	资料出处	改编时间	版本	剧情简介或备注
10	《鸳鸯剪发》				《欧阳予倩全集》	
11	《黛玉焚稿》	欧阳予倩	陶君起编著《京剧剧目初探》	1915年改编并演出	本提要据《京剧汇编》第57集，北京出版社1959年版	七场京剧[1]
12	《平儿》	陈墨香编，荀慧生演出	陶君起编著《京剧剧目初探》	不详	《京剧故事来源的初步统计》	演凤姐泼醋、平儿理妆事，一名《俏平儿》，见第44回。
13	《晴雯补裘》	欧阳予倩、张冥飞	董健主编《中国现代戏剧总目提要》第114页	不详	载周剑云编《鞠部丛刊》，上海交通图书馆1918年11月13日版	三场京剧。演晴雯补裘事，见第52回，秦腔有此剧目。
14	《红楼二尤》	荀慧生编演	陶君起编著《京剧剧目初探》	不详	《荀慧生演出剧本集》	演尤二姐、尤三姐事。见第64至69回。此为新中国成立后京剧中唯一普遍流行的传统"红楼"戏。
15	《香菱》	陈墨香编，荀慧生演出	陶君起编著《京剧剧目初探》	不详	《京剧故事来源的初步统计》	演香菱生平始末，自被拐卖为薛蟠做妾起，至后40回所写香菱扶正止。见第4回、62至80回、100回、103回。

---

1 第一场：贾政近日外放，王夫人想趁机成全宝玉和宝钗的金玉良缘，请王熙凤出主意。第二场：贾母问怎样才能治好宝玉的病。王熙凤说想替宝玉做亲冲喜。贾母告诉贾政，贾政同意。第三场：袭人担心宝玉知道了实情要闹大乱子来，赶忙去见王夫人。第四场：王熙凤提出"调包计"。第五场：黛玉来到潇家遇到傻大姐在哭，黛玉问起原因，闻言大惊，决定立即去宝玉处问个明白。第六场：宝玉昏沉沉只管傻笑。黛玉问他为何生病，他说病因林妹妹而起。黛玉此时甘苦备尝。第七场：黛玉回家即吐血晕倒，黛玉焚稿。

续表

序号	剧名	改编者	资料出处	改编时间	版本	剧情简介或备注
16	《醉眠芍药》	不详	陶君起编著《京剧剧目初探》	不详	《京剧故事来源的初步统计》	演史湘云醉眠芍药裀事,见原书第62回。
17	《藕官化纸》	张冥飞、杨尘因	董健主编《中国现代戏剧总目提要》第102页	不详	载《春雨梨花馆丛刊二集》,民权出版部1917年5月20日初版	四场京剧[1]
18	《栊翠庵》	不详	陶君起编著《京剧剧目初探》	不详	《京剧故事来源的初步统计》	演妙玉、宝玉等品茶事,见原书第41回。
19	《芙蓉诔》	不详	陶君起编著《京剧剧目初探》	不详	《上海市剧目》	演抄检大观园、晴雯之死及宝玉撰《芙蓉女儿诔》事,见原书第74至第78回。一名《晴雯归天》。"荀慧生另编有全部《晴雯》。"
20	《宝玉出家》	不详	陶君起编著《京剧剧目初探》	不详	《上海市剧目》	演原书后40回中最后结局,宝玉失踪出家事。

---

[1] 第一场：藕官、药官二伶自幼习演夫妻戏,这对假凤凰日久情浓,到了难舍难离的地步,不料药官天逝,藕官顾影自怜好不凄惨。正逢清明,藕官欲祭奠药官。第二场：梨香院里管后台的夏婆子心地狭窄,看到藕官提了许多香烛、纸钱欲向主子告刁状。第三场：贾宝玉以为黛玉真的要归去,急出一场病来,想起即将出嫁的邢岫烟,不由叹息"春华如流水"。第四场：夏婆子看到藕官烧纸,认定她是烧纸咒人,不由分说要拉她见太太。宝玉忙谎称藕官是来祭奠杏花神的。夏婆子离开后,宝玉问起事由,伤心的藕官却不答而去。

表二：民国时期《红楼梦》话剧改编

剧名	作者	体裁	资料出处	时间	版本	剧情简介
《红楼梦》	孙民侠	十二幕新剧	董健主编《中国现代戏剧总目提要》第126页	1918年	剧本今不存，本提要据该剧手书轴表	第一幕：贾母邀请刘姥姥游赏大观园。第二幕：黛玉见刘姥姥举止粗俗可笑上前戏弄。第三幕：贾母等人到了栊翠庵，刘姥姥以为妙玉是菩萨转世，见面即叩头。引出众多笑话。第四幕：刘姥姥忽然要就地方便，湘云命丫鬟带她下去。第五幕：刘姥姥如厕后四处找不到回路。第六幕：刘姥姥误入怡红院进了宝玉的卧房，她醉中对着镜子做出种种可笑之举。袭人在房中发现了醉卧在床上的刘姥姥，将她带了出去。
《晴雯》	张冥飞、马绛士	六幕新剧	董健主编《中国现代戏剧总目提要》第57页	1914—1915年	本提要录自郑正秋编《新剧考证百出》，中华图书集成公司1919年4月10日版	第一幕：大节下之绛云轩（据《红楼梦》第8回）。第二幕：撕扇子千金一笑（据《红楼梦》第31回）。第三幕：病补翠毛裘（据《红楼梦》第52回）。第四幕：晴雯之中谗（据《红楼梦》第74回）。第五幕：病中被撵（据《红楼梦》第77回）。第六幕：宝玉、晴雯之死别（据《红楼梦》第77回）。
《王熙凤大闹宁国府》	欧阳予倩	六幕新剧	董健主编《中国现代戏剧总目提要》第72页	1915年2月首演	本提要录自郑正秋编《新剧考证百出》，中华图书集成公司1919年4月10日版	第一幕：王熙凤拷问兴儿询问贾琏私娶二姐之事。第二幕：凤姐赚尤二姐进大观园。第三幕：旺儿奉熙凤之命至张华家嗦讼。第四幕：熙凤至宁国府与尤氏大闹。第五幕：贾琏纳秋桐为妾，熙凤借亲秋桐制二姐。第六幕：尤二姐饮恨自戕。

续表

剧名	作者	体裁	资料出处	时间	版本	剧情简介
《访雯》	白薇	独幕剧	董健主编《中国现代戏剧总目提要》第304页	1926年	载《小说月报》17卷7号（1926年7月10日）	晴雯死前，宝玉来晴雯家探望。
《红楼二尤》	朱雷	独幕剧	董健主编《中国现代戏剧总目提要》第1169页	1941年	载作者著戏剧集《晚祷》，光明书局1941年9月版	凤姐走后，尤二姐向宝玉倾诉身世之苦，宝玉起了怜香惜玉之心。该剧本可能对原著改编过大。
《夏金桂自焚记》	马二（冯淑鸾）	七幕新剧	董健主编《中国现代戏剧总目提要》第52页	1914—1915年	剧本载《俳优杂志》第一期（1914年9月），未刊完	根据高鹗版本改编，夏金桂欲毒死香菱，结果毒死了自己。本提要录自郑正秋编《新剧考证百出》，中华图书集成公司1919年4月10日版。
《林黛玉》	端木蕻良	四场剧	董健主编《中国现代戏剧总目提要》第1276页	1943年	载《文学创作》1卷6期（1943年4月）	从剧情简介看有些粗俗，"怜爱不能克制地相互亲嘴"。
《晴雯》	端木蕻良	独幕剧	董健主编《中国现代戏剧总目提要》第1289页	1943年	载《文学创作》2卷2期（1943年6月）	故事情节很荒谬，没有按原著版本来改编。"悲痛欲绝的晴雯跳楼自杀身亡。"

续表

剧名	作者	体裁	资料出处	时间	版本	剧情简介
《郁雷》	朱彤	四幕剧	董健主编《中国现代戏剧总目提要》第1355页	1944年	重庆读书出版社1944年4月初版，同年10月再版，名山书局1946年1月再版	该剧改编尺度较大，贾宝玉和宝钗的孩子叫贾桂，源自小说原著"兰桂齐芳"的意蕴。该剧又名《宝玉与黛玉》。
《冷月葬诗魂》	赵清阁	四幕悲剧	董健主编《中国现代戏剧总目提要》第1420页和第1549页	1945年	亚洲图书社1945年4月初版，名为《冷月葬诗魂》	以黛玉为主线，穿插了鸳鸯、妙玉、晴雯、袭人以及宝钗与宝玉的婚事等故事。对《红楼梦》原著也有一些改动，但还比较忠实原著的情节，只是把顺序改动以及将一些故事情节拼凑了一下。名山书局1946年2月改名《诗魂冷月》再版。
《鸳鸯剑》	赵清阁	四幕七场悲剧	董健主编《中国现代戏剧总目提要》第1423页	1945年	黄河书局1945年5月初版	讲述的是尤二姐和尤三姐的故事。该剧又名《雪剑鸳鸯》。
《红楼梦》	吴天	五幕剧	董健主编《中国现代戏剧总目提要》第1491页	1946年	永祥印书馆1946年1月初版	该剧以王熙凤馒头案徇情、晴雯撕扇、晴雯补裘、黛玉宝玉读《西厢记》，黛玉魂归等事情为主线。
《流水飞花》	赵清阁	四幕剧	胡淳艳"民国《红楼梦》话剧改编研究"，载《红楼梦学刊》2008年第3辑	1946年	上海名山书局1946年11月版	剧情不详

续表

剧名	作者	体裁	资料出处	时间	版本	剧情简介
《绛洞花主》	陈梦韶	十四幕剧	胡淳艳"民国《红楼梦》话剧改编研究",载《红楼梦学刊》2008年第3辑	1928年	2005年该剧本由厦门大学出版社出版	1928年冬,剧本由上海北新书局印出,但未及发行,书及制版均遭焚毁。1935年在厦门《闽南日报》副刊节录连载八幕,未完。
《尤三姐》	石华父（陈瑞麟）	不详	胡淳艳"民国《红楼梦》话剧改编研究",载《红楼梦学刊》2008年第3辑	1943年	剧本现在已难寻觅	剧情不详
《红楼二尤》	孔另境	三幕剧	胡淳艳"民国《红楼梦》话剧改编研究",载《红楼梦学刊》2008年第3辑	1946年	上海正言出版社1946年1月版	剧情不详
《禅林归鸟》	赵清阁	四幕剧	胡淳艳"民国《红楼梦》话剧改编研究",载《红楼梦学刊》2008年第3辑	1946年	《文潮月刊》一卷4—6期,二卷1—2期,1946年8—12月	剧情不详

续表

剧名	作者	体裁	资料出处	时间	版本	剧情简介
《鸳鸯剑》	欧阳予倩、马绛士	五幕剧	胡淳艳"民国《红楼梦》话剧改编研究",载《红楼梦学刊》2008年第3辑	1913年	剧本今不存,提要见《新剧考证百出:附教授法》[1]	剧情不详
《风月宝鉴》	天生我虚（即陈蝶仙）	十二幕剧	胡淳艳"民国《红楼梦》话剧改编研究",载《红楼梦学刊》2008年第3辑	1913年	《游戏杂志》第十三期（1914年）	《京剧剧目初探》中收集该剧目。朱琴心另编有全本《王熙凤》。
《刘姥姥进大观园》	松风	七幕剧	胡淳艳"民国《红楼梦》话剧改编研究",载《红楼梦学刊》2008年第3辑	1914年	剧本今不存,提要见《新剧考证百出:附教授法》	剧情不详
《还泪记》	顾仲彝	五幕剧	胡淳艳"民国《红楼梦》话剧改编研究",载《红楼梦学刊》2008年第3辑	1948年	永祥印书馆,1948年7月版	剧情不详

---

[1] 郑正秋:《新剧考证百出:附教授法》,上海:中华图书集成公司,1919年4月10日。

表三：民国时期《红楼梦》电影改编

剧名	剧种	时间	编导	主演	拍摄单位	剧情简介	备注
《黛玉葬花》[1]	京剧（无声黑白片）	1924年	黎民伟、梁林光担任摄影，无正式导演	梅兰芳（饰黛玉）	上海民新影片公司	黛玉葬花、黛玉看《西厢记》、黛玉听《牡丹亭》曲文。	1926年在香港发行过《黛玉葬花》。
《红楼梦》[2]	时装故事片（无声黑白片）	1927年	编剧：徐碧波 导演：任彭年、俞伯岩	陆剑芬（饰贾宝玉）、陆剑芳（饰林黛玉）	上海复旦影片公司	刘姥姥"有首有尾"但显然经过瘦身处理的"一场春梦"——所谓"以刘姥姥入梦始，以刘姥姥出梦终"。	此片也开了以后拍摄《红楼梦》时装片的先河。
《红楼梦》[3]	古装故事片（无声黑白片）	1927年	编剧：胡韵琴、陈定秀 导演：程树仁	严月娴（饰薛宝钗）、陈一棠（饰贾宝玉）、陆美玲（饰林黛玉）	上海孔雀影片公司	影片从元妃省亲写起，引出宝玉，描写他与黛玉和宝钗的矛盾冲突，一一展示"黛玉葬花""紫鹃试探""宝玉生病""娶亲冲喜""黛玉焚稿""宝玉发疯""黛玉归天"等重要情节，以悲剧收尾。	该片在经济上吃了大亏，最终以赔本而结束，并直接导致了"孔雀"的关门倒闭。

---

1 梅兰芳：《我的电影生活》(第2版)，北京：中国电影出版社1984年版。
2 杜志军：《早期〈红楼梦〉电影研究的津梁——〈红楼梦特刊〉的发现及其意义》，《红楼梦学刊》，2003年第4辑。
3 参见中国电影艺术研究中心、中国电影资料馆编：《中国影片大典：故事片·戏曲片1905—1930》，北京：中国电影出版社1996年版，第118页。

续表

剧名	剧种	时间	编导	主演	拍摄单位	剧情简介	备注
《黛玉葬花》[1]	粤语歌唱片（有声黑白片）	1936年	编剧、导演：金鹏举	李雪芳（饰林黛玉）、冯侠魂（饰贾宝玉）	上海大华影业公司	该片以宝黛爱情为主线，情节内容做了些改编，加重了有关宝黛钗婚事安排的描写，突出了宝黛爱情的发展过程和悲剧结局。	该片为第一部《红楼梦》有声电影。
《王熙凤大闹宁国府》[2]	有声黑白片	1939年	编剧：陈大悲 导演：岳枫	顾兰君（饰王熙凤）、黄耐霜（饰尤二姐）	上海新华影片公司	尤二姐、尤三姐故事，属于对《红楼梦》片段式、局部式的改编。	开了以后改编摄制"红楼二尤"电影的先河。
《红楼梦》[3]	黑白故事片	1944年	编导：卜万苍	周璇（饰林黛玉）、袁美云（饰贾宝玉）、王丹凤（饰薛宝钗）	上海中华电影联合股份有限公司	该片根据通行的120回本改编，从林黛玉进贾府写起，一直写到贾宝玉离家出走，去五台山当和尚。编导卜万苍以数月时间精心改编，力图"反映出一个大家庭的丑态""暴露出封建制度的罪恶"。	这部《红楼梦》也是第一部被介绍到日本去的中国电影。

---

1 参见中国电影资料馆编：《中国影片大典：故事片·戏曲片1931—1949.9》，北京：中国电影出版社2005年版，第169—170页。

2 参见中国电影资料馆编：《中国影片大典：故事片·戏曲片1931—1949.9》，北京：中国电影出版社2005年版。

3 参见张伟：《前尘影事：中国早期电影的另类扫描》，上海：上海辞书出版社2004年版。

附录三：当代大陆《红楼梦》戏剧改编资料汇编

当代大陆《红楼梦》戏曲舞台剧					
序号	剧名	类型	时间	编导	主演	拍摄单位
1	《情僧偷到潇湘馆》	粤剧	1982年	改编：陈冠卿，导演：李观漩	冯刚毅（饰贾宝玉）、郑秋怡（饰林黛玉）	深圳市粤剧团演出
2	《王熙凤》	潮剧	1983年	导演：黄瑞英，剧本移植：陈鸿岳	孙小华（饰王熙凤）、吴玲儿（饰尤二姐）	中央电视台录制，广东潮剧院一团演出
3	《大观园》	越剧	1986年	编剧：胡小孩，导演：程维嘉、胡其娴、杨小青	茅威涛（饰贾宝玉）、何赛飞（饰林黛玉）、何英（饰薛宝钗）	浙江小百花越剧团演出
4	《红楼梦》	越剧	1987年	编剧：徐进，总导演：黄祖模，导演：尹桂芳	王君安（饰贾宝玉）、李敏（饰林黛玉）	福建芳华越剧团演出
5	《王熙凤与尤二姐》	黄梅戏	20世纪80年代	导演：罗爱祥，改编：高国华	斯淑娴（饰王熙凤）、丁同（饰尤二姐）	安庆市黄梅戏一团演出
6	《宝玉与晴雯》	越剧	1991年	撰稿：高义龙，导演：许诺	范瑞娟（饰贾宝玉）、吕瑞英（饰晴雯）	上海电视台、上海越剧院摄制
7	《怡红院的丫头》	越剧	1992年	编剧：周粟，导演：吴志林	王晓燕（饰晴雯）、金铃、余彩菊等	浙江电视台录制、浙江玉环县越剧团演出
8	《荒唐宝玉》	龙江剧	1992年	编剧：杨宝林（执笔）、徐明望，导演：孙铁石、李芳，电视导演：李贵平	白淑贤（饰贾宝玉）、张晓华（饰王熙凤）、王春环（饰林黛玉）	黑龙江省龙江剧实践剧院摄制

续表

序号	剧名	类型	时间	编导	主演	拍摄单位
9	《红楼梦》	黄梅戏	1992年	编剧（初稿执笔）：陈西汀，导演：马科	马兰（饰贾宝玉）、吴亚玲（饰林黛玉）	河北电视台录制，安徽省黄梅戏剧院演出
10	《红楼二尤》[1]	越剧	1996年	作词：薛允璜，编曲：陈国良	朱晓平（饰尤二姐）	平阳越剧团演出
11	《锦裳新曲》[2]	越剧红楼名人大汇演	1996年	原段编剧：徐进，新段编剧：兆芬，导演：童薇薇	单仰萍（饰贾元春）、张咏梅（饰林黛玉）	上海越剧院摄制、上海越剧院红楼剧团演出
12	《葫芦案》	绍剧	1998年	编剧：潘文德，导演：杨关兴、陈伟龙	赵秀治（饰贾雨村）、姚百青（饰小沙弥）、施律民（饰甄士隐）	绍兴市文化局、浙江文艺音像出版社摄制，浙江绍剧团演出
13	《红楼梦》	越剧	1999年	编剧：徐进，艺术指导：徐玉兰、王文娟，导演：童薇薇、孙虹江	钱惠丽（饰贾宝玉）、单仰萍（饰林黛玉）	上海大剧院红楼艺术有限公司摄制，上海越剧院演出
14	《红楼二尤》[3]	京剧音配像	2002年	导演：阎德威	荀慧生（音）、孙毓敏（像）饰尤二姐、尤三姐	天津市中华民族文化促进会录制
15	《红楼梦》	黄梅戏	2004年	编剧：陈西汀，舞台导演：马科、孙怀仁，电视导演：陈佑国	何云（饰贾宝玉）、魏蓓蓓（饰林黛玉）	安徽省黄梅戏剧院演出

---

1 饶道庆：《红楼梦电视戏曲叙录》，《红楼梦学刊》，2008年第3辑。
2 饶道庆：《红楼梦电视戏曲叙录》，《红楼梦学刊》，2008年第3辑。
3 饶道庆：《红楼梦电视戏曲叙录》，《红楼梦学刊》，2008年第3辑。

序号	剧名	类型	时间	编导	主演	拍摄单位
16	《刘姥姥》	评剧	2005年	编剧：卫中、汉云，导演：刘三牛，舞台导演：赵国忠	董玉梅（饰刘姥姥）、刘福先（饰王熙凤）	河北省丰润评剧团和河北电影电视剧制作中心联合摄制
17	《王熙凤大闹宁国府》	评剧音配像	1994—2002年之间	艺术总监：冯玉萍、王钧海，剧本移植：蔡大礼，电视导演：王立平	宫静（饰王熙凤），王玉华（音）、崔晓东（像）饰尤二姐	广东唱金影音公司录制，沈阳评剧院演出
18	《红楼梦》	评剧音配像	1994—2002年之间	曹克英改编	宋丽（音）、何英楠（像）饰林黛玉	沈阳评剧院演出
19	《红楼梦》	扬剧	2008年	艺术总监：汪琴，舞台导演：王庆昌，电视导演：贾德荣	孙爱民（饰贾宝玉）、金瓯（饰林黛玉）、朱炳圣（饰薛宝钗）	汪琴艺术团演出，江都电视台录制
20	《王熙凤大闹宁国府》	京剧	2008年	编剧：陈西汀，导演：李小平	魏海敏（饰王熙凤）、陈美兰（饰尤二姐）、刘海苑（饰秋桐）	台湾国光剧团演出
21	《王熙凤大闹宁国府》	越剧	2008年	编剧：陈西汀，剧本移植：蒋东敏，导演：石玉昆、王乃兴	谢进联（饰王熙凤）、陈莉萍（饰尤二姐）、金梦超（饰秋桐）	中央电视台、绍兴广播电视总台录制
22	《宝玉哭晴雯》	粤剧	不详	编剧：陈冠卿，导演：李观漩	郭凤女（饰晴雯）、丁凡（饰贾宝玉）	广东粤剧院青年剧团演出
23	《红楼梦》	昆剧	2011年	总导演：曹其敬 导演：徐春兰	翁佳慧（饰贾宝玉）、朱冰贞（饰林黛玉）、邵天帅（饰薛宝钗）	北方昆曲剧院演出

当代大陆《红楼梦》电影

序号	剧名	类型	时间	编导	主演	拍摄单位
1	《红楼二尤》	黑白国语片	1951年	编剧、导演：杨小仲	言慧珠（饰尤三姐）、林默予（饰尤二姐）	上海国泰影片公司

续表

序号	剧名	类型	时间	编导	主演	拍摄单位
2	《红楼梦》	越剧彩色戏曲艺术片	1962年	编剧：徐进，导演：岑范	徐玉兰（饰贾宝玉）、王文娟（饰林黛玉）、吕瑞英（饰薛宝钗）	上海海燕电影制片厂、香港金声影业公司摄制、上海越剧院二团演出
3	《尤三姐》	京剧彩色戏曲艺术片	1963年	编剧：陈西汀，导演：吴永刚	童芷苓（饰尤三姐）、王熙春（饰尤二姐）、童祥苓（饰贾琏）、黄正勤（饰柳湘莲）	上海海燕电影制片厂、香港金声影业公司联合摄制
4	《红楼梦》	六部八集电影	1988年—1989年	编剧：谢铁骊、谢逢松，导演：谢铁骊、赵元	夏钦（饰贾宝玉）、陶慧敏（饰林黛玉）、刘晓庆（饰王熙凤）、林默予（饰贾母）、赵丽蓉（饰刘姥姥）	北京电影制片厂摄制
5	《红楼梦》	越剧电影	2003年	编剧：徐进，舞台导演：童薇薇、孙虹江，导演：胡雪杨	钱惠丽（饰贾宝玉）、单仰萍（饰林黛玉）、陈颖（饰薛宝钗）	泰国正大集团、上海越剧院、上海文广新闻传媒集团联合摄制
6	《红楼梦》（经典版）	越剧电影	2007年	编剧：徐进，剧本整理：韦翔东、陶海，总导演：韦翔东，导演：陶海，艺术指导：岑范、徐玉兰、王文娟	郑国凤（饰贾宝玉）、王志萍（饰林黛玉）、金静（饰薛宝钗）、黄依群（饰紫鹃）、谢群英（饰王熙凤）	北京华风气象影视信息集团有限责任公司、上海越剧院、中央新闻纪录电影制片厂联合摄制

续表

序号	剧名	类型	时间	编导	主演	拍摄单位
7	《红楼梦》（交响乐版）	越剧电影	2007年	编剧：徐进，剧本整理：韦翔东，总导演：韦翔东，导演：张慧敏、卢晓南，舞台剧导演：陈薪伊	赵志刚（饰贾宝玉）、方亚芬（饰林黛玉）、陶慧敏（饰薛宝钗）、王志萍（饰王熙凤）	北京华风气象影视信息集团有限责任公司、上海越剧院、中央新闻纪录电影制片厂联合摄制
8	《红楼梦》	昆剧电影	2013年	导演：龚应恬 编剧：谢柏梁	翁佳慧（饰贾宝玉）、朱冰贞（饰林黛玉）、邵天帅（饰薛宝钗）	北京北奥集团有限责任公司、北方昆曲剧院、星美今晟影视城管理有限公司和星美（北京）影业有限公司共同出品

当代大陆《红楼梦》电视剧

序号	剧名	类型	时间	编导	主演	摄制单位
1	《红楼梦》	36集电视连续剧	1987年	编剧：周雷、刘耕路、周岭 导演：王扶林	陈晓旭（饰林黛玉）、欧阳奋强（饰贾宝玉）、张莉（饰薛宝钗）、邓婕（饰王熙凤）	中央电视台、中国电视剧制作中心摄制
2	《秦可卿之谜》	20集电视连续剧	1997年	编剧：马军骧，导演：姚守岗、于琦	苗乙乙（饰秦可卿、秦妃），林默予（饰贾母）、姬晨牧（饰贾宝玉）	新纪元电影发展公司、北京元峰元科贸易集团联合摄制
3	《红楼丫头》	21集电视连续剧	2002年	编剧：陆永兴、朱国芳、宋继高、刘原，导演：黄健中、郭靖宇	迟佳（饰贾宝玉）、徐筠（饰袭人）、周璐（饰晴雯）	无锡市广播电视集团摄制

续表

序号	剧名	类型	时间	编导	主演	拍摄单位
4	《曹雪芹》	30集电视连续剧	2003年	导演：王静，红学编剧：王家惠、王静	宗华（饰曹雪芹）、史兰芽（饰李绮筠）	中国电视剧制作中心出品
5	《刘姥姥外传》	30集电视连续剧	2005年	编剧：李天鑫，导演：胡国华、冯大年	归亚蕾（饰刘姥姥）、樊少皇（饰孙绍祖）、盖丽丽（饰王熙凤）	上海电影集团公司、上海晋鑫影视发展有限公司和上海艺果影视有限公司摄制
6	《黛玉传》	35集电视连续剧	2010年	导演：李平	马天宇（饰贾宝玉）、闵春晓（饰林黛玉）、邓莎（饰薛宝钗）、王子瑜（饰王熙凤）	法制日报社影视中心、恒娱星空文化传播有限公司出品
7	《红楼梦》	50集电视连续剧	2010年	导演：李少红	于小彤（饰少年宝玉）、杨洋（饰成年宝玉）、蒋梦婕（饰林黛玉）、姚笛（饰王熙凤）	中影集团、华录百纳和北京电视台联合摄制

| 当代大陆《红楼梦》戏曲电视剧 ||||||||
序号	剧名	类型	时间	编导	主演	摄制单位
1	《晴雯》	单集昆剧	1980年	导演：李莉、岳美缇	华文漪（饰晴雯）、岳美缇（饰贾宝玉）	上海电视台摄制，上海昆剧团演出
2	《王熙凤》	单集川剧	1984年	编剧：徐棻 导演：倪绍忠	肖开蓉（饰王熙凤）、刘芸（饰尤二姐）、罗玉中（饰贾琏）	四川电视台摄制，成都市川剧院三团演出
3	《红楼梦》	两集越剧	1984年	编剧：徐进、薛允璜，总导演：吴琛，电视导演：薛英俊、许诺	华怡青（饰林黛玉）、朱雪莲、张俐（饰贾宝玉）、赵志刚（饰冯渊）	上海电视台摄制，上海越剧院演出

附录三：当代大陆《红楼梦》戏剧改编资料汇编

续表

序号	剧名	类型	时间	编导	主演	拍摄单位
4	《红楼十二官》	五集京剧	1985年	编剧：王祖鸿 导演：莫宣	吴颖（饰芳官）、沈美蓉（饰豆官）、陈继兰（饰龄官）	中央电视台摄制，上海市戏曲学校教学实验剧团演出
5	《红楼外传》之一《玉碎珠沉》（上下集）	两集川剧	1991年	原著文学顾问：萧赛，编剧：谭慷、文先荣，导演：徐正直	周开舒（饰良儿，刘燕配唱）、陈智林（饰贾宝玉）、余珍桂（饰袭人）、刘晓兰（饰王熙凤）	四川电视台摄制
6	《红楼外传》之二《红粉飘零》（上下集）	两集川剧	1993年	原著文学顾问：萧赛，编剧：谭慷、文先荣，导演：徐正直	陈琳（饰芳官，沈铁梅配唱）、胡红（饰藕官，周凡配唱）	四川电视台摄制
7	《红楼梦》	30集越剧	2000年	总导演：梁永璋，总编剧：徐进，编剧：徐进、薛允磺、薛龙彪、沈去疾等，剧本统筹：薛允磺，文学编辑：郑沂	钱惠丽（饰贾宝玉）、余彬（饰林黛玉）、赵海英（饰薛宝钗）、何嘉仪（饰王熙凤）	绍兴电视台、杭州南广影视制作有限公司、浙江长城影视公司摄制
8	《刘姥姥》	两集评剧	2005年	编剧：卫中、汉云，导演：刘三牛	董玉梅（饰刘姥姥）、刘福先（饰王熙凤）	河北省丰润评剧团演出，根据同名评剧改编
9	《王熙凤》	17集川剧	2008年	编剧：徐棻，执行导演：刘雪松，戏曲导演：李增林，导演：欧阳奋强	刘萍（饰王熙凤）、孙勇波（饰贾琏）、朱琴（饰尤二姐）	中国电视剧制作中心、四川电视台电视剧制作中心、四川长富文化传播有限责任公司联合摄制

续表

序号	剧名	类型	时间	编导	主演	拍摄单位
10	《曹雪芹》	十集京剧	1992年	编剧：钟鸿、赵其昌、徐涂生，导演：周宝鑫、沙如荣，艺术指导：岑范	言兴朋（饰曹雪芹）、李海燕（饰婉莹）、雷英（饰竹筠）	上海电视台、北京电视戏曲艺术研究会联合录制

当代大陆《红楼梦》话剧

序号	剧名	类型	时间	编导	主演	演出地点
1	《红楼梦》	全景话剧	2007年	编剧、导演：陈薪伊	斯琴高娃（饰贾母）、许还幻（饰林黛玉）、张殿菲（饰贾宝玉）	上海虹口足球场
2	《红楼梦》	先锋实验话剧	2007年	编剧、导演：张广天	主演：王玉宁（饰曹雪芹）、李梅（饰湘云）、武玮（饰贾宝玉）、郭笑（饰林黛玉）	北京东方先锋剧场

当代大陆舞台剧《红楼梦》

序号	剧名	类型	时间	编导	主演	演出地点
1	《红楼梦》	水景秀	2012年	导演：李少红	2010年版电视剧《红楼梦》中演员	北京水立方
2	《贾宝玉》	音乐舞台剧	2012年	导演：林奕华	何韵诗（饰贾宝玉）	上海文化广场

致　谢

"不到园林，怎知春色如许？"不知不觉间，我已在《红楼梦》的大观园以及大戏剧的园林里徜徉了八载。感恩我的母校中国传媒大学，硕博六年的时光转瞬即逝，从梆子井到定福庄，从核桃林到大阅城，从四百报到小礼堂，广院的每一个角落都让我深深地眷恋。感恩我的工作单位湖南师范大学，从岳麓山到岳王亭，从桃子湖到二里半，从文学院到新华村，师大的每一寸土地都是我最最依恋的家园。

感恩母校，感恩艺术研究院，感恩戏剧戏曲学社，感恩所有的老师和同学们。六年间我聆听了上百次传媒大学组织的名家讲座和演出，观摩了北京各大剧院上演的话剧、戏曲、歌剧、舞剧。国家大剧院、梅兰芳大剧院、北京人艺、北大百年讲堂、天桥剧场、世纪剧院、先锋剧场、中戏剧场乃至广院的"黑匣子"剧场等等，逢戏必看的习惯使我养成了一个特殊的嗜好，那就是收集票根。闲来无事整理票根时竟意外发现，硕博期间收集的票根达千余张。于我而言，这是一笔宝贵的财富与资本，感恩母校为我们所提供的学习机会。

感恩我尊敬的博导刘丽文教授。记不清多少回，在您的家中或办公室，您为我传道授业解惑；数不清多少封邮件，您不厌其烦地为我修改论文，一稿、二稿、三稿；想不起多少次电话，您一边对着电脑，一边为我分析论文的框架、思路；等等。您孜孜不倦的教诲为我开启了学术之门，您谦逊严谨的学风使我受益终生。在我的心里，您既是严师，亦是亲人。

感恩我尊敬的硕导路应昆教授。依然记得八年前第一次去您家拜访，一进客厅映入眼帘的便是两摞大典。您将我们带进一个房间，从上到下，四面八方，全是书。我们穿梭在这些书丛中尽情地挑选着自己感兴趣的书籍，如获至宝。您又带我们走入另一个房间，满箱满柜，都是有关戏剧戏曲的光碟。我们顿时惊呆了，狂喜之余极力地搜寻着自己感兴趣的光碟。记不清向您借阅了多少次光碟与书籍，每次都背着一个大大的书包满载而归。还书的时候，如果这些书籍都阅读完了，我就会特别有成就感。但也有忐忑与愧疚的时候，那就是借阅的书籍没有看完。特别庆幸的是，所借阅的光碟全都看完了，尤其是自己喜欢的越剧、京剧、黄梅戏与昆曲，大量影像资料的阅读为我积累了比较丰富的视听感觉。除此之外，路老师渊博的学识与严谨的学风令我崇拜不已，恩师的教诲将铭记于心。

漫漫求学之旅，感激有你相伴，感恩我的先生—— 李洋。12年前，当我还是一个懵懂的大一小姑娘时，有幸结识了身为军训教官的你，从此便开始了长达十年的异地恋。你身在军营，我身在校园，为了激励我求学上进，你说你的梦想是当"博士夫"。一句戏言成为我前进的动力与追求的目标。如今梦想成真，你再一次为了我脱下了戎装，结束了长达16年的军旅生涯，一起回到湖南师大开启我们新的人生旅程。深深地感恩你这么多年来对我的呵护、关怀与鼓励，感恩你十年如一日，坚持为我写日记；感恩你为我四处搜集资料、整理文档；感恩你对我学业和事业的鼓励与支持。如果说你的军功章里有一半我的功劳，那么我的博士帽上也有一半你的光辉。"执子之手、与子偕老"，我们之间最浪漫的事就是读着彼此的文章慢慢变老。感恩我们的宝贝李茜兮，你的诞生让初为人母的我感受到了血脉相承的圣洁与崇高。感恩我们的父母，你们的操心、操劳使我得以放下生活的重担，将精力投入到学业与事业上。

感恩所有的亲朋好友，感恩生命中出现的每一个人！正是你们的关心、关注与关怀才使我诚惶诚恐地完成了人生的第一部专著。

"路漫漫其修远兮，吾将上下而求索！"

图书在版编目（CIP）数据

光影红楼剧：红楼戏剧影视研究 / 高欢欢著. —北京：中国电影出版社，2016.6

（湖南师范大学文学院"影戏"研究文丛 / 岳凯华，赵树勤主编）

ISBN 978-7-106-04484-8

Ⅰ.①光… Ⅱ.①高… Ⅲ.①《红楼梦》—戏剧文学评论②《红楼梦》—电影文学评论③《红楼梦》—电视文学—文学评论 Ⅳ.①I207.3

中国版本图书馆CIP数据核字（2016）第140711号

光影红楼剧：红楼戏剧影视研究

高欢欢 著

出版发行	中国电影出版社（北京北三环东路22号）邮编100013
	电话：64296664（总编室） 64216278（发行部）
	Email:cfpygb@126.com
经　销	新华书店
印　刷	北京玺诚印务有限公司
版　次	2016年7月第1版　2016年7月北京第1次印刷
规　格	开本/710×1000毫米　1/16
	印张/15.25　插页/2　字数/275千字
书　号	ISBN 978-7-106-04484-8/J·1873
定　价	40.00元